KB141826

백악관의 맨 앞줄에서

백악관의 맨 앞줄에서

• 헬렌 토머스

돌판 답게

Front Row at the White House

이 책을 추천하며

우선 같은 언론에 종사하고 있는 여성의 입장에서 헬렌 토머스의 백악관 취재기가 『백악관의 맨 앞줄에서』라는 제목으로 한국에서 출간되어 기쁘다.

민주사회를 지켜주고 국민의 알 권리를 충족시켜야 할 언론인으로서 투철한 사명감만 있다면 여성이라는, 그리고 노령의 신체적 핸디캡 정도는 얼마든지 극복할 수 있다는 것을 헬렌 토머스는 책 속에서 실증적으로 보여주고 있다. 그 오랜 세월 한결같이 미국을 이끌어갔던 백악관의 드러나지 않는 사실에 대해 국민들에게 가급적 진실만을 전하고자 했던 그녀의 노력에 진심으로 경의를 표한다.

또한 처음 그녀가 기자생활을 시작했던 케네디 시절부터 클린턴 대통령에 이르기까지 무려 8대에 걸친 미국 대통령들의 이야기를 사실적이며 재미있게 기술한 그녀의 탁월한 문장력에 놀라움을 금치 못하며, 이 책을 읽는 동안 그녀의 끈질기고도 집요한 취재력에 감탄하지 않을 수 없다. 헬렌 토머스는 대통령과 그 가족들을 취재하는 과정에서 비위에 거슬리는 질문을 했다는 이유로 눈총을 받았고, 타 언론사에 비해서 앞지른 보도를 했다는 것이 발단이 되어 따돌림을 당했던 순간도 솔직하게 기술하고 있다.

타의 추종을 불허하는 헬렌 토머스만이 지닌 독특한 능력이 있기에 오늘도 그녀는 최장수 백악관 출입기자로서 기자실의 맨 앞줄에 건재하고 있음이 분명하다.

헬렌 토머스는 지금 80세 현역 기자이다. 백악관 취재경력만 40여 년이다. 여기자 나이 팔순이라는 기록도 대단한 것이고, 경합이 심한 백악관 출입을 장기간 유지하고 있는 실력 또한 경이롭다.

이 책은 대통령과 그 부인들, 주변 권력자들과의 관계, 갖가지 정치 비화를 다룬 것이지만 취재기 곳곳에 묘사된 가히 전쟁터를 방불케 하는 취재전의 실태와 공보관을 비롯한 취재원들의 기자에 대한 시각은 저널리스트 실무 교본이 될 만하다.

헬렌 토머스의 『백악관의 맨 앞줄에서』는 신문·방송·통신·시사지, 그리고 광고업 등 전 미디어 분야 경력자들이 모인 한국여성언론인연합(전 한국미디어여성연합)에서 번역했는데, 출간 목적은 다음의 두 가지이다.

하나는 여기자로서 80세까지 현장에서 뛰고 있는 그의 투철한 직업관을 본받아 한국의 여기자들이 언론인으로서 끝까지 정진하도록 독려하기 위함이고, 두 번째 목적은 취재 전선에서 기자로서 취해야 할 태도와 자세를 헬렌 토머스의 실례를 통해 가다듬자는 것이다.

이러한 목적으로 한국에서 이 책이 출간될 수 있도록 '한국여성언론인연합' 회원들은 심혈을 기울였다.

부디 『백악관의 맨 앞줄에서』가 정치인, 정치관련 홍보업무 활동자들에게도 재미있고 유익한 참고서가 되길 바라며 또 그렇게 되리라 확신한다.

2000년 봄날에
한국여성언론인연합 회원일동

한국의 독자들에게

한국에서 제 책이 출간되어 영광입니다.

'진실이 이끄는 대로 따라가라.'

이것이 미국 언론인들의 신조입니다.

우리 언론인들은, 언론의 자유와 국가나 사회 지도자들에게 질문할 수 있는 권리 없이는 진정한 민주주의가 이루어질 수 없음을 잘 알고 있습니다.

『백악관의 맨 앞줄에서』에는 20세기 중·후반을 장식했던 역대 대통령들에 얽힌 이야기와 정보가 담겨 있습니다.

모쪼록 많은 독자들이 애독해 주길 바라며, 한국 언론인들에게도 '언론인의 역할이 무엇인지 생각해 볼 수 있는 기회가 되었으면 합니다.

— Helen Thomas
White House Bureau Chief
UPI

서 문

만약 누군가가 나에게, "일생을 살아가는 데 있어서 마지막 순간까지 해야 할 일 두 가지를 꼽으라"고 한다면 나는 서슴지 않고 이렇게 말할 것이다.

"첫째는 여행을 하는 것이고, 둘째는 책을 쓰는 일이다."

그런데 막상 내가 이 두 가지 일을 수행하려고 한다면 나 역시 다음과 같은 귀찮은 질문공세에 부딪치게 될 것이다.

"언제 떠납니까?"

"일정은 어떻게 되나요?"

"어떻게, 잘 되어 갑니까?"

"무엇에 대해 쓰죠?"

"언제 끝납니까?" 등등 말이다.

나는 기자이기 전에 한 사람의 인간이며 굳이 성별을 따진다면 팔순의 여기자이다. 남들은 나를 억척스러운 철혈 여기자 정도로 보는 모양인데, 나 역시 '감정이 풍부한 사람'이다. 백악관의 주인공들을 상대로 질문공세를 퍼부었던 나 역시 책을 쓰는 동안 동료 격인 기자들로부터 '책을 집필하는 심정'에 관한 역질문을 당하는 꼴이 됐다. 지나온 세월을 회상하니 감회가 새롭다.

새삼 어려움이 많았던 기자 새내기 시절의 일들과 40여 년의 백악관 출입기자 생활을 하면서 느껴야 했던 온갖 일들이 주마등처럼 스치고 지나간다. 다시 말해서 나의 회상 속에 희노애락의 인생 파노라마가 전개되는 것이다.

어느 날 밤, 루시앙 카(전 UPI기자)에게 전화로 이야기했듯이 이 책을 쓴다는 것이 '마치 정신과 의사 앞에 앉아 있는 것'처럼 느껴졌다. 케케묵은 오래된 취재수첩을 뒤적거리면서 오래 전에 썼던 젊은 날의 기사들을 찾아내는 데에는 비록 많은 시간이 걸렸지만 새삼스럽게 진리를 찾아낸 듯한 기쁨을 느낄 수 있었다.

회고록 집필은 내게 있어 기나긴 여행이었다. 자서전 성격을 띤 회고록을 집필한다는 것 자체가 한 사람의 인생 드라마를 쓰는 것과 마찬가지인데, 이 같은 나의 기자 생활사가 불특정 다수인들에게 읽혀진다고 생각하니 원고를 쓰는 동안 정신적인 번뇌를 느끼지 않을 수 없었다. 그 반면 한 번 여행했던 낯선 곳을 기회가 있어 다시 한 번 여행했을 때는 그 곳에 대해 좀더 많은 것을 배울 수 있듯이 회고록을 쓰면서 백악관 출입기자로서 나 자신을 되돌아보는 계기가 되었다. 뿐만 아니라 지난 38년 간 백악관 식구들의 면면을 돌아볼 수 있는 기회가 되었던 것이 사실이다.

내 인생에서 백악관 출입기자라는 경력은 매우 큰 부분을 차지하고 있다. 그러나 그것은 어디까지나 한 사람의 직업인으로서 그렇다는 말이지, 헬렌 토머스라는 자연인으로서의 개인에게는 다른 사람과 마찬가지로 그 전문직업 못지 않게 가족도, 친구도 소중하다. 결론적으로 말한다면 나의 인생에 있어서 중요한 세 가지 요소는 일과 가족, 친구였다는 말이다.

사실 내가 취재했던 대통령들에 관한 글들은 나 이외에 다른 사람들의 손에 의해서도 익히 다루어진 상태이므로 이 책에서 나는 개인적인 접근방식을 택하기로 했다. 즉 백악관을 출입하면서 내가 취재했던 8명의 대통령을 통해서 보고 듣고 느낀 것을 철저히 나의 관점에서 정리하는 것이다. 40여 년 동안 백악관의 주인공들이 수행했던 정부 정책과 의결 내용의 옳고 그름에 대한 역사적 판단은 다른 사람의 몫으로 남겨 두고 싶었다. 그러나 정보전달이 주임무인 통신기자의 한계, 다시 말해서 생생한 기사전달이 주임무인 통신사

기자의 직분을 뛰어넘는 기사에 대한 논평은 그야말로 일종의 사치(?)일 수도 있으나, 이 기회에 한 번 정도는 직접 견해표명을 해보기로 결심했다.

그 동안 취재했던 대통령들에게서 늘 '백악관은 국민의 것'이라는 말들을 들어왔다. 여기에는 현실과의 차이, 예컨대 백악관을 중심으로 벌어지고 있는 일들에 대하여 그것이 옳든 그르든 간에 나는 매일매일 일반시민들이 쉽게 접근할 수 없는 그 신성한 장소로 출근해야 했다. 그리하여 대통령들을 관찰하고 때로는 그들의 인간적인 면모를 살필 수 있는 특권을 누릴 수 있게 되었고, 그러한 행운은 팔순의 나이가 된 지금에도 지속되고 있다.

백악관에서 산다는 것은 미국인의 가장 큰 영예라는 데 동의한다. 그것은 국민이 대통령을 믿는다는 것을 뜻하기 때문이다. 하지만 국민들이 느끼는 감정과 나의 느낌이 동일하다는 생각을 지울 순 없다. 적어도 백악관의 주인에 관한, 한 평범치 않은 존재에 대해 경외심을 품는 것은 당연한 현상이다. 하지만 그것은 대통령 직책을 가진 사람을 경외한다기보다 대통령직 그 자체를 일반적으로 경외한다는 무시할 수 없는 현실에 직면하게 된다. 따라서 경외의 대상을 취재 대상으로 삼는다는 것 자체가 어떻게 보면 무리일 수밖에 없다.

기자 역시 국민들로부터 대통령에 버금가는 신뢰를 받고 있으므로 진실을 캐내고 국민의 알 권리를 지킨다는 언론인의 사명을 지키기 위해서는 백악관 출입기자로서 대통령과의 개인적인 감정을 비롯한 다른 사소한 것은 주저 없이 버려야 하는 입장에 서 있다.

그 동안 미국에는 위대하고도 명예스러운 대통령도 있었지만 다른 한편으로는 권력남용으로 인생 밑바닥까지 추락하는 대통령도 있었다. 위기의 순간에 국민 모두를 감동시킬 만한 위대한 결단을 내리는 대통령이 있는가 하면, 국민을 부끄럽게 할 정도로 오만에 사로잡힌 대통령도 있었다. 신뢰성이 없는 지도자 밑에 있는 국민은 고통을 겪을 수밖에 없으며 그러한 대통령을 뽑았다는 사실에 국민들은 수치심마저 느끼는 것도 사실이다.

오직 정의가 구현될 수 있는 민주사회에서 우리 기자들이 대통령을 신문할 수 있을 것이다. 미국은 영국식 의회 시스템이 없기 때문에 정부 관리에게 책임을 지우고 국민에게 정책과 결정을 설명하는 몫은 기자에게 주어진다.

그러나 어떤 기자는 언론인으로서의 사회적 위치를 우월하게 생각한 나머지 마치 부당한 정치권력에 맞선 순교자나 사회정의를 실현코자 하는 재판관 또는 배심원인 체한다. 나는 그런 기자들에게 최대한 그 같은 생각을 억제하고, 가능하면 사실을 객관적으로 전하는 것이 중요하다는 말을 전하고 싶다. 그것이야말로 국민이 주인이 되는 나라와 국익에 봉사하는 최선의 방법이기 때문이다.

헬렌 토머스

차 례

이 책을 추천하며 · 7
서 문 · 9

제1장 여기자의 꿈
왜 기자가 되려 하는가 · 21
빵 한 조각에도 입맞춤을 · 25
홀로서기라는 위대한 선물 · 29

제2장 워싱턴의 새내기 여기자
기회를 주지 않는 워싱턴 · 35
주급 17.5달러를 받는 카피걸 · 37
나의 하루는 오전 5시 30분에 시작 · 39
평화, 전쟁은 끝났다 · 41
방송 매체의 발달로 신문계의 지각변동?! · 45

제3장 나는 차별의 장벽을 허무는 존재
'전국여성언론인클럽WNPC' 탄생 · 51
흐루시초프, 여기자들에게 희망을 · 54
남성 전용의 그리오디론 클럽을 정면돌파! · 57

차 례

제4장 케네디 대통령에 대한 추억

65 · '소련 여행'이 내게 주는 의미

67 · 첫 백악관 출입취재는 '케네디' 대통령에서 출발

71 · 재키의 첫 임무는 아이를 돌보는 알?!

제5장 소중하고 그리운 사람들

77 · 영원한 친구, 아예사 아브라함

81 · 나의 스승, 앨 스파이백

83 · 기자 중의 기자, 메리만 스미티

제6장 대통령과 기자들의 '진실'싸움

91 · 국민에게 사실을 알려라

113 · 대통령이 아니라 '지미'로 불렸던 카터

114 · '뉴스 통제'라는 언어의 탄생

120 · 기자실은 기자실답게

122 · 한 줌의 신선한 공기, 포드 부부

126 · 대통령은 항상 깨어 있어야 한다

128 · 누군가가 백악관에 총을 쏘았다

제7장 속보로 승부를 걸었다

135 · '최초'의 기록이 지니는 의미

143 · 당신은 항상 곤란한 질문만 해

150 · 생생한 기자회견, 일문일답

155 · 클린턴이 내게 준 최고의 선물

차 례

제8장 백악관 공보관들의 빛과 그림자

첫 브리핑으로 새벽을 여는 공보담당관 · 159

정보의 유출을 막아라 · 167

공보관의 첫째 조건 '말을 많이 하지 말라' · 172

대통령이 잘못해 놓고 대변인을 사임? · 177

대변인의 망발, 국가가 휘청인다 · 184

첫 여성 공보관, 디 디 마이어스 · 196

제9장 하늘을 나는 백악관

샘SAM에 관한 추억 · 209

대통령이 바뀌면 비행기 패션도 달라진다 · 216

특종을 잡으려면 대통령 전용기를 타라 · 224

비행기 안에서의 대통령 모습은 지극히 인간적 · 229

대통령 비행기에서 무슨 일이 벌어질까 · 233

잊을 수 없는 중국여행 · 238

영화 <에어포스 원>, 실제와 다르다 · 248

제10장 더글러스, 내 영원한 우정과 사랑

최상의 결혼은 천국에서, 언론의 결합은 백악관에서 · 257

헬렌의 능력을 인정해 준 진정한 남편, 더글러스 · 263

그는 떠났지만, 사랑은 영원하다 · 265

제11장 백악관의 안주인들

273 · '감옥에서 왕관을 쓴 꼴' 아니면 뭐든 휘두르는 '요술 지팡이'

276 · 대통령 부인이자 어머니, 활동가, 패션의 전령사

280 · 신비와 매력의 소유자, 재키 케네디

290 · 완벽한 정치인의 아내, 레이디 버드 존슨

299 · 용기와 헌신, 믿음으로 위기를 극복한, 팻 닉슨

307 · 솔직 · 대담으로 포드보다 인기가 좋았던, 배티 포드

312 · 최선을 다한 일에는 뒤돌아보지 않는, 로잘린 카터

317 · 쇼핑가를 누비던, 낸시 레이건

329 · 벨벳에 싸인 철 주먹, 바버라 부시

336 · 위기를 기회로 만들 줄 아는 강한 여성, 힐러리 클린턴

제12장 대통령, 거짓말하지 마세요

360 · 뉴 프론티어 정신의 기수, 존 F. 케네디

368 · 전쟁에 패배한 고집쟁이, 린든 존슨

376 · 냉예와 불명예를 동시에 누린 대통령, 리치드 닉슨

391 · 중동 평화의 사도, 제임스 카터

402 · '레이건 혁명'을 탄생시킨 극렬 보수주의자, 로널드 레이건

423 · '겁쟁이' 별명 오욕 씻지 못한 온건주의자, 조지 부시

432 · 닉슨에 이어 제2의 탄핵 위기에 놓였던 대통령, 빌 클린턴

제13장 긴 안목을 가져라

제1장

여기자의 꿈

　나의 부모님은 신앙심이 매우 깊은 분들이었다. 어머니는 빵 한 조각을 바다에 떨어뜨리면 그것을 주워서 입맞춤하라고 가르치셨다.

왜 기자가 되려 하는가

기자의 임무에는 사람들과 사건, 이곳 저곳의 기사정보에 대해서 관찰하고 듣고 쓰는 일이 포함되어 있다. 평생 동안 기자로서 대통령을 비롯한 고위직 인사들에 관한 글을 쓰는 일에 대부분의 시간을 보냈다는 점에서 나는 행운아였다.

그러나 막상 내 자신에 대한 글을 쓰려고 하니 솔직히 곤혹스럽기 그지없다. 미국 지도자와 유명인사들 그리고 중요한 여러 정책을 주도하는 사람들에 대해 이런저런 이야기를 하다보면 누군가 "당신 자신은 어떠냐?"고 물어 오는데, 그럴 때마다 마치 "너나 잘해"라는 식으로 들려 당혹스러웠다. 국민의 알 권리를 지킨다는 차원의 질문과 평임에도 불구하고 그들은 인간이기에 저지를 수 있는 실수와 오류를 한 치도 인정하려 들지 않는다.

아무튼 기자에게 부여된 질문 특권. 이것은 사람들로 하여금 기자가 되길 열망하게 하는, 그럼으로써 평생 직업으로 삼게 만드는 요인이 아닌가 생각한다.

"왜 기자가 되려 하는가?"

이에 대한 답은 필자가 개인적으로 생각하기에는 '기자직을 수행하는 과정에서 느끼게 되는 흥분과 각종 사건의 원인과 소재를 추적하는 바쁜 나날들, 그에 따르는 온갖 일들이 직업인으로서 나의 존재를 느끼게 하기 때문'이라 할 수 있다.

내 직업을 묘사하는 데 자주 쓰이는 수식어로는 '글래머Glamour', 즉 매력이란 말이 있는데 반드시는 아니지만 가끔은 맞는 표현이다. 그러나 새벽 6시 30분부터 쏟아지는 비를 맞으며 백악관 취재 라인 뒤에 떨고 서서 대통령 집무실에서 방금 있었던 일을 자세히 말해 줄 누군가를 기다릴 때, 또는 그들을 다른 동료기자들보다 먼저 만

나기 위해 밀고 당기는 억척스러운 취재경쟁을 벌일 때는 '글래머'
란 말은 감히 생각할 수도 없다.

"당신은 참으로 흥미로운 사람들을 만난다"는 말을 자주 들었다.
사실이다. 바꿔 말한다면 "당신은 흥미로운 인생을 누린다"는 얘기
와 같다. 그러나 기자직을 선택하는 사람들은 우리 시대에 중요한
역사적 사건이 일어날 때 '그 자리에 있고 싶어하는' 못말리는 욕망,
즉 튀고 싶어하는 '끼 있는 사람들'이며 이러한 욕망이란 인생과 사
람들 그리고 우리를 둘러싼 세계에 대해 지칠 줄 모르는 호기심과
그것을 밝혀 내고자 하는 마음이다.

자칫 이야기가 복잡해질 우려가 있으므로 요점부터 이야기하겠다.
우선 내가 흥미롭다고 느꼈던 것은 언제나 백악관 감시자로서의 내
인생보다는 권좌에 앉은 이들의 인생 스토리였다. 하지만 기자로서
그들을 취재할 수 있었던 특권에는 엄청난 책임이 뒤따랐다.

기자는 관찰하고 듣고 쓰는 일 외에 때로는 중요하지만 썰렁한
질문을 던지는 법도 배워야 한다.

필자가 어렸을 때 나로서는 정말이지 어른이 되어서도 매일매일
일을 배워야 하는 기자라는 직업을 택하리라고는 생각지도 못했다.

나는 어릴 때부터 모든 것을 알고 싶어하는 호기심을 보였다고
한다. 언젠가 언니 친구가 집에 놀러왔을 때 나는 그녀 자신과 그녀
의 옷에 대해 묻고 어디서 자랐으며 지금은 어느 곳에 살고 있는지,
미국인의 정서상 거부감을 느낄 수 있는 개인적인 사생활의 이모저
모를 마치 신문하듯 캐기 시작했다.

그러한 나에게 언니 친구는 "너는 너무 호기심이 많다"고 말했고,
나는 언니에게 "호기심이 많다는 게 뭐냐?"고 되물을 수밖에 없었
으며 못말리는 나의 호기심 발동에 두 사람은 손을 들고 말았다. 그
러나 이제는 정반대의 입장이되어 사람들이 나에게 끊임없이 묻는

다. 거리나 공항, 슈퍼마켓 등 때와 장소를 가리지 않고 묻는다.

"당신은 백악관 기자석 맨 앞줄에 앉는 그 기자가 아닌가요?"

그리고 때로는 나의 질문방식을 거론하는 경우도 있다.

"며칠 전에 백악관 회견실에서의 질문은 상당히 어렵던데요."

혹은 다음과 같은 말들로 격려해 주기도 한다.

"날카로운 질문이 마음에 들었습니다."

"계속 그렇게 본질을 캐는 질문을 하세요. 당신은 우리를 위해서 질문하는 거니까."

1988년 어느 날 밤, 일을 마치고 돌아오는 길에 택시 운전을 하는 여자가 뒤를 돌아보더니 나를 보면서 이렇게 말했다.

"당신, 대통령들이 싫어하는 그 여자 아니에요?"

나는 이 말을 듣고 재미있다고 생각했다. 대통령들은 나를 꺼리고 싫어하겠지만 그에 비례해서 국민에게 신뢰받는 기자가 되었다는 사실에 기쁨을 느낄 수 있었다.

합참의장이었던 콜린 파월 장군도 질문의 표적이 된 적이 있었다. 1992년 크리스마스 날, 파월과 나는 내 친구이자 동료인 샘 도널슨의 파티에 참석했었다.

《워싱턴 포스트》는 대통령 당선자 클린턴이 파월을 새 정부의 국무장관으로 임명할 것이라 보도했는데, 그러한 입각설이 나돌고 있는 파월을 마침 파티에서 만났으니 나는 당연히 기자로서 질문을 해야만 했다.

칵테일 잔을 들고 다른 사람과 담소를 나누고 있는 파월에게 물었다.

"클린턴 대통령 당선자가 당신을 국무장관으로 내정했다는 설이 있는데 그것이 사실인가요?"

파월은 짧게 한숨을 쉬더니 그 뒤쪽에 서 있는 사람에게 나를 가리키며 이렇게 말했다.

"저 여자를 보낼 만한 전쟁터가 어디 없을까?"

언니 이자벨라의 간호학교 룸메이트였던 릴리 시저트는 내가 12세 때 이미 신문기자가 되려 했었다는 사실을 상기시켜 주었다. 아마 호기심이 많은 아이였기 때문에 적성에 맞는다고 생각했을 것이다. 크리스마스 시즌 어느 날, 릴리와 우리 가족은 함께 거실에 있는 검은 피아노 옆에 모여 앉았다.

지금의 나를 보면 믿기 어렵겠지만 나는 원래 수줍음을 잘 타는 편이었는데, 그 날은 아홉 명이나 되는 형제들과 부모님 앞에서 찢어지는 목소리로 '마이 맨'을 부르면서 브로드웨이의 여가수 화니 브라이스를 흉내내느라 기를 썼다.

"헬렌, 너 졸업하면 가수가 될 거니?"

릴리의 이 질문을 나는 아직도 생생히 기억하고 있다. 그때 나는 이렇게 대답했다.

"아니야, 난 아주 훌륭한 신문기자가 될 거야."

3년 뒤, 내 직업은 결정됐다. 디트로이트의 이스턴 고등학교 2학년 당시 내가 쓴 글을 높이 평가하신 영어 선생님이 내 글을 학교 신문 ≪인디언≫에 실어 주었던 것이다.

생전 처음으로 기사 밑 필자 서명란에 내 이름이 실린 것을 보고 으쓱해진 나는 즉시 신문사에 들어갔다. 신문사라는 조직분위기가 좋았고 매주 신문을 만드는 일이 마음에 들었다. 마치 잉크가 내 정맥 속으로 흐르는 것 같은 희열을 느꼈고 나는 기꺼이 이 일에 인생을 바치기로 결심했다.

고등학교 졸업반이었을 때 나는 에드나 세인트 빈센트 밀레이가 쓴 『포도로 만든 와인Wine from These Grapes』이라는 시집을 증정받았다. 그 책에는 이렇게 적혀 있다.

'헬렌 토머스에게, 오랫동안 신문사 기자로 헌신한 것에 감사하며, 1938년 1월 26일.'

그 당시 다른 많은 기자들의 시작도 이런 식이었을 것이다. 나중에 웨인 대학(지금의 웨인 주립대)이라는 지방 대학에 입학해 학교 신문사에서 일하게 되었을 때에도 나는 온 정열을 바쳤다. 학교 신문사 기자가 나의 본업이고, 수업에 출석하고 학위를 따는 것은 부업이었다고 해도 과언이 아니었다.

"네 인생에 있어서 삶의 지표로 삼는 사람이 있느냐"는 질문을 받을 때가 가끔 있다. 그럴 때면 나는 조금도 주저하지 않고 "부모님"이라고 대답했다. 나에게 있어서 선생님들이 용기를 북돋워 주었던 존재라면 부모님은 나의 뿌리이며 등대였기 때문이다.

빵 한 조각에도 입맞춤을

1892년 아버지 조지는 후에 레바논의 영토가 된 시리아 트리폴리에서 미국으로 이민왔다. 그때 아버지는 17세였고 가난했기 때문에 3등 칸 배에 몸을 실었다. 아버지가 가진 거라곤 주머니 속에 든 몇 센트의 돈과 기도서가 전부였다.

이민국은 아버지의 이름 안토니어스를 영어화해서 토머스라는 성을 주었다. 아버지는 친척이 있는 켄터키 주 윈체스터에서 과일, 야채, 목화, 사탕, 담배를 마차에 싣고 팔러 다녔다.

1920년 8월 4일, 나는 아홉 형제 중 일곱째로 태어났다. 형제들은 캐서린, 앤, 매트리, 사베, 이자벨라, 조세핀, 나, 바버라, 그리고 주느비에브 이렇게 아홉이다.

1924년 7월 우리는 디트로이트에 살고 있던 친척의 권유로 그 곳으로 이사했다. 아름다운 나무 그늘이 있는 이스트 사이드 하이델베르크 3670번 가의 침실 다섯 개짜리 집에 정착했다.

나의 부모님은 신앙심이 매우 깊은 분들이었다. 어머니는 빵 한 조각을 바닥에 떨어뜨리면 그것을 주워서 입맞춤하라고 가르치셨다. 아버지에게 아메리칸 드림이란, 기회의 땅 미국에서 돈을 벌어 재산을 소유하고 가족의 미래를 위해서 자식들에게 대학 교육을 시키는 것이었다.

아버지는 글을 읽고 쓰지는 못하셨지만 숫자에는 밝아 계산 감각이 뛰어났다. 그래서 나는 때때로 아버지의 머릿속에 컴퓨터가 있는 것이 아닌가 하는 생각도 들었다. 글을 모르셨던 아버지는 매일매일 '비즈니스 페이퍼'를 가방에 넣어 가지고 오셨는데 하루를 마감하는 시간에 우리 형제들 중 하나가 비즈니스 페이퍼를 크게 읽어드렸고 아버지는 그것으로 하루 매상을 정리하셨다. 아버지는 우리들의 성적표를 읽을 수 없었지만, 우리가 점수를 읽어 드릴 때 언제나 두근거리는 마음으로 들으셨다.

아버지는 루스벨트 대통령(미국의 26대 대통령, 재위기간 1901~1909)과 닮았는데 키가 크고 당당한 풍채의 소유자였으며 겸손하고 사교적인 성격이시다. 이따금 부모님은 아랍어를 하는 친구들을 초대해 고국에 대한 이야기꽃을 피우곤 하셨는데 그때마다 깊은 향수에 빠져드는 듯하셨다.

나의 아버지 조지 토머스는 또한 사회적 책임감도 강한 분이셨다. 그는 대공황 동안에도 내내 가게를 지키시며 일주일에 몇 번은 팔다 남은 물건을 포장 봉투에 담아 집에 가져오셨는데, 어머니는 이것을 이웃들에게 나눠주며 경제 대공황의 아픔을 함께 했다.

아버지는 한쪽 눈을 실명하셨다. 백내장 수술이 잘못되었기 때문이다. 몇 년 뒤 내가 8세 때 다른 한쪽 눈에도 같은 증상이 나타났는데 다행히 두 번째 수술은 성공적이었다.

그 당시 주변 모든 사람들은 가난했고 빈곤이 무엇인지 잘 알고 있었다. 제1차 세계대전 이후 잠시 경제 호황을 누리면서 대량 생산, 대량 소비로 인해 미국 전체가 떠들썩하며 잉여 자금으로 주식에 투자하는 사람들도 많았으나 경제에 거품이 빠지자 주가가 폭락하는 사태가 빚어졌다. 그 바람에 자본 유통이 마비되는 등, 자금줄이 막힌 기업이 연쇄 도산하는 사태가 벌어졌다. 이러한 경제 대공황은 대량실업을 유발시킴으로써 가난한 군중들을 길거리로 내몰고 말았다. 그때 우리 이웃은 온통 독일인과 이탈리아인들로 가득 차 있었다. 그 가운데 우리는 유일한 아랍인 가족이었으나, 그래도 이웃이 어려울 때면 서로 도우며 살았다.

우리는 자신을 하이픈(hyphenates·외국계 미국인)이라고 생각하지 않았다. 하이픈이란 인종적 배경을 말할 때 흔히 쓰는 표현이다. 요즘에는 '인종 전시장'이라는 의미로 그 뜻이 퇴색했지만, 원래 이 말은 하이델베르크 가에서 우리 자신의 관점에서 쓰인 말이었으며, 사실 이웃에 존재하는 다양한 혈통과 문화는 우리들에게 인내심과 여유를 가지게 했다.

그렇다고 해서 우리 가족이 인종차별을 받지 않았다는 말은 아니다. 부모님과 우리 형제들은 어딜 가도 멸시와 모욕의 대상이었다. 그러나 우리는 가족 중심의 분위기 속에서 성장했기 때문에 그러한 환경을 이겨낼 수 있었다. 지금까지도 가슴 속에 사무치는 일이 하나 있다. 우리가 디트로이트로 이사가기 전, 아버지는 켄터키 주 윈체스터의 언덕 꼭대기에 있는 아름다운 집을 사고 싶어하셨다. 그러나 집주인은 단지 우리가 '시리아 인'이란 이유로 거절했다. 이런 식의 인종적 편견은 그 당시에는 아주 흔한 일이었다.

우리는 경제적으로 고생은 했지만 궁핍하지는 않았다. 매주 일요일 그리스 정교회 예배가 끝난 뒤, 우리는 어머니가 준비하신 푸짐한 아랍 음식을 먹기 위해 식탁에 모였다. 학교에서 집으로 돌아올 때면 어머니는 언제나 집에 계셨다. 어머니가 커다란 접시에 황갈색 감자튀김을 담아 두면 우리들이 오가며 집어먹었던 일들이 종종 생각난다.

우리 집은 책과 신문으로 가득 차 있었다. 아버지는 우리 모두에게 배움에 대한 열정과 교육에 대한 중요성을 일깨워 주셨다. 부모님의 기대 수준에 맞추어 살고자 우리는 정말 최선을 다했다. 내가 어렸을 때 오빠와 언니들은 언제나 책과 레코드를 집에 가져와 교실에서 배울 수 없는 것을 내게 가르쳐 주었다. 내가 중학생이었을 때 언니들 중 하나가 셰익스피어 희곡을 크게 읽어 주었던 적이 있었는데, 그때 우리는 황홀한 기분으로 들었던 일이 생각난다.

독일이 군비를 강화함으로써 유럽에 전운戰運이 짙게 드리워진 1938년 나는 웨인 대학에 입학했다. 그러나 그 대학에서는 저널리즘을 전공으로 이수할 수 없었기 때문에 교양과목 중 하나로서 수강할 수밖에 없었다. 나는 성실한 학생은 아니었다. 사실 나는 제멋대로였고 인습 타파주의자에, 규율 없이 행동하는 자유파 학생이었다. 그러나 역사학과 사회학 수업만큼은 누구 못지 않게 좋아했다. 특히 버터필드 교수의 역사학 강의는 나에게 큰 감명을 주었다. 그 분의 강의는 감동적이고 깊은 사고를 불러일으켰으며 미래에 대한 영감을 주었다. 나는 또한 심리학에 관련된 몇 과목을 추가로 수강했는데, 돌이켜보면 내가 수강한 과목들은 현재의 내 직업에 큰 도움이 됐다.

홀로서기라는 위대한 선물

1940년 학교 신문에 실렸던 내 글은 시간이 흘러 다시 인용되기도 했다. 그 기사는 1945년부터 1952년까지 우리 대학에서 학장으로 재직한 데이비드 도즈 헨리 박사에 대한 소개글이었다. 그가 1995년 세상을 떠났을 때 ≪웨인 스테이트 매거진≫은 내 기사의 일부분을 옮겨 실었다.

'조언가, 중재인, 진행자 그리고 분쟁 조정자란 말은 데이비드 도즈 박사에 대한 피상적인 묘사일 뿐이다. 그처럼 웨인 대학에 정통하고, 또 필요한 것을 잘 아는 행정가는 찾아볼 수 없을 것이다.'

1940년 독일과 이탈리아, 일본의 삼국동맹 체제가 형성됨으로써 대서양 건너편 유럽뿐만 아니라, 태평양전쟁의 전조가 짙게 감도는 가운데 기존의 먼로주의, 즉 고립주의자와 히틀러의 제삼제국 건설을 적극적으로 저지해야 한다는 전쟁 개입론자 간에 격렬한 논쟁이 한창일 때 아버지가 돌아가셨다. 65세를 일기로 아버지는 그토록 오랜 세월 고생만 하시다 심장이 멎고 말았다.

아버지는 만약의 경우를 늘 준비하셨던 용의주도한 분이었기에 돌아가시기 전에 미리 당신의 묏자리를 마련해 두셨고 장례비용을 생명보험 증권으로 충당케 하셨을 뿐만 아니라 심지어는 우리들 각자에게 5백 달러짜리 보험회사의 증권까지 남겨 놓으신 분이셨다.

1941년 12월 7일 일요일 아침, 우리 가족은 아버지 친구분의 아들이 진주만에서 일본군의 폭격으로 부상당했다는 전화를 받았으며, 동시에 라디오에서 흘러나오는 루스벨트 대통령의 대일규탄성명과 선전포고를 들었다.

오빠들도 다른 수많은 미국 청년과 마찬가지로 즉시 군에 입대했다. 사베는 육군에 입대하여 그만 부상을 입고, 시카고에 있는 병원에서 치료를 받은 후 마침내 집으로 돌아왔다. 매트리 오빠도 육군에 입대했으나 사관후보학교에 보내져 훈련을 받은 뒤 공군으로 전출됐다. 그는 북아프리카와 이탈리아 전투에 참가했고 소령이 되어 돌아왔다. 전쟁이 끝난 후 그는 공군 예비역으로 남아 있다가 결국 대령으로 퇴역했다.

나는 미국이 적극적으로 유럽전선과 태평양전쟁에 참전하는 모습을 보며 군통수권자인 대통령이 있는 백악관이야말로 내가 일할 유일한 곳이라고 생각했다. 당시 나는 기자가 되기를 간절히 원했지만 그렇다고 해서 화재 현장이나 쫓아다니며 강력 사건에 대한 경찰당국의 대응책을 취재하고 싶지는 않았다. 그 일은 다른 기자들의 몫이라 생각했다.

1942년 여름, 나는 영문학 학위를 취득하며 대학을 졸업했고, 직장을 구하기 위해 신문을 샅샅이 살펴보곤 했다. 어느 날 워싱턴 사회복지부에서 일하는 사촌 줄리아를 찾아가겠다고 어머니께 말씀드렸는데, 어머니께서는 다른 어머니들처럼 "언제 결혼할 거니?"라는 질문 대신에 자신의 신조대로 "언제 집에 돌아올 거니?"라고 물어보셨다. 그때 내가 어머니께 어떻게 대답했는지 기억이 나지는 않지만 우리 두 사람 모두 무슨 대답이 나올지 알고 있었다. 그러나 의외로 나의 워싱턴 방문이 몇주에서 몇달로 길어지자 어머니는 '언제 돌아올 건지' 다시 묻지 않을 수 없었다.

어머니는 처음에는 미미한 심장발작 증세로 고생하시다가 점점 심해지더니 결국 1954년에 돌아가셨다. 어머니는 야무지고 당찬 여인이셨다. 독립적이고 열정적인 정의감을 가지셨으며 얼마나 용감하고 인내심 많은 분이었던지, 지금도 종종 그 분이 그립다. 그렇듯

나의 어머니는 언제나 우리를 위해 당신의 자리를 지키셨던 분이다.

나는 서로가 서로를 아껴 주는 영원한 형제애가 있는 대가족의 일원으로 태어난 것을 참으로 다행스럽게 생각한다. 지금도 우리 형제들은 서로 친하게 지내고 있으며 조카들도 이 같은 형제간의 우애를 전통으로 이어받고 있으니 살아 생전 우리에게 가르치셨던 부모님의 자식 교육이 얼마나 훌륭했는지 충분히 엿볼 수 있다.

부모님은 그 자신과 자식들 모두의 더 나은 풍요로운 삶을 위해 미국으로 건너오셨고 우리에게 가능한 한 모든 편의를 제공해 주기 위해 열심히 일하고 희생하셨다. 우리가 고등학교 이상의 더 나은 교육을 받길 원하신 것 외에 부모님은 우리에게 "해야 한다" 혹은 "하지 말라"는 말씀은 절대 안 하셨다. 부모님은 우리에게 스스로 판단할 수 있는 능력을 길러주신, 세상을 살아가는 데 꼭 필요한 홀로서기라는 위대한 선물을 주신 분들이다.

제 2 장

워싱턴의 새내기 여기자

　나는 일명 편집장 비서였다. 만약 신문사가 나에게 지
시를 내렸다면 아마 회사의 바닥 청소도 했을 것이다. 이
렇게 나는 언론계에 첫발을 들여놓은 것이다.

기회를 주지 않는 워싱턴

　기자라는 직업을 택하고 찾아간 워싱턴은 일찍이 미국의 행정수
도로서 '조용한 남부 도시'라고 일컬어졌다. 당시는 전시戰時였기 때
문에 전쟁 중에 전방지원 업무로 수많은 사람들이 몰려 있었다. 특
히 연합군의 맹주이며 군통수권자인 대통령의 거주지는 백악관을
경비하는 군인들로 즐비했다. 필자가 기자의 꿈을 안고 그 곳에 처
음 도착하는 순간, 워싱턴이 화이트칼라의 도시라는 말을 실감할 수
있었다. 고향 디트로이트가 블루칼라의 도시라면 워싱턴이 화이트칼
라의 도시라는 말이 공연히 나온 말이 아님을 절감할 수 있었다.
　워싱턴은 환경 친화적인, 그야말로 도시계획이 잘 조성된 곳이었
는데, 특히 미국의 역사를 한눈에 알아볼 수 있는 여러 기념비와 시
민공원, 그리고 녹색 도시라는 이름에 걸맞는 푸른 숲들이 곳곳에
조성되어 있었다. 하지만 당시 대통령 영부인 엘리노어 루스벨트의
노력에도 불구하고 인종차별, 특히 흑인들에 대한 편견과 여성들을
억압하는 성차별이 심한 곳이라는 인상이 강하게 풍겼다.
　루스벨트 시절 내무부 장관이었던 해럴드 아이크스에 대한 일화
를 소개하고 싶다. 당시 흑인이 얼마나 심한 푸대접을 받았는지 단
적으로 보여주는 좋은 실례이다. 내무부에서 근무하던 두 명의 흑인
공무원이 내무부 내에 있는 카페테리아에서 점심을 먹기로 작정했
다. 분위기로 보아서는 일종의 '점심 먹기' 작전이라 표현해야 마땅
할 것이다(한국의 독자들은 이해하기 힘들겠지만). 그 곳은 피부색 때문
에 흑인들이 출입해서는 안 되는 장소였다. 흑인 출입에 불쾌해진
백인 여성 두 명은 장관에게 이 사실을 보고했고, 장관이 그들에 대
해서 어떠한 조치를 취할 것인지 궁금해했다. 하지만 장관은 흑인
출입에 대해서 대수롭지 않다는 반응을 보였다. 그녀들은 내심 징계

를 원했던 것이다.

UP(United Press, 이하 UP)에서 새벽 라디오 프로그램을 맡았을 때, 나는 직접 인종차별 현장을 목격할 수 있었다. 나는 일을 시작하기 전에 근처 레스토랑에서 몇몇 동료들과 함께 커피를 마시거나 아침을 먹는 것이 습관화되어 있었는데, 그 곳 레스토랑에서 흑인들은 음식을 사 가지고 갈 수는 있지만 안에서 음식을 먹을 수는 없었다. 소위 전체주의 독일과 맞서서 민주진영을 수호한다는 미국의 수도에서 인종차별이 이토록 심각한 지 놀라움을 금치 못했다. 앞에서도 이야기했지만 부모님의 교육과 내가 자라난 환경, 즉 나의 가치관에 정면으로 위배되는 것이었다. 더욱이 고향 디트로이트에서 나는 인종차별이 없는 학교에 다녔기에 충격이 더욱 컸다. 그러나 그것은 내가 새로 접한 첫 번째 충격에 지나지 않았다. 인종차별에 관한 한 미국사회는 '법 따로 국민정서 따로'였다. 예를 들어 린든 B. 존슨(존슨 대통령을 일컬음)이 흑인이 포함된 포괄적인 시민권이 명시된 법안을 비롯하여 피부색이 검다는 이유로 실질적인 참정권이 제한된 흑인을 위한 선거법안으로 인종간의 장벽을 허무는 소위 '위대한 사회Great Society'를 표방했던 1960년대까지도 워싱턴에 인종차별이 존재했다.

사촌들과 함께 살게 된 나는 일자리를 구하기 위해 신문의 구인광고란을 샅샅이 뒤지며 하루하루를 보냈다. 당시의 고정관념, 특히 여자의 몸으로 남자들의 세계에 도전하겠다는 생각은 감히 상상도 못했다.

나는 일거리를 찾아 여러 회사의 문을 두드렸으나 번번이 거절당했다. 기회를 주지 않는 워싱턴! 그러나 나는 내 뜻을 반드시 이루기로 결심하고 그대로 머물기로 작정했다. 가족들, 특히 "언제 돌아오겠니?"라고 물으시는 어머니께 사실대로 이야기하면 도움을 받을 수 있다는 것을 알고 있었지만, 유난히 자존심이 강했던 나는 돈을 구하기 위해서 한 번도 집에 전화를 걸거나 편지를 쓴 적이 없었다. 이 또한 부모님의 가정교육 덕분이었지만 말이다.

주급 17.5달러를 받는 카피걸

내 첫 번째 직업은 중심가에 있는 해산물 레스토랑의 여종업원이었다. 궁여지책으로 택한 일이었으므로 능률이 오를 리 없었다. 사실 업소에서 여종업원들을 다룬다는 것은 힘든 일이다. 예를 들어 팁을 주지 않으면 불친절은 기본이고 행동이 거칠어지거나 태업을 하기 마련이다. 내가 지금 여종업원에게 팁을 후하게 주는 이유도, 그때 직접 체험해본 장본인이기 때문이다.

아무튼 그 일은 오래가지 못했다. 레스토랑 주인은 내가 잘 웃지 않는다고 불평했으니 일을 하더라도 언제나 가시방석이었다. 하지만 운 좋게도 그 일을 그만두려고 했던 날 신문사에 취직할 수 있었다.

당시 22세였던 나는 워싱턴에 있는 ≪데일리 뉴스≫에서 주급 17.5달러를 받는 카피걸로 언론계에 처음 발을 들여놓았다. 내가 하는 일에는 아침마다 편집장에게 커피를 가져다주는 일도 포함됐는데 가끔은 직접 커피를 타기도 했다. 일명 편집장 비서였던 것이다. 만약 신문사가 나에게 지시를 내렸다면 아마 회사의 바닥 청소도 했을 것이다. 이렇게 나는 언론계에 첫발을 들여놓은 것이다.

'텔레타이프'는 전세계 종군기자들의 현지 리포트에 요란한 소리를 내면서 기사를 토해내고 있었다. 속보를 알리는 벨소리가 다섯 번 울리면 나는 텔레타이프에서 기사를 잘라내어 즉시 편집실에 전달했다. 태평양전쟁의 상황과 북아프리카에서의 연합군 전투의 상황에 관한 자세한 소식들로 속보를 알리는 벨은 하루에도 여러 번 울렸다.

당시 유명한 종군기자였던 어니 파일이 최전방에서 보내온 긴급 보도는 참으로 감동적이었다. 어느 날 그가 정상을 탈환하려고 부하들을 이끌고 싸우던 도중 전사한 어느 육군 대위에 대해 쓴 기사를 보내는 바람에 온 사무실이 눈물 바다가 된 적도 있었다. 그처럼 전쟁을 생생하고 비극적으로 표현한 사람은 없었다. 다시 말해서 비참한 전쟁기사를 휴머니티한 감동적 드라마로 엮어내는 사람은 그를 제외하면 아마 없을 것이다.

신문의 여러 섹션 가운데 주로 사회면을 담당했던 여성기자들은 남자들이 계속 전쟁에 징병되자 뉴스 특종 부서로 자리를 옮기기 시작했다. 몇달 후, 나도 견습기자로 발탁되어 지역 뉴스를 취재하게 됐다. 드디어 기자생활, 즉 카피걸에서 공론지의 새내기 기자로 일하게 된 것이다.

나는 시내를 돌아다니며 취재하고 기사를 쓰면서 즐거운 시간을 보냈다. 업무 때문에 자연스럽게 식자공들과 인쇄공들은 나의 친구가 되었다. UP에서 일할 때 만난 텔레타이프 기사技士도 내 친구가 됐다. 사실 그들은 엔지니어링 계통에 종사하고 있지만, 신문기자와 다름없었다. 왜냐하면 오랜 실무경험을 토대로 기자들의 실수를 발견해내는데 도사였기 때문이다.

처음 뉴스 편집실에 근무했던 나날들은 마치 내가 대학 초년생이 된 기분을 느끼게 했다. 왜냐하면 훌륭한 남녀 선배기자들이 기사 마감시간에 쫓기며 분주하게 움직이는 모습도 부러웠고 신문을 내기 위해서 인쇄기에 잉크를 칠하는 것을 지켜보는 일은 아주 흥미로웠다. 헤드라인을 작성하는 기자들이 적당한 단어를 고르기 위해 논쟁을 벌이는 것도 활기차게 느껴졌다.

어느 날, 스포츠 편집기자들이 주어진 공간에 맞는 단어를 생각해내기 위해 활발한 토론을 벌이고 있었다. 나는 우연히 그들이 대화하고 있는 옆을 지나다가 '강타'라고 이야기했다. '강타'라는 말은 그들이 생각해 내려고 애쓰던 바로 그 단어였던 것이다. 마침 그 곳을 지나다가 어리둥절한 눈으로 바라보는 나를 그쪽에서도 이상하게 쳐다보고 있었다. 서로 상대방을 이상하게 바라보고 있었던 것이다.

나의 하루는 오전 5시 30분에 시작

새내가 기자로 일하는 동안, 하기 싫었던 일 가운데 하나는 전쟁 희생자 명단을 다루는 일이었다. 명단이 끝이 없어 보일 때나 희생자 이름으로 계속 채워지는 복사 용지를 바라보는 것만으로도 가슴이 아팠다. 우리는 워싱턴 지역 출신의 희생자를 찾아내서 그의 가족들에게 연락을 해야 했다. 나는 그 일이 그토록 두려울 수 없었다. 희생자 명단이 정식 발표될 때까지 군 당국에서 가족들에게 통보하지 않았을 경우에는 더욱 고통스러웠다. 지금도 그 때의 일을 생각하면 한기를 느낀다. 당시의 기분은 마치 내가 저승의 메신저라도 된 기분이었으니까 말이다.

기사가 된 나는 워싱턴 신문조합에 가입했다. 조합이 있던 도시 출신인 내가 조합에 가입하는 것은 당연한 일이었다. ≪데일리 뉴스≫에서 파업이 일어났을 때 나는 동료들과 함께 파업에 가담했고 회사측은 그것을 이유로 우리 모두를 해고했다. 우리의 행동을 불법파업이라 규정했던 것이다.

그때 나는 베티 러시와 친구가 됐다. 중서부 지역 출신이었던 그녀는 워싱턴의 ≪데일리 뉴스≫에서 일하기 전까지는 오하이오 주 로레인에 있는 신문사에서 일했다. 우리는 룸메이트가 되기로 결정했고 그 때의 인연으로 평생 친구가 됐다.

혈기 왕성한 젊은 남자들은 거의 대부분 전쟁터에 징집당했기 때문에 베티와 나는 내셔널 프레스 빌딩에서 곧 일자리를 찾을 수 있었다. 그녀는 라디오 방송국에서 일하게 됐고 나는 공교롭게도 워싱턴 ≪데일리 뉴스≫와 같은 계열사인 UP에 채용됐다.

UP의 시티 뉴스 서비스인 WCNS의 창설멤버 아크 에디 밑에서 일하게 된 나는 라디오 뉴스 기사를 쓰게 됐다. 나의 하루는 오전 5시 30분에 시작되었으며 덕분에 봉급은 주당 24달러까지 늘어났다.

베티와 나는 1941년 백악관에서 몇 블록 떨어진 G가의 허름한 4층 아파트에서 살았는데 물론 엘리베이터도 없었다. 작은 방 두 개와 부엌 그리고 욕실이 있던 그 곳은 값싼 포도주를 사들고 오는 친구들과 동료기자들의 아지트로 변해 버렸다. 그때 베티와 보냈던 수많은 밤들은 내가 디트로이트 집에서 형제들과 함께 지냈던 생활을 연상케 할 정도로 친자매처럼 지냈다.

그 곳에서 많은 친구들을 만날 수 있었다. 당시 베티는 라디오 뉴스에서 상원의원을 중심으로 의회(상원)를 취재하고 있었고, UP 기자였던 앨런 드러리도 역시 의회를 취재하고 있었는데 나중에 그는 『고안과 동의Devise and Consent』라는 소설로 기자로서 최고의 영예라 할 수 있는 퓰리처 상을 받았다.

나는 WCNS의 편집부에서 두 명의 훌륭한 신문기자들과 함께 일하게 되었는데 그들로부터 많은 것을 배울 수 있었다. 그들은 친절하게도 나에게 많은 것을 가르쳐 주었다. 동료였던 리 한니파이는 UP 라디오에서 농업 칼럼을 맡았는데 아주 인기가 좋았다. 리는 7세 때 소아마비에 걸려 다리에 부목을 한 채 목발을 짚고 다녔지만 기자로서의 업무를 수행하는 데, 장애는 결코 방해가 되지 않았다.

그리고 라디오 대본의 창시자였던 조지 말더는 <국회 의사당 천

장 밑에서>라는 칼럼에서 정치와 워싱턴의 상황에 관한 해박하고 심도 있는 논평을 보여주었다.

올리거 자매는 나에게 멕시코 음식을 가르쳐 주었으며 그 이후로도 20여 년 동안 친분관계를 맺어왔다. 덕분에 텍사스에 있는 존슨 대통령의 농장에 초대되어 텍사스식 멕시코 요리를 시식하게 됐을 때, 할라페뇨 고추와 혀가 타는 듯한 칠리에도 당황하지 않고 느긋하게 요리를 즐길 수 있었다.

평화, 전쟁은 끝났다

1944년 6월 6일은 다른 날과 마찬가지로 오전 5시 30분에 하루 일과를 시작했다. 우리는 교대로 새벽에 출근했는데, 그 날은 내가 당번이었다. 이미 며칠 동안 계속해서 들어온 긴급 보도를 통해 연합군이 유럽공략을 준비하고 있다는 사실을 알고 있었는데 물론 장소와 시간은 비밀이었다.

1943년 11월 테헤란 삼국정상회담 결과, 서유럽 전선을 주장하는 스탈린의 의견에 루스벨트가 동조하는 바람에 노르망디 상륙작전이 감행됐던 것이다. 역사적으로 '사상최대의 작전'이라 일컬어지는 노르망디 상륙작전은 1944년 6월 6일을 D-Day로 삼고 아이젠하워 장군(미국의 제34대 대통령, 재위기간 1952~1961)의 지휘 하에 800여 척의 군함과 4,000여 척의 수송선, 11,000여 대의 항공기, 병력 50여 만 명이 동원된 전무후무한 작전이었다.

그날 밤, 베티와 친구들은 우리 집 식탁 주변에 모여앉아 라디오에 귀를 기울였는데 모두 기도하는 마음이었다. 병력과 동원장비의 규모면에서 어머어마한 노르망디 상륙작전에 관한 보도를 들으면서 밤을 지샜다. 처음에는 대략적인 기사뿐이었다. 병사들과 함께 종군기자들도 상륙했지만 처음에는 전쟁속보 기사를 송신할 수 없었다. 최초의 라디오 보도는 6월 7일 이른 아침에야 이루어졌다.

전함에 승선한 ABC 방송 조지 하이크스가 함대 상황을 설명하는 가운데 연합군과 독일 전투함 사이의 포성이 마치 효과음처럼 들렸다. 그야말로 생생한 전쟁속보였다.

회사에서는 하루 종일 전쟁속보를 지켜보는 것이 주업무였고, 집에 돌아오면 라디오에서 흘러나오는 전쟁관련 보도가 대부분을 차지하고 있었으니 온통 전쟁터를 헤매는 것과 같았다. 유럽대륙과 동남 아시아 일대에서 벌어지고 있는 피아간彼我間의 대학살 이야기뿐이니 말이다.

그후 몇년이 지나서 업무 관계로 프랑스에 갔을 때, 노르망디 해변을 보는 순간 그 당시의 회상에 빠져들게 되었다. 1346년 백년전쟁 당시 에드워드 3세가 영국 함대를 노르망디에 상륙시켜 크레시 전투에서 프랑스군을 대파한 곳도 바로 그 곳이었다.

내가 처음으로 노르망디에 간 것은 D-Day 40주년에 레이건 대통령과 함께였으며, 10년 후엔 클린턴 대통령과 함께 50주년 기념식에 다시 한 번 그 곳에 갔었다.

레이건 대통령은 완강하게 저항하는 독일군으로부터 탈환했던 격전지에서 미 특별 유격대원을 포함한 청중들에게 기억에 남을 만한 기념사를 했다. 그리고 우리는 상륙작전 중 거점 확보를 위한 치열한 전투로 인해 많은 사상자를 속출했던 오마하 해변을 둘러보았다.

1945년 5월 8일, 에바 브라운과 자살한 히틀러를 대신하여 독일군이 베를린에서 항복문서에 서명함으로써 유럽에서의 총성이 멎었다. 전쟁 종식이 발표됐을 때, 나는 뉴스 편집실에 있었는데 반쪽의 평화였으나 수천 명의 사람들 틈에 끼어 나도 거리에서 환호성을 질렀다. 그 날은 사무실로 들어가지 않았던 것으로 기억된다. 그야말로 얼마나 기쁜지 정신이 없었기 때문이다. 해리 트루먼 대통령이 전승 기념사에서 태평양전쟁 종식을 위한 비장한 결심, 즉 신개발 무기 사용도 불사하겠다는 발표를 한 직후여서 나라가 온통 전쟁이 곧 끝난다는 기대감에 들떠 있었다. 나중에 그것이 1945년 8월 6일 히로시마, 8월 9일에는 나가사키에 원자폭탄 투하로 이어졌으며 일본이 항복한 8월 15일에는 완전한 평화를 달성했다는 축제 분위기에 휩싸여 그 날도 하루를 어떻게 보냈는지 모를 정도였다. 몇년이 지나 현재 남편이자 당시 AP 기자였던 더글러스 코넬이 일선 기자로서 그 날을 어떻게 보냈는지 내게 기록일지를 보여 주었는데, 알고 보니 기자로서 최고의 날을 보낸 사람이 바로 그였다.

내가 들떠서 거리로 나온 군중들의 틈에 끼어 있는 동안, 그는 AP 통신의 뉴스 편집실을 지키고 있었다. 유럽의 주요 수도—파리, 런던, 베를린—로부터 속속 들어오는 속보기사와 백악관, 국무부, 육군부로부터 들어온 원고들이 그에게 전해졌다. 기사들을 신속하게 검토한 그는 타이프라이터에게 90분에 달하는 전쟁종식에 관한 원고를 타이핑하도록 했다.

나는 1945년 8월 15일자 《샬롯 옵저버》의 1면을 장식했던 그의 기사를 액자에 끼워 두고 기념으로 삼고 있는데, 기사 헤드라인은 4인치의 굵은 글씨로 이렇게 씌어 있었다.

'평화, 전쟁은 끝났다PEACE, IT'S OVER.'

죽음과 파괴의 대홍수였던 제2차 세계대전이 일본의 무조건 항복으로 그날 밤 끝이 났다.

항복협정 서명, 대일전승 기념일 선포 등의 형식적인 절차는 아직 남아 있다.

그러나 트루먼 대통령이 미국 동부 시간으로 오후 7시에 적군과 항복조건에 합의했다는 발표를 한 순간부터 세계는 인명 및 물적

피해에 대한 고통스러운 생각을 잠시 접어두고 열광적으로 축하를 보냈다. 왜냐하면 전쟁에서 벗어난 사람들에게 있어서 형식적인 절차 따위는 무의미한 것이었기 때문이다.

사실 어제의 적국이 오늘의 친구로 변하는 것은 믿기 힘들었다. 연합군의 적으로서 삼국동맹의 양대축이었던 일본과 독일을 이해하고 그들을 용서하는 데 오랜 시간이 걸렸다. 나는 어떤 행사에서 일본 대사에게 "저는 진주만을 기억하고 있습니다"라고 말하는 바람에 그 자리에 있었던 다른 동료기자들을 당황하게 만든 적도 있었다.

레이건 대통령과 독일 헬무트 콜 수상의 정상회담 취재차 구 서독의 수도였던 본에 갔을 때였다. 콜 수상이 신경에 거슬리는 말을 하자 나는 참지 못하고 질문해 버렸다.

"전쟁에서 누가 이겼습니까?"

역시 경솔했던 것일까? 아마 그랬을 것이다. 그러나 내가 이야기하고 싶었던 것은 '용서하는 것'과 '잊는 것'은 별개라는 사실이다. 특히 나에게 있어서 진주만의 수천 명 희생자와 제2차 세계대전 4년 간의 고통은 쉽사리 잊혀지지 않는 악몽이었다.

전쟁기간 동안 언론계에서 징집되어 떠나는 남자들 때문에 특별한 기회를 부여받았던 많은 여기자들이 고향으로 돌아오는 남자들에게 자리를 내주어야 했다. 많은 여기자들이 해고 통지를 받았다. 그러나 예상과 달리 남성들 대부분은 과거의 직장을 원하지도 찾지도 않았다. 그럼에도 불구하고, UP에서는 8명 가량의 여성이 해고됐다. 다행스럽게도 내가 맡았던 프로그램이 워낙 새벽 시간인데다가 조직의 하위그룹에 속해 있었기 때문에 해고되지 않았다는 생각이 든다. 그때 나는 루스, 리즈와 함께 남게 됐는데 루스는 나중에 ≪워싱턴 뉴스≫의 편집장 줄리어스와 결혼했으며, 리즈는 의회를 취재하면서 그 실력을 인정받아 나중에 ≪워싱턴 뉴스≫ 편집부에서 가장 뛰어난 편집장이 됐다.

동료 중 한 사람이었던 존 보그트는 전쟁에서 돌아온 후 복직하여 ≪시티 뉴스 서비스≫를 이익이 많이 남는 사업으로 바꿔 놓았고 나는 그 곳에서 1955년까지 일했다.

방송 매체의 발달로 신문계의 지각변동?!

35세가 되자 기자로서 날개를 달 때가 왔음을 깨달았다. ≪워싱턴 스타≫의 패션 담당 편집장이던 에러니 엡스타인을 비롯한 주변 친구들은 내가 새벽 프로그램에서 충분한 경험을 얻었다고 상관들에게 강력히 주장할 것을 권했다.

그 당시 UP도 변화를 겪는 과정이라 어수선한 분위기였는데, 제2차 세계대전 기간 동안 UP의 로고는 국내 신문의 1면에서 친숙하게 볼 수 있었다. AP, UP, INS(International News Service)는 뉴스에서 주도권을 잡기 위해 심한 경쟁을 벌였으며 전쟁기간 동안에는 그 도가 지나쳐 과열 현상까지 빚기도 했다. 그러나 전쟁이 끝나자 우후죽순처럼 생겨났던 언론시장의 설 자리가 없어졌다. 이로써 미국의 신문계는 침체되기 시작했으며 그 여파는 지금까지 계속되고 있다. 방송매체의 비약적인 발달은 신문을 더욱 독자로부터 멀어지게 만들었을 뿐만 아니라, 매체론적으로 기존의 라디오를 크게 위협하는 텔레비전의 등장은 신문에 있어서 거의 치명적이었다. 왜냐하면 보도면에서도 신문은 TV의 적수가 되지 못했다. 신문은 취재하고 송고하고 편집하고 인쇄하는 몇 단계를 거치지만, TV 뉴스 속 보는 중계차가 현장에 출동하기만 하면 생생한 화면과 함께 그 곳의 음향까지도 들려줌으로써, 시청자들의 안방에 실감나는 화면을 제공하는 바람에 신문사들은 파산하거나 경쟁사에게 합병됐다. 전쟁이란 특수상황 속에서 언론이 호황을 누렸지만 전쟁이 끝나자 그 가치가 평가 절하되어 보이지 않는 손, 즉 시장경제 논리에 따라 구조조정이 일어났다. 그 결과로 전체 신문계의 지각변동, 다시 말해서 인수합병의 빅딜이 이루어지게 됐다.

회원사 비율을 높여 적자를 만회하는 비영리 협동조합이었던 AP는 회원 신문사에서 작성한 뉴스를 전송할 수 있는 독점권을 인정하는 연방 대법원 판결(1945년)에 따라 유리한 위치에 있었다.

1954년, UP와 INS는 합병에 관한 협상을 시작했는데 몇년 동안 불규칙적으로 이루어졌다. 1958년 5월 16일 뉴욕 드래이크 호텔에서 UP와 INS는 정식으로 합병을 발표했다. 이로써 내가 일하던 UP는 3년 후에 UPI로 바뀌었고 나는 특종 담당기자로 일하게 됐다.

그 당시 나의 상관은 로드 설링의 형제로, 초창기 텔레비전 드라마의 개척자이자 텔레비전 시리즈 <중간 지대The Twilight Zone>의 창작자인 밥 설링이었다. 밥은 베스트셀러 소설인 『대통령이 실종되다The President's Plane Is Missing』로 일약 유명인사가 됐다.

나는 법무부, 우정국, 연방 통신위원회, 주간 통상위원회, 보건교육 후생부를 출입하며 취재했다. 매일 각 부처나 관청에서 발표하는 자료를 찾아 이리 뛰고 저리 뛰었다. 그 자료에는 150미터나 되는 기차 선로를 미네소타 주 어딘가로 옮긴다는 평범한 내용에서부터 조직 범죄에 대한 FBI의 놀라운 발표까지 포함되어 있었다.

최고의 기사는 법무부로부터 흘러 나왔다. FBI가 뉴욕 북부 지방에서 비밀리에 범죄 조직 거물들을 체포했을 때의 뉴스를 취재했던 기억이 난다. 허버트 브로우넬 법무장관이 아칸소 주 리틀록에 있는 센트럴 고등학교에서 연방 법원의 결정에 따라 학교에 입학한 9명의 흑인 학생들을 보호하기 위해 연방군을 파견했을 때에도 나는 그 곳에 있었다.

연방 대법원의 판결은 새내기 기자시절 흑인들을 식당 안에 앉지 못하게 했던 내셔널 프레스 빌딩 근처의 한 스낵바를 떠올리게 했다. 인종차별의 장벽을 무너뜨리려 했던 존 F. 케네디(미국의 제35대 대통령, 1963년에 저격, 피살됨)의 뜻은 존슨 대통령이 그의 첫 번째 임기 때 평등권 법안과 투표권 법안을 통과시키고 나서야 이루어졌다.

1954년 나는 법무부 출입기자로서 학교에서의 인종차별은 '침착하게 종식돼야 한다'는 브라운 대학 교육위원회의 재판결과를 기다리기 위해 연방 대법원을 취재하는 팀에 합류하게 되었다. 당시 우리들 가운데 그 판결이 공공장소, 호텔, 레스토랑에서 인종차별을 금지하는 향후 법률제정 과정에 얼마나 지대한 영향을 끼칠지 예상했던 사람은 아무도 없었다.

남부인이었지만 존슨은 진보주의적 성향을 가지고 있었다. 그가 대통령이 된 후 '위대한 사회'를 만들려는 포괄적인 법안을 제안했을 당시, 남부 출신 상원의원들이 떼거지로 찾아와서 압력을 가했다.

그때 존슨은 단적으로 이렇게 대답했다.

"나는 모든 국민의 대통령이란 말이오."

제 3 장

나는 차별의 장벽을 허무는 존재

크로니클: 당신이 일을 처음 시작했을 때, 남자였으면
당하지 않았을 어려움을 당한 적이 있으십니까?
헬렌: 당신은 도대체 어디서, 혹시 화성에서 오셨나요?

― 헬렌 토머스, 1995년 1월 29일자 샌프란시스코
크로니클과의 인터뷰에서

'전국여성언론인클럽WNPC' 탄생

앞에서 이야기했듯이 제2차 세계대전이 끝나자 워싱턴의 여기자들 숫자가 줄어들었다. 그러나 현직 여기자들에게 열려 있는 두 여기자 단체 회원가입은 왕성했다. 나는 두 곳에 다 가입했다. 즉 전국여성언론인클럽Womens National Press Club과 미국여기자클럽 American Newspaper Womens Club인데, 후자는 나중에 'American News Womens Club'으로 명칭이 바뀌었다.

나는 지금부터 언론계에서 종사하고 있는 여성의 지위에 대해서 이야기하고자 한다. 우선 독자 여러분들은 여기자들이 오늘의 위치에 이르기까지 얼마나 많은 노력을 기울여 왔는지를 알아야 할 것이다.

전국언론인클럽(National Press Club, 이하 NPC)은 1908년 남자들의 사교 클럽으로 결성됐다. 그 곳은 남성들의 즐거운 만남의 장으로, 그리고 정보교환의 장소로 이용됐다. 시간이 지나면서 그 클럽이 워싱턴에서 엘리트 기자 포럼으로 인정받게 되자, 정부관리들이나 해외 유명인사들이 중요한 뉴스를 그 곳에서 터뜨렸다. 하지만 NPC 가입이 금지된 여기자들은 취재원取材源이 원천적으로 봉쇄된 상황에서 클럽에서 흘러나오는 기사를 보도할 수 없었기 때문에 1919년 28명의 여기자들이 창립 발기인으로 '전국여성언론인클럽'을 창설했다.

시간이 지남에 따라 고위급 인사들을 연사로 초청하기 위해 상대 클럽 NPC과 경쟁하기 시작했다. 전국여성언론인클럽은 1930년대 영부인 엘리노어 루스벨트를 명예회원으로 가입시켰다. 루스벨트 부인은 여기자들이 남성들로만 구성된 기자 클럽에서 소외되어 비중 있는 인사들에게 다가갈 수 없다는 딱한 사정을 알고 백악관에서 여기자들만을 위해 정기적인 기자회견을 열었을 뿐만 아니라, 그녀 자신이 뉴스를 만들었다. 왜냐하면 그녀가 가진 대부분의 정보가 그녀의 남편인 루스벨트 대통령에게서 나왔기 때문이다. 그래서 여기자들은 남자들을 제치고 몇몇 특종을 낼 수 있었다.

1933년 4월 3일, 루스벨트 부인은 모여 있는 여기자들에게, 금주법 법안이 곧 폐기될 것임을 밝혔다. 그러고는 맥주의 사용이 합법화되는 즉시 백악관 식탁에 맥주가 올려질 것이라고 덧붙였다. 루스벨트 부인의 이 짧은 발표로 그녀를 취재하는 여기자들이 이 법안에 관한 소식을 자신의 남편을 취재하는 남자기자들보다 한발 앞서 보도할 수 있게 배려했다.

NPC는 오랫동안 여기자들을 회원으로 받아들이기는커녕, 여자 손님에게 바를 공개하지도 않았다. 그러나 어찌된 일인지 여성금지 구역의 바를 공개한 적이 있었는데 그 이면에는 다음과 같은 일화가 있다.

어느 날, 잘 차려입은 여자가 서류가방을 들고 그 클럽에 나타나 바를 보겠다고 요청했다. 클럽의 회장이 그녀에게 "이 곳은 남성전용이어서 안 된다"며 일언지하에 거절했다. 그러자 그녀는 알코올 음료 조절협회에서 왔다고 밝히고는 바를 보여 주지 않으면 클럽의 알코올 음료 허가권을 취소하겠다고 으름장을 놓았다. 그러자 그는 곧 태도를 바꿔 직접 그녀를 바까지 안내했다. 웃음을 자아내는 이 에피소드는 회원가입 문제와 관계없는 일이지만 여기자들의 가입을 무조건 막아온 남자들의 의식을 엿보는 데 도움이 된다.

《뉴욕 타임스》와 ABC-TV의 기자였던 윌리엄 로렌스는 클럽의 회장으로 있을 때 남성들이 여기자들의 따지기 좋아하는, 그 날카로운 목소리로부터 숨을 곳은 몇 안 된다고 불평한 적이 있다.

시카고 신문의 특파원이었던 사라 맥클렌든의 성격은 공격적이며 직선적이었다. 1955년 그녀는 두 명의 용감한 회원의 도움을 받아 여성금지구역인 NPC에 가입신청서를 제출했다. 아마 그녀는 특별가입을 시도했던 것 같다. 그러나 그녀의 가입은 16년이 지나서야 받아들여졌다.

1956년 텍사스 출신 여기자 리즈 카펜터는 나중에 버드 존슨 부인의 언론담당 비서가 됐는데 그녀가 전국여성언론인클럽의 회장이었을 때 여기자들의 지위 향상을 위해 많은 노력을 기울였다. 그 결과 1956년, NPC 기자 오찬에 여기자들은 발코니에 앉을 수 있었다. 그러나 클럽 규정에 화재 비상계단까지 남성이 바래다주어야 했고 오찬이 끝나면 바로 밖으로 나가도록 되어 있었다. NPC에서는 과연 여성을 회원으로 받아들일 것인지에 대한 문제를 검토하기 위해서 특별 소위원회를 구성한 바도 있다.

그때 칼럼니스트 메어리 맥그로리가 누런색 가방 안에서 도시락을 꺼내더니 우리와 함께 점심을 먹자고 했던 것으로 기억한다. 그 후에 사정이 좀 나아져 여기자들의 클럽 식당 출입이 허락됐다. 클럽 식당에서 처음으로 점심식사를 했던 어느 날, 메어리에게 나는 "얼마나 좋으냐?"는 질문을 했는데 그녀는 의외로 음식 맛은 발코니 쪽이 낫다고 대답하는 것이 아닌가?

사실 1960년대 중반 전국여성언론인클럽은 NPC보다 열세였을지는 모르지만 유명인사들을 연사로 초대하면서부터 활기를 띠기 시작했다. 1964년 마그리트 스미스 상원의원은 NPC에서 그녀가 미국 대통령 선거에 나갈 것이라는 뉴스를 터뜨렸다.

1959~60년에 내가 전국여성언론인클럽의 회장직을 맡게 되었는데, 취임식에 검찰총장 윌리엄 A. 로저스와 FBI 국장 후버가 참석했다. 사교 모임에 거의 참석하지 않는 후버가 그 자리에 나타난 것은 의외였다.

본격적으로 두 단체 사이에 연사 초대경쟁의 불이 붙었고 그 불길은 빠르게 타오르기 시작했다. 50년대와 60년대에는 많은 여기자들이 NPC, 미 국무부와 외국 대사관들을 상대로 여자라는 이유만으로 기자의 생명이라 할 수 있는 취재원의 접근봉쇄로 이어지는 여성차별 문제를 계속 부각시켜 나갔다. NPC는 정기적으로 국가의 수반이나 정부 고위관리 또는 국회의원들을 초청해 자신들의 클럽에서 연설하게 하여 기사화하는 기회로 삼았다. 그러나 절대적으로 불리한 입장에 있었던 우리 여기자들은 새로 구성된 여성인권신장위원회와 함께 이 문제를 적극적으로 거론함으로써 여기자 또한 합법적으로 취재현장에 뛰어들 수 있도록 무던히도 애썼다.

흐루시초프, 여기자들에게 희망을

그러던 차에 뜻밖에도 아이젠하워 대통령이 소련의 니키타 흐루시초프 공산당 서기장을 워싱턴에 초대한 것을 계기로 우리 여성언론인클럽에도 기회가 주어졌다. 전국여성언론인클럽, NPC, 외신기자클럽 모두가 그에게 오찬모임 연설을 해 줄 것을 전보로 요청했다. NPC가 초청장을 보냈을 때 흐루시초프는 만약 여성들이 그 모임에 참석할 수 없다면 가지 않겠다고 통보해 왔다.

그런데 미 국무부는 그 오찬 모임이 NPC에서 이루어져야 한다는 입장이었다. 당시 여기자들은 자신들도 이 역사적인 뉴스의 현장에서 제외될 수 없다고 결의를 단단히 다지고 있었기 때문에 우리는 이 문제를 공론화시킴과 동시에 여성 저널리스트로서의 정당한 권리를 요구했다. 우리는 백악관 공보비서관 제임스 해거티에게 협조를 요청했다. 한참 밀고 당기는 신경전을 벌이다가 여기자들도 220석 중 33석, 즉 10명의 남자에 여기자 1.4명에 해당하는 참석권을 따낼 수 있었다. 당시 나는 여기자 클럽의 회장이었기 때문에 맨 앞 테이블에 앉게 되었는데, 그 때가 1959년 9월 16일의 일이었다.

흐루시초프는 기자들과 청중들에게 "우리(소련, 공산주의)가 당신들(미국, 민주주의)을 반드시 이길 것입니다"라고 단언했다. 그 이후에도 미소간의 냉전과 남녀기자의 냉전이 계속되었다. 당연히 여기자들은 NPC의 회원이 될 수 없었음은 물론이었다.

그러나 여기자의 지위향상을 위해서 끊임없는 노력을 기울인 결과 마침내 1971년 3월, 24명의 여기자들이 NPC에 가입하게 되었다. 처음부터 여성 가입을 반대해 온 버논 회장이 그 자리에서 환영사를 했다.

"나는 이 경사스럽고 역사적인 순간에 회장직을 맡는 영예를 누리고 있습니다. 어떤 의미에서 여성들은 자신들이 한 조각의 역사를 새겨 놓았습니다. 보십시오! 긴 세월 동안 당신들이 이루어 놓은 일들을 보십시오. 아마도 당신 이름들도 그 명단에 집어넣어야 할 것입니다. 아멜리아 이어하트, 캐리 네이션, 리지 볼던, 재니 랭킨, 데이지 매이 요큠……."

투쟁결과로 얻은 여기자의 NPC 가입으로 NPC에서 여기자 5명이 회장직을 역임했는데, 나는 1971년 12월 재정비서로 선출됐다. 그 동안 초청된 연사들은 인디라 간디 여사로부터 골다 메이어 여사, 글로리아 스테이넘 여사, 줄리아 차일드 여사 등이 있었다.

1972년 스테이넘 여사가 첫 번째 오찬 연사로 등장했을 때 연설에 앞서서 당시 회장이었던 워런 로저스는 여기자들의 가입을 놓고 벌어진 논쟁에서 자신의 입장을 다음과 같이 설명했다.

"저는 가입 반대의 선봉에 서 있었습니다. 그것은 마치 암흑의 중세시대 같았죠. 이제 제 눈에서 비늘이 벗겨졌습니다. 여러분들도 알다시피 최근 선거에서 가장 표를 많이 받은 UPI의 헬렌 토머스를 포함한 여기자들이 우리 모든 후보자들을 이겼습니다."

워런의 언급은 멋있었지만 한 가지 지적해야 할 것이 있다. 스테이넘 여사의 연설 후에 전통적인 감사의 선물이 그녀에게 주어졌는데 그것이 NPC의 넥타이였다는 것이다. 즉 여자에게 넥타이를 선물하는 난센스를 범했던 것이다.

어찌되었거나 여성들에게 NPC의 문이 열렸다. 정확하게 표현한다면 굳게 닫혀 있던 철문을 부수고 우리 여기자들은 철옹성과 같았던 남성들만의 요새로 들어갈 수 있는 허가권을 따낸 것이다. 하지만 언론계에서 여자에게 드리워진 벽이 모두 사라진 것은 아니다. 백악관에도 그 벽은 여전히 존재하고 있었다.

백악관 출입 초창기 시절에는 여기자들의 출입이 허용되지 않는 백악관 바깥에서 열리는 연례행사가 있었다. 이에 우리 여기자들은 거세게 항의했다. 우리도 명색이 백악관 출입기자였고 1년에 2달러씩 회비를 꼬박꼬박 납부하는 백악관 특파원위원회 회원이었다. 그런데도 대통령을 축하하는 연례 만찬에서 여기자들은 제외되었던 것이다.

우리는 이런 부당한 처사를 도저히 묵과할 수 없었다. 우리는 다시 한 번 케네디 대통령에게 우리가 참석할 수 없다면 대통령도 참석해서는 안 된다고 강력히 주장했다. 케네디 대통령이 우리의 뜻에 동의함으로써 그 해에는 여기자들이 50년 만에 최초로 연회에 참석할 수 있었다.

요즘은 연회비가 25달러이다. 연례 만찬은 워싱턴의 힐튼 호텔에서 동굴과 같은 분위기의 무도실에서 열렸는데, 약 2천5백 명 가량의 손님이 모였다. 이들은 일인당 1백25달러씩 내고 연회에 참석할 수 있었다. 이 행사는 그 해의 중계권을 가지고 있는 방송사에 의해서 중계되며 워싱턴의 호화로운 행사 중에서도 가장 인기 있다고 정평이 나 있다. 또한 그 자리에는 할리우드의 유명인사들도 초청된다.

남성 전용의 그리오디론 클럽을 정면돌파!

1975년 내가 여성으로는 처음으로 모임의 회장이 됐을 때 나는 정말 실감나지 않았다. 그 동안의 회한이 밀려왔던 것이다. 그 해 나는 90년 전통을 깨고 남성 전용의 그리오디론 클럽Griodiron Club 의 첫 여성회원이 됐다. 이 클럽 역시 남자들의 요새였던 만큼 성차별 타파를 주장하는 여성들의 항의와 시위의 대상이었다.

기자들과 편집인들이 회원의 주축을 이루는 이 클럽에서는 매년 정기적으로 연례 만찬을 연다. 여기서는 정치 풍자극을 연출하는데, 주로 대통령과 정치인들이 표적의 대상이다.

그리오디론 클럽의 만찬에는 글로버 클리블랜드 이후 모든 대통령이 참석했다. 프랭클린 루스벨트는 재직기간 동안 무려 열한 번이나 참석했다. 그 모임은 워싱턴에 있는 기자들과 그들을 보도 대상으로 삼고 있는 권력자들이 함께 어울려 단 하루만이라도 적대적인 관계를 청산하고―아마도 완전히 그럴 수는 없을 것이다―서로를 바라보며 웃고 떠들기 위한 공간과 시간을 제공해 주는데, 이런 기회는 권력자의 유머 감각을 아는 데 큰 도움을 준다.

어느 해인가 아나운서이며 영화배우 출신인 로널드 레이건 대통령이 노래를 부르려고 무대에 등장했는데, 당시 부통령이었던 조지 부시가 그의 공보비서관 말린 피츠워터와 함께 나타났고 로잘린과 지미 카터는 춤을 추기도 했다. 빌 클린턴은 색소폰을 연주했고 리처드 닉슨은 피아노를 연주했다.

그리오디론 클럽 역시 오랫동안의 갈등 끝에 여성회원을 가입시켰다. 여성회원의 가입이 받아들여지기까지 6년의 기간 동안 '직업적 평등을 위한 기자모임Journalists for Professional Equality'은 흰 나비넥타이가 필요한 이 같은 만찬 모임을 반대하는 시위를 하는 한편, 정부 관리들에게 이런 모임에 나가지 말 것을 권고하는 등 여기자들의 이유 있는 시위에 대해서 긍정적인 반응을 보여줄 것을 촉구했다.

1974년 그리오디론에 반대하는 파티를 열어 미국헌법 수정 제1항 언론과 종교의 자유를 보장한 조항에 관련된 언론인 등을 돕는 그룹인 '언론자유를 위한 기자회Reporters Committee for freedom of the press'를 위한 모금행사를 개최했다. 그 자리에서 또 다른 유형의 파티를 1975년에 열자는 제안이 나왔으며 그 덕분에 나는 그 해 첫 여성회원이 될 수 있었다. 기자 단체(언론 자유를 위한 기자회)는 그리오디론 클럽의 결정을 높이 평가하면서도 여성회원의 가입이 명목상이 아닌 실질적인 것이 되어야 한다는 요지의 성명을 발표했다.

솔직히 말해서 나는 그리오디론 가입에 대해서는 별 관심이 없었다. 주요 인사들의 연설을 접할 수 있는 NPC의 가입 때와는 상황이 달랐다. 그다지 중요한 의미는 없었지만 이미 《워싱턴 스타》에서 밝혔듯이 '나는 차별의 장벽을 허물기 위해 존재한다'는 이유로 그리오디론 가입 허용을 고맙게 생각했다.

나의 가입 여부를 묻는 투표 결과는 41대 0이었다. 알고 보니 내 상관인 그란트 딜만이 나를 위해 로비를 했던 모양인데, 아첨도 했다가 강요도 하는 등 많은 운동을 벌였던 것이다. 그란트의 이런 행동은 나뿐 아니라 나중에 내 뒤에 들어온 모든 여성 회원에게 커다란 도움을 주었던 것이 사실이다. 그는 진취적이며 남보다 앞서 생각하는 사상가라는 평판에 걸맞은 사람이다.

1974년 내가 그리오디론에 가입한 이후 이 때부터 여성 회원들을 받아들이기 시작했는데, 나는 남자들이 우리들 없이 어떻게 지내왔는지 의아스러울 뿐이었다. 우리 여기자들은 전국여성언론인클럽 행사를 치를 때처럼 우리의 모든 것을 공연에서 전부 보여주었기 때문에 자연적으로 만찬은 재미있고도 유익한 행사였다는 평을 받았다.

1993년 나는 그리오디론의 회장직을 맡게 되었는데, 클린턴 대통령에게는 첫 번째 만찬이었다. 우리는 무엇보다도 보건 문제와 백악관에서 근무하는 아직 숙련이 덜 된 인턴 사원들에 대해서, 그리고 사적으로는 대통령의 조깅 등에 대한 것들을 포함해서 많은 질문을 했다.

회장이었던 나는 클린턴이 행정부 고위공직에 여성을 많이 참여시킨 것에 대해서 찬사를 보냈다.

"대통령께서는 백악관에 새로운 변화를 위임받아 오셨습니다. 그리고 각료와 고위공직에 여성들을 임명하여 좋은 변화를 가져옴으로써 대선공약시 국민과 한 약속을 지켰습니다. 더구나 디 디 마이어스를 대통령 직속 공보비서로 임명하여 기존의 한계까지 깨뜨렸습니다."

여기자들의 참여가 활발해지자 미국여기자클럽American News Women Club도 탄생하게 됐다. 이 모임 역시 여기자들이 정치 지도자들, 유명인사들 혹은 중요 인물들을 초청하여 이야기를 나누는 곳이다.

그 클럽은 매년 언론계 인사들을 초청하는데, 이로 인해 곤혹을 치르기도 한다. 말하자면 기자가 기자들에 의해서 비평대에 오르는 셈이다. 그리고 취재 과정에서 상대방이 대답하기 곤란한 날카로운 질문을 던졌던 경험담 등, 이야기를 나누면서 장학기금도 모으는 사교 클럽이다.

1993년 5월 6일은 내가 당할 차례였다. 연단에 오른 나를 비평할

패널로는 애비게일 뷰런, 샘 도널슨, 안드레아 미첼, 사라 맥클렌든, 조디 파웰, 디 디 마이어스, 그리고 칼럼니스트인 칼 로웬이 선택되었다.

안드레아 미첼이 먼저 시작했다.

"클린턴 대통령이 백악관에 들어온 이후 매일 하는 조깅의 보폭 기준을 헬렌으로부터 도망가기 쉬운 속도로 조절한다는 사실을 혹시 알고 있나요?"

정말 황당했다.

이제 샘의 차례가 됐다. 그는 나를 가리키면서 말했다.

"그녀는 내게 대통령에게 질문하는 법에 관한 모든 것을 가르쳐 주었습니다."

진실을 밝히건대 나는 샘에게 질문 기법을 가르친 적이 없었고 그에게는 자신의 독특한 기법이 있음을 밝혀 두는 바이다.

지난날을 돌이켜보면 나에게 '첫 번째', '최초의'라는 수식어가 붙여진 사건들이 많았다. 그러나 지금 생각해보면 '첫 번째'가 되는 것이 나의 목표는 아니었다. 다만 나는 있어야 할 어떤 시간에 그 곳에 있었고, 또 어떤 목적을 달성하기 위해서 최선을 다했을 뿐이다. 나는 한 친구에게 이런 말을 한 적이 있다.

"네가 어떤 곳에 오래 있다면, 이번에는 다른 사람들이 너를 주시하게 될 걸."

물론 이런 이유로 내가 NPC의 언론상Forth Estate Award을 타게 된 여기자라고 생각지는 않는다. 그러나 그 동안 받은, 많은 영예 중에 이번 것은 나에게 있어서 특별했다. 나는 이 명예로운 상을 타는 첫 번째 여자였고 또 첫 번째 통신사 기자였다. 이 상은 나를 소위 '분별력 있는 기자집단'으로 밀어 넣었다. 나 이외에도 그 상을 받은 사람으로는 월터 크론카이트, 제임스 레스턴, 테오도르 화이트,

허버트 블록 그리고 에릭 서베리드 등이 있다.

1984년 12월 5일 열린 그 상의 수상식에는 4백 명 가량의 손님이 참석했다. 참석인사 가운데에는 레이건 대통령의 공보비서 래리스피크스, 영부인 낸시 레이건의 공보비서 실라 테이트, NBC사의 안드레아 미첼, UPI 통신의 전무 론 코헨, 당시 동료로서 백악관 출입기자인 노옴 샌들러와 아이라 앨런, 이전 동료인 앨 스파이백이 있었다.

그 자리에서 특히 래리 스피크스는 4년 동안 나를 놀려주기 위해서 벼르고 있었으나 내일 아침 브리핑에서 또 만나야 하기 때문에 조금은 봐주기로 했다는 조크를 던지면서 나의 취재습관을 꼬집었다.

"그녀는 대통령이 말하기 전에 그가 생각하는 것을 쓰는 유일한 기자입니다."

그러면서도 그는 레이건 대통령으로부터 온 편지를 읽어 주었다.

"당신의 투철한 기자 정신에 경의를 표합니다. 당신은 미국 대통령직의 중요한 한 부분을 담당하고 있습니다."

제 4 장

케네디 대통령에 대한 추억

　나에게 첫 번째로 맡겨진 일은 조지타운 N가에 살고 있는 케네디 대통령 당선자의 가족을 취재하는 것이었다. 그 때의 인연으로 백악관 출입기자가 종신직이 되고 말았다.

'소련 여행'이 내게 주는 의미

사실 나는 우연한 기회로 백악관 출입기자가 되었다. 소련 여행이 그 계기가 되었는데, 그 여행은 내가 전국여성언론인클럽 회장을 맡고 있을 때 초대했던 러시아 대외교류문화협회Soviet Society for Foreign Friendship and Culture의 회장인 니나 포포바 여사의 답례 초청 형식으로 이루어졌다.

공산주의자인 포포바 여사를 우리 클럽에 초대했을 때는 1960년 5월로 우연하게도 국제적 긴장이 고조된 때였다. 미국의 첩보 비행기가 소련 영공에서 격추됐던 U-2 사건 직후, 또 파리 평화회담이 결렬됐을 때 미국을 방문했던 것이다.

포포바 여사는 검은 정장 차림으로 사상적인 연설을 했는데 연설이 끝나자 그녀는 여러 청중들로부터 질문을 받았다. 누군가 그녀에게 물었다.

"어째서 당신 나라 여성들은 화장을 하지 않죠?"

그러자 포포바는 대답했다.

"만약 필요하다고 생각한다면 화장을 할 것입니다."

어떤 사람은 '미국의 전국여성언론인클럽 회원도 소련 당국에서 연설할 수 있는 자격을 부여받을 수 있는지'에 대해 물었다. 포포바는 이를 증명해 보이기 위해서 곧 나를 소련 대외교류문화협회의 손님으로 초청했고 나는 1960년 10월, 3주 동안 모스크바를 시작으로 러시아의 피오트르 대제가 바다 진출의 관문으로 러시아 제국의 수도로 삼았던 성 페테르부르크, 지금은 원래의 이름을 회복한 레닌그라드를 들러 타시켄트까지 소련을 일주했다.

나에 대한 러시아인들의 대우는 극진했다. 도착하는 도시마다 나에게 꽃다발을 안겨 주었고 공장이나 학교, 농장 등을 방문하고 나면 다과회를 마련해 주었다. 통역을 맡은 사람은 대단히 친절하고 똑똑한 여자였으며 좋은 동행자였다. 우리가 타시켄트에 갔을 때 그곳에 차려진 요리는 어머니가 만들어 주시던 음식을 생각나게 했다.

나는 차츰 지치기 시작했다. 여행이 막바지에 이른 3주째에는 너무 스트레스가 쌓였는지 무척 피곤했다. 물론 나를 맞아 준 사람들은 상냥했지만 시간이 지날수록 나는 점점 방어적으로 변해버리고 말았다. 체제가 다른 그들과의 대화는 피곤한 일이었다. 내색도 못하니 속 또한 탔다. 관제 언론에 세뇌를 당한 러시아인들이 "왜 당신들은 전쟁을 원하십니까?"라고 물을 때는 더욱더 그러했다. 결코 그렇지 않다고 미국을 변호하는 바람에 애국자가 된 기분이었다.

나는 계속 내 나라 미국을 생각했다. 내가 만나는 사람들은 친절했고 우호적이었지만 내 생전에 평화 공존을 기대할 수 없을 것이라는 생각도 들었다. 비록 소련이 붕괴되고 공산체제가 무너진 현재에 이르기까지 수십 년이 걸렸지만 결국 내 판단이 틀린 것을 다행스럽게 생각한다.

나는 ≪매콜≫의 편집장인 허버트 R. 마이어스가 준비해 준 30가지 질문들을 늘 가지고 다녔다. 언젠가는 그녀가 대답해 주기를 기대하면서 말이다. 소련을 떠날 때 나는 그 질문사항이 적힌 종이를 포포바 여사에게 남겨 놓고 왔다. 고맙게도 그녀는 편지형식의 답변서를 써서 워싱턴 주재 소련 대사관으로 이를 보내왔고 그 곳에서 영어로 번역되어 우리에게 넘겨졌다.

'토머스 부인에게'라고 쓰인 흐루시초프 부인의 편지형식 답변서에는 총 30가지 질문 가운데 10개 항목이 적혀져 있었다. 그녀는 몇몇 질문에 대해서는 개인 사생활에 관계되므로 대답할 수 없다고 했다. 그녀는 정치적인 질문은 피했고, 미소 냉전에 관해서는 외교적인 면을 고려했는지 답변을 회피하면서도 소련의 정치가들은 모든 소련 인민을 대변한다고 힘주어 강조했다.

그러면서 답변서를 통해, 소련 여자들은 자신의 아이들이 행복하고 즐겁고 슬픔으로 그늘지지 않는 어린 시절을 갖게 되길 바라며, 소련의 어린이들에게는 미래에 대한 밝은 희망과 자신의 야망을 이룰 수 있는 모든 길들이 펼쳐져 있다고 했다. 다만 한 가지 어린 생명들에게 걸림돌이 있다면 그것은 바로 '전쟁의 어두운 그림자이며 이 때문에 자신들은 전쟁을 증오하고 이와 같은 재앙이 소련의 어린이들과 전세계의 어린이들에게 덮치지 않도록 최선을 다할 것'이라며 끝을 맺었다. 이러한 흐루시초프 부인의 서면 인터뷰는 《매콜》 5월호에 실렸다.

첫 백악관 출입취재는 '케네디' 대통령에서 출발

다시 본론으로 돌아가서 백악관 출입기자가 된 사연을 자세히 설명하겠다. 내가 소련에 있을 때, 미국에서는 대통령 선거유세가 한창이었다. 모스크바에 있는 미국 대사관의 기자실에서 나는 존 F. 케네디와 리처드 닉슨의 TV 토론을 지켜보았다. 지구의 반이나 멀리 떨어진 곳에서 흑백 텔레비전으로 지켜보는 대담 프로였지만 나는 케네디의 매력에 압도됐다.

장래의 미국 대통령을 처음 만났을 때를 생각하면 지금도 웃음이 절로 난다. 1950년대 초, 나는 파키스탄 대사관의 한 파티에 참석했을 당시 매사추세츠 주 상원의원이었던 그에게 집까지 바래다주기를 제안한 적이 있었다. 그의 성격이 활달하고 친절하면서도 아주 매력적이었기 때문에 그런 부탁을 했던 것이다. 우리는 차 안에서 즐거운 담소를 나누었다. 그는 친절하게 나를 아파트 앞에 내려 주었다.

그 다음 날, 케네디 상원의원과 동행했던 사실을 알고 있었던 친구가 그에 대해서 물어 보았다.

그러나 그녀에게 엉뚱한 대답을 하고 말았다.

"케네디 의원은 할 일이 그렇게도 없거나 아니면 멍텅구리 같다."

도대체 그때 무슨 생각으로 그런 대답을 했을까?

케네디에 대한 호감도 있었지만, 그가 대통령 선거에서 승리한 후 백악관은 내가 가고 싶어하는 취재처가 됐다. 완고한 기자 클럽을 상대로 투쟁했던, 경력이 화려한 나이기에 백악관 취재에 별 어려움을 느끼지는 못했다. 나는 매일 그 곳에 모습을 나타내는 일부터 시작했다. 고맙게도 UPI의 백악관 책임자인 메리만 스미티와 그의 동료 앨 스파이백이 나를 계속 지원해 주었다. 그때 내 나이 40세였고, 그 때부터 40여 년 동안 일생의 후반기를 대통령을 취재하는 출입기자로 보내게 된 것이다. 케네디 대통령을 취재한다는 것은 일주일 내내, 그리고 하루 24시간 전부가 요구되는 일이었다.

나에게 첫 번째로 맡겨진 일은 조지타운 N가에 살고 있는 케네디 대통령 당선자의 가족을 취재하는 것이었다. 그 때의 인연으로 백악관 출입기자가 종신직이 되고 말았는데, 사실 문자 그대로 맨발로 뛰면서 시작했다. 신발이 닳도록 눈썹이 희도록 말이다.

나는 11월의 추위에도 아랑곳없이 바깥에서 사람들이 오가는 것을 지키고 서 있었다. 적어도 매일 한 번 대통령 당선자는 문 앞 계단으로 와서 그가 구성할 정부의 새 인물을 발표하곤 했기 때문이다. 당시 백악관 출입 여기자는 일반적으로 전문화된 사회의 칼럼니스트 정도로 봐 주고 있었다. 나도 재키와 딸 캐롤라인을 지켜보면서 차기 영부인이 어느 오찬에 참석했고 그때 어떤 의상을 입었는지 본사에 보고했다.

추수 감사절 날 재키는 캐롤라인과 문 옆에 서 있었는데, 그녀는 해산달을 맞아 잠시 플로리다에 있는 케네디 가家의 팜비치 별장으로 가려던 참이었다. 선거운동으로 지쳐 있었기 때문에 휴식을 취하기 위해서였다.

케네디가 N가의 집을 떠나 저녁을 먹기 위해 집으로 돌아왔는데 자정 직전에 집으로 전화가 걸려왔다. 재키가 조지타운 병원에서 존 F. 케네디 2세를 낳았다는 것이었다. 출산은 예정보다 2주 빨랐다.

케네디는 일정을 취소하고 황급히 돌아왔다. 그가 병원에 도착했을 때 많은 취재기자들과 사진기자들이 모여 있었고 시간이 흐르자 그들의 수가 점점 늘어나기 시작했다.

며칠 동안 우리는 케네디가 병원에 오는 것을 보았는데, 그는 하루에 두 번씩 산모와 아기를 보러 왔다. 어느 날 나는 그를 붙들고 물었다.

"당신은 이 아기가 커서 미국 대통령이 되기를 원합니까?"

그는 잠시 머뭇거리더니 대답했다.

"나는 다만 아이가 건강하게 자라기만 바랄 뿐이오."

선배인 메리만 스미티는 ≪편집자와 출판인Editor and Publisher≫이라는 잡지에 존 F. 케네디 2세가 태어났을 때 내가 조지타운 병원에서 얼마나 많은 시간을 보냈는지, 케네디도 나를 늘 그 자리에 지키고 서 있는 붙박이처럼 여겼다는 점을 기사로 쓴 바 있다.

어느 날 아침 케네디는 아이젠하워 대통령과 취임 전 간담회를 갖기로 되어 있었다. 그 날 내가 맡은 일은 N가에 가서 그가 출발했는지 확인하는 일이었다. 그때 케네디는 N가에 와 있는 나를 보더니 농담으로 한마디했다.

"당신, 내 아기 버리고 여기 왔군요."

왜냐하면 항상 병원에 붙박이처럼 서 있었던 내가 그 곳을 이탈하여 N가에 나타났으니 당연히 그런 말을 할 만했다.

드디어 백악관 출입 여기자들에게도 남자들처럼 뉴스를 취재할 수 있는 기회가 왔다. 공보 비서관인 피에르 샐린저가 케네디와 그 부인의 뉴스까지 담당한다는 발표가 있은 후부터였다. 이와 같은 소식에 남자 동료기자들은 투덜대며 불평하기 시작했다. 이를테면 종전의 남자기자들만이 누릴 수 있었던 특권이 사라졌다는 뜻이리라. 지금까지 고위급 정치회합 등에서 남자들은 그들만의 독과점을 누려왔으나 이제 여성들에게 침범당하고 보니 불평 불만을 하지 않을 수 없는 노릇이었다. 샐린저의 발표를 계기로 여기자들은 하루에 두 차례씩 있는 '뉴스 브리핑'에 참석할 수 있게 됐다. 그야말로 하늘이 준 기회였다.

케네디가 마지막 대통령직 인수 단계에서 크리스마스 휴가차 팜비치로 내려갔을 때 스미티와 나도 함께 그 곳에 따라갔다. 나는 나중에 갔지만 그 때가 백악관 출입기자로는 처음 있는 일이었다. 내가 있을 자리에 당연히 있게 된 것이라고 생각하니 내내 흥분이 가시지 않았다.

나는 기자단이 머물고 있는 타워 호텔에서 매일 샐린저의 브리핑 원고를 받아 그것을 송고했다. 샐린저는 팜비치에서 반바지 차림으로 브리핑을 했는데, 별로 예쁘지 않은 그녀의 통통한 다리가 사진기자에게 찍힌 다음부터는 긴 바지로 바꿔 입었다.

나는 재키뿐 아니라 케네디도 취재하기로 했다. 나는 남자 전용 골프장에 잠입하여 마치 파파라치처럼 수풀 뒤에 숨어 케네디를 추적했다. 그 일을 두고 나중에 스미티가 나의 지난날을 회상하면서 말했다.

"마치 여자 골프 스파이 같았어."

나는 팜비치에서도 열정적으로 재키의 뒤를 따라다녔는데, 본의 아니게 그 일로 다른 사람에게 피해를 준 사건이 발생했다. 내용은 이렇다.

내가 인터뷰했던 사람들이 하나같이 해고를 당하게 된 것이다. 예를 들어 재키가 아이들의 옷을 샀던 가게의 점원이나 혹은 미용사, 요리사, 그리고 파티를 위해 고용된 피아니스트와 인터뷰를 한 적이 있었는데, 그들 모두 해고되거나 거래가 끊기고 말았다.

이유인즉, 쓸데없이 기자와 인터뷰했다는 것이다. 그러나 그들 중 아기기저귀를 파는 가게의 주인은 예외였다. 그 가게 주인은 나와 인터뷰를 했음에도 불구하고 계속 거래가 이루어졌다. 그 이유는 그 가게가 그 지역에서 아기용품을 파는 유일한 곳이었기 때문이다. 만약 그와 같은 가게가 하나만 더 있었다면 거래가 끊겼을 것이다.

재키는 수줍음을 타서인지 우리를 피했다. 시간이 갈수록 그녀는 자신의 사생활을 잃어버릴지도 모른다는 두려움 때문인지 그에 비례해서 언론에 대한 반감도 커져갔다. 그녀는 백악관에 있는 동안 어항 속의 금붕어처럼 살아야 하는 자신의 현실에 타협하지 않았다.

대부분 여기자들이 취재하는 케네디 가의 세계나 그후의 존슨 대통령이 주최하는 백악관 파티는 여기자들에게 대단한 기삿거리를 제공했다. 백악관 출입기자들은 취재한 내용을 전화로 각 데스크들에게 불러주고 나서 우리끼리 자주 모이는 니노 식당을 가곤 했다. 거기서 우리는 스파게티와 쇠고기 요리를 시켜놓고 토론을 하거나 그 날 보고 들은 것에 대한 잡담을 자주 즐겼다.

재키의 첫 임무는 아이를 돌보는 일?!

우리 기자들이나 편집인들은 결코 만족을 모르는 부류에 속한다. 예를 들면 동료인 AP 통신의 프란 로원과 나는 끊임없이 재키를 관찰했는데, 그녀는 우리의 끈질긴 추적에 질렸는지 자기 남편에게 우리를 백악관에서 멀리 격리시켜 놓을 수 없는지 물었다고 한다. 그녀는 아마 명목상으로나마 어디 멀리 외국에라도 일을 주어 우릴 내보낼 길이 없는지 물어 보았을지도 모르겠다.

나는 재키에게 서면으로 인터뷰해 줄 것을 신청한 적이 있는데, 그녀는 이렇게 잘라 말했다.

"사람들은 우리들에 대해서는 물론이고 캐롤라인의 조랑말인 마카로니에 대해 듣는 것에도 식상했을 텐데요, 무엇이 더 궁금한가요?"

물론 사생활을 지키려는 그녀의 심정은 충분히 이해한다. 그녀는 헌신적인 엄마였고 그래서 수많은 사람들의 시선으로부터 아이를 보호하고 싶어했을 것이다.

나는 그녀에게 백악관 생활 중 어떤 점이 가장 좋으냐고 물은 적이 있었다. 그녀는 다음과 같이 대답했다.

"내 남편이 위대한 대통령이 되는 것을 보는 것입니다."

그러나 그녀는 '정치보다 아이들의 올바른 어머니가 되는 일이 우선'이라며 말을 이었다.

"나의 생활에서 공적인 부분이 아이들로부터 나를 멀어지게 만듭니다. 만약 내게 정치적 의무가 더 주어진다면 아마 내가 아이들과 가질 시간은 거의 없을 것입니다. 엄마로서 아이를 돌보는 일, 이것이야말로 내 첫 번째 의무인데도 말입니다. 이 부분에 관해서는 남편도 뜻이 같습니다."

사실 케네디 가는 기자들의 취재에 더 높은 담을 치고 있었으나 아이러니컬하게도 재키는 그녀의 모든 움직임을 취재하는 여기자들에게 대단한 봉사를 했다고 할 수 있다. 그녀의 사생활은 항상 우리에게 매일 1면 기삿거리를 제공한 셈이니까 말이다.

당시 백악관에서 열렸던 두 파티가 내 마음 속에 선명하게 남아 있다. 첫 번째는 케네디 취임 이후 9일째 되는 날 새로 임명된 각료들을 위한 일요일 만찬 리셉션이었다. 바가 있는 국립 만찬회장에서 열렸는데, 그 자리에는 칵테일과 알코올 음료가 제공됐다. 그런데 이것이 말썽이었다. 금주 캠페인에 동조하는 사람들, 특히 기독교 여성절주연맹女性絶酒聯盟에서 나온 사람들이 들고 일어났던 것이다. 그래서 대통령 부부는 이 관행을 깨고 얼마 후 조심스럽게 다시 재개할 수밖에 없었다. 이후, 이런 행사가 열리면 술을 마실 사람들은 위층에 설치된 바로 올라가야 했다. 여러분은 이 시대에 바를 가지고 문제를 삼는 사람들이 있다니 믿기 어렵겠지만 아무튼 이것은 그후 백악관의 관례가 되었다.

두 번째 파티는 1962년 4월 29일, 49명의 노벨상 수상자들이 참석한 만찬이었다. 여기서 바로 케네디 대통령은 후에 명언이 됐던 말을 남겼다.

"저는 토머스 제퍼슨 대통령께서 혼자 여기서 저녁 식사를 한 것을 빼고는 바로 이 자리가 지금까지 백악관에서 있었던 모임 중에 가장 비상한 재능과 지식을 가진 사람들이 모인 만찬이라고 생각합니다."

그날 저녁 주목할 만한 것은 노벨상을 수상한 과학자인 리너스 폴링이 하루 종일 백악관 밖에서 핵무기 폐지를 주장하는 시위에 참가해 놓고는 시간이 되자 호텔로 돌아와 턱시도로 옷을 바꿔 입고 만찬에 참석했다는 사실이다. 케네디는 그를 보더니 이렇게 말했다.

"나는 당신이 만찬장 안에 들어오기로 결정한 것에 대해 경의를 표합니다."

제 5 장

소중하고 그리운 사람들

루스벨트와 기자회견을 끝내고 나서 "감사합니다. 대통령!"이라는 말을 출입기자들에게 습관화시킨 사람이 바로 스미티였으며 나 역시 이 전통을 이어갔다.

영원한 친구, 아예사 아브라함

백악관 출입기자 생활을 하는 동안 내가 즐겨 찾던 식당은 니노였다. 의례히 나와 동료기자들은 데스크에게 기사를 송고하고 나서 니노 식당으로 모이곤 했다. 그러나 워싱턴에서 내게 집처럼 편안하게 느껴지던 식당은, 내 영원한 친구 아예사 아브라함이 운영하는 캘버트 카페라는 곳이었다.

내가 아예사를 처음 만난 것은 1950년 시리아 대사관에서였는데 그녀는 그 곳 식당의 요리사로 일하고 있었다. 나는 시리아 대사관의 저녁 만찬에 참석하던 중 부엌에 있는 그녀를 소개받게 되었다. 내가 그녀의 음식 솜씨에 대해 칭찬을 늘어놓자 그녀는 조용하면서도 짧게 대답했다.

"당연한 일인데요, 뭘."

그녀는 '아예사 호와르'라는 이름으로 팔레스타인 지역 올리브 산 위에서 태어났다. 스물한 살 때 결혼을 했고 한때 24개의 농장을 경영하기도 했다. 무척 도전적인 성격의 소유자인 그녀는 자기 마음을 표현하는 데에도 거침이 없었다. 그녀는 요르단이 예루살렘 구 시가지를 통치하고 있을 때 요르단의 압둘라 왕을 비방한 죄로 고발당해 사법처리 되는 불운을 겪기도 했다. 검찰의 기소로 암만 재판소에 회부되어 여러 번 소환됐었다. 재판 결과 재산은 몰수됐고 생명까지 위협을 받게 되자, 권력층에 있는 아랍 친구들이 다마스커스로 도망갈 수 있도록 그녀를 도왔고 아예 멀찌감치 미국으로 건너갈 수 있도록 힘써 주었다고 한다. 그녀는 떠나기 전에 아랍어로 말했다.

"나는 당신과 이혼합니다."

이렇게 세 번 말함으로써 그녀는 남편과 이혼할 수 있었다. 그녀는 워싱턴에 도착해 시리아 대사관의 요리사로 채용됐는데, 얼마나 억척스러운지 대사관의 고된 일이 끝나면 인근 식당 일도 보았다. 그때 나는 그녀가 요리하는 곳마다 따라다녔다. 그녀의 요리솜씨가 마음에 들어서였다. 그녀는 미국에서 재혼했지만 남편을 잃고 생활 때문에 가정부 생활을 계속할 수밖에 없었다.

그렇게 알뜰살뜰 10년 간 모은 돈으로 1960년 그녀는 자신이 처음 요리사로 일했던 캘버트 가에 위치한 식당의 주인이 됐다. 1967년 개업식 날 그 식당 문을 열쇠로 열고 들어가는 순간, 나도 그녀 옆에 서 있었다. 당시 그 곳의 이름은 캘버트 카페였지만 1994년 정식으로 '마마 아예샤'로 바뀌었다.

'마마 아예샤'에 들어가면 오른쪽에 아주 긴 바가 있는 다소 길고 어두운 하나의 공간이 있고 왼쪽에는 호마이카로 칠해진 칸들이 놓여 있다. 그 칸 속에는 작은 개인 음악상자가 들어 있어서 듣고 싶은 음악이 있으면 거기에 신청곡을 적어 넣으면 된다. 예를 들어 엘비스의 노래에서부터 페리코모의 노래, 심지어는 아랍 노래까지 들을 수 있었다.

아예샤는 매일 오전 10시부터 이튿날 새벽 2시까지 하루도 빠짐없이 일한다. 저녁식사 후 그녀는 그날 밤 잠자기를 원치 않는 사람들에게만 진한 아랍 커피를 권한 뒤, 그들을 위해 한쪽 바닥을 치우고는 운세를 점쳐 주었다. 카페에서 일명 '밤을 잊은 그대에게'라는 프로그램을 진행하는 것이다.

거기엔 오직 한 가지 점괘밖에 없다. 상대방에게 임박한 운, 즉 명성이나 금전, 여행, 혹은 로맨스에 관한 이야기를 해 주는데 그녀는 결코 나쁜 운세를 말해 주는 사람은 아니었다. 점괘를 볼 때마다 느끼는 것이지만, 그녀는 언제나 내 눈을 보고 나의 기쁨과 괴로움을 직관적으로 읽는 것 같았다. 나의 미래는 언제나 밝았다. 그래서 난 이 같은 확신을 얻기 위해 그녀를 찾곤 했는데, 그녀는 한마디로 내게 행운을 주는 여인이었다.

어느 날 밤, 나는 그녀에게 존슨 부인과 함께 다음 날 여행을 떠날 것이라고 말했지만, 아예사는 내가 그냥 집에 있을 것이라고 말했다. 나는 어리둥절한 표정을 지으면서 어차피 떠나기로 되어 있고 이미 짐도 꾸려 놓은 상태라고 그녀에게 반문했다. 그러나 그녀의 예언이 맞아떨어졌다. 다음 날 존슨 부인이 편도선염을 앓는 바람에 여행이 취소됐던 것이다. 그녀가 내게 의기양양한 표정을 지었음은 물론이다.

샐리 퀸 기자가 ≪워싱턴 포스트≫에 아예사의 식당에 대한 기사를 썼을 때 그녀는 다음과 같이 자신의 삶을 이야기했다.

"사업은 나의 전부입니다. 오로지 이 사업만을 위해 열심히 일했습니다. 신경을 다른 데 쓸 시간이 없었어요. 바로 이것이 내 삶 그 자체이며 나는 이러한 인생을 사랑합니다."

그리고 그녀는 이렇게 덧붙였다.

"나는 음악과 돈만을 좋아합니다."

그렇다! 분명 그녀는 이렇게 얘기했을 것이다. 내가 생각하기에도 그녀에게 있어서 돈을 번다는 것은 중요했다. 그렇다면 그녀는 지독한 수전노일까? 아니다. 누군가 돈이 모자라서 당황해할 때 그녀가 즉시 계산서를 찢어 버리는 모습을 종종 발견할 수 있었다. 아예사는 집세나 전기세로 힘든 이웃이 있으면 항상 도와주려고 하는, 진정으로 돈을 벌어서 쓸 줄 아는 그런 사람이었다.

그녀에 대한 에피소드는 그뿐만이 아니다. 그녀의 식당은 여러 계층의 사람들로 들끓었다. 대학생, 군인, 히피들이 즐겨 찾는 곳이기도 했다. 베트남전쟁 시절에는 많은 젊은 군인들이 그 곳에서 식사를 즐겼다. 그들은 전쟁터로 향하는 수송선에 오르기 전 이 곳에서 울분을 토하기도, 난장판을 벌이기도 하고 불안을 떨쳐 버리기 위해 테이블 위에서 막춤을 추는 등 소란을 피웠다. 그 와중에 기물이 파손되어도 그녀는 손해배상을 요구한 적이 없었고 의아하게 여기는 나에게 이렇게 말했다.

"그들은 아직 한창 젊은데 전쟁에 나가야 하잖아, 실컷 놀게 내버려두지 뭐."

마침내 1968년 미국 시민이 된 그녀를 위해서 리즈 카펜터는 축하 연설을 해 주었고 국회의사당에 휘날리던 작은 성조기를 그녀에게 갖다 주었다.

아예사, 그녀는 언제나 나를 위해 그 곳을 지키고 있었고 그녀의 식당은 내 집 바깥에 있는 또 하나의 보금자리가 되었다. 언제인지 정확하게 기억하지는 못하지만 식당 내부 그녀의 전용 칸 뒤쪽에 나만의 테이블을 만들어 주었고 그 곳 종업원들은 그것을 '헬렌의 테이블'이라고 불렀다. 또한 그 곳은 언제나 나와 내 손님이 앉을 수 있도록 준비되어 있었다. 그녀는 나를 기념하여 '헬렌의 샐러드'라는 메뉴도 개발했다. 그것은 토마토와 양파에 강한 레몬 향유를 드레싱한 것이다.

1994년 그 식당은 대대적인 신장개업을 했다. 그 동안 호마이카로 꾸며진 칸들, 즉 작은 음악상자들과 긴 바는 말끔히 치우고 대신 천장을 높인 커다란 방이 각기 개별적인 공간들로 나뉘어졌다. 카펫도 새로 깔렸으며 벽은 연한 노란빛으로 칠해졌다. 작은 바는 대리석으로 입혀졌는데 큰 홀과 작은 화장실 뒤에 있다. 아예사와 나는 종종 작은 화장실의 낡은 수도관과 어두운 조명에 대해 농담을 나누기도 했는데, 그야말로 격세지감을 느끼게 되었다. 넓혀진 공간에는 푸른색으로 가장자리가 장식된 하얀 타일이 깔려 반짝거리며 날이 따뜻할 때는 식당 밖 야외에서 식사하는 것도 가능했다.

아예사가 나를 위해 마련해 준 내 전용 테이블에 초대했던 손님으로는 헨리 키신저, 리즈 카펜터, 마르타 미첼 등이 있으며 유엔안전보장이사회 의장 토니 레이크도 그 곳을 찾았다. 토니 레이크는 그 장소를 얼마나 좋아했던지 클린턴의 재선 후에 취임 전 파티를 거기서 했을 정도이다.

아예사는 이제 우리 곁에 없다. 그러나 나는 그녀를 결코 잊을 수 없다. 내 테이블 오른쪽에는 우리 둘 다 밝은 빨간색의 옷을 입고 함께 찍은 사진이 걸려 있다. 가끔 추억 속의 그 사진을 바라보고 있노라면 내가 다시 60년대로 돌아가는 기분이 든다.

나의 스승, 앨 스파이백

앨 스파이백은 백악관 취재기자 초기 시절 나의 UPI 사 동료이다. 케네디가 당선되고 내가 백악관에 배속됐을 때 스파이백은 메리만 스미티와 함께 나를 환영해 주었다. 초기 백악관 출입기자 시절 나는 무척 힘들었다. 백악관 출입 이전에도 UPI에서 4년 간 일했지만 백악관 출입기자는 일하는 차원부터 달랐다. 독자 여러분도 경험했듯 새로운 일을 하려면 배워야 할 것이 많다. 그러나 다행히도 나에게는 두 분의 유능한 선생님이 있었다. 스파이백과 스미티가 바로 그들이었다.

스파이백은 나에게 많은 것을 가르쳐 주었다. 스파이백은 원래 INS의 기자였으나 UP와 합병하면서 UPI에 소속됐다. 이후 스파이백은 UPI 백악관 출입기자로 일인자의 면모를 과시하면서 활동했다. 그는 공정하고 객관적이면서 모든 면에 있어서 전문가이자 뛰어난 통신기자였다.

나중에 그는 UPI를 떠나 허버트 험프리 진영에서 대통령 선거운
동을 하다 제너럴 다이나믹스의 홍보실 책임자가 됐다.

스파이백은 내가 1965년 10월에 쓴 루시의 약혼예정 기사로 인해
존슨 대통령으로부터 곤경에 처해 있을 때 나를 도와줬다. 존슨은
당시 쓸개절제 수술 후 텍사스 목장에서 회복기를 보내고 있었다.
나는 18세 된 그의 딸 루시가 일리노이스 주 출신의 패트릭 누젠트
와 함께 그 곳으로 오고 있는 중이며 그들은 아버지께 약혼 허락을
받아내려고 계획하고 있다는 기사를 썼다. 이를 읽은 존슨은 몹시
화를 냈다.

사실 그들은 오스틴에 있는 버그스트롬 공군기지에 내리기로 되
어 있었지만, '약혼'이라는 말이 퍼져 기자들이 그리로 몰려드는 통
에 비행기 착륙지를 변경했던 것이다. 존슨은 자기 딸로부터 먼저
그 이야기를 듣지 못하고 내 기사를 읽고서야 이 사실을 알았기 때
문에 더욱 화를 냈던 것이다.

존슨측의 확인도 부인도 없자 내 고민은 커져갔다. 기자에게 있
어서 오보誤報는 치명적인 것이기 때문이다. 마침 존슨의 공보비서
관 빌 모이어스가 마을에 없는 관계로 그의 동생 짐이 그 사건 이
후 뉴스 브리핑을 맡게 됐다. 누군가가 이에 관련된 질문을 하자 그
는 다음과 같이 준비된 대답을 했다.

"루시는 참한 아이입니다. 스물한 살이나 스물두 살이 되면 결혼
하겠죠"

이때 나는 일어나려고 했다. 그러자 스파이백이 나와 내 기사를
옹호하면서 내게 앉으라는 몸짓을 하더니 이렇게 속삭여 줬다.

"헬렌, 잘했어!"

거의 두 달 동안 내 기사가 계속 나돌았다. 나는 성탄절 전야에 오스틴에 머물고 있는 존슨을 취재하고 있었다. 내가 이탈리아 식당에서 백악관 공보실 관리 조우 래틴과 몇 명의 동료기자들과 함께 있을 때 조우를 찾는 전화가 왔다. 그는 여러 기자들이 듣는 것을 꺼려하며 조용한 방을 찾고 있었다. 결국 그는 식당 냉동실에서 전화를 받을 수 있었다.

리즈 카펜터의 전화를 받고 돌아온 그는 떨면서 뉴스 브리핑 때문에 호텔로 돌아가야 한다고 말했다. 좀더 자세한 내막을 가르쳐 달라고 조르는 나에게 조우가 하는 수 없다는 듯 말을 던졌다.

"당신 같은 기자들에게는 아주 좋은 일이지."

나와 AP 통신 프랭크 콜미어는 경쟁하듯 전화통으로 달려갔으며 우리가 뉴스 브리핑을 듣기 위해 왔을 때는 이미 대통령 부부가 루시의 약혼을 발표하고 있었다. 이번에도 뉴스 브리핑 이전에 특종을 잡았던 것이다.

기자 중의 기자, 메리만 스미티

메리만 스미티에 대해서는 어디서부터 이야기를 시작해야 할지 모르겠다. 우선 그는 기자 중의 기자였다. 그의 전광석화電光石火와도 같은 재치는 타의 추종을 불허할 정도였으며 입심이 무척이나 강했을 뿐만 아니라 질문 내용 또한 늘 공격적이었다. 그러나 그는 언제나 대통령직을 존중했으며 자유 세계 지도자로서의 책임에 대해서도 사려가 깊었다. 그의 기사는 거의 매일 신문의 1면을 차지했다.

나는 그가 한 번도 전화에 대고 '깜짝 놀랄 기사가 있다'고 허풍 떨면서 소리지르는 것을 본 적이 없다. 그는 항상 진실을 밝혀내는 뉴스들을 터뜨렸다. 스미티와 내 남편 더글러스는 루스벨트 대통령 시절 백악관을 출입하면서 친한 사이가 됐다. 하지만 그들은 뉴스에 관한 한 서로 양보할 수 없는 경쟁 상대였다. 대통령 집무실에서 2주일에 한 번씩 기자회견이 있었는데 모임이 끝나기 무섭게 먼저 뉴스를 전하기 위해 경쟁을 벌이는 모습은 실로 가관이었다.

기자실은 대통령 집무실 바로 옆에 있는 큰방에 위치해 있으며 그 곳에는 통신사 기자들을 위해 전화 부스가 설치돼 있었다. 기자실 안에는 시청 통신국에서 온 공보담당 직원이 있다.

『감사합니다, 대통령Thank You, Mr. President』이라는 저서에서 스미티는 자세하게 전화 부스에서의 경쟁과 그 결과에 대해 적어 놓았는데, 루스벨트는 그가 네 번째 임기를 시작할 무렵 자신의 집무실 쪽 방문을 잠가 두라고 명령한 적이 있었다고 한다. 아마 기자들에게 자신의 업무가 노출되는 것을 꺼려했기 때문일 것이다.

스미티는 통신국의 공보담당 직원이 통신사 기자들과 문을 사이에 두고 직선거리를 유지하고 서 있는 모습을 보고는 기자회견이 진행되는 도중 그에게 비키지 않으면 다칠 것이라고 경고했다. 그리고 기자회견은 늘 그랬듯이 루스벨트가 소리를 지르는 것으로 끝났다.

"당신들, 이제 뉴스를 알았으니 나가시오."

그러자 스미티가 소리쳤다

"대통령! 감사합니다."

동시에 문이 열리며 전화 부스까지의 경주는 시작됐다.

나는 백악관 출입기자가 되고 나서 그 선의 맨 앞에 앉게 되었는데, 당시 AP 통신의 더글러스 코넬과 INS의 밥 닉슨이 스미티를 따라 회견장의 청중들을 헤치고 달려가는 모습을 볼 수 있었다.

대통령 집무실에서 전화 부스까지 달리는 코스 중에는 크고 둥근 필리핀 마호가니 탁자가 놓여 있는 넓은 공간을 통과하도록 되어 있었다. 지금도 나는 그 곳을 달릴 때마다 그 탁자 주위에서 제발 미끄러지지 않기를 기도하고 있다.

스미티는 언젠가 그 탁자에서 미끄러져 어깨가 골절되는 부상을 입은 적이 있었다. 그러나 그는 고통을 참으며 전화기 앞으로 간신히 도착해 본사에 기사를 송고했었다. 루스벨트와 기자회견을 끝내고 나서 "감사합니다. 대통령!"이라는 말을 출입기자들에게 습관화시킨 사람이 바로 스미티였으며 나 역시 이 전통을 이어갔다.

스미티는 자신이 사용했던 모든 도구들을 무척이나 아꼈다. 랩탑 컴퓨터, 이동 전화기, 위성 전화기, 삐삐, 전자 계산기, 전자 주소록, 날짜 수첩 등등. 그는 이런 간편한 기계들을 사랑했고 또 언제나 새로이 고안된 것에 대해서도 감탄해마지 않았다.

스미티의 기자적 재능은 1963년 11월 22일 운명의 그 날 극명하게 드러났다. 처음으로 그가 케네디 저격사건을 보도함으로써 퓰리처 상의 영예를 안게 됐다. 케네디 저격사건 후, 혼란스런 그 상황에서 그가 어떻게 취재했고 또 어떻게 마감시간 전에 기사를 송고했는지에 대해서는 나의 동료였던 론 코헨과 그레그 고든의 공저 『마감시간에 쫓기는 기자들Down to the Wire』에 잘 나타나 있다.

총소리가 나자 메리만 스미티는 기자 리무진에서 이동 전화기를 들었다. 그 검은 차가 앞으로 나가자 스미티가 맨 앞자리에서 몸을 구부리며 전화기를 눌렀다. 그리고 UPI의 댈러스 지부에 있는 동료에게 기사를 부르기 시작했다.

"세 발의 총탄이 댈러스 시내에서 리무진 차를 타고 행렬 중이던 케네디 대통령을 향해 발사되었다."

댈러스 딜리 광장에서의 총성이 겨우 멎었을 때 대통령 저격에 관한 급보는 전세계의 뉴스 실에 타전打電되고 있었다. 스미티는 차분하게 그리고 신속히 기사를 읽어내려 가면서 이러한 엄청난 사건을 보도하는 자신에 대해서 냉정함을 잃지 않도록 다짐했다. 사건 현장에서 벌어지고 있는 혼란과 구급차와 경찰차의 사이렌 소리, 카메라 플래시, 그리고 어디선가 또 날아올지도 모르는 총탄의 공포에서 초연하도록 자신을 타이르고 있었던 것이다.

AP 통신의 잭 벨은 스미티가 전화기를 자기보다 앞질러 쓴 것에 화가 났는지 펄펄 뛰었다. 그는 분한 마음에 경쟁자인 스미티를 향해 주먹을 한 방 날렸지만 그 바람에 차 시트 밑으로 푹 처박히게 된 스미티는 오히려 벨에게 전화기를 빼앗기지 않고도 끝까지 기사를 불러 줄 수 있었다. 이 경우에 '전화위복'이라는 말이 적합할지 모르겠으나, 아무튼 스미티의 송고를 받은 UPI는 정확하게 총성이 들리고 나서 9분 뒤 전세계에 뉴스를 전할 수 있었다.

"케네디 대통령은 저격범에 의해서 치명적인 총상을 입고 쓰러졌습니다."

스미티는 저격당한 대통령의 시신과 함께 대통령 전용 비행기를 탔고, 당시 부통령이었던 존슨이 기내에서 대통령 취임서약을 하는 모습도 취재할 수 있었다. 그는 댈러스에서 UPI 댈러스 지부로 기사를 불러 주더니 비행기 안에서는 타이프를 빌려서 기사를 완성했다.

스미티는 공항에 내리자마자 우리가 있는 곳으로 오더니 내 손에 비행기에서 쓴 기사 복사본 한 뭉치를 쥐어 주었다. 그가 또 다른 취재를 위해 백악관을 향하고 있을 때, 나는 공항에 있는 전화기로 사무실을 연결해서 기사를 불러 주었다. 나는 스미티가 전해 준 간단하면서도 강렬한, 그러면서도 아름답게 씌어진 글을 읽으며 흐르는 눈물을 참을 수 없었다. 당시 나의 동료 앨 스파이백도 앤드루 공항에 있었는데 그 역시 스미티가 던져 준 기사 뭉치를 본사로 송고하고 있었고 나와 거의 비슷한 시각에 송고를 마칠 수 있었다.

기사가 마감되자 스미티는 그 날 야간 데스크를 담당했던 론 코헨 등과 언론인 클럽에 술을 마시러 가자고 제안했다. 스미티는 드디어 그 날의 믿을 수 없을 만큼 짓눌리는 무거운 압박감으로부터 벗어나고 있었다. 그리고 잭 벨에게 한 방 얻어맞은 자리가 아프다고 불평하기 시작했다. 당시 스미티는 잭에게 두들겨 맞은 것을 생각할 겨를도 없이 기사를 넘기자마자 공항으로 달려가 비행기 속에서 기사를 완성시켰던 것이다. 백악관으로 다시 달려와 리드 기사를 작성하는 그의 모습을 보면 지금 생각해도 거의 기적적이라 할 수 있다.

어쨌든 스미티는 일약 스타가 되었다. 그는 그 사건 이후 마이크 더글러스와 잭 파아의 토크쇼를 포함한 많은 토크쇼에 출연했으며 멜브 그리핀이 특별히 총애하는 사람이 되었다.

하지만 그는 개인적으로 고통을 많이 겪은 사람이다. 주벽으로 수년 동안 고생했고 1966년에는 이혼을 당했다. 1967년 군 지휘관이었던 그의 장남이 월남전에서 전사했는데 존슨 대통령도 앨링턴 국군묘지에서 거행된 그의 아들 장례식에 참석했다.

1970년 그의 우울증은 날로 심각해져 궁여지책으로 알코올 중독자를 위한 갱생 프로그램에 들락날락하기도 했지만, 심각한 알코올 중독은 그의 재혼 생활마저 위협하고 있었다. 그는 자신을 괴롭히는 악마로부터 헤어날 길을 찾지 못하는 것 같았다. 4월 12일 밤 그는 나에게 전화를 했다. 최근 9년 간 나는 그가 바닥을 헤매는 것을 보았는데 그날 밤처럼 지친 목소리로 이야기하는 것을 들어 본 적이 없었다. 다음 날 그는 머리에 권총을 쏴 자살해 버렸다.

나는 대통령으로부터 거의 개인적인 전화를 받아본 적이 없는데 스미티가 자살한 날, 리처드 닉슨에게서 전화가 걸려 왔다. 그는 스미티의 죽음에 애도를 표하면서 백악관의 국기를 조기로 할 것을 지시했다.

그렇게 재치와 기지에 넘치던 기자 한 사람이 세상을 떠났다. 우리는 스미티 같은 사람을 다시 만들어낼 수 없을 것이다. 그는 나에게 공격적으로 취재해야 하며, 무슨 일에서든 최고가 되어야 하고, 또 기사를 쓸 때는 정확하게 써야 한다는 것을 가르쳐 준 사람이다. 그의 사진은 영구 전시실에 UPI 구식 통신기계와 '케네디가 총상을'이라고 쓴 기사와 함께 보존되어 있다.

제 6 장

대통령과 기자들의 '진실'싸움

사실을 있는 그대로, 어느 편에도 치우치지 않게 더 나아가서는 아주 완벽하게 진실되게 말해 달라고 요구하는 것은 너무 지나친 욕심이겠지만 가끔씩이라도 그렇게 말해 달라고 요구한다면 전혀 가당치 않은 주문이 되는 것일까요?

— 메리만 스미티, 1969년 9월 26일 편집출판 시상식 연설문에서

국민에게 사실을 알려라

방법론은 여러 가지였지만 대통령직에 대해서는 정치, 정책, 세계관, 역사 속의 때와 장소, 개성 등의 수많은 관점에서 연구되어 왔다.

8대의 행정부를 거치는 동안 내가 터득한 것은 국민에게 신뢰감 없이는 그 어떤 대통령도 설득과 종용과 통치를 할 수 없다는 것이다. 나는 신뢰를 상실함으로써 낙마한 두 대통령을 보았는데, 베트남 문제로 재선을 포기한 존슨 대통령과 워터게이트 사건으로 하야下野한 닉슨 대통령이 바로 그들이다.

그들 이후 신뢰감을 상실한 대통령이라면 클린턴을 들 수 있으나, 그는 대중을 향해 오도誤導하고 그 자신의 성추문 사건에 휘말려 큰 대가를 치렀다.

나는 과거 38년 동안 8명의 대통령이 말하는 것을 귀로 듣고 눈으로 관찰한 결과, 언론의 변화와 대통령 사이의 상관 관계 및 그것이 대통령의 신뢰성에 미치는 영향, 그리고 국민의 알 권리에 대한 언론의 역할과 그 충족 정도를 체험할 수 있었다.

오랜 세월 동안 대통령을 관찰한 후, 나는 미국인들이 대통령이라는 직책을 가진 사람들에 대한 경외심이 얼마나 대단한지에 대해 알게 됐다. 그러나 시간이 지날수록 그것은 대통령 직책을 가진 사람에 대한 것이 아닌 대통령이라는 직책 그 자체라는 사실을 깨닫게 되었다. 그것은 분명 국민들만의 생각은 아니었다. 나 역시 그랬다. 날이 갈수록 나는 대통령이라는 직책을 가진 사람을 이해하기가 점점 더 어려워졌고 이것은 불행한 일이 아닐 수 없었다.

링컨은 일찍이 이렇게 말했다.

"나는 국민들을 굳게 신뢰한다. 진실을 알게 되면 그들은 어떠한 국가적 위기도 극복할 수 있다. 중요한 점은 그들에게 실제적 사실을 알리는 것이다."

또한 그는 말했다.

"국민들로 하여금 사실을 알 수 있도록 하라. 그러면 국가가 안전할 것이다."

나는, 국민들은 언제든 진실을 받아들일 수 있으며 조금도 이 점을 의심해서는 안 된다고 항상 믿어 왔다.

존슨 대통령은 매우 변덕스럽고 복잡한 성격의 소유자였다. 기분이 내키면 기자 몇 사람을 지적하여 대통령의 리무진 차에 동승시키곤 했다. 그때 운이 좋으면 그와의 인터뷰도 가능하다. 나 역시 그의 재임기간 동안 두 번 정도 리무진에 동승한 적이 있다.

존슨은 어떤 기자라도 그들이 쓴 기사가 마음에 들지 않으면 얼마 동안 이들의 접근을 허용치 않는 고약함을 보였다. 내가 루시의 약혼 사실을 터뜨렸을 때에도 존슨 일가는 며칠 후 있었던 리셉션에서 내게 거의 말을 걸지 않았다. 존슨이 애완견 비글의 귀를 잡아당긴 것을 기사화한 더글러스는 결국 '개집'을 취재하는 것으로 백악관 출입을 끝내야만 했다.

애완견 비글에 관련된 해프닝은 다음과 같다.

1964년 4월 27일, 로즈가든에서 일단의 사업가 그룹을 만나고 있던 존슨이 애완견의 귀를 위로 잡아올리면서 한 말이 문제의 시발始發이었다.

"당신네들이 개를 가까이 하게 된다면 깽깽거리는 소리를 듣고 싶어질 것이오."

더글러스는 사진과 함께 기사를 게재했다. 이러한 보도가 나가자 미국 전역의 애견가들이 대통령을 비난했고, 어느 시카고의 인권단체는 '살아 있는 동물의 귀를 잡아당기면 얼마나 아플 것인가'하면서 비난의 목소리를 높였다. 보도 후 반응이 거세지자 존슨은 공보 담당관 조지 리디와의 대화 도중 이러한 세간의 흥분된 분위기를 맹렬히 비난했다.

> 존슨: 빌어먹을, 사진을 잘 보면 개가 뒷발로 서 있어서 아무
> 런 고통도 느끼지 못한다는 것을 알 수 있을 텐데, 왜
> 이리 난리야. 찍은 사람이 누구지? 더글러스 코넬인가?
> 리디: 그렇습니다.
> 존슨: 흥! 어떻게 생겨먹은 놈인지 알고 싶군. 그 녀석을 당
> 분간 무시하는 조치를 취해 버릴까? 대체 그 놈은 온 나라의
> 모든 사람들과 인터뷰를 했다는 말인가, 아니면 애완동물 전
> 문가들과 인터뷰라도 했다는 말인가?
> 리디: 아닙니다. 동물애호협회들로부터 들려오는 이야기입니다.
> 존슨: 그 자는 동물학대에 지나치게 민감한 친구로구만.

당시 존슨 대통령은 그렇지 않아도 심기가 무척 불편한 상태였다. 그의 야심만만한 인권 법안이 상원에서 만신창이가 되어 버린 것과 거의 동시에 애완견 해프닝이 발생했기 때문이다. 설상가상으로 그 이튿날인 4월 28일에는 그가 추진해온 공무원 봉급인상 법안과 운송 법안의 의회 통과가 연기되고, 더욱이 하원의장 맥코마크로부터 는 보스턴 해군기지 폐쇄에 대한 공격을 받는 등 여러 가지 문제가 얽혀 있어 그를 더욱 짜증스럽게 했다.

그의 심정을 이해하지 못하는 것은 아니지만, 존슨에게 있어서 눈감아 줄 수 없는 결점은 정상을 벗어나 있다는 점이다. 그는 모든 것을 알고 싶어했기 때문에 보좌관들이 모든 것을 알려 줄 것을 기대했다. 특히 그의 가십에 대한 관심도는 가히 전설적이었다. 그리고 그는 자신도 모르는 사실을 만약 어느 기자가 기사화한다면 이

를 용납하지 않았다. 즉, 대통령이 알고 난 다음에 언론보도라는 절차를 주장하는 사람과 같았다. 그는 나에게 이렇게 말한 적이 있다.

"당신은 루시의 약혼을 발표했어. 그 애의 결혼도, 언제 애를 낳을 것인지도……. 나도 알지 못했는데……. 나는 그것이 원망스럽소."

그는 나에게 원망으로 가득 찬 눈빛을 보냈으며 그 이후로도 공식·비공식적으로 이를 언급했다.

"나는 매일 밤 잠자리에서 FBI 보고서를 읽는다."

존슨은 농담조로 이렇게 이야기하곤 했는데, 그가 이것을 직책상의 특권으로 생각했다고 해도 나에게는 크게 놀랄 일이 아니었다. 사람들이 어디에 있고 무슨 생각을 하고 있으며 어떠한 정치적 견해를 가지고 있는지를 알고 싶어하는 그의 집착력에 관한 책들이 수년 동안 계속 출판됐다.

최근 발간된 존슨에 관한 책 『흠집난 거인Flawed Giant』에서 저자 로버트 달렉은 존슨이 부통령인 허버트 험프리의 사무실까지 도청했으며, 그가 만약 재선에 뛰어들었다면 대통령 선거에서 이기기 위해 베트남전쟁에 대한 행정부의 정책에 반기를 들었을지도 모른다고 쓰고 있다. 특히 스미티는 그의 경험담을 다음과 같이 회고했다.

나는 언젠가 그의 58회 생일을 주제로 인터뷰했을 때 베트남전쟁, 인플레이션, 인종 분규 등 고통스러운 문제들이 산적한 매일매일을 어떻게 지내느냐고 물어 본 적이 있었다.

"당신, 대통령이 매일매일 개인의 일상사들을 거의 무시하면서도 공적인 문제들에 정신을 집중시킬 수 있다는 점을 기억해 두어야 할 것이오. 젠장! 나에게는 당신처럼 그렇게 골치 아픈 문제들이란 존재하지도 않소. 당신은 첫 번째 아내와 이혼수속 중이었을 때 베트남 전선에서 아들이 죽었고, 세금이 체납됐으며, 비싼 등록금을 벌기 위해 '멜브 그리핀' 쇼에서 나를 맹렬히 비난했었지⋯⋯ 내 형편은 당신보다 훨씬 나아."

개인 사생활을 속속들이 꿰고 있는 대통령의 말에 나는 몹시 놀라고 당황했다. 나는 오늘날까지도 그가 왜 나에 대해 면밀히 조사를 했는지, 혹은 이리저리 유도 심문하듯 둘러대며 그렇게 물어본 것인지 그 이유를 알 수가 없다.

내가 느끼건대 대통령에 관한 뉴스의 통제는 케네디 행정부 때 시작됐고, 레이건 행정부는 이를 술책으로 변화시켰다. 사실 보도에 관한 통제는 대통령이 바뀌면서도 항상 있어 왔던 단골 메뉴였다. 아마 그것은 모든 대통령들이 그들의 이미지를 보다 좋게 관리하고자 하려는 마음에서 비롯된 것이라 생각된다. 그러나 그들이 미국시민—유권자들—을 문제덩어리로 치부하여 뉴스를 통제했을지도 모른다고 인식하니 분노하지 않을 수 없다. 그들은 시민들이 진실을 접했을 때 현명한 판단을 내릴 능력이 없다고 멋대로 단정해 버린 결과, 정보를 조작하고 감추는 행위를 저지르는 것이다.

내가 로널드 레이건의 스타일과 유머 감각을 처음으로 가늠할 수 있었던 것은 그의 취임식 날 지루한 몇 시간이 지난 후였다. 축하 행사 후 그는 대통령 신분으로서 그의 집무실에 들어섰고 임기 내내 그의 것이 될 책상 앞에 앉았다.

선거 참모장 제임스 베이커, 대통령 자문역을 하다가 법무장관이 된 에드윈 미즈, 그리고 선거 부참모장인 마이클 디버를 비롯한 그의 보좌관들이 책상 뒤에 반원형으로 빙 둘러서 있었다. 레이건은 함박 웃음을 지으면서 연방공무원 봉급 동결안에 서명했다. 그것이 그가 대통령으로서 첫 번째 수행한 일이었다.

그는 크게 미소를 지으며 위를 쳐다보고 말했다.

"이제 집에 가도 되겠죠?"

이 일은 앞으로 일어날 여러 가지 일들을 예언케 했다. 레이건은 취임 초기 몇 번에 걸친 연설에서 연방정부의 유일한 역할은 '국가 안보'라고 주장했다.

취임 후 처음 몇달 동안 레이건은 내키는 대로 행동했고 마음대로 휴식을 취했으며 짓궂은 장난도 했다. 하고 싶은 말이 있으면 그때마다 말을 했고, 때로는 권총을 뽑아 쏘는 흉내를 내곤 했다. 그의 임기 초반에 샘 도널슨이 질문했다.

"당신은 소련이 데탕트에 관심이 있다고 믿습니까?"

그리고 냉전이 계속될 것인지에 대해서도 질문했다.

레이건은 공산국가를 '악의 제국'이라고 명명하기 전 단계로, 공산주의 지도자들을 '거짓말쟁이에다 속임수나 쓰는 믿지 못할 존재'라고 기자들에게 공언했다. 익히 알려진 강경주의자로부터 나온 이 말은 그리 놀랄 것은 아니었다.

레이건은 정해진 대본을 가지고도 헤맬 때가 있었다. 시나리오를 짜고 정보의 흐름을 조정하는 보좌관들이 자신의 옆에 버티고 있음에도 기자들이 엉뚱한 질문을 해댈까 봐 걱정한 나머지 당황해하는 것이었다. 그는 보좌관들의 조언을 믿고 따른 대통령 중 한 사람이었다.

사진 촬영 중에 우리가 그에게 중요한 질문을 하면 그의 보좌관들이 지금은 기자회견을 할 상황이 아니라고 그에게 조언했는지 레이건은 옆에 있는 수석 보좌관들 — 디버, 베이커 그리고 미즈 3인조 — 을 바라보면서 이렇게 말하곤 했다.

"이 사람들이 막고 있기 때문에 대답할 수 없소"

그럴 때마다 샘과 나는 항의했다.

"당신은 대통령이 아닌가요!"

재키(케네디 대통령 부인)의 흉내를 내고 있는
나(헬렌 토머스)를 케네디 대통령이 즐겁게 바라보고 있음.
— 케네디 도서관 앞뜰 —

흔들의자에 앉은 케네디 대통령과 오벌오피스에서.
— 케네디 도서관 —

To Helen Thomas
The girl without a hat

화창한 날에 튤립 꽃밭에서 산책중인 존슨 대통령(린든. B. 존슨)과 나.
ㅡ존슨 도서관 앞ㅡ

팻 닉슨(닉슨 대통령 부인)이 나와 더그(더글러스 코넬)의 약혼 사실을 밝히며 특종을 했다고
즐거워 하고 있다. 사진은 닉슨 부부가 열어 준 더그의 은퇴식 파티.
당시 더그는 거물급 백악관 출입기자였다.
우리는 하는 수 없이 그 자리에서 약혼을 발표했다.

워터게이트 사건이 한창일 때 게리 트뤼도의 '둔스베리' 만화의 한 장면.

포드 대통령과 벽난로 앞에서
담소를 하는 필자.
ㅡ포드 도서관

포드 대통령을 취재하며 백악관 동료들과 만찬을 즐기는 모습.
ㅡ포드 도서관ㅡ

To Helen Thomas

Jimmy Carter

아이다 호에서 카터 대통령이 휴가를 만끽하는 모습을 취재하며.

카터 가족이 마련해 준 백악관 브리핑 룸에서 있었던 필자의 60회 생일 파티.
그 당시로서는 매우 고급스럽고 화려한 파티였다.

나의 60회 생일 선물, 캐리커처(백악관에서의 취재 모습이 담겨 있음).
— 카터 센터에서 —

카터 대통령과 파티를 즐기며 담소하고 있다.

카터 대통령과 필자의 동료 샘 도널슨, 다이아 소이어와 함께
대통령 전용기 안에서.
―카터 센터―

백악관 집무실 안에서 레이건 대통령을 인터뷰하며.
—레이건 도서관—

낸시 레이건과 거실에서의 인터뷰.
우리는 매년 크리스마스에 '연례' 회견을 가졌다.

1982년, 낸시 레이건이 그리오
디론 만찬에서
〈새컨 핸드로즈 (Second Hand
Rose)〉연출로 박수 갈채를 받
았다. 그녀의 옆 사람은 그리오
디론 회장인 찰리 맥도웰.
레이건 도서관—

부시 대통령 부부와 함께 대통령 전용기의 회의실 안에서,
로이터의 레리 맥퀼란 NBC의 짐 미클라스제우스키,
UPI의 사진 기자 조우 마케트 및 AP의 톰 롬도 함께.
—부시 도서관—

부시 대통령이 백악관 서편 지역의 외교관 입구에서
소련 지도자 미하일 고르바초프 서기장을 접견함.
—부시 도서관—

To Helen —
C'mon. This is serious business!!
Warm Regards, Geo Bush

대통령도 농담하기를 좋아한다. 부시도 예외는 아니었다.
—부시 도서관—

백악관 만찬에서 부시여사와 함께
필자의 뒤쪽 안경 쓴 이는 《워싱턴 포스트》의 도니 라드 클리프.
—부시 도서관—

부시 대통령과 대통령 전용 식당에서 점심식사를 하며.
—부시 도서관—

백악관 브리핑 룸에서 클린턴이 열어준 즉흥적인 필자의 75회 생일 파티.
— 백악관 사진실 —

1995년 클린턴 대통령이
필자에게 생일 선물을 줄 때
고어 부통령이 끼어들었다.
백악관 사진실—

필자의 75회 생일 파티 케이크.
클린턴과 함께 촛불을 끄기 전에,
대통령이 필자에게 물었다.
"누가 더 입심이 셀까요?"
그는 내가 오벌오피스에 두고 온
녹음기를 아직도 갖고 있다.
— 백악관 사진실

For my friend Helen Thomas with many thanks, Al Gore

고어 부통령을 위한 깜짝 파티. 필자는 그에게 몇 마디 질문을 하지 않을 수
없었다. 이를테면 "당신은 왜 클린턴을 항상 추켜 세우는가?"
— 백악관 사진실 —

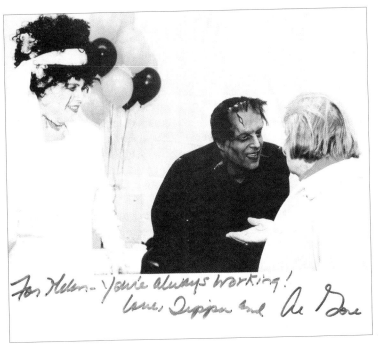

For Helen— you're always working!
Love, Tipper and Al Gore

부통령 자택에서의 할로윈 파티. 엘 고어가 프랑켄슈타인으로 분장했다.
그날은 한 남자가 백악관에 반자동 소총을 발사한 날이기도 함.
— 백악관 사진실 —

백악관 인턴사원 르윈스키와 '부적절한 관계'를 맺고,
한때 탄핵 위기에 놓였던 클린턴과 함께.
— 백악관 사진실 —

대통령이 아니라 '지미'로 불렸던 카터

여러 가지 접근 경로가 있는 중에서도 소위 '오프 더 레코드 (off the record = 보도하지 않는다는 조건으로 취재에 응하는 것)'를 조건으로 최고위 행정 책임자와 진지한 대화를 나눌 기회가 있었으며, 백악관 비서들이나 기자실 직원들과도 진지한 대화를 할 수 있었다.

나는 종종 대통령이나 영부인들과 개별적인 면담을 가졌다. 내 동료들은 존슨 대통령과 내가 텍사스 주 스톤월에 있는 그의 목장에서 승마를 하고, 지미 카터와 조지아 주에 위치한 플레인스의 어느 조용한 산책로를 걸으며 즐겁게 취재한 경험담에 대해 이야기할 때마다 새삼 놀라곤 한다.

그들과의 개별적인 면담은, 내가 대단해서가 아니라 대통령과 그의 가족들이 인간적인 사람이었기 때문에 가능했다고 생각한다. 휴가를 맞아 플레인스에 있는 집에 머물던 지미 카터는 매주 토요일 아침이면 시내 중심가에 들리곤 했는데, 그는 오랜 친구들이 운영하는 가게에 들러 그들과 잡담을 나누는 것을 즐겼다. 우리는 항상 그들이 껴안고 키스하고 지나간 추억에 대해 이야기하는 것을 들었다. 그들은 그를 '대통령'이라 부르지 않고 '지미'라 불렀으며, 그의 옆에는 워싱턴에서도 때와 장소를 가리지 않고 기자들을 무례하게 대했던 못말리는 그의 어머니 미스 릴리안도 있었다.

미스 릴리안을 생각하면 카터의 취임식을 회상하지 않을 수 없다. 그녀를 비롯한 가족들이 백악관으로 행진하고 있을 때 한 기자가 미스 릴리안에게 달려가서 물었다.

"아들이 자랑스럽지 않으세요?"

그러자 그녀가 되물었다.

"어느 아들?"

부시 대통령 취임식 다음 날, 몇명 안 되는 기자들과 사진사들이 오벌 오피스(대통령 집무실)로 몰려들었고 나도 거기 끼어 있었다. 부시는 벽난로 앞에 있는 우아한 팔걸이 의자에 앉아 있었고, 정부 고위관리나 명사들이 앉곤 하던 옆 의자에 부시의 생애에 지대한 영향을 끼친 사랑스러운 백발의 어머니, 도로시가 앉아 있었다.

두 사람이 조용히 앉아 있는 것을 보면서, 지나간 옛 일이 떠올랐다. 레이건 집권시 대통령은 독가스 전쟁 연구에 대한 허용 법안이 의회에서 통과되길 원했는데, 당시 부통령이던 부시는 의견이 달랐다. 결국 부시는 오직 자신의 어머니가 허락할 경우에만 그 일을 하겠다고 레이건에게 대답했던 모습을 상기했다.

그는 도로시에게 전화를 했고 국가안보의 필요성을 설명했다. 그녀는 마지못해 동의했고 부시는 이를 통과시켰다.

케네디 가족이 백악관에 입성했을 당시만 해도 기자단들이 지금처럼 대규모는 아니었다. 그러나 내가 이미 얘기한 대로, 단지 그들이 누구냐에 따라서 국정이 바뀌었다.

돌이켜보건대 케네디와 부시는 계속적으로 호기심을 유발시키는 젊고 활기찬 대통령들이었다. 대중은 그들에 관한 모든 것을 알고 싶어했고, 우리 기자단은 이를 충족시키기 위해 최선을 다했다.

'뉴스 통제'라는 언어의 탄생

그들보다 조용하고 차분했던 아이젠하워 정부를 취재했던 사람에게 이것은 분명히 변화였다. 케네디는 아이젠하워와는 전혀 달랐다. 그에게 접근할 수 있는 기회가 이전보다 많이 주어짐에 따라 그는 숱한 화제 거리에 오르내릴 수밖에 없었다. 그러나 이 때야말로 '뉴스 통제'라는 새로운 용어가 만들어진 시점이었다.

내 경우, 케네디 가족과의 접촉을 통해 그들과 친밀해졌다고 단언할 순 없다. 그것은 어디까지나 직업상의 접촉에 불과하다. 나는 재키와 가까운 거리에서 걷지도 않았고, 근황이 어떠냐고 묻지도 않았다. 나는 백악관 뜰에 서 있는 케네디에게 달려가 그의 아이들에 관해 묻지도 않았다.

어느 날 대통령과 나는 선거 직후 '값진 시간'을 함께 할 수가 있었다. 가톨릭 신도였던 그는 주일미사를 위해서 성당에 가고 있었고, 나는 그 뒤를 차로 따라가고 있었는데 갑자기 케네디가 차에서 내리더니 걸어가는 것이 아닌가? 나도 차에서 급히 내려 그의 뒤를 따라갔다. 그 날 오후 늦게 그는 기자실을 방문했고 우리는 유쾌한 대화를 나누었는데, 절대로 뉴스거리가 될 수 없었던 '날씨'에 대해서도 얘기를 나누었다.

비록 숨바꼭질 놀이로 변질되긴 했으나, 기자단들은 대통령 부부가 두 가지 모두를 원한다는 것—그들은 국민의 최고위직 심부름꾼으로서 인식되길 바랐고, 그들이 사적으로 즐기거나 가족끼리 오붓하게 지낼 때에는 그들의 사생활을 철저히 보장받길 원했다—을 곧 알아차렸다.

그렇지만 우리는 그들이 가는 곳이라면 어느 곳이라도 미행했다. 버지니아 주 미들스버그에 있는 그들의 주말 은신처를 따라 갔으며 휴가철에는 매사추세츠 주의 하이아니스 포트와 플로리다 주의 팜 비치까지 추적했다.

한번은 케네디가 조종하던 범선 빅투라가 그만 땅으로 올라간 적이 있었다. 이 사건은 일요일에 일어났는데, 앨 스파이백이 이를 취재해 UPI에 보냈고, 월요일자 ≪워싱턴 포스트≫에 게재됐다. 배가, 그것도 대통령의 배가 육지로 올라갔으니 이것만으로 이야깃거리는 충분했다.

케네디는 워싱턴으로 돌아가는 비행기 안에서 ≪워싱턴 포스트≫ 1면에 실린 스파이백의 기사를 보고는 크게 역정을 냈다. 태평양전쟁 당시 해군 장교로서 PT 보트의 선장이고 자신의 경력에 강한 애착을 가지고 있던 그였으니, 배의 조종술에 있어서도 더할 나위 없이 탁월한 선장으로 알려지길 원했던 것은 당연한 일이었다. 그래서 그의 분노심은 어느 때보다 클 수밖에 없었다. 이 때문에 이륙 직후 피에르 샐린저는 전용기 내 대통령 실로 호출됐고 한참 후에 상기된 얼굴로 나타났다. 그는 기자석에 앉아 있는 스파이백에게 달려와서는 하소연하기 시작했다.

그에 따르면 기사를 본 대통령이 이 때까지 볼 수 없었던 모습으로 심하게 화를 냈다는 것이다. 그토록 화내는 모습은 이번이 처음이며, 사실을 전면 부인하는 것도 처음 있는 일이고, 더구나 UPI가 그 기사를 취소하길 원한다고 덧붙인 것도 이번이 처음이라고 말했다.

"앨, 내 목을 치려고 그러나?"

샐린저의 첫 마디였다.

이에 대해서 스파이백은 기사가 정확하기 때문에 UPI는 취소하지 않을 것이며, 그 문제에 대한 해결책을 가지고 있다고 대답했다. 두려움과 분노로 얼굴이 회색빛으로 변한 샐린저는 취소하는 것 이외에는 다른 해결책이 없다고 거의 울상이 됐다.

이에 스파이백은 가방에 손을 넣으면서 말했다.

"여보게 피에르, 이것을 대통령에게 보여 주게."

그가 건네준 것은 8×10 크기의 사진이었다. 물가에서 좀 떨어진 모래언덕에 얹혀 있는 빅투라 호가 찍혔는데 케네디와 친구들은 엉덩이며 어깨까지 물에 빠진 채 그 배를 밀어내려 애쓰고 있는 모습이었다. 사진을 받아든 샐린저는 웃어야 할지 울어야 할지 몰랐다.

샐린저는 사진을 케네디에게 가지고 갔다. 대통령은 아무 말 없이 그 사진을 스파이백에게 되돌려 주었고, 더 이상 기사 취소에 대한 언급은 없었다(스파이백의 그 사진은 생각에 따라서는 전혀 다른 각도로 생각할 수도 있는 걸작이었다).

백악관에서의 재키는 그녀의 아이들에 관한 기사에 항상 못마땅해했다. 그러나 아이들의 사진을 보는 것은 좋아했다. 그녀는 아이들이 노는 것을 기자들이 볼 수 없도록 키가 큰 철쭉을 심었다. 그녀의 남편 역시 자신들의 프라이버시를 지키는 데 찬성했다. 특히 백악관에서 친구들과 사적인 파티를 열 때에는 더욱 그랬다.

그러나 공적인 면에서의 케네디의 언론관은 달랐다. 즉 올바른 메시지 전달의 중요성을 인식하고 있었다는 말이다. 그런데 막상 사진 찍을 때가 되어 우리가 백악관 집무실을 들이닥칠 때면, 그는 빈정대곤 했다.

"저기 굉장한 떼거지가 오고 있군."

8명의 대통령들과 오랜 세월을 같이 했던 내가 터득한 사실 하나는, 취재기자들은 울며 겨자 먹기 식으로 받아들여지는 반면 사진기자들은 항상 환영을 받는다는 사실이다. 이유는 사진기자들은 질문을 하지 않는다는 데 있다.

이런저런 점을 감안할 때, 케네디 가와의 취재를 숨바꼭질에 비유한다면, 존슨과는 누가 더 고집이 센지 의지력의 경쟁이었다. 앞에서 이야기한 대로 존슨은 자기가 좋아하지 않는 기사를 쓴 기자를 비난하는 한편, 일종의 유화책도 병행했다. 그는 많은 기자들 중 스미티와 더글러스를 점심 시간에 가족 식당으로 초대해 장시간의 '오프 더 레코드 브리핑'을 하게 하거나 여론을 탐색하기 위한 트릭을 썼는데, 그는 기자들에게 먼저 운을 띄움으로써 오히려 정보가 새어나가기를 원하는 것 같았다. 어떤 때는 의도적으로 기사를 기록하도록 하고 만약 국민의 반응이 부정적이면 그것을 강하게 부인했다.

그리고 스미티와 더글러스는 존슨으로부터 가족의 사적인 장소에까지 — 때로는 오후 낮잠을 위해 머물던 침실에까지 — 부름을 받았는데, 단지 그가 생각하고 있는 바를 듣는 것뿐이었다. 이러한 모든 기벽奇癖에도 불구하고, 존슨은 세속적인 인물이었고 기자들은 그러한 그를 항상 인간적으로 대했다.

존슨이 텍사스를 방문할 때마다 만나는 사람이 있었다. 사촌인 배일리인데, 그녀는 존슨과 터놓고 농담을 하는 나이 많은 아줌마였다.

나는 존슨이 부통령이었을 때 그녀와 처음 만났다. 어느 날 아침 나를 비롯한 몇명의 기자들이 목장으로 걸어가서 그녀를 깨웠다. 그녀는 맨발로 문 앞까지 나왔다. 훗날 나는 그녀에 관한 기사를 쓸 때 그녀의 맨발에 대해서 언급했고, 그녀의 집이 다 쓰러져 갈 듯하다고 썼다. 화가 난 그녀는 존슨에게 전화를 걸어 이렇게 물었다고 한다.

"헬렌 토머스는 신을 신고 자나?"

나는 목장에서 주말을 함께 보낸 것에 대해 존슨에게 감사의 편지를 썼고 다음과 같은 회신을 받았다.

　헬렌양에게,
　당신은 당신의 기사가 얼마나 널리 읽히고 있는지 모를 것이오. 방문객들은 지금 가장 유명해진 명소가 된 배일리의 집을 보기 위해 목장 앞을 지나다닙니다. 하여튼, 당신네 여자들은 큰 영향력을 가지고 있소. 그녀는 신을 신지 않고 잠을 자기 때문에 아무도 그녀의 다른 모습을 볼 수 없소. 그리고 당신이 그녀의 집이 다 쓰러져 간다고 이야기한 후부터 그녀는 나에게 집에 페인트칠을 해달라고 요구하고 있소.

어쨌거나 당신을 옆에 둔다는 것은 즐거운 일이며, 어디를 가건 당신이 해 주는 친절한 이야기에 감사합니다.

— 친애하는 린든 B. 존슨

닉슨 대통령과 수석 보좌관 H. R. 할데만, 그리고 국내문제 고문인 존 에릭만이 이끌던 소위 '궁정지기'들의 뉴스 통제는 무자비했다. 그러한 모든 '통제'는 결국 '은폐'가 되었으나 우리 모두 그 결말이 어찌 되었는지 잘 알고 있다.

그의 고의적인 의도가 숨어 있었는지의 여부는 불문하더라도, 닉슨의 언론에 대한 증오심과 반감은 대통령이 되기 전 의원 시절에도 대단했다. 1972년 민주당 본부 당사에 침입한 사건 훨씬 이전에도 국립기록문서보관소에서 나온 다음과 같은 메모가 보여주듯, 기자단을 통제하기 위한 움직임이 있었다.

지글러에게,

노동절 이후 3개월 동안 사회주의자 명단에 AP 통신 사람은 아무도 올라 있지 않을 것이다. 또한 《타임스》 《뉴스위크》 《워싱턴 포스트》 《뉴욕 타임스》 사람의 이름도 찾기 어려울 것이다. 당신은 코니 스튜어트에게 이야기해서 그녀의 사회주의자들에 대한 기본적인 공작을 망치지 않으면서 그녀가 할 수 있는 모든 방법을 동원하여 위의 네 개 언론사 및 AP 통신사를 단속하는 데 전력을 다하라고 하시오.

이 일은 반드시 추진되어야 하오. 어느 누구라도 이 일을 무시하는 결정을 내리도록 내버려두어서는 안 되오.

— H. R. 할데만, 미스 우드

기자실은 기자실답게

아이러니컬하게도 닉슨은 보도진을 위해 오늘날에도 건재하고 있는 새로운 프레스센터를 세웠다. 프레스센터를 새로 세우게 된 것은 그가 예전의 기자실을 방문했던 것이 계기가 되었다. 대통령 취임식이 있던 며칠 후인 1969년 1월 어느 일요일 저녁, 기자실에서 나 혼자 일하고 있을 때 그가 들렀다.

서쪽 로비에 있던 기자실—전화기가 올려져 있는 책상들, 카드 놀이를 위한 테이블, 여기저기 흩어져 있는 신문, 기사 송고를 위한 세 개의 전화 부스, 카메라 장비, 위스키 병들이 꽉 들어찬 책상서랍, 기대거나 낮잠을 자거나 특별한 손님을 붙들고 길게 이야기하던 쿠션을 과다하게 넣은 안락한 소파와 의자들이 널려져 있었다—은 닉슨의 우아하고 품위 있는 '백악관 만들기'의 모습과는 정면으로 대치됐다.

어느 날 닉슨은 기자실로 걸어 들어와서 주위를 둘러보고는 나에게 물었다.

"여기가 당신이 일하는 곳이오? 정말 망신스러운 일이야."

그 날 이후, 닉슨의 지시로 백악관 서쪽에 있는 실내 수영장 위에 새로운 기자실을 짓는 계획이 추진됐다. 그 수영장이 프랭클린 루스벨트의 소아마비 치료를 목적으로 지어진 것이었으며, 전국의 학생들이 이 사업을 돕기 위해 코 묻은 돈들을 모았다는 것쯤은 기억하고 있다. 나도 그 학생들 가운데 한 사람이었으니 말이다.

그 새로운 기자실은 백악관 애완견들에게 사료를 주던 '개의 방'과 그 옆의 플로리스트 룸이라고 불리던 방도 밀어 버리게 했다.

1년 뒤, 우리는 라운지와 브리핑 룸이 포함된 새로운 기자실로 입주했다. 그렇다고 이 방이 오늘날 대통령이나 그의 공보담당관이 연설할 때 TV에서 볼 수 있는 그와 같은 구조는 아니다. 나중에 개축 공사가 여러 번 행해져 오늘날처럼 변모한 것이다.

1970년 3월 존슨 부부가 새로운 시설을 보러왔고, 닉슨이 직접 안내했다. 새로운 구역을 둘러보면서 존슨이 닉슨에게 물었다.

"물질적인 시설은 놀랄 만큼 발전했군. 그런데 기자들이 쓰는 기사의 질적인 발전이 있었습니까?"

닉슨은 어깨를 으쓱하면서 대답했다.

"뭔지 몰라도 사진은 발전이 없었소"

기자실에는 커피 테이블이 있었다. 벽은 새로 칠해졌고 인쇄물이 그 위에 걸려 있었다. 소파와 등받이가 높은 의자들도 있었다. 커피 테이블 위에는 흰색과 노란색 국화가 꽂힌 꽃병이 있었다.

6×10미터 크기의 한쪽 방 끝에는 두꺼운 커튼이 쳐져 있었다. 공보비서 론 지글러가 브리핑을 시작할 때면 커튼이 옆으로 열리며 벽 속에 감춰져 있던 칸막이가 나타났다. 그리고 칸막이가 낮아지며 연설대가 그 위에 설치되고, 한 사람이 들어와서 연설대 위에 대통령 문장紋章을 붙였다. 다시 말해서 이 곳은 즉석 뉴스 브리핑을 하는 장소였다.

어느 정도 시일이 지나자 새 기자실의 단정한 모습도 사라져 갔다. 그것은 기자들 사이의 관습 때문이었다. 어떤 사람은 TV세트를 들여놓았다. 또한 혹자는 신문과 음료수 캔과, 커피 잔과 노트북들로 테이블을 잔뜩 어지럽혔다. 자리가 절대적으로 모자라는 것을 해결하기 위해 백악관 모처에서 가져온 접는 의자와 짝없는 의자들이 등장하기 시작했다.

연단을 계속 올리고 내리는 작업은 너무 번거로웠다. 그래서 대통령 문장과 함께 그냥 내버려두었다. 결국 다시 어수선해지긴 했지만 기자실을 '기자실답게' 되돌려 놓았던 것이다.

1981년 기자실이 또 한 번 바뀌었다. 의자가 모자라는 것을 해결하기 위해 극장식 좌석을 설치했고 붙박이 차트도 부착했다. 백악관을 출입하는 48명 보도기자들의 좌석마다 놋쇠로 만든 명찰이 붙여졌다. 레이건 대통령의 보좌관들이 누가 어디에 앉을 것인가를 결정했다. 통신사와 당시의 3대 TV방송국이 앞줄을 차지했고 나머지는 매일매일 대통령을 취재하는 신문과 잡지사들, 나머지 한 개의 자리는 진정한 워싱턴의 명물인 사라 맥클렌든에게 주어졌다.

기자실 내의 작은 개혁(아마 혁명이라고 불러야겠다)도 이뤄졌다. 이것은 샘 도널슨의 호의로 이루어졌는데, 그는 혼자서 기자실 전부를 금연 구역으로 만들려고 시도했고 1980년 후반에 이를 성공시켰다. 그 때까지도 기자실은 빈 음료수 캔과 인스턴트 식품의 포장지 그리고 기타 잡동사니와 더불어 재떨이가 넘쳐났다.

클린턴 대통령이 한 포도원에서 휴가를 즐기고 있던 1997년 여름, 또다시 대폭적인 변화가 있었다. 페인트칠을 새로 하고, 카펫을 새로 깔았으며 덮개가 씌워진 의자들이 기자실로 들여졌다. 그리고 세월의 변화와 함께 새로운 많은 기술 장비들도 자리잡게 됐다. 어쨌든 닉슨은 수영장을 기자실로 만들고 예전의 기자실을 헨리 키신저의 사무실로 바꾸었다.

한 줌의 신선한 공기, 포드 부부

포드 대통령은 어떠한 개축도 새로운 단장도 개조도 하려 들지 않았다. 그는 매우 우호적이고 진실성 있는 남자였다. 부통령과 대통령이 되기 전 30여 년 동안의 의원 생활을 거치면서 거의 모든 거물급 기자들의 이름을 기억하고 있었는데 그의 부인 베티도 역시 마찬가지였다.

워터게이트 사건의 여파가 아직 남아 있었을 때, 포드 부부는 한 줌의 신선한 공기와도 같았다. 우리는 포드가 자신의 아침 식사를 손수 준비하는 모습이라든가, 대통령이 되길 결코 갈망하지도 기대하지도 않았던 그의 남다른 사교적인 세세한 일면들에 대한 기사를 썼다. 그들 부부는 백악관에서의 브리핑 시간에 기자들에게 우호적이었다.

전임 대통령이었으면 발표하지 않았을 난처한 일들—포드 대통령이 전용 헬리콥터에 타거나 내릴 때 발부리에 걸려 넘어지거나 머리를 자주 문에 부딪치는 경향이 있다는 것과, 발을 헛디뎌 경미한 사고의 희생자가 되곤 한다는 것은 비밀이 아니었다—도 항상 발표됐다.

모든 것을 감안할 때, 포드는 호인이었고 가십 기사의 대상이 되기도 했다. 그는 나와 AP 통신기자를 대통령 별장, 즉 언론인들에게는 금지된 영역이었던 신성불가침의 캠프인 데이비드에서 기자회견을 하도록 허락한 유일한 대통령이다. 우리 모두는 평상복 차림으로 따뜻한 벽난로 앞의 안락한 소파에 앉아 대통령과 대담을 가졌다.

삼엄한 경비로 무장된, 철조망으로 둘러싸인 그 구역에 위치한 집에 들어가 본 것은 내 살아 생전 그 때가 처음이자 마지막이었다. 수년 동안 대통령 가족이 캐톡틴 산에 있는 별장에서 시간을 보내기로 결정하면 망을 보기로 지명된 통신사 기자들은 주위의 시야가 가려진 초소 안으로 안내됐다. 그 곳은 삼면이 나무 벽으로 되어 있었고 두 개의 전화선이 설치되어 있었으며, 우리는 변화무쌍한 날씨 속에서도 워싱턴으로부터 헬리콥터가 내려앉기를 손꼽아 기다리고 있었다. 지금이라도 당장 이런 꼴을 본다면 누가 내 직업을 매력적이라 말할 수 있겠는가?

나중에는 그나마도 못마땅했는지 초소 앞에는 우리의 시야를 완전히 가리도록 소나무가 심어졌다.

레이건 대통령은 어느 누군가가 '위대한 의사 전달자'라고 부를 만큼 언변이 좋았고 우호적이었다. 그러나 그의 언변에는 뭔가 냉담하고 꾸며진 듯한 분위기가 배어 있었다. 마치 우량 기업체를 인수하는 이사회 회장처럼 백악관 집무실을 장악한 레이건은 우리들을 통제하기 위해, 캘리포니아로부터 먼 길을 진군해 온 견문 넓은 보좌관에 의지했다.

레이건과 보좌관들의 언론에 대한 철학은 발표를 제한함으로써 넘쳐나는 기삿거리로 언론이 번민하지 않도록 만들겠다는 식이었다. 그들은 밤 뉴스 시청자들을 겨냥했고 보도를 교묘하게 조작하는 술수도 뛰어나 우리 기자들은 하루에 오로지 한 개의 기사에만 초점을 맞추게 되었다. 라디오, 영화 그리고 TV에서 오랜 경력을 쌓은 레이건은 세인의 관심을 어떻게 조정할 것인지 케네디 이후 그 어느 대통령보다도 가장 잘 알고 있었다. 실로 그는 핵심의 정곡을 찌르는가 하면 날카로운 질문에는 대충 윤곽만을 이야기하면서 특유의 함박 웃음을 지으면서 손을 흔들고 그 장소를 떠나는, 언론에 관한 한 달인의 경지에 있었다.

여느 대통령들처럼 그에게도 연설문 작성팀이 있었다. 그러나 훌륭한 방송인과 마찬가지로 그는 자신의 연설을 보다 부드럽고 대화적인 스타일로 바꾸어 쓸 줄 알았다. 과연 그것은 매우 효과적이었다.

레이건은 그의 나이에 대해, 자기 인생의 도전에 대해, 그리고 임기 중에 앓던 병에 대해서조차도 농담을 할 수 있었다. 1988년 전립선 수술 후에 있은 연례적인 그리오디론 파티에서 그는 빈정거리는 투로 이렇게 말했다.

"나는 총도 맞아 보았고 피부암도 결장암도 앓았고 전립선 수술도 받았다. 그렇다고 무엇이 문제란 말인가? 나는 건재하다."

포드와 케네디처럼 부시 대통령도 워싱턴 정가에 오랫동안 몸담고 있었으므로 기자단의 여러 사람들과 친했다. 그는 특히 사진기자들을 좋아했고, 그들을 '사진 찍는 개들'이라고 불렀다. 그러나 이 말은 결코 적대감의 표시가 아니다. 그는 매년 여름에 백악관 뜰에서 사진기자들을 위한 바비큐 파티를 열었다.

바버라 부시는 기자 대하기를 어려워했던 것으로 추측된다. 그것은 1992년 11월 장래에 백악관 안주인이 될 힐러리 클린턴을 초대했을 때 느낄 수 있었다. 백악관에 도착한 힐러리가 외교관 접견실 입구에서 부시 여사의 환영을 받을 때였다. 웃음을 띤 부시 여사의 모습을 보기 위해 몰려든 기자들과 사진사들이 그녀를 둘러싸고 있었다. 그녀는 모여 있는 기자들을 가리키면서 힐러리에게 이렇게 말했다.

"흑사병을 보듯이 이 사람들을 피하세요. 그리고 만약 그들이 당신의 말을 인용해서 쓴다면, 그들이 당신으로부터 직접 들었는지를 확실히 따지세요."

힐러리는 고개를 끄덕이며 말했다.

"옳습니다. 나는 그 기분을 이미 알고 있습니다."

그러한 점에서 카터 부부도 마찬가지였다고 생각한다. 로잘린의 경우는 고명딸인 에이미를 공립학교에 보내기로 결정했을 때 확연히 알 수 있었다. 등교 첫날, 학교에 데려가기 위해 에이미의 손을 잡고 백악관을 떠나는 로잘린을 보기 위해 사진기자들과 취재기자들이 문 양쪽으로 몰려들었다. 에이미가 노트와 카메라를 준비하고 서 있는 우리들을 한 번 쳐다본 다음, 그녀의 어머니를 올려다보면서 말했다.

"엄마, 우리는 이 사람들을 아직도 좋게 대해야 하나요?"

대통령은 항상 깨어 있어야 한다

부시는 그가 공정한 취급을 받고 있지 않다고 느끼게 된 1992년 대통령 선거전까지는 언론에 호의적이었다. 그는 걸프 전쟁의 여세를 몰아 지지도가 90%에 달해 있었으며 권좌에서 그를 떨어뜨리는 것은 난공불락難攻不落처럼 보였다.

나는 1992년 선거일에 부시와 함께 텍사스에 있었다. 우리는 함께 둘러앉아서 선거 결과에 관심을 기울였고 대통령이나 그의 보좌관이 나타나기를 기다렸다. 이윽고 부시가 나타났고 우리들과 잠깐 이야기를 나누다 말고 쇼핑을 간다고 했다.

그에게서 사임을 준비하는 모종의 분위기가 느껴졌다. 하여튼 그의 쇼핑 나들이는 많은 것을 암시해 주었다. 즉 그가 사는 물건— 낚싯줄과 그가 좋아하는 컨트리 가수의 CD 등—을 보았을 때 그가 은퇴할 준비를 하고 있다고 예감할 수 있었다.

우리는 하루 종일 그와 함께 있었고 오후가 되자 선거 결과가 좋지 않다는 것을 알았다.

승리자 빌 클린턴과 그의 팀은 백악관 기자단을 피하는 데 필요한 어떠한 조치라도 취하겠다는 괄목할 만한 목표(?)를 가지고 백악관에 도착했다.

그들은 아칸소 주에서 발휘할 수 있었던 것과 같은 유형의 비밀주의를 백악관에서도 고수하고자 했다. 또한 그들은 선거유세의 흔적을 완전히 떨쳐 버리지 못한 채, 전혀 워싱턴 방식으로 길들여지지 않은 젊은 보좌관들을 이끌고 왔는데 결과는 심각한 혼란이었다.

그가 취임한 며칠 후부터, 우리가 기자실과 공보담당관 방 사이를 수없이 자주 걸어다니던 복도는 '금지구역'으로 정해졌다. 사무실과 브리핑 룸을 구분짓던 문도 닫도록 명령했다.

말하자면 우리는 개인적인 질문을 가지고 공보담당관실로 들어갈 수가 없었다. 그러나 그 당시 의사전달 책임자였던 조지 스테파노폴스는 하나의 작은 계산착오를 범했다. 그는 일일 브리핑이 TV로 생방송 되도록 허락했던 것이다.

나에게는, 기자들이 공보담당관의 사무실에 접근하는 것이 거절되었다는 것 자체가 뉴스였다. 그래서 나는 TV로 방영된 몇번의 브리핑 서두에서 그 점을 목소리 높여 분명히 강조했다. 동료들도 불평하면서 나를 도왔다. 그리하여 공보담당관의 사무실로 향하는 복도가 다시 열렸고 백악관 집무실로 가는 복도로 활보할 수 있게 됐다.

한 가지 문제가 해결되니 다른 문제가 생겼다. 힐러리 클린턴이 기자실을 그녀의 개인 보좌관에게 넘기기로 결정했고, 기자단을 백악관 밖, 혹은 다른 장소로 옮기는 것을 심각하게 고려하고 있다는 소문이 빠르고도 맹렬히 퍼지기 시작했다.

그러나 그러한 어떤 일도 일어나지 않았다. 그리고 미안하지만, 그녀는 기자단을 백악관으로부터 몰아내려고 생각한 첫 번째 퍼스트 레이디도 아니었고, 마지막 사람도 아닐 것이다.

그들은 항상 그들이 시키는 대로 우리가 따르길 원한다. 특히 전달해야 할 좋은 뉴스가 있을 때는 더욱 그렇다. 그러나 동시에 우리가 멀리 떨어져 있기를 바란다.

클린턴 자신은 언론에 대해 열정적이면서도 한편으로는 냉담하게 대했다. 그는 사진 찍는 것에 대해서 근본적으로 의문을 제시했고, 따라서 보좌관들은 그를 보호하기 위해 "고맙소" 혹은 "플래시를 치워라" 등 사진기자들에게 소리침으로써 그를 카메라로부터 차단시키려고 했다.

사실 대통령과 언론은 멀어져서는 안 되는 사이다. 이 말에는 야합하라는 뜻이 아닌 정보를 서로 교환해야 한다는 의미가 내포되어 있다. 미국의 대통령이 잠들어 있을 때 세계의 절반은 분쟁을 조성하고 있다. 그래서 대통령은 항상 깨어 있어야 하는데, 자는 동안 깨어 있는 역할을 해 주는 것이 언론일 수 있다. UPI의 워싱턴 데스크 내부 규정에는 백악관에 일이 발생하면 언제든지 그 곳에 들어갈 수 있도록 항상 깨어 있어야 하는 의무조항이 명시되어 있다.

부시는 항상 사건에 대해서 보고받을 수 있는 '그들을 깨우고, 흔들 수 있는' 대통령직을 수행하고 있었다. 이란에서 아야톨라 호메이니가 죽었을 때 부시는 케네벙크포트에 있는 집에서 휴가 중이었다. 그가 아침 일찍 조깅을 하고 있을 때, 나는 불침번을 서고 있었다. 그가 지나쳐 갈 때 나는 소리쳤다.

"호메이니는요?"

부시는 나에게 의아한 시선을 던졌고, 나는 계속해서 소리쳤다.

"그가 죽었나요?"

보좌관은 호메이니의 사망소식을 전하기 위해 그를 깨우려 하지 않았던 것 같았다.

누군가가 백악관에 총을 쏘았다

카터 행정부 때의 일이다. 부활절에 우리는 조지아 주에 있었는데, 몇 척의 소련 트롤 선船이 롱아일랜드 밖에서 포착되었다는 이야기를 들을 수 있었다. 공보관은 우리에게 카터가 교회에서 나올 때 곤란한 질문을 하지 말 것을 요청했다. 그 날은 성스러운 부활절이었고 대통령은 방금 교회에서 예배를 보고 나오는 길이었다. 나는 카터가 나타나길 기다렸다.

"부활절 날씨가 좋습니다, 각하."

카터도 그렇다고 했다.

"훌륭한 예배였죠, 대통령 각하?"

이번에도 카터는 그렇다고 했다.

"그런데 그 러시아 트롤 선들은 어떻게 된 겁니까? 각하."

언제나 뉴스 최전선에 서 왔던 나였지만 딱 한번 그렇지 못한 적이 있다. 말하자면 뉴스를 주고받을 수 없는 상황에서 또 다른 뉴스가 내게 전해진 것이다. 그것은 심장을 멈추게 하는 순간이다.

나는 엘 고어 부통령 부부가 베푸는 할로윈 파티에 참석하느라 부통령의 집에 있었다. 조카딸 테리와 주디도 함께였다. 부통령이 직접 프랑켄슈타인 복장을 입는 등 재미있는 시간을 보내고 있었다.

즐거운 시간을 보내고 집으로 떠나려 할 즈음, 백악관 보좌관 마크 제란이 들어와서 내게 말했다.

"누군가가 백악관에 총을 쏘았다."

테리와 주디는 내 얼굴에서 핏기가 사라지는 것을 보았다고 기억하고 있다.

"하나님 맙소사! 농담이겠죠."

나는 제란에게 소리쳤다.

그는 나에게 농담이 아니라고 확인시켜 주었고, 나는 전화기로 달려갔다. 부장이 말했다.

"그렇소. 한 남자가 백악관 문에 반자동 소총을 발사했으며, 기자실 창문에 몇 개의 구멍이 뚫렸소. 그러나 경호대와 경찰이 이를 무사히 진압했소"

나는 정말 지금에서야 하는 말이지만 클린턴이 저격당해 사망한 줄 알았고 고어 부통령이 우스꽝스럽게도 프랑켄슈타인 복장을 한 채 대통령 선서를 하게 되는 줄 알았다.

클린턴이 취임 초기에 비해 기자실의 우리 '짐승들'—디 디 마이어스는 기자들을 '짐승들'이라고 불렀다—과 조금 더 친해졌다. 그리고 일상적인 업무를 수행하는 유능한 마크 맥컬리가 있었기에 백악관은 덜 적대적인 장소로 변해갈 수 있었다.

나는 클린턴 대통령이 자신의 사적인 감정이 일반인들에게 노출될 정도로 내버려둘 만큼 자유로웠던 순간들을 보았는데, 이는 다정다감하고 위트 있고 매력적인 그의 어머니 버지니아 켈리의 죽음을 대할 때의 모습에서 발견할 수 있었다.

TV 프로그램 <나이트 라인>에서 인터뷰 진행자인 테드 코펠은 그에게 질문했다.

"왜 어머니의 장례식에서 연설을 하지 않았습니까?"

"나는 그때 대통령이 아니라 단지 아들이어야 할 때라고 생각했습니다."

백악관은 여러 대통령을 거치는 동안 언론과 사생활 보도에 관한 관점과 의견도 달라졌다. 케네디 가족으로부터 시작된 숨바꼭질은 한때 사생활 보도에 대해 관대한 것처럼 보였지만, 최근 클린턴 시대가 되면서 대통령의 프라이버시 문제를 제기하는 추세로 다시 바뀌었다. 클린턴과 힐러리가 휴가 중에 해변에서 함께 춤추는 사진이 신문에 실리는 바람에 일어났던 일체의 떠들썩한 소동에 대해서 나는 약간 아연실색했다. 기자들과 사진기자들이 마크 맥컬리에게 언론이 너무 심했다고 생각지 않느냐고 질문했을 때 나는 놀라움을 금치 못했다.

"네, 클린턴 부부는 그들의 프라이버시가 침해되었다고 느꼈습니다. 그러나 그들은 그 사진을 좋아했습니다."

맥컬리의 이와 같은 대답을 들었을 때 나는 반문했다.

"그들이 프라이버시를 원했다면 대통령 부부가 되지 말았어야 했습니다."

나는 그 점에서는 소수의 의견이었던 것 같다. 전직 NBC 특파원이었던 리처드 발렌리아니로부터 나의 언사에 대해서 비판하는 편지가 날아들었다.

친애하는 헬렌,

당신은 클린턴의 휴가 사진 건으로 ABC와 인터뷰했을 때 참으로 어리석고 교만했었소. 당신이 그런 이야기를 하는 한 사람들이 언론 매체를 수준 낮게 평가한다고 해도 놀랄 일이 못될 것 같소. 안녕.

— 딕 발렌리아니

제 7 장

속보로 승부를 걸었다

언젠가 내가 조디 파웰에게 카터 대통령이 우리를 그
다지 좋아하지 않았다고 이야기하자, 그가 반문했다.
"헬렌, 어떤 정상적인 사람이 올바른 정신으로 기자들
을 좋아하겠는가?"

'최초'의 기록이 지니는 의미

내가 취재한 여덟 명의 대통령들은 모두가 하나같이 역사책에 기록되길 원해서인지 그들이 행정부에서 한 일이 '최초'의 것이 되기를 추구했다. 예를 들어 최초의 중요한 법 제정, 최초의 인간 달 착륙, 최초의 예산 균형, 외부 세력과의 최초의 관계 구축…… 등이 바로 그것이며, 역대 대통령들은 훌륭하게 또는 비열하게 그 일을 추진했다.

사실 나도 '최초'라는 것에 매우 밀접돼 있다. 그리고 나는 백악관 기자실에서조차도 다른 많은 '최초'의 기록도 가지고 있다. 나는 다른 어떤 기자보다도 더 오랫동안 백악관을 취재했고 어떤 대통령보다도 오랫동안 백악관에 머물러 있었기 때문이다.

워싱턴에서의 기자생활 55년 중에 38년 동안을 백악관에서 보냈다. 나는 몇 건의 역사상 위대한 사건을 목격했고 몇 건의 비극적 사건도 보았다. 그래서 나는 현장에 있었던 기자로서 그 모든 순간들을 소중하게 생각하고 있다.

미국 대통령에게 있어 기자회견은 아주 중요하다. 칼럼니스트 월터 리프만은 기자회견을 두고 이렇게 말한 적이 있다.

"아무리 불완전할지라도, 대통령 기자회견은 특권이 아니고 민주주의에 있어서 근본적으로 필요한 것이다."

아마도 모든 대통령은 그것을 알고 있을 것이다. 그러나 나는 아직도 그 사실을 완벽하게 받아들인 대통령을 만난 적이 없다. 언론을 대면할 때 이외에는 대통령이 책임을 지는 정해진 시간이란 없다. 그 이외에는 대통령이 그 날의 문제에 대해 질문을 당하는 다른 공개 토론회가 없다. 매년 초에 행해지는 연두교서年頭敎書는 통상 다가오는 앞으로 1년 동안의 과제에 대한 윤곽을 그리는 것인데, 그

전년도의 실패에 대해 국민에게 보고하지 않는 이 마당에 그것이 무슨 의미가 있겠는가?

그리고 기자회견 이외에는 국민이 무엇을 생각하고 있는지, 대통령에게 국민의 여론을 알릴 수 있는 공개 토론회가 없다. 우리 기자들은 현재 무슨 일이 일어나고 있는지, 알고 싶어하는 모든 미 국민들의 대리인으로서 대통령에게 질문하는 것이며 이러한 의미에서 기자란 의문의 여지없이 양방향의 교류자라 할 수 있다. 우리는 국민과 국가를 위해 질문하는 동안에도 동시에 우리는 또한 미 국민들의 마음이 무엇인지를 대통령에게 알릴 수 있어야 한다.

해리 트루먼은 양방향 통로로서의 언론—그만의 독특한 자세였지만—에 대해 제대로 깨닫고 있었다. 그의 이와 같은 언론관은 백악관 출입기자협회의 디너 파티 석상에서 기자들에게 한 그의 말에서 엿볼 수 있다.

"지난 8년 동안, 당신들과 나는 서로 도와왔다. 나는 당신네들이 대통령의 관점에서 본 뉴스를 전달받을 수 있도록 노력해 왔다. 당신들은 자신이 깨닫고 있는 것보다 더 많이 그리고 이 나라 국민들이 생각하고 있는 많은 것들에 대해 전달해 주었다."

프랭클린 루스벨트는 현대사에 있어서 정기적으로 기자회견을 가진 첫 번째 대통령이었다. 스미티와 더글러스는 대통령 집무실에서 루스벨트의 책상 주위에 기자들이 몰려 있던 그 시기에 대하여 나에게 이야기해 주었다.

루스벨트는 자신이 미국의 통치자라는 사실을 확실히 했으며 기자들로부터의 도전을 참지 못해했다고 한다. 만약 어느 기자의 질문이 그를 화나게 하면 그 기자에게 벌을 주기도 했다. 한번은 제2차 세계대전 중에 《뉴욕 데일리》의 칼럼니스트에게 진짜로 화가 나서 그에게 나치 철십자상을 준 적이 있었다.

그리고 질문이 너무 한 방향으로 흐르면 루스벨트는 간단히 넘어가는 투로 말했다.

"그것에 대해서는 오늘 뉴스가 없소"

한 가지 중요한 사실은 집무실 안에서 대통령과 가까워졌음에도 불구하고, 기자들은 그를 직접적으로 인용할 수 없었다는 것이다.

대통령으로 하여금 자신의 정책과 행위에 대한 책임을 지도록 할 수 있는, 의회에 의한 탄핵 기회가 많지 않은 대통령 중심제 국가에서는 별다른 기구가 없기 때문에 언론에 몸담고 있는 우리 기자들에게 특별한 역할이 주어진다. 대통령 기자회견이라는 공개 토론회를 통해 국민의 알 권리를 충족시켜 주고 비판하는 것이 그것이다. 미국 헌법에 명시되어 있지는 않으나, 미디어는 때때로 무소불위無所不爲의 대통령의 권력을 억제하는 유일한 수단이 된다.

이런 점에서 볼 때 대통령 기자회견은 대통령을 피고석 혹은 증인석에 세운 것이나 마찬가지다. 국민을 대신해 언론매체들이 대통령의 정책을 신문하고 공격하는 것이다. 그러나 언론매체들의 이와 같은 취재에 반기를 드는 이들도 많다. 만약 대통령이 국민의 지지를 받고 인기를 누리고 있다면, 국민들은 언론매체에 대항해서 항의 전화를 걸거나 항의 편지 등을 보내는 등 대통령을 옹호한다.

한때 베트남 문제가 국가 차원의 문제로 대두되며, 국론이 분열되어 해결책이 보이지도 않고 보일 기미도 없을 당시 존슨 대통령과 함께 길을 나섰던 적이 있다. 거리에서는 존슨 지지파들과 반전론자들을 만날 수 있었다. 모두들 격앙되어 있었다. 어떤 무리는 어째서 전쟁을 종식시키도록 대통령을 설득시키지 않았느냐고 나에게 물었으며, 또 어떤 무리들은 호통을 치기까지 했다.

"왜 진실을 쓰지 않는가?"

요즘의 대통령 기자회견은 대통령들이 때때로 듣지 않으면 안 될 쓴 약이 됐다. 따라서 대통령들과 보좌관들은 기자회견을 가급적 그들 행정부에 유익하도록 만들기 위해 온갖 노력을 기울인다. 성과는 각기 성공과 실패로 나타났다.

뉴스를 통제하는 현 시대에 있어서, 선거유세에 나서는 대통령 후보자들이 '개방된 정부'를 약속하는 것을 들을 때면 항상 기뻤다. 그러나 그러한 약속은 승리의 깃발과 취임식 파티의 장식물과 함께 내팽개쳐진다. 화장실에 가기 전과 후가 완전히 다르듯 말이다. 일단 펜실베이니아 가 1600번지 앞문의 열쇠를 가지면 '개방된 정부'는 자물쇠로 잠겨져 버린다. 물론 대통령에 관련된 서류, 문서, 테이프 기타 중요한 정보도 마찬가지이다.

이러한 모든 이유 때문에 오늘날 대통령 기자회견의 필요성도 예전보다 더욱 절실해졌다.

모든 대통령들은 각기 역사의 한 페이지에 장식되어지길 원하며 그러한 속성은 기자회견장에서 가장 잘 나타난다. 대통령을 비롯한 그의 참모들은 회견에 대해서 미리 준비하고 예행 연습을 할 수 있다. 그리고 누가 어디에 앉는지를 구분하기 위해 좌석 배치도를 가지고 들어올 수도 있다. 그들은 누구를 지명할 것인가를 결정할 수 있고 또 그렇게 하고 있다.

그러나 이스트 룸의 연단에 설 때가 되면 대통령은 혼자가 된다. 때로 대통령 혹은 보좌관 누구도 예상치 못했던 질문이 들어오면 그간의 모든 예행 연습은 창문 밖으로 사라지고 만다. 그럴 때에 국민은 그들이 택한 사람을 선명하게 볼 수 있다. 많은 대통령들이 얼마나 언론의 자유에 기여하는지 증명되는가 하면, 그들의 행동이 반언론적으로 비추어지기도 한다.

그레나다 침공 후, 레이건 대통령은 그 섬을 방문했다. 그를 수행한 기자와 사진기자들을 위한 리셉션에서 그는 언론 자유의 필요성에 대해 언급하며 토머스 제퍼슨의 예를 들어 이야기했다. 그러나 그는 침공 작전을 비밀리에 수행해야 한다는 점을 상기하고는 그 작전이 완료될 때까지 약 10일 동안 기자와 사진기자들의 섬 접근을 금지시켰다.

아주 드문 예외적인 경우를 제외하고는, 어느 대통령도 진실로 언론을 좋아했다고 생각되지는 않는다. 언젠가 내가 조디 파웰에게 카터 대통령이 우리를 그다지 좋아하지 않았다고 이야기하자, 그가 반문했다.

"헬렌, 어떤 정상적인 사람이 올바른 정신으로 기자들을 좋아하겠는가?"

그럼에도 불구하고 대부분의 대통령들은 우리가 24시간 '몸으로 감시' 하는 역할을 참고 견디어 주었으며, 어떤 대통령은 우리가 하는 일로부터 이익을 얻기도 했다.

프랭클린 루스벨트는 그를 취재했던 기자와 사진기자들을 위한 사진에 '당신들의 헌신적인 희생자로부터'라고 사인한 적이 있다.

존 F. 케네디는 신문기사에 대해 이렇게 말했다.

"나는 더욱 많이 읽고, 덜 즐긴다."

존슨이 말한 것은 다채롭지만 여기서 활자화할 수는 없다.

기자들을 포함시킨 소위 '적들의 명단'을 가지고 있던 리처드 닉슨이 각료회의실에 들어온 기자와 사진기자들을 쳐다보면서 말했다.

"당신네들이 들어올 때 우리가 공해문제에 대해서 이야기하고 있었던 것은 순전히 우연의 일치입니다."

지미 카터는 대놓고 말하지는 않았으나 우회적인 표현으로 기자들을 꼬집었다.

"하느님은 그들이 무엇을 하고 있는지를 모르기 때문에 그들을 용서한다."

그리고 산디니스타들이 온두라스 국경에서 보도용 헬리콥터에게 사격을 가했을 때, 로널드 레이건은 이렇게 말했다.

"수많은 사람 중에는 좋은 자들도 있지."

가히 그들의 언론관이 어떠했는지 짐작이 간다.

조지 부시는 대통령직을 떠난 후, 다음과 같이 말했다.

"나는 백악관에 있을 때 언론의 자유를 믿었으며 지금 나는 언론으로부터의 자유를 믿는다."

조깅을 할 때, 왜 언론이 항상 자동차로 따라다니는지를 한 친구가 묻자, 클린턴 대통령은 웃으면서 대답했다.

"그들은 내가 넘어져 죽기를 원할 뿐이다."

트루먼 행정부 때, 기자회견에서 대통령과 언론의 관계가 오늘날 TV를 보는 것과 같은 관계로 변하기 시작했는데 대체적으로 TV 출현 덕분이었다. TV 출현 이전에는 10여 명의 기자들이 집무실 안에서 대통령을 만나고 브리핑을 받아 적는 것으로 기자회견이 끝나면 편집실의 전화로 기사를 읽어주기 위해서 전화통으로 달려가곤 했다. 만약 대통령이 특종감 뉴스라도 발표하면, 기사를 가장 빨리 보내기 위한 전화기 쟁탈전이 벌어졌는데 그 장면은 마치 달리기와 레슬링의 혼합 경기 같았다.

TV의 동시성은 기사 송고를 위해서 치열한 싸움이 벌어지는 기자 세계의 경쟁을 배제시켰다. 왜냐하면 실시간Real-Time으로 시청자에게 전달되는데 구태어 그런 소란을 피울 필요가 없기 때문이다.

오늘날 여러 언론 매체의 편집실은 우리 백악관 기자들이 질문을 하면서 회견실에 있을 때 가만히 앉아서 '생생한 기사'가 TV로부터 직접 방송되는 것을 보고 그대로 써 버린다. 기자회견이 끝나면 우리는 편집부로 돌아와서 몇 건의 추가적인 기사를 잡아내면 된다.

TV 출현과 함께 트루먼 행정부는 대통령이 더 많은 통제를 가할 수 있도록 기자회견을 개편하기 시작했다. 트루먼은 예상되는 질문에 대한 대답을 사전에 준비하기 위해 고문들을 만나기 시작했다. 그는 매번의 기자회견을 준비된 연설로 시작했으며 그리고 질문이 까다로워지면 기자들로 하여금 연설 내용을 참조하도록 했다.

보도진의 수가 증가하면서, 기자회견 장소는 백악관 집무실에서 OEO 빌딩 안에 있는 230석짜리 방으로 옮겨졌다. 그런데 장소가 변경되자 기자회견의 분위기가 한층 더 딱딱해졌다.

또한 트루먼은 기자들로 하여금 질문하기 전에 자기의 신분을 밝히도록 했고, 모든 회견은 필름에 담아졌다. 요즘에는 대통령이 기자를 지명해 발언하도록 한다. 이렇게 기자회견은 공식적인 행사로 변모했고 대통령은 이전보다 만반의 준비를 갖추고 회견에 임하게 되었으며 기자들의 질문에 더욱 조심스럽게 답변할 필요성을 느끼게 되었다.

아이젠하워 대통령은 기자회견을 좋아하지 않았으나 루스벨트 대통령의 경우처럼 평균 일주일에 두 번씩은 했다. 또한 그는 기자회견을 필름으로 찍는 것을 허용했다. 그리하여 두 가지 관습이 시작됐다. 우선 신문기사에 대통령의 말을 직접 인용할 수 있도록 한 것과 기자회견 모습을 TV로 중계할 수 있도록 한 것이다.

기자회견이 생방송되는 것을 허락한 최초의 대통령인 케네디는 위트가 있었고 천진스러웠다. 그 때는 백악관에서 몇 블록 거리에 있었던 거대한 국무부 강당에서 기자회견이 진행됐다. 케네디는 TV의 위력을 확실하게 알고 있었으며 또한 그를 취재한 기자들과 이야기를 주고받았고 때로는 논쟁을 즐기기도 했다.

1963년 7월 한 기자가 그에게 물었다.

"공화당 전국위원회는 최근 당신을 대통령으로서 매우 실패작이라는 결의문을 채택했습니다. 당신은 이에 대해 어떻게 생각하십니까?"

"아마 그 결의문이 만장일치로 통과됐을 것으로 추측합니다."

이것이 케네디의 대답이었다.

존슨은 TV로 중계되는 기자회견을 결코 편안하게 여기지 않았다. 그는 불과 몇분 전에 연락을 취해서 사적으로 모여 집무실 및 관저 혹은 전용기 안에서 회견을 갖거나 기자들에게 장황하게 지껄여도 좋을 자신의 텍사스 목장으로 데리고 가기를 더 좋아했다. 또한 그는 백악관 안의 남쪽 잔디밭 걷기를 즐겼다. 그리고 그를 취재하는 우리 기자들―특히 뾰족한 하이힐을 신고 있던 여기자들―은 '죽음의 행진'이라고 이름 붙여진 뙤약볕 아래서 녹초가 되도록 걷는 그 힘겨운 산책을 결코 잊지 못할 것이다.

이 시기에 존슨은 우리를 마음대로 요리했다. 그는 자신이 좋아하는 사람에게만 말을 건넸고 싫어하는 사람은 아예 무시해 버렸다. 또 그를 칭찬하는 기사가 필요한 특별한 날에 그렇지 않은 기사를 쓴 기자에 대해서는 노골적으로 분노를 표시했으며 때로는 백악관 출입기자단에서 퇴출시키기도 했다. 루스벨트처럼 존슨 또한 집무실에서 기자회견 갖기를 좋아했고 앞뒤 생각 없이 즉석에서 말하는 것을 좋아했다.

"나는 어떤 할 말이 있으면 즉시 그것을 발표한다."

그는 늘 이렇게 이야기했다.

반면 케네디는 가톨릭 신도이며 아일랜드 계통이었기 때문인지 미국의 주류를 형성하고 있는 WASP(White Anglo-Saxon Protestant)에게 충실히 어필하기 위해 사전에 준비된 기자회견을 많이 했다. 보통 케네디가 기자회견을 준비할 때 보좌관들은 어떤 질문이 나올 것인지를 90% 정도는 예측했다고 피에르 샐린저는 말했다.

당신은 항상 곤란한 질문만 해

닉슨 대통령은 역대 대통령들이 좋아했던 연단을 좋아하지 않고 그 대신 스탠딩 마이크를 좋아했다. 그는 기자회견을 할 때 다른 선배 또는 후배 대통령들처럼 미리 공부를 했다. 그는 브리핑 페이퍼를 작성하여 자신의 스태프들에게 가능한 질문과 답을 내도록 지시했다.

1969년 그의 첫 기자회견이 있었는데 그때 그는 이를 위하여 사전 연습을 했던 건지 아직도 의심스럽다. 당시 내가 첫 질문을 하게 되었는데, 그의 가장 중요한 캠페인 안건 중의 하나였던 닉슨 독트린에 의한 베트남전쟁의 종식에 관한 문제와 그가 구상하고 있는 평화 안에 대해서 상세히 물었다. 다만 그는 '명예로운 방식으로' 베트남 문제를 종결하는 것이 자신의 정책이라고 말하고 더 이상 자세한 언급은 없었다.

닉슨은 나에게 투덜거렸다.

"당신은 항상 곤란한 질문만 해. 대답하기도 힘든 그런 질문 말이야."

닉슨은 미리 준비된 기자회견에서 기자들과 좀더 어울리기를 원했고 그 방에서 가장 멋있는 사람으로 인식되길 원했다. 그는 이것을 워터게이트 사건이 해결될 때까지 끌고 갔다.

그후 기자회견은 기자들의 날카롭고 비수 같은 질문들로 인해 열띤 법정 분위기처럼 달아올랐다. 한때 그는 너무 흥분해서 공식적인 '탱큐'라는 말도 없이 화가 난 얼굴로 퇴장하기도 했다.

나에게 있어 가장 참기 힘들고 가장 낮은 점수를 주고 싶은 회견이 있다면 1973년 10월 26일에 있었던 기자회견을 들 수 있다.

<토요일 밤의 대학살> 다음 프로그램으로 이스트 룸 기자회견이

TV로 방송되고 닉슨이 워터게이트 사건 테이프 때문에 고소한 특별검사 아키벌드 콕스를 경질시켰을 때였다. 그의 경질로 엘리어트 리처드슨이 법무장관으로, 윌리엄 루켈스하우스가 차관으로 임명됐다. 그것은 국민의 분노를 샀고 탄핵의 목소리가 터져 나오기 시작했다. 그 기자회견에서 닉슨은 중동평화에 대한 성명을 발표하기 시작했다. 자신의 발등에 떨어진 불을 끌 생각은 하지도 않고 느긋하게 중동 평화를 운운하는 그의 태도에 국민들은 실망했으며 기자단에서 쏟아지는 질문은 워터게이트에 대한 것뿐이었다.

CBS 뉴스의 댄 래더가 질문했다.

"각하, 각하께서 우리와 같은 생각을 하고 있는지 저는 의심스럽습니다. 당신이 이 나라를 사랑하는 국민의 소리를 들을 때, 또 당신이 탄핵을 받거나 해야 된다고 마지못해 이야기하는 국민들의 소리를 들으면서 당신은 어떤 생각을 하고 있는지 허심탄회하게 말씀해 주십시오."

닉슨은 굳은 미소를 띠면서 대답했다.

"글쎄요, 나는 이 방 안에서는 선거하지 않았으면 좋겠다고 생각합니다."

1974년 워터 게이트 사건이 그의 정치적 생명을 끊고 있을 때, 닉슨은 기자회견에서 내가 UPI 백악관 담당관으로 임명받은 것에 대해 축하한다는 말로 시작했다.

"여자가 역사상 처음으로 이 자리에 앉게 된 것은 굉장한 일입니다."

나는 그에게 고맙다는 생각을 했다. 아니, 그렇게 되길 빌었다. 그러나 기자회견장에 나온 나는 고맙다고만 생각하고 있을 수 없었다. 그는 나를 첫 질문자로 선택했고 나는 서슴지 않고 입을 열었다.

"각하, 전 백악관 보좌관 할데만이 '당신이 워터게이트 사건에 연루된 피고인들에게 입막음의 대가로 돈을 준 것은 나쁜 일이라고 했던 증언이 위증이었다'는 거짓 혐의를 받고 있습니다."

저널리즘에 대해 묻는 젊은이들이 있다면 나는 이런 말을 하고 싶다.

"당신이 만일 사랑받는 존재가 되고 싶거든 기자 직종에 끼어들지 말라."

역설적으로 말하자면 기자에게는 철저하게 물고 늘어지는 근성이 필요하다는 말이다.

돌이켜보건대 질문 없이 닉슨과 함께 자리할 때도 있었다. 대통령 임기가 얼마 남지 않은 그의 생일날이었다. 그의 보좌관들이 생일을 축하하기 위해 케이크를 준비했다. 나는 백악관 보좌관들이 케이크 앞에 모여 있을 때 공동취재단으로 있었다.

닉슨은 케이크 위에 씌어진 글을 읽기 위해 일어섰다. 나는 그가 서 있을 때 그의 감색 코트 위로 찬 기운이 올라오는 것을 목격했다. 자리를 함께 했던 톰 브로코우는 몇년 후 나에게 이렇게 말했다.

"나는 당신이 닉슨의 운명적 순간을 눈물젖은 웃음으로 묘사한 것을 잊을 수 없습니다. 당신이 질문 없이 대통령 집무실에 있는 것을 본 것은 그 날이 처음입니다."

닉슨이 사임하고 나서 대통령직을 승계한 제럴드 포드는 언론과 휴전한 것처럼 보였다. 그는 기자들을 좀더 편하게 대하려 했고 또한 기자회견을 즐기는 것처럼 보였다.

포드는 개인적인 접촉을 믿었다. 1975년 3월 기자회견에서 내가 질문을 요청했을 때 그는 내가 그리오디론 클럽에 첫 번째 여성으로 가입된 것을 축하해 주었다.

잠깐의 여담이 지난 후 나는 그에게 말했다.

"감사합니다, 각하. 자, 제 질문에 답해 주십시오."

나는 '여러 단계로 나누어' 질문하는 것으로 알려져 왔었다. 예를 들면 1992년 부시와의 기자회견에서 나는 연이어 질문한 바 있다.

"각하, 각하는 중산층을 위해 소득세를 절감하실 겁니까?"

"그리고 미 국방 예산을 8백억 불까지 내리실 겁니까?"

"예산협상을 무효로 하실 건가요? 빨리 대답해 주시기 바랍니다."

부시는 눈을 크게 뜨고는 급히 답했다.

"헬렌, 당신이 이 모든 답을 들으려면 6일을 기다려야 할 거요."

기자회견 규약에 UPI나 AP가 서로 돌아가며 처음 질문하도록 돼 있다. 나는 수년 동안 기자회견을 하면서 대통령의 신체적 언어, 즉 바디 랭귀지가 많은 것을 말해 준다는 사실을 알았다. '카터의 움츠림', '레이건의 구부림' 그리고 '부시의 오 노우! 아냐 헬렌' 등……

포드의 첫 번째 기자회견은 닉슨의 하야로 그가 대통령 선서를 한 지 20일 후에 있었다. 그는 공식행사전 연습을 해보고 그 준비와 연구에 무려 열 시간을 허비했다. 그의 보좌관들은 그가 닉슨이 했던 것처럼 대통령 휘장 앞에서 하는 것보다는 이스트 룸에서 기자단들과 공개적으로 기자회견을 하는 것이 편안한 느낌을 주고 워터게이트 사건으로 과열된 적개심도 사그라뜨릴 것이라고 추측했다. 포드와 그의 보좌관들이 예상했던 대로 기자회견은 닉슨에 대해 준비한 나의 질문으로 시작됐다.

"각하, 각하는 닉슨 전 대통령이 검찰 소추를 면제받아야 한다는 록 펠러 주지사의 의견에 동의하십니까? 그리고 특히 필요하다면 각하는 사면을 하실 겁니까?"

그는 법적인 진전이 있기 전에는 어떠한 조치도 취하지 않겠다고 말했다. 11일 후 그는 닉슨에게 미 국민의 기대와 정서에 어긋나는 완전 사면을 해 주었다.

카터 대통령은 기자회견장에서 사전에 준비를 철저히 하여 기자의 질문에 즉시 답변할 수 있는 자세한 정보를 가지고 있지만 막상 집무실 바깥에서는 유감스럽게도 극과 극을 달렸다. 왜냐하면 그는 특유의 유머로 질문의 핵심을 피하거나 또는 너무 굳어진 매너 때문에 질문 내용이 겉돌기 십상이었다.

내가 목격한 괴로웠던 기자회견 중의 하나는, 카터가 리비아 정부와의 의심스런 관계로 고소당한 동생 빌리를 위해 1시간 30분 이상 변호할 때이다. 빌리는 리비아의 지도자 무하마르 알 가다피의 손님으로 조지아 주 기업가 그룹들과 함께 트리폴리 방문을 수락했고, 또 리비아 통상 대표들의 애틀랜타 방문 때 주최측의 역할을 했다.

기자회견에서 카터는 임기 말기의 닉슨처럼 수세에 몰린 대통령의 모습을 보여 주었다. 정말 보기에도 괴로운 장면이었다.

레이건 정부에서는 기자회견이 좀더 형식적이고 주위 환경에 치중했다. 그들은 예복차림이었고 황금 시간대에 TV중계로 편성되었다. 그는 미리 예상 질문과 답을 준비해 놓은 브리핑 노트를 펴놓고는 마치 박사학위 논문을 발표하듯 했다.

레이건의 공보팀은 또한 우리에게 기자회견장에서만 질문할 수 있고 백악관 집무실에서는 사진촬영을 금한다고 했다. 1981년 8월 아침 10시 45분, 레이건이 이집트 사다트 대통령과 집무실에서 '사진촬영'을 하고 있었다. 물론 이 미팅도 중요했지만 그때 또 다른 중요한 일이 기다리고 있었다. 항공교통 관제사들의 파업 건으로 레이건이 그들을 파면할지 다시 일자리로 복귀시킬지 오전 11시에 결정하겠다고 마감시간을 정해 놓은 상태였기 때문이다. 15분 남겨 놓은 시점에서 우리는 그가 어떻게 할지 알고 싶었다. 그래서 나는 불쑥 그것에 대해 질문했다.

레이건은 한 마디로 말했다.

"기다려."

그의 보좌관들은 금지사항을 어긴 나를 보고 당황해했다. 사진촬영 중 기자들은 어떤 질문도 할 수 없다는 경고장이 나돌았다. 사진촬영 중에 질문하는 것을 금하고 있었기 때문이다. 또한 경고에도 불구하고 사진촬영 중 질문을 하는 기자가 있으면 해당 기자에 한하여 사진촬영 장소에서 제외시킬 것이라는 말도 있었다.

레이건은 한때 그의 아내가 좋아하는 색인 붉은 색을 그도 역시 좋아한다고 말한 적이 있었다. 그리고 만일 기자들도 붉은 옷을 입고 오면 그들에게 좀더 많은 질문의 기회를 주겠다고 덧붙이기도 했다. 그 다음부터 기자회견장에서 TV 카메라맨은 기자들이 붉은 넥타이, 붉은 스포츠웨어, 붉은 스웨터, 붉은 재킷 등을 입고 있는 것을 찍어야 했다. 심지어 어떤 여기자가 질문을 하려고 손을 들었는데 붉은 장갑을 끼고 있었다.

그는 우스갯소리를 하며 그런 복장을 한 것을 칭찬했으나 나중에 그는 다른 색깔도 좋아한다고 언급했다.

황금 시간대의 기자회견 때, 나는 손목시계를 두 개나 차고, 시간을 백악관과 TV 방송국과의 합의로 할당된 30분 시간에 맞추어 놓았다. 나는 한때 "감사합니다, 각하"라고 말하면서 다른 기자들이 입도 벙긋 못하게 질문을 가로막는 사태를 빚기도 했다.

레이건의 두 번째 임기 중에 가졌던 기자회견에서는 카리브 연안 미 해군기지 설립문제, 니카라구아 침공 전망에 관한 질문이 대부분이었다.

레이건은 몸을 좌우로 움직이면서 보좌군 쪽의 눈치를 살피고는 모든 질문에 직접적으로 대답하지 않으려고 했다. 25분이 지났을까? 레이건은 내쪽을 흘끗 쳐다보며 말했다.

"이제 그만 끝내도 될까요?"

나는 시계를 보고는 머리를 흔들었다. 30분이 지나 전통적인 끝맺음 인사를 한 다음 깨닫게 되었다. 나는 적어도 5분 동안 대통령에 대해 힘을 가질 수 있었다는 사실을 말이다. 그때 그는 나를 비난했을지도 모르지만 말이다.

다른 기자회견에서는 자선사업과 교회에 십일조를 바치는 것에 대한 중요성에 대해 오랫동안 이야기했다. 나는 일어서서 시간이 끝났다는 사인을 보내고 전통적인 '탱큐'라는 말을 하고 있을 때 칼럼니스트 메어리 맥고리가 일어섰다. 레이건은 기자회견이 끝나기 전 그녀의 질문을 받았다.

맥고리는 레이건에게 얼마나 많은 십일조를 하느냐고 물었다. 레이건은 나를 쳐다보더니 투덜거렸다.

"당신의 말을 받아들일 걸……."

레이건은 행정부의 신뢰도가 높기를 기대했다. 그러나 1986년에는 그 신용이 거의 바닥으로 떨어졌다. 10월 5일 한 비행기가 니카라구아의 산디니스타에 의해 피격당했다. 그 비행기는 콘트라 반군을 위해 무기를 수송하고 있었는데, 비행기 내에서 문서가 발견됐고 붙잡힌 위스컨 시 출신의 용병 유진 하센퍼스의 발설로 비밀 수송 네트워크 이야기가 신문의 헤드라인으로 장식됐다. 당시 콘트라 반군에 대한 군사 원조는 미국법으로 금지되어 있었기 때문에 레이건 행정부는 곤경에 빠졌다.

백악관은 관련설을 부인했으나 기자들은 어떻게 레이건 정부가 비밀리에 이란에게 무기를 팔면서 포로를 교환하고 어떻게 그 이익금이 콘트라 반군에게 흘러가게 되었느냐고 따져 물었다.

몇달 후 11월 10일 레이건이 회의를 주재하여 '무기수송에 대해 상세한 이야기를 하지 말 것'을 지시한 사실이 밝혀졌다. 레이건과 보좌관들은 실추된 위신을 복구하려고 노력했지만 국민들은 더욱더 분노했다. 여론은 더 이상 레이건이 진실하지 않다고 했고, 이에 대해서 11월 19일 레이건은 그의 결정에 대해 지지를 호소했다. 내 생각에는 이 때가 그에게 가장 힘든 기간이었다고 여겨진다.

1987년 10월 19일 월요일은 심각한 무역적자로 미국이 세계에서 가장 빚이 많은 국가로 전락한 그야말로 '블랙 먼데이'였다. 나는 레이건에게 물었다.

"당신이 국방 예산을 절감하기 전 실업이 얼마나 더 늘어나야 하고 미국 경제는 얼마나 더 악화되어야 하는가?"

레이건은 이 문제를 대강 지나치고 있었다. 국민의 빚은 하늘로 치솟고 저축률은 떨어졌다. 이 '레이거노믹스'는 국가를 철저히 저당잡히게 했다. 그러나 그때 내가 받은 국민의 편지에는 '대통령을 괴롭혔다'는 이유로 나를 비난한 내용으로 가득했다.

생생한 기자회견, 일문일답

기자회견에서의 부시 대통령의 어투는 가장 자유분방하다고 말할 수 있다. 그는 문법을 무시하는 파격적인 어투를 썼으며 매우 복잡한 생각과 함께 때로는 문장의 필수적 구성요소인 동사를 빠뜨리는 어법을 썼다. 그리고 여기저기에 조크를 던졌다. 그러한 어투는 1988년 그가 대통령 당선자로 첫 기자회견을 할 때부터 나타났다. 그는 레이건 정부 때 공보담당관 대우로 일했던 말린 피츠워터를 부시 정부의 공보담당관으로 임명했다.

브리핑 룸에서 부시는 기자들로부터 왜 새 사람을 임명하지 않고 '레이건 정부를 대표' 하는 피츠워터를 임명했냐는 질문을 받았다.

"그는 옛 것과 새 것의 공존을 주장한다. 그는 레이건 정부를 대표하고 또 부시 정부도 대표한다. 그는 당신이 이야기했던 대로 가장 중요한 후미진 곳에 연결다리를 놓는 사람이다."

"그는 잘 했고 또 잘 할 것이다. 그는 나를 위해 많은 일을 할 것이다. 이것이 가장 좋은 연속성의 표현이다."

이로써 피츠워터는 양쪽 정부의 대변인으로서 가장 높은 지위에 오르게 됐다.

때로는 재빠른 기습이 계속적인 카운터 펀치보다 나을 때가 있다. 그건 기자회견 질문에서도 통한다. 나도 때론 간단하게 질문을 던지기도 한다. 베를린 장벽이 무너지고, 소련이 붕괴됨으로써 유럽에서 공산주의가 사라졌을 때 부시는 기자실에서 국방 예산에 대해 브리핑했다.

나는 부시에게 물었다.

"누가 적입니까?"

부시는 머뭇거리더니 놀란 얼굴로 단호하게 대답했다.

"불안전과 불안정."

다음은 1991년 2월 5일, 걸프전쟁 당시의 기자회견에서 나와 부시와의 질의응답이다.

> 헬렌 토머스: 각하, 이라크 인들을 내모는 것이 기간산업을 파괴하는 것이라고 생각하지 않습니까?
> 조지 부시: 우리는 이라크의 일상생활 요소를 파괴하는 것이 아닙니다. 그것은 우리가 하려는 것도, 하는 것도 아닙니다.

헬렌 토머스: 물도 전기도 가스도 없는 데 말이죠?

조지 부시: 글쎄요, 우리는 조직적으로 이라크의 기간산업을 파괴하는 것이 아닙니다. 석유 자원을 예로 든다면 우리는 그들의 원유생산 능력을 없애려는 것이 아닙니다. 우리는 그들의 정유 능력을 저지하려고 할 뿐입니다.

헬렌 토머스: 속보로 내도 됩니까?

조지 부시: 그렇소.

헬렌 토머스: 당신이 말하기를 모든 일이 계획대로 된다고 했습니다. 이 전쟁의 마무리 계획은 무엇입니까?

조지 부시: 글쎄, 보고 기다려야죠. 그것은 매우 복잡한 질문이네요.

1998년 1월 '모니카 르윈스키 사건'이 터졌을 때, 가장 당혹스럽고 믿을 수 없는 폭로 시리즈와 거짓이 난무했다. 어쨌든, 나는 2월 6일 클린턴에게 질문할 기회가 있었다.

헬렌 토머스: 각하, 각하는 조사가 진행되고 있는데도 불구하고 모니카 르윈스키와는 관계가 없었다고 말하는 것을 거북스러워하지 않는 것 같습니다. 이것은 논리적으로 그녀와 어떤 관계냐고 물어야 하는 것처럼 보입니다.

클린턴: 글쎄요, 제가 처음에도 말했고 또다시 언급하지만, 저는 그 누구에게도 진실 외에는 부탁한 적이 없습니다. 나는 그 이야기를 오늘에야 알았습니다. 나는 오늘 아침 백악관 비서인 베티 큐리의 변호사가 부도덕한 행실에 대해 명백하게 모른다고 확실하게 이야기해 준 것에 감사합니다.

국민들의 알 권리를 충족시키기 위해 진실을 캐묻는 우리에게 대통령을 일방적으로 편드는 편지는 이 때도 예외가 아니었다.

나는 그 주에 일일이 읽을 수 없을 만큼 많은 편지를 받았다. 대부분의 편지는 다음과 같이 쓰여 있었다.

미스 토머스,
당신의 첫 질문이 무엇인가? 당신은 세계문제에 대해 묻지 않고 대통령 성생활에 대해 물었다. 부끄러운 줄 알아라.

친애하는 헬렌 토머스,
토니 블레어 영국 수상과 클린턴 대통령이 기자회견을 하는 것을 보았는데, 그때 당신이 르윈스키(개 같은)년에 대해 질문하는 것에 대해 믿을 수 없었다. 지금 우리는 이란과 심각한 상황에 있는데 당신은 르윈스키 질문으로 시작했다. 깜짝 놀랐다. 이것은 당신을 비롯한 모든 매체가 한 가지 문제에만 매달리고 당황스럽게 만들려는 중거이다. 지금 세계에는 언론매체가 다루어야 할 중요한 일들이 무척 많다. 그런데 당신은 집요하게 그 문제에서 물러서지 않는가? 나는 언론이 처음부터 비교양적이고, 비전문적이며 비도덕적인 자세를 취한다고 느꼈다. 클린턴 대통령이 계속 침묵을 지켰으면 한다……

전통적으로 통신사의 첫 질문은 해외여행에서나 미국을 방문중인 수뇌부들에게도 마찬가지다. 그렇지만 나는 보리스 옐친에게서는 그 전통이 이루어지지 않기를 원했다.

1993년 모스크바에서였다. 보리스 옐친 러시아 대통령은 클린턴 대통령과 함께하는 기자회견 자리에서 나에게 첫 질문을 주문했다.

나는 약간 놀랐으나, 빨리 평상시와 같이 질문을 시작했다.

"감사합니다, 옐친 대통령 각하. 언제 발트 연안의 세 나라들을 버릴 것입니까?"

그는 호의적인 태도로 '철수할 것'이라고 대답했다. 나는 그가 나를 무례하다고 평가할지도 모른다고 생각했다. 날카로운 질문을 퍼부어야 하는 기자이지만 외교적인 면에서는 품위 있게 보이도록 노력한다. 그러나 기자에게 질문할 기회가 주어지면, 누구든지 품위를 내팽개치고 날카로운 질문을 던질 것이다.

그러나 영국 수상 마거릿 대처의 생각은 달랐다. 1986년 도쿄 경제정상회담에서 레이건 대통령과 대처 수상이 공식 리셉션 장에 있을 때, 나는 질문을 시도했다. 나는 레이건이 도쿄에 도착했을 때 대사관 앞에서 있었던 작은 폭발 사고에 대해 질문했다. 대처는 레이건을 보호하고 싶었는지 손을 흔들면서 우리들을 차단했다.

"내가 대신 질문을 받겠어요."

얼마 후 부시 대통령과 런던에 갔을 때, 회의장 앞에서 부시와 함께 나오는 대처를 만났다. 영국의 '철의 여인'은 나를 흘끔 보더니 투덜댔다.

"또 그 여자야."

그녀가 부시와 함께 파리 대사관에서 점심식사를 하고 있을 때 나는 또 질문을 하려 했다. 대처는 나를 쳐다보면서 손을 내밀었다.

"우리는 식사할 땐 질문을 받지 않아요."

점심식사 후, 부시와 대처가 정원을 산책했는데 기자단은 또 차단되었다. 그때 그녀가 나를 보고는 우리 쪽으로 왔다. 나는 그녀에게 손을 흔들면서 그녀가 했던 식으로 말했다.

"질문은 없습니다."

클린턴이 내게 준 최고의 선물

내 75세 생일날 클린턴은 '선물'로 단독 15분 간 인터뷰할 수 있는 기회를 주었다. 약속시간이 되자 백악관 집무실로 들어가서 대통령 책상에 녹음기를 놓고 발칸 반도에서 벌어지고 있는 보스니아 사태에 대해 대통령에게 질문을 쏟아 부었다.

잠시 후, 엘 고어 부통령이 나타나더니 "시간이 됐는데요"라고 말하면서 끝내기를 재촉했다. 나는 15분이 되지 않았다고 항의했다. 그러나 대통령과 부통령은 그들 사이에 나를 끼고는 기자실로 향했다. 나는 '무슨 일이 있구나' 하고 어렴풋이 생각했다.

아닌게 아니라 무슨 일이 있긴 있었다. 백악관 직원들은 브리핑룸에서 깜짝 파티를 준비했고 직원들과 동료들이 큰소리로 노래부르고 있었다. 잊을 수 없는 멋진 깜짝 파티였다. 나는 진정으로 고마운 마음에서 정중하게 인사했다.

"감사합니다, 각하."

이 말은 부시 대통령 시절에도 기자회견이 끝날 때면 썼던 말이다. 그는 오후에 기자회견을 가지길 좋아했고, 그 때는 질문이 길면 긴 대로 계속했다. 당연히 네트워크의 법칙인 30분은 지켜지지 않았다.

불평했느냐구요? 그럴 리가……. 비록 내가 기자회견을 끝맺는 말을 해야 했지만 나는 기자들이 대통령과 좀더 많은 시간을 가지고, 대통령이 답할 수 있을 때까지 많은 질문을 하는 것을 좋아한다. 오늘날 뉴스는 질문이 많을수록 좋다.

그런데 문제가 생겼다. TV에 기자회견이 많이 방영될수록, 질문을 많이 하면 할수록 얼굴은 알려졌고, 주위의 간섭을 받게 됐다. TV 기자회견을 통해 내 얼굴을 알아보는 사람들을 길거리에서 만나게 되면 그들에게서 한 마디씩 잔소리를 들어야 했다. 대통령에게 한 질문 내용에 대해 따지기도 하고 심지어는 옷차림까지 거론하기도 한다.

많은 사람들은 나나 내 동료들이 대통령과 눈과 눈을 맞대며 가까이 있기 때문에 대통령과 친숙할 것이라고 생각하겠지만 그것은 어림없는 생각이다. 택시 기사나 길에서 만나는 사람들은 불우아동 및 위기에 처해 있는 가슴 아픈 사연이나 법정 문제들을 나에게 보내고는 내가 대통령에게 사정을 잘 이야기해 주면 쉽게 해결될 것이라고 믿는다.

주로 기자회견 후 택시를 타고 갈 때 택시 기사에게 이런 말을 많이 듣는다.

"이 나라에서 벌어지는 것에 대해 왜 질문하지 않는 거죠?"

또 다른 날에는 다음과 같은 불평을 듣기도 한다.

"나이지리아의 살인사건에 대해 왜 쓰지 않습니까?"

"왜 당신은 우리나라의 전쟁에 대해서는 묻지 않죠?"

분명히 말해 두지만 그럴 수도 없고 그것은 불가능한 일이다. 나는 개인 문제로 도움을 청할 수 있을 만큼 대통령과 가까운 사이도 아니고, 그렇게 개별적으로 이야기할 처지도 못 된다.

제 8 장

백악관 공보관들의 빛과 그림자

그녀는 진정한 혼을 간직하고 있다. 어떠한 사안이 발
생하면 항상 육감을 발동시킨다. 무슨 일이 일어날 것이
라는 얘기를 듣고 수화기를 내려놓고 고개를 쳐드는 순간,
그녀가 문 안으로 걸어 들어 오는 것을 볼 수 있다.

—PBS 다큐멘터리 〈영원한 영웅들〉 중의 인터뷰
장면에서 마크 맥컬리가 헬렌 토머스에 대해 언급한 말

첫 브리핑으로 새벽을 여는 공보담당관

"당신은 운동을 하십니까?"

나는 이런 질문을 자주 받는다. 골프, 테니스, 수영, 스키 혹은 조깅에 대해서 당신이 언급한다면, 나는 "No!"라고 대답할 것이다. 그러나 뜀박질에 대해서 묻는다면 당연히 대답은 "Yes"이다. 내가 뜀박질을 한다면, 그것은 대개가 나에게서 도망가려는 그 누군가를 쫓아다닐 경우이다. 그 누군가는 바로 미국 대통령들이다.

그렇다고 해서 항상 뛰지는 않는다. 부시 대통령은 휴가중일 때 아침 조깅에 함께 뛸 수 있는 젊은 기자들을 가끔 초청했다. 나는 그가 백악관에 '말편자 던지기' 경기장을 설치했을 때 개막식에 초청됐다.

기자는 힘든 직업이라고 할 수 있다. 사람들이 대통령을 취재하는 데 필요한 것이 뭐냐고 물어볼 때, 나는 서슴지 않고 스태미나, 결단력, 에너지 그리고 열정이라고 말할 것이다. 왜냐하면 백악관 출입기자는 24시간 쉬지 않는 직업이며, 나의 생체 시계보다 22시간 빠른 시간을 감지하고 활동해야 하는 직업이기 때문이다.

내가 새벽에 일어나는 습관은 일찍이 UPI 라디오 데스크에서의 훈련 덕분이다. 나는 통상 아침 6시까지 기자실에 도착하여 커피잔을 손에 들고 신문을 읽고 밤새 들어온 소식을 보고 백악관 공보담당관과 소위 '떠들' 준비를 한다.

리처드 닉슨이 1970년에 넓은 기자실을 지어주기 전까지 백악관 출입기자에게는 모자를 걸어 놓을 장소도 없었다. 왜냐하면 장시간 대기하는 백악관 출입기자가 없었기 때문이다.

그 훨씬 이전에는 백악관 내內 기자실의 존재도 없었고 브리핑도 없었다. 그것을 만든 사람은 '뚱보' 윌리엄 피어스라고 할 수 있다.

1896년에 피어스는 남캘리포니아 주의 주간신문 편집인 직책을 사임하고 ≪워싱턴 스타≫에 자리를 달라고 했다. 신문 편집인인 조지 저겐스는 그를 받아들이려 하지 않았다. 그래서 그는 피어스가 도저히 적응할 수 없으리라고 생각되는 일감을 주었다. 백악관으로 가서 기사를 발굴해 오라는 것이었다. 저겐스는 글로버 클리블랜드 대통령이 기자들을 증오한다는 사실을 알고 있기에 백악관으로 달려가는 그를 보면서 회심의 미소를 지었을 것이다. 어디 한 번 잘해보라고 말이다.

피어스는 클리블랜드 대통령과는 인터뷰를 하지 않았다. 그러나 백악관 밖 도로에 죽치고 있으면서 대통령과 이야기한 적이 있는 사람들이 백악관을 드나들 때마다 그들을 붙들고 집요하게 캐어 물었다. 그럴 때마다 그는 큰 기사들을 하나씩 낚았고 ≪워싱턴 스타≫에서 자리를 얻었다. 얼마 되지 않아 일대의 편집인들은 백악관 문밖에 서서 똑같은 일을 하도록 기자들을 파견했다.

1900년에는 백악관 정문과 도로 주변에서 서성거리는 기자들이 너무 많아 윌리엄 맥킨리 대통령은 그들에게 매일 브리핑을 해 주도록 보좌관에게 지시했다. 맥킨리가 암살당한 후 데오도르 루스벨트가 백악관으로 들어왔다.

뉴욕 경찰 책임자 시절과 그후 주지사 시절에 그의 이름을 알리는 데 언론을 활용했던 루스벨트는 언론을 어떻게 다뤄야 하는지 잘 알고 있었다. 그는 기자들에게 브리핑을 했다. 그러나 그는 우호적인 기사를 쓰는 기자들과 이야기했고 그렇지 않은 기자들은 무시했다.

루스벨트가 백악관 안에 우리 기자들의 영구적인 일터를 마련해 주었다. 1902년 춥고 비오는 어느 날 그는 백악관 바깥에 서 있는 나무 아래에서 서성거리는 기자들을 보았고, 그들을 측은하게 생각하고는 안으로 들어오게 했다. 이후 그 기자들은 다시는 나가지 않았다. 그는 그의 서재 옆방을 기자들이 쓰도록 배려했고, 나중에 의회는 기자실을 짓도록 54만 달러의 예산을 배정했다.

1913년 윌슨 대통령은 취임 후 꼭 13일 만에 첫 번째 백악관 기자회견을 소집했다. 윌슨은 루스벨트처럼 기자들에게 주제넘게 참견하지는 않았으나, 양질의 언론 가치를 이해하고 있었다. 그는 나중에 주 2회 기자회견을 갖기 시작했다. 그러나 약 1년 후, 그는 기자가 던지는 어떤 질문에 대해 화를 냈고 그 관례는 깨졌다. 1914년, 기자들은 언론과 백악관 사이의 문제를 풀기 위하여 백악관 출입기자협회를 결성했고 '뚱보' 윌리엄 피어스가 초대 회장이 되었다.

루스벨트 대통령 이전 60년 동안, 기자들은 루스벨트가 지정한 공간의 사무실 바깥에서 일을 했다. 한국전쟁이 끝날 때까지 단지 몇 명의 지정된 기자들만이 백악관을 매일 취재했다.

1964년에 존슨은 CBS, NBC, ABC에게 집무실에서 180미터 떨어져 있는 피시 룸Fish room이라고 알려져 있는 곳에 TV 스튜디오를 세우도록 허가했다. 피시 룸이란 이름은 루스벨트가 직접 열대어를 보관했던 장소라 해서 붙어진 것이다. 존슨은 AP와 UPI도 집무실의 통신시설을 사용할 수 있도록 허락했다.

당시부터 세워진 UPI 부스는 현재 폭 18미터, 길이 27미터의 작은 칸막이 방으로 변했다. 그 곳에는 TV, 전화, 책장과 컴퓨터, 전화케이블, TV선들이 어지럽게 놓여 있으며 또 다른 쪽에는 AP 부스가 설치되어 있다.

백악관 출입기자들은 보도증이라는 언론인 증명서를 주기적으로 발급받으며 북쪽 문으로 통과할 때마다 정장을 한 경비원에게 증명서를 보여줘야 한다. 손에 지갑이나 서류 가방을 들고 문을 통과하면 문에서 소리가 나고 보따리를 들고 가면 그들은 X-선 투시기

등을 통해서 속을 살펴본다. 복잡한 일이 많으면 많을수록 조사는 더욱더 심해졌다.

백악관을 찾는 손님이나 다른 사람들에게는 유니폼을 입은 경비원들이 사진 ID와 개인 신상을 체크하고 접근을 허락했다.

일하러 가는데 이러한 절차를 밟아야 하는 것은 몹시 고약한 일 같지만 이것은 대통령의 안전을 위해서도, 백악관에서 오랫동안 일하기 위해서도 필요한 절차였다. 클린턴 행정부가 출범한 지 얼마 되지 않아 어떤 사람이 백악관에서 반자동 권총을 쏘았고, 또 다른 사람은 담을 넘는가 하면 또 어떤 사람은 남쪽 마당의 반대편 쪽으로 경비행기를 타고 들어오기도 했다. 그 바람에 1995년 백악관 앞의 펜실베이니아 거리는 교통이 차단되기도 했다.

설령 당신의 얼굴을 백악관 직원이 알아본다 해도 그러한 절차는 진행된다. 1993년, 베티 포드가 힐러리 클린턴을 방문했을 때이다. 당연히 포드 여사는 문에서 체크당했다. 그녀는 주민등록 번호를 기록하고 경비원이 조회할 수 있도록 생년월일을 의무적으로 쓰고 들어갔다.

나는 백악관 출입 증명서를 잊고 집을 나선 적이 없다. 백악관에 들어서자마자 나의 '저장 뱅크'부터 체크당한다. 그것은 브리핑 룸과 기자실 사이의 좁은 공간에 있는데 대통령을 비롯한 백악관 고위층의 여행이나 스케줄, 그밖의 정보들이 기록되어 있고 백악관 공보담당관들이 전하는 성명서, 보고서 등도 있다. 또 하루종일 공보담당관과 연결되는 PA 시스템을 들을 수 있다.

오전 중반쯤 기자단들은 첫 번째 브리핑을 듣기 위해 공보담당관실로 간다. 너무 이른 시각이긴 하지만 이것은 관례였다. 나는 그곳에 가기 위해 좁은 복도를 지나 브리핑 룸을 통과하여 극장의 의자 통로들을 연상시키는 두 계단을 올라 공보실로 들어간다. 공보비서 책상 앞에 모여 질문하고 기사를 쓰기 위함이다.

커피는 기자들의 네 가지 기본 음식 중의 하나인데, 아침일과 시작 전에 모두 한 잔씩 마실 정도로 즐긴다. 어느 날 기자실 기계에서 나오는 커피 맛에 대해 한마디 하자 부공보관 에블린 리버만이 따로 백악관식 커피를 나에게 만들어 주었다. 그녀는 <미국의 목소리VOA(Voice of America)>의 새 국장으로 자리를 옮기면서도 후임자에게 '매일 아침 커피를 끓여 헬렌 토머스에게 갖다 줄 것'이라는 메모를 전해 나를 놀라게 했다. 딱딱해 보이는 백악관이지만 이렇게 따뜻함도 넘치는 곳이다.

정기적인 브리핑은 아침일과 전에 공보실에서 열리고, 이외에는 오후에 브리핑 룸에서 열린다. 브리핑 룸에서 열리는 것은 항상 있는 게 아니고 속보가 있거나 TV 중계가 있을 때 한해서이다. 나머지 시간은 대통령이 시내에서 행하는 연설을 취재하기 위해 대통령과 함께 다니거나, 로즈 가든 혹은 이스트 룸에서 행해지는 모든 행사들을 취재하는 데 보낸다. 바쁠 때도 있고 느긋할 때도 있다. 구내 방송에서 앞으로 '아무 뉴스도 없을 것'이라는 '상황종결'을 우리에게 알려줄 때에도 다소 느긋하게 보낼 수 있다.

그러나 경험이 있는 기자들은 이러한 '상황종결'을 대수롭지 않게 생각한다. 그 이후에도 가치 있는 뉴스거리가 너무나도 많이 발표되었기 때문이다. 상황종결 발표를 들어도 한동안 서성거리는 사람들은 이 상황종결을 절대로 믿지 않는 기자들이다.

1970년 12월 31일 목요일의 일이다. 그 때에도 상황종결 발표 후 대부분 기자들이 그 자리를 떠난 직후였다. 대통령은 갑자기 지글러에게 남아 있는 기자들을 데려오라고 지시했다. 그땐 단지 6명밖에 남아 있지 않았다. 대통령은 40분 동안 선 채로 질의응답 시간을 가졌다. 그때 남아 있던 기자들은 프랭크 코미어, 헐브 캄로우, 그리고 나뿐이었다. 게다가 나머지 2명은 사진기자였고, 1명은 라디오 엔지니어였다.

그 이후로 우리는 상황종결 발표 후에도 남아 있는 경우가 많았다. 그 이유는, 간단히 말해 뉴스를 만드는 대통령이 그 곳에 있기 때문이다. 연두교서로부터 예산, 외국방문, 숱한 정책들, 재선과 취임에 이르기까지 대통령이 모두 결정할 사안이다.

하루에 두 번씩 행해지는 브리핑은 아이젠하워 행정부 때 짐 해거티에 의해 시작되어 오늘날까지 이어지고 있다. 변한 것은 규모이다. 행정부가 바뀔 때마다 변모를 계속했고 지금은 그 규모가 방대해져, 백악관 기자단 사무실, 방송 사무실 그리고 퍼스트 레이디의 기자단 사무실 등 대규모를 자랑한다.

해거티는 한 명의 보좌관과 함께 일했다. 존슨의 공보담당관 규모는 서류상으로는 약소했다. 그러나 어느 부서에도 나타나지 않은 '언론 보좌관들'이 여기저기에 여러 명 있었다. 예를 들면 조 래틴은 언급되지 않았으나 차석 공보담당관 역할을 했고, 그 외에도 드러나지 않은 담당관들이 있었다.

존슨 행정부 마지막 공보담당관인 조지 크리스찬은 로이드 해클러라는 보좌관을 두었고, 현재 CNN 회장인 톰 존슨도 '언론 보좌관'으로 임명됐다.

리처드 닉슨은 공보실을 새로 만들었다. 공보실에는 공보담당관 론 지글러와 3명의 부공보담당관, 관리자와 부관리자가 있었다.

포드 때는 규모가 보다 거대하게 팽창됐는데 공보담당관과 2명의 부담당관, 7명의 보좌관, 대통령의 대국민 연락보좌관과 부관리자를 두었다.

확장은 카터 행정부에서도 계속됐는데 공보비서 조디 파웰을 비롯하여 13명이 있었다. 공보비서진에는 기자들과 바로 접촉하는 공보관 이외에 대통령의 계획을 관리하는 부대변인의 참모와 대통령의 약속을 계획하고 대통령이 등장하기 전에 국회나 관계기관과 정치적 유대관계를 책임지고 관리하는 사람들이 있다. 연설문 작성자, 백악관 사진사도 포함된다.

기자들은 대통령의 하루에 대한 정보가 감소되면 아침 일과 이후에도 공보담당관을 재촉하여 오후에 공식 브리핑을 가진다. 공보담당관들은 좋은 소식이면 대통령이 직접 발표하도록 하고 나쁜 내용이면 커튼을 치고 대통령은 볼 수 없도록 한다.

그 동안 백악관 공보실을 지배해 온 비밀주의는 백악관의 '풍토병'이다. 행정부가 민주당이 되든 공화당이 되든 항상 그랬다. 대부분 그들은 기자들이 신빙성에 문제를 제기할 때 이미지 손상을 근본적으로 막을 대책이 필요했지만 침묵이나 거절로 대응했다.

버몬트 주의 공화당 상원의원인 조지 아이켄의 말이 기억난다.

"만일 진실을 말한다면 나중에 네가 무슨 말을 했는지 기억하지 말아야 한다."

아마 이 말을 백악관 공보관들은 마음 속 깊이 새겨 두고 기자들을 만나고 있는 것은 아닌지 모르겠다.

그럼에도 불구하고 공보관들도 가끔은 진실을 말하고 싶을 때가 있긴 있나보다. 종종 또는 많이 익명으로 정보를 흘린다. 소위 '익명을 요구하는 고위 공직자의 말을 빌리면……' 하는 문구가 대부분 이들이 흘린 정보이다. 백악관 공보관들은 각자 자기 영역이 있으며 각자 계열이 다르다. 다시 말해서 그들끼리 '비밀 누설'을 만끽하고 있는 것이다.

나는 1998년 클린턴 시절, 이러한 고위 공직자들의 넘쳐나는 비밀 누설로 인해 행복해한 적이 있다. 공식적인 루트가 막혀 막막했던 차에 '비밀 누설'이 나를 도와주었던 것이다.

공보담당관의 역할은 역관계에 있는 두 전투팀과 같은 거리에 있다는 것입니다. 아시다시피, 대통령의 공보담당관은 왔다 갈 뿐이지 선출되는 것은 아닙니다. 우리는 여러분들이 대통령이 하는 일을 진실되고 정확하게 보도해 주길 바랄 뿐입니다. 미국 국민의 지지를 받아야 하는 대통령이 옳은 일을 하고 있다고 생각되면 진실되고 정확하게 잘 보도해 주는 것, 그것이 우리의 바람입니다.

—1998년 10월 1일 백악관 공보비서 마크 맥컬리 퇴임에서

매일 하루에 두 차례, 백악관에서 두 번째로 힘든 일을 하는 사람은 공보담당관이다. 모든 신문의 헤드라인에 허리케인 같은 대통령의 발언이 있는지 항상 지켜보고 있어야 한다. 메시지를 보내는 쪽부터 시작하여 이를 사냥하려고 하는 기자단까지 양쪽을 관리해야 한다.

뛰어난 공보담당관은 두 가지 일을 해야 하는데, 첫 번째는 백악관, 대통령, 행정부, 연방정부, 그리고 미국을 대변해야 한다는 것이다. 이 책임 앞에는 함정이 놓여 있어 말을 선택하는 데 걱정과 불안이 따른다.

또 다른 일은 표현하기 어렵지만 중요한 일이다. 공보비서는 매일매일 진실된 정보를 미 국민에게 알릴 책임이 있는 사람들과 국가의 이익을 위해 일정부분 비밀을 유지하고자 하는 사람들과 함께 '정보의 유출'을 막아야 할 책임이 있다. 그들과 한참 싸울 때 나는 공보담당관들에게 그들이 '국민의 세금을 받는 하인'임을 일깨워 주기도 했다. 만일 대통령이 공보관이 아닌 여론 대변인을 원한다면 자기 주머니에서 월급 주는 사람을 고용해야 한다고 말해 주는 것이다.

그들 공보담당관이 나라가 잘 돌아가도록 일하는 사람과 정부가

잘 돌아가도록 세금을 내는 사람 두 부류의 사람들을 위해 일한다는 사실은 자명하다. 분명 그들의 일은 쉽지 않다. 대통령을 다독거려 편안하게 해 주고, 또 매일매일 쏟아지는 기자들의 질문에 답변하기도 쉽지 않다.

마크 맥컬리는 한때 백악관 기자단을 다루는 것이 MENSA에서 탁아소를 경영하는 것 같다고 했다. 기자들은 공보관이 정보를 덮거나 감추려 할 때는 기자단의 레이더를 더욱 높이 올리고 혹독한 질문공세를 퍼붓는다. 그러나 공보관이 질문에 솔직하게 답변하면, 전달된 정보가 '올바른 것'이라고 믿는다. 공보관의 가장 큰 자산은 그가 대통령을 위해 대변한다는 인식과 믿음이다. 이것은 존경스럽다. 그들과 뒤엉켜 있을 때에도 나는 그들이 존경스럽고 그들이 딜레마에 빠져 있을 때 또한 그들을 동정하게 된다. 사실 두 주인을 섬긴다는 것은 어렵다.

정보의 유출을 막아라

내가 겪은 첫 공보담당관은 피에르 샐린저였다. 그는 내가 백악관 새내기 시절 '첫 직업적 만남'을 가진 사람으로, 아직도 나는 그를 좋아한다.

그가 케네디의 공보담당관으로 왔을 때는 35세였다. 그는 샌프란시스코에서 조사 기자로 일했다. 그의 기사를 주목하고 있던 케네디는 그를 발탁하여 공보담당관 자리에 앉혔다.

그는 집무실에서 일어나는 세세한 것을 폭로할 수 없을 때도 기자들을 올바른 방향으로 조정했고 '뉴스 통제'를 해야 할 때에도 가능하면 올바르게 했다.

전후戰後 가장 개방된 모습을 보였다고 평가되는 케네디 행정부에서 정부와 언론과의 관계를 껄끄럽게 만드는 '뉴스 통제'라는 개념을 공식화시킨 것은 불가사의한 일이었다.

샐린저가 공보담당관을 맡고 있을 때는 뉴스보급 시스템이 능률적이었고 요약되었으며 신속했다. 그는 정부 부처의 공보관과 함께 구성된 '협조위원회'를 설립해서 매주 화요일 회합을 가졌다. 그들은 만나서 다음 사항을 의논·검토했다.

(1) 각 부서의 뉴스와 최근의 주요 정책을 추적한다.

(2) 뉴스 전달 형식과 절차를 의논한다.

(3) 각 부서에 있는 기자들의 질문을 조정한다.

다양한 목적으로 정리되어 있지만 결론적으로 그것은 '뉴스 통제'를 위한 것이었다. 샐린저는 명랑하고 따뜻하며 위트가 있었고 진지했다. 그는 때때로 재키나 아이들에 관한 기사를 헤드라인에 올려놓기를 원하기도 했다.

한번은 그가 이른 새벽 내게 전화를 해서 몹시 당황해한 적이 있었다. 나는 아직까지도 그 일을 기억하고 있는데, 그것은 캐롤라인의 애완 햄스터가 케네디의 욕조에 빠진 기사를 체크하는 전화였다. 그것은 사실이었으며 나는 그것을 기사화했다.

그리고 그는 내가 백악관에서 연주하는 해군 악단 '캄보'의 피아니스트 안소니 마타레스에 관한 기사로 곤혹을 치르고 있을 때 도와주었다. 마타레스는 인터뷰에서, 케네디 여동생 팻과 결혼한 영화배우 피터 로포드가 어느 파티에서 손톱을 물어뜯으면서 계단을 내려왔다는 것을 언급했다. 별것 아니었지만 나는 자세하게 기사로 썼다.

케네디 가에서는 마타레스를 괘씸하게 여겨 해고하려 했다. 나는 샐린저에게 사건 중재를 요청하고 일이 잘 풀리도록 해달라고 요청했다. 그는 나의 요청을 받아들였고 젊은 피아니스트는 계속 일할 수 있었다.

샐린저는 존슨의 공보담당관으로 잠깐 일한 적 있었고, 1964년 3월에 그만두었다. 존슨 때 첫 공보담당관은 조지 리디였다. 그 당시 4명의 공식 사무관과 5명의 비공식 사무관 또한 조 래틴을 포함해서 6명이 더 있었고 또 다른 많은 사람들이 그 곳에서 일했다. 리디는 기자로서 존슨에 관한 기사를 많이 썼고 1951년 그를 위해 일하기 시작했다. 그가 백악관에서 처음 일할 때 46세였으며 몸무게가 무려 120킬로나 나갔었다. 지독한 이기심의 소유자이며, 대 보스를 위해 대단한 일을 하는 큰사람이었다.

리디가 존슨을 위해 ― 국회의사당에서 일하기 위해 ― UP를 떠날 때 그는 나와 많은 동료들에게 존슨이 언젠가는 대통령이 될 것이라고 말했다. 그러나 그때 우리는 터무니없는 생각이라고 비웃었다. 리디는 나라의 모든 곳에 '존슨'이라는 글자를 박아 두기 위해 최선을 다해 일했다. 리디의 열정에 감복한 존슨은 그의 행동에 대해 말하거나 그가 언론을 다루는 문제, 우리가 그에 대해 쓰는 것을 문제삼지 않았다.

아침일과 전 브리핑에서 ― 이것을 나중에 '새벽 브리핑'이라고 불렀다 ― 우리는 리디의 구부러진 책상 앞에 모여 앉아 대통령의 일정을 질문하며 주제넘게 참견하기도 했다. 브리핑은 전화벨이 울리면 중단되는데, 전화를 받고 온 리디는 하얗게 질린 얼굴로 파이프 담배를 꽉 문 채 목소리의 톤을 한 옥타브 내려 이야기하곤 했다. 전화하는 것은 존슨이 하지만, 그 내용은 리디가 한 말을 수정하거나 해명하는 것이 대부분이다. 리디는 기자들의 허튼 소리에 곧잘 침울해하곤 했다. 이를 지켜본 존슨은 기자들이 그를 너무 난처하게 한다고 생각했는지 직접 그를 방어하며 나서기도 했다.

존슨은 자주 이렇게 말했다.

"여러분들은 항상 조지 리디를 곤혹스럽게 만듭니다."

그러면서 리디가 얼마나 자신에게 성실한 공보담당관인지를 말했다.

"그는 여러분들의 질문에 답하기 위해 하루에 4~5번씩 나를 찾아오고 사무실마다 다니며 사람들 어깨 너머로 무엇이 어떻게 돌아가는지를 알아보려고 합니다. 그래서 그는 하루에 두 번씩 있는 질문에 답할 수 있었던 것입니다. 또 여러분들의 모욕적인 질문에도 얼마나 경청을 하는지, 만일 내가 공보담당관이었고 당신들이 그에게 한 것처럼 나를 대했다면 나는 당장 '꺼져 버려'라고 했을 것입니다. 그리고 묻는 말에 대꾸도 하지 않았을 것이고, 나라면 그런 기자들 엉덩이를 쫓아다니진 않았을 것입니다."

그러나 리디와 존슨은 결국 1965년 7월 헤어졌다. 존슨은 설명했다.

"불쌍한 조지, 우리는 그의 기형적인 발가락 때문에 헤어져야 했다."

리디는 나중에 백악관 생활을 담은 『대통령직의 영광Twilight of Presidency』이라는 책을 썼다.

리디의 후임자는 빌 모이어스라는 젊은 귀재였다. 그는 신문학과 신학박사 학위를 딴 침례교 목사였다. 에딘버러 대학과 대학원에서 일했고, 1959년 존슨이 상원의원으로 재직하던 시절에 그의 스태프로 일했으며 케네디 정부 때는 평화봉사단에서 준관리자로 있었다. 그때 나이가 26세였다. 나이에 비해 대단한 성취지만 그는 이를 별로 대수롭지 않게 말했다.

"모차르트는 지금의 내 나이보다 3년 전에 이미 죽었다는 것을 생각하면 이건 별것 아닌 경력이죠."

그는 좀 달랐다. 모이어스는 존슨에 대해 말이 없었고, 존슨에게 이것 저것을 자주 물었다. 그는 리디에 비해 존슨의 노여움을 두려워하지 않았고 입심이 좋았다. 내 질문에 대한 그의 답변 때문에 나는 그와 정면으로 맞선 적이 있는데 그는 '내가 약간 진실을 가린 것 같다'고 시인했다. 모이어스는 리디와 마찬가지로 기자들 사이에서 인기가 있었다. 그러나 베트남전쟁 때문에 존슨과 멀어지기 시작했다.

존슨은 모이어스를 믿을 만한 조언자라고 말했다. 그러나 그가 너무 독립적이라는 것을 느끼기 시작하자 그를 신임하지 않았고, 모이어스가 로버트 케네디와 친했다는 사실을 안 다음부터는 더욱 그를 가까이하지 않았다.

베트남전쟁이 지루한 소모전 양상을 보이고 있을 때, 모이어스는 미국의 전쟁 개입에 비판적이었다. 그가 집무실에 들어가자 존슨은 빈정거리는 어투로 '미스터 폭격 반대'가 들어온다고 말했다.

모이어스는 개인적인 대화에서는 대통령과 국가가 나갈 방향에 대해 솔직했으나 공적인 자리에서는 존슨의 정책과 그의 결정, 그의 선택을 변호하고 방어했다.

대부분의 공보비서들은, 국가의 총책임자이고 미군의 통수권자이며 세계에서 가장 강력한 힘을 가진 지도자인 대통령을 대변해야 하는 입장에 처해 있다는 사실을 기자들도 알게 되면 대통령의 마음을 이해하게 될 것이라는 식이었다.

모이어스는 1966년 17개월의 백악관 생활을 마치고 ≪뉴스 데이≫ 발행인으로 자리를 옮겨 이후 큰 명성을 쌓았고, 미국에 대해 시사성이 많은 TV 다큐멘터리를 제작했다.

존슨은 모이어스가 재직 중인데도 대수롭지 않게 로버트 플레밍을 공보관으로 발탁했다. 존슨은 ABC 방송국 워싱턴 지국장이었던 그에게 백악관에서 같이 일하자고 설득했다. 기자회견에서 존슨은 플레밍의 직책을 부공보담당관이라고 했으나 '나의 공보관'이라고 덧붙임으로써 실제적으로 모이어스를 대신할 인물임을 시사했다.

기자들은 고개를 갸우뚱거리며 존슨에게 그러면 모이어스가 아직도 공보관이냐고 물었다.

"항상 그랬듯이 그는 특별 보좌관이다. 여러분은 로버트 플레밍을 공보관이라고 불러도 된다."

이것이 존슨의 대답이었다.

공보관의 첫째 조건 '말을 많이 하지 말라'

조지 크리스찬은 2년 동안 존슨의 공보관으로 일했는데, 그는 대단한 경력의 소유자였다. 텍사스 대학에서 신문학을 전공했고, 1949년부터 1956년까지 INS에서 일했으며 텍사스 주의 주지사, 프라이스 다니엘과 존 코넬리의 보좌관으로 일했었다.

역대 백악관 공보관 중 조지 크리스찬이 두 명 있는데 물론 동명이인이다. 워렌 하딩 대통령의 공보관 이름도 조지 크리스찬이었다.

크리스찬은 존슨을 무척 이해하는 것처럼 보이고 그를 신뢰했으나 기자들이 공보관의 정보가 옳지 않다고 반박할 때는 대통령의 노기老氣를 의식했다. 어느 날 그는 창백하게 질린 얼굴로 기자실에 와서는 나에게 그 기사를 취소해 달라고 요청했다. 존슨이 내가 쓴 UPI 통신기사를 보고는 질겁을 했던 것이다.

"그 여자에게 가서 없애라고 말해!"

그뿐만이 아니다. 그는 한때 AP의 프랭크 코미어를 불러 기사가 이미 전송된 후인데도 불구하고 애원하듯 부탁했다는 것이다.

"내가 말을 잘못했으니, 제발 그 말은 없었던 것으로 합시다."

크리스찬은 존슨 시절 백악관에서 살아 남는 방법을 터득하고 있었다. 그것은 간단하다.

'말을 많이 하지 말라.'

사실, 가급적이면 말을 아껴야 그들로서는 유익하다.

그는 우선 모이어스가 진행했던 배경 설명회를 없앴다. 뉴스 브리핑에서 속보 질문을 받지 않았으며, 보충설명도 없이 처음 그가 발표하는 선에서 브리핑을 끝냈다. 당연히 브리핑은 딱딱하고 지루했다. 베트남전쟁이 절정일 때 우리의 지루함도 절정을 이루고 있었다. 그는 공보관 중 최초로 완벽하게 우물거리는 사람이었다.

그는 1968년 3월 31일 전국을 흔들었던 비밀을 지켜냈다. 1967년 여름, 존슨은 크리스찬과 버드 여사에게 재선에 출마하지 않겠다고 털어놓았다. 그러나 그가 그 이야기를 우리에게 털어놓았을 때는 이미 오랜 시간이 경과한 후였다. 그 동안 우리는 그로부터 아무 말도 듣지 못했다.

일요일 아침 존슨이 교회에 가려고 대통령 차량행렬을 따르고 있는 중이었다. 차가 허버트 험프리 부통령의 아파트 앞에 섰다. 갑작스런 일에 놀랐지만 우리는 베트남전쟁에 대한 중대한 발표 때문에 그와 의논하려는 줄로만 알았다.

그날 밤, 존슨은 월남전에 대한 TV 방송을 위해 백악관 집무실로 들어갔다. 그의 연설은 기자실을 통해 전세계에 퍼져나갔는데 그는 우리가 사전에 받았던 보도자료에는 포함되어 있지도 않은 내용을 연설 끝에 추가로 보태려 했다.

처음 존슨 대통령이 내게 자신은 재출마하지 않을 거라고 귀띔했을 때, 나는 그가 나를 놀리는 줄 알았다. 1967년 어느 늦은 여름날, 나는 그의 침실에 있었는데—그 곳은 뉴스 브리핑에 앞서 의제를 논하기 위해 매일 아침 가는 곳이다—그는 내게 지시하길 아무 말 없이 일을 시작하라고 했다.

"누구에게도 말하지 말라. 나와 버드 빼고 아무에게도 알리지 말라."

언제인지는 몰라도 그렇게 해야 한다고 생각했다며 존슨은 자신의 속마음을 털어놓았다.

이유는 건강 때문이라고 했다. 그는 1955년 심장발작을 일으켰는데 그때 그는 거의 죽을 뻔했다. 그러나 개인 문제도 있었다. 그의 딸들에게 이목이 집중되고, 부인은 백악관이라는 '어항'에서 자유롭지 못했으며, 반전운동이 확산되는 가운데 베트남전쟁 문제로 대세가 기울어 선거운동을 할 수가 없었다. 그러나 그것은 그가 재선 불출마 결정을 합리화시키려고 생각해 낸 것이 분명했다. 사실 그는 재출마하고 싶어했다. 그러나 나갈 방법을 찾을 수가 없었다.

크리스찬에 의하면, 애당초 존슨은 1월 의회에서 연두교서로 발표할 생각이었다고 한다. 그러나 나중에 때가 좋지 않다는 이유로 시기를 연기했다고 한다.

"발표 시기가 적절하지 않아. 의사당에 들어서서 거창한 계획을 발표하고 나서, '자 좋습니다. 이것이 앞으로 해야 할 과제들입니다. 그렇지만 어쨌든 안녕히 계십시오. 저는 떠납니다'라고 할 수는 없잖아."

의회 연두교서에선 아무런 언급 없이 넘어갔지만 존슨은 갖가지 정치적 난제들로 편할 날이 없었다. 즉 바비 케네디는 대통령 출마를 이미 선언했고 월남전, 폭동, 그리고 학원 소요에다 날로 더해지는 적대적인 언론 등 이미 불리한 주사위는 던져진 듯이 보였다.

드디어 존슨은 일요일 저녁 베트남 평화회담을 위해 베트남 북부 지역에 대한 공습감축을 발표하기 위한 TV 연설을 통해 불출마 선언을 발표했다. 연설은 저녁 9시에 예정되었다. 저녁 7시 30분까지도 호레이스 버스비가 작성한 연설의 마지막 5페이지가 TV 연설용

자막기에 입력되지 않았다.

처음 두 장이 입력되고 그 다음 두 장 그리고 마침내 8시 15분이 되어서야 비로소 마지막 부분인, '따라서 저는 차기 대통령 선거에 출마하지 않을 것이며, 후보 지명도 수락하지 않을 것'이라는 부분이 입력됐다.

플레밍은 TV 연설 자막기의 원고 교정 담당이었다. 그가 자막기의 마지막 부분을 읽어 내려가자 물고 있던 파이프를 그만 바닥에 떨어뜨리고 말았다고 크리스찬은 당시를 회고했다.

놀란 것은 그들만이 아니었다. 우리도 너무 놀라 '하느님 맙소사!'라고 소리치며 망연히 서 있을 수밖에 없었다.

영부인은 카메라가 꺼지자 존슨에게 달려가 그를 부둥켜안았으며 딸들은 눈물을 글썽거렸다. 특히 그 해, 21세가 된 딸 루시는 아버지를 위해 투표할 수 없다는 사실을 슬퍼했다.

나중에 우리는 존슨과 이야기를 나누기 위해 대통령 개인 집무실로 초대됐다. 그는 편안한 차림이었고 초콜릿 푸딩을 들고 있었다.

우리가 계속 그를 추궁하자 그는 자신의 놀라운 결심은 번복할 수 없는 것이라고 되풀이해서 말을 할 뿐이었다. 우리는 물러서지 않고 더욱더 그를 몰아세웠지만, 마침내 그는 화를 내고 말았다.

"내 성명에서 말한 것 그대로야. 나는 왜 우리가 고등학교에서나 할 법한 토론을 해야 하는지 모르겠어."

크리스찬은 그 놀라운 저녁에 대해 다음과 같이 회고했다.

존슨은 나도 봤듯이 기뻐했다. 그는 밤늦게까지 온종일 일하는 것이 마치 일상사라는 것을 보여 주려는 듯 한밤중에 기자회견을 했다. 그리고 기자들에게 말한 것의 80%는 사실이었다.

크리스찬은 존슨이 발표 후 기뻐했다고 믿었지만 나는 존슨이 세계에서 가장 막강한 자리를 포기하는 데 기뻐한 것만은 아니었다고 확신한다. 비록 그후 존슨의 인기가 상승하여 마침내 자신에게 적대적인 군중들과 대면하지 않아도 되는 곳으로 갈 수 있게 됐지만 말이다. 발표 바로 다음 날 나는 존슨의 시카고 방문에 동반했고 한동안 그의 끊이지 않는 한숨 소리를 들을 수 있었다.

몇년 후 나는 텍사스 대학교에 석좌 교수로 취임한 크리스찬의 초대를 받아 그에 대한 '악평'을 늘어놓았다.

그는 살면서 결코 괴상한 이야기를 해온 사람이 아닙니다. 실제로 그는 그런 이야기를 단 한 번도 한 적이 없습니다. 조지는 이렇게도 해석되고 저렇게도 해석되는 2루타를 친다고 생각합니다.

돌이켜보면 조지의 공보관으로서 유일한 문제점은 너무 말을 많이 한다는 것입니다. 그것이 존슨의 총애를 한몸에 받은 이유입니다. 그는 우리들의 질문에 솔직하게 대처해 존슨의 떨어지는 신뢰를 끌어올렸습니다. 예를 하나 들어보겠습니다. 다음 소개되는 대화는 월남전 시절 기자와의 간담입니다. 우리가 왜 그를 '대단한 비밀 누설쟈'라고 부르는지를 보여 주는 대목이 될 것입니다.

기자: 조지, 드골 대통령이 베트남에 대한 외국의 내정 간섭이 중지돼야 한다고 발표한 성명에 대통령은 어떻게 생각하십니까?
크리스찬: 코멘트할 게 없습니다.
기자: 미국이 월남문제에 대해 유엔측을 지지할 거라는 것을 백악관은 인정합니까, 아니면 부인합니까?
크리스찬: 어제도 그 질문이 있었습니다.
기자: 부인하십니까?
크리스찬: 어제도 코멘트하지 않았고 오늘도 마찬가지입니다.

기자: 대통령께서는 평화 시위자들의 성명을 읽으셨습니까?

크리스찬: 모릅니다.

기자: 반응은 보이셨습니까?

크리스찬: 모릅니다.

대통령이 잘못해 놓고 대변인을 사임?

크리스찬은 백악관을 떠난 후 고향인 텍사스로 가서 존 코넬리와 함께 민주당 내 닉슨 사단의 주요인물이 되었다.

리처드 닉슨은 내가 언급했듯이 홍보팀을 둔다는 개념에서 공보관을 채용하는 단계를 만든 이였고 그의 홍보팀이 바로 J. 워터 톰슨이었다. 닉슨은 집권 초기에는 언론과의 관계를 재정립하려 했다고 생각한다. 그러나 H. R. 할데만이 대통령 집무실 문을 지키게 되자, 백악관에서 불신의 싹이 트기 시작했다. 그는 리처드 닉슨을 위한 '충견'이 되는 걸 마다하지 않았던 사람이었다.

닉슨이 사임할 때까지 일했던 론 지글러는 중간형이었다. 그는 디즈니와 사니 플러시가 주고객인 J. 월터 톰슨 밑에서 근무했다. 처음에 그는 우리 기자단과 편안한 관계를 유지했다. 그는 명석하고 품위도 있고 기자들과 곧잘 농담도 주고받았다. 그러나 그의 신뢰도는 워터게이트 사건이 터지자 크게 훼손되었다.

처음 백악관에서 일을 시작했을 때 그는 백악관에 오래 출입한 기자들과 상당한 시간을 보내며 그들의 조언을 구했다. 스미티는 그에게 "거짓말만 하지 말라"고 귀띔했다.

공보관이란 열띤 자리이다. 월남전이 질질 끌려가고 워터게이트 사건이 터지기 시작하자 지글러만큼 뜨거운 맛을 본 사람도 없을 것이다.

예외라면 아마 섹스 스캔들이 연이어 일간지를 강타했던 클린턴의 대변인 마크 맥컬리 정도일 것이다. 하지만 맥컬리는 클린턴에게 불리한 주장들이 나오고 법원의 판결이 임박하자 대변인을 사임할 만큼 똑똑했다.

1973년 봄, 지글러와 닉슨의 특별고문인 레너드 카네트와의 기자회견에서 나는 '누가 수사 결과를 대통령에게 보고했으며 그때 대통령은 어떤 반응을 보였는지'를 질문했다.

> 가네트: 헬렌, 저는 이 문제에 관한 브리핑에 여러 번 참석했었습니다. 저는 브리핑에서 그때 일어났던 사실을 있는 그대로 정확하게 설명했다고 생각하는데요.
> 헬렌 토머스: 제 질문에 답변은 안 하시는군요.
> 가네트: 이 문제에 대한 답변은 이미 드렸다고 생각하는데요.
> 헬렌 토머스: 아니오, 누가 답변을 들었습니까?
> 가네트: 글쎄요, 론에게서 듣지 않으셨습니까?
> 지글러: 그것에 대한 입장은 지난번 브리핑에서 이미 언급했습니다.
> 헬렌 토머스: 지난번 브리핑에서 그런 언급은 없었어요.
> 지글러: 헬렌, 당신이 휴가갔을 때 브리핑에서 우리는 이 문제를 다 끝냈습니다.

론 지글러는 자신이 1972년 6월 17일 민주당 전국위원회 본부 침입사건을 '3류 도둑질'이라고 낙인찍어 버린 것에 대한 오명을 되씹으며 살아야 했다. 2년 후 그는 워터게이트 사건에 대해 그가 말한 모든 것이 '효력이 없는 것'이라고 인정해야 했다. 그의 솔직한 자백에, 우리는 지글러가 닉슨이 시키는 대로 하느라 제정신이 아니었음을 깨달았다.

부대변인 제널드 워런에게 워터게이트 사건과 관련된 신문의 머릿기사에 대한 확인과 기자들의 날카로운 질문 공세를 막아내야 하는 임무가 맡겨졌다. 백악관이 방어전을 펴기 시작하자 여러 모로 시달리는 워런을 우리는 동정했다.

닉슨이 사임하자 지글러와 워런 모두 제 갈 길을 찾았다. 워런은 언론계에 몸을 담았고, 지글러는 트럭 정류소부터 잡화점 체인점에 이르기까지 다양한 사업에 손댔다.

자신이 알기에는 명백한 진실이 아닌데, 그 같은 거짓 성명을 발표하라는 지시를 대통령에게 받게 된다면 과연 공보관 중 몇 사람이나 대통령에게 올바른 직언을 할 수 있을까? 내 견해로는 '성실한 공보관이란 밖에서의 자신의 도덕성 혹은 정직 따위는 따지지 않는 사람'이라고 생각한다.

1974년 8월 9일 닉슨이 사임하자 제널드 포드 대통령은 제리 홀스트에게 공보관을 맡도록 요청했다. 홀스트는 리디처럼 덕망 있는 기자였다. 우리 백악관 기자단은 마침내 그가 우리와 같은 기자 출신이며 그로부터 곧바로 정보를 얻게 될 것이며 그는 우리에게 사실만을 얘기해 줄 것이라고 기대했다.

그러나 그의 수명은 오래 가지 못했다. 포드의 첫 번째 기자회견에서 나는 닉슨을 위해 준비된 것이 무엇이냐는 질문을 했으나 애매한 답변만을 들었을 뿐이다. 사면에 대한 소문이 퍼지기 시작하자 홀스트는 질문을 던졌다.

"사면이 준비중이냐?"

그러자 홀스트가 대답했다.

"대통령 특별보좌관이 해당 사항이 아니라고 나에게 확고하게 말했습니다."

포드가 9월 9일 사면을 발표하자 홀스트는 배신감과 신뢰감 상실에 상심해했다. 결국 그는 물러났다.

UPI와 NBC에서 일했던 론 니슨이 홀스트 뒤를 이었다. 우리는 니슨을 신뢰했다. 그는 우리와 같은 기자 출신이었으므로 그를 믿을 수밖에 없었다. 그러나 워터게이트 사건 후 잔존해 있던 언론에 대한 반감을 없애려는 그의 의도에도 불구하고 그는 언론과 충돌하기 시작했고 우리를 '이해하려 들지 않는다'거나, '의심이 많다'는 둥 비난하곤 했다.

그나마 니슨이 대통령 기자회견에서 한 기자가 계속해서 추가 질문을 할 수 있도록 그 관행의 발판을 마련해 준 것은 잘한 일이라 생각한다(클린턴의 경우에는 자신의 입장을 계속 주장할 수 없는 추가 질문에 대해서는 의견을 회피하려고 했다).

니슨은 대통령을 위해 일하는 것이 자신의 첫 번째 임무임을 알았다. 그러나 그는 '가장 최선의 방어는 공격'이라고 생각한 듯 보였다. 그의 위치에 있었던 많은 다른 이들도 같은 접근 방법을 시도했었고 어김없이 실패했다. 왜냐하면 그들의 호전적이고 방어적인 자세는 숨기기 어려운 것이며 대통령에게 누를 끼치는 행동이기 때문이다.

그는 우리에게 진실성에 흠집을 내는 상처를 안겨 주었다. 그는 공보관으로 취임하던 날, 이렇게 말했다.

"저는 절대로 백악관 기자단에게 사실을 알면서 거짓말을 하지는 않을 겁니다. 사실을 밝히지 않음으로써 기자단이 갈피를 잡지 못하게 하지는 않겠습니다. 그런 일이 만약 발생한다면 과연 미국을 위해서 내가 이 일을 계속 하는 것이 효율적인지 물으셔도 상관없습니다."

그때 헨리 키신저와 관련된 작은 사건이 하나 있었다. 키신저는 국무장관과 대통령 안보 보좌관을 동시에 맡고 있었다. 1975년 4월

9일, CBS의 밥 시퍼가 키신저를 안보 보좌관직에서 밀어내려는 음모가 있다고 보도했다. 그것은 니슨을 포함한 몇몇 다른 백악관 보좌관들이 기자들에게 귀띔한 것이 계기가 되었다.

당연히 이 이야기는 신문의 머릿기사를 장식했다. 니슨이 키신저에게 자신이 그 이야기의 발설자가 아니라는 쪽지를 보냈다는 이야기도 들려 왔다. 같은 시각 부대변인 루이스 톰슨이 해고됐다. 니슨은 일축했다.

"톰슨은 희생양이다. 일단 키신저가 화를 내면 그 누구도 못말리므로 키신저의 성미를 진정시키려고 해고했다."

그리고 최후의 일격을 가하듯 니슨은 단언했다.

"백악관에서 일어나고 있는 일과 톰슨의 해고와는 관련이 없다."

그러나 며칠 뒤 정례 브리핑에서 니슨이 "사실 여러분께 진실을 말씀드리자면……"이라고 답변을 시작하자 기자단은 그만 웃음을 터뜨리고 말았다.

지미 카터가 백악관에 들어오자 조디 파웰이 대변인을 맡았다. 조지아 출신의 말이 빠른 그는 기자들과의 입씨름에서 막상막하莫上莫下, 용호상박龍虎相搏이었다.

파웰은 대변인 취임 당시 33세였다. 그는 조지아 주 코데일 출신으로 조지아 주립대를 졸업하고 보험회사에서 잠시 일했다. 보험회사 일이 적성에 맞지 않자 다시 에모리 대학에 입학해 정치학을 공부했다. 대학에서 지미 카터의 저서에 심취해 1970년 카터의 주지사 선거에 자원봉사자로 일했다.

그는 재치 있고 잽싸고 한번 발동이 걸리면 누구보다 날쌨다.

기자: 카터 대통령은 열흘 후 메나헴 베긴 총리가 미국에 오면 그

　　　　　를 만날 예정입니까?

파월: 회담에 관한 어떤 계획에 대해서도 알지 못합니다.

기자: 성사되지 않을 것이라고 생각하십니까?

파월: 제가 말씀드릴 수 있는 것은 어떤 계획도 알지 못한다는 것
　　　입니다.

기자: 사다트 대통령은 어떻습니까?

파월: 마찬가지입니다.

기자: 대통령이 그 둘을 만나지 않는 게 이상하지 않습니까?

파월: 그렇지는 않습니다. 그들이 미국을 공식 방문하는 것은 아
　　　닙니다.

기자: 카터 대통령은 중동 평화를 위한 노력을 계속할 생각입니
　　　까?

파월: 그렇습니다. 그래서 우리는…….

　파월은 재임 중 오직 한 가지 일만을 했다. 대통령을 대변하고 그를 방어하는 일 말이다. 그는 날카롭지만 친근한 사람이었다. 그리고 재미있게도 아주 가끔 이쪽에서 사실을 발설하면 순순히 인정하기도 했다.

　그는 2개의 액자를 책상 위에 올려놓고 있었다.

　'믿거나 말거나 나는 이 일을 낭만과 모험 때문에 택했다.'

　하나의 액자에는 이렇게 씌어 있었고 다른 하나에는 다음과 같이 씌어 있었다.

　'네가 만약 그들을 총명함으로 놀라게 할 수 없다면 재앙으로 좌절시켜라'

　아무도 그걸 의심치 않았다. 그는 그 두 가지에 모두 능했기 때문이다.

　그는 자신의 상관에 대해서도 때론 솔직했다. 소프트볼 경기를

할 때였는데 카터가 듣는데도 파웰은 대통령을 '건방진 놈'이라 부르기도 했다. 브리핑에서도 그는 때때로 검소하기로 소문난 카터를 '이불깃'처럼 빳빳하다는 비유로 우리에게 상기시켰다. 그는 그런 식으로 일을 해나갔다.

많은 공보관들 중에서 파웰은 카터의 대변인으로서의 능력만을 따지고 본다면 짐 해거티와 부시 대통령 시절의 말린 피츠워터에 버금가는 인물이다.

레이건 대통령의 공보관인 제임스 브래디가 1981년 3월 30일, 레이건 암살기도 사건으로 치명상을 입자 부대변인 래리 스피크스가 공보실의 업무를 넘겨받았다. 브래디는 기적적으로 머리의 총상에서 회복됐으나 반신마비가 됐다. 브래디에 대한 예우로 레이건은 그의 공보관 직함을 유지시켰고 그 바람에 스피크스는 임기내내 부대변인이라는 직함에 머물러야만 했다.

제임스 브래디는 그 누구도 따라하기 힘든 행동을 거침없이 했고 지금도 마찬가지이다. 그는 언젠가 나에게 '전문 직업인 중의 직업인'이라는 찬사를 보냈다. 나도 그에게 똑같은 찬사를 보내고 싶다.

우연치 않게 브래디가 새 일을 시작하기 위해 백악관에 도착했을 때 서랍 한 켠에서 방탄 조끼가 발견되었다. 론 니슨이 조디 파웰에게 물려주고 파웰이 다시 브래디에게 주고 간 것이었다.

그는 총격 사건 후 오랜 회복기간을 거쳐 낸시 여사와 함께 새로 단장한 기자실의 테이프 커팅에 참석했다.

"짐, 우리가 당신을 얼마나 보고 싶어했는데요."

내가 그를 불렀다.

"저도 여러분 모두가 보고 싶었습니다."

그가 대답했다.

총격 사건 5년 후 몰리에 디킨슨이 쓴 책 『인간승리 : 백악관 대변인 제임스 브래디의 인생과 용감한 복귀Thumbs Up : The Life and Courageous Comeback of White House Press Secretary Jim Brady』에도 적혀 있듯이 여러 어려운 문제들—낸시 여사의 점성술, 이란 콘트라 사건 등등—을 전문가답게 무난하게 처리했다. 나는 디킨슨의 책에서 그에 대해 다음과 같이 말했다.

그는 백악관을 어려움에서 빠져 나오게 했고 또한 한쪽으로 치우치지 않게 했다. 그는 대단히 영향력 있는 요원이었다. 자신의 의견을 표명하는 것만으로도 사태를 가라앉게 했다. 나는 그가 레이건 행정부를 유연하게 만들었다고 생각한다. 짐은 때로 대통령을 치켜올리기도 했다.

"자, 각하, 이데올로기는 던져 버리시오. 당신과 나는 둘 다 서부 출신 사나이들 아니오."

언제나 그런 식이었다. 그러나 물론 짐도 불가피하게 실수를 저질렀다. 물론 대단한 실수는 아니었지만 말이다. 그는 비난의 공격을 받았지만 자제하는 분위기를 만들었고 그래서 백악관을 더욱 친근한 곳으로 만들어 갔다.

대변인의 망발, 국가가 휘청인다

브래디는 아침에 이따금 기자실을 들러 우리가 무슨 기사를 쓰는지, 무슨 생각을 하고 있는지, 아니면 그냥 '낚시거리'를 찾는지 물어보곤 했다. 그러다가 새벽 브리핑 시간에 우리들의 질문에 기꺼이 대답해 주었다. 혹 우리가 대답하기 곤란한 질문을 할 때도 그냥 우물쭈물하거나 노코멘트로 일관하기보다는 하다 못해 방향이라도 올바르게 잡아 주곤 했다. 당연히 그에 대한 신뢰가 쌓일 수밖에 없었다.

브래디에게는 공보관으로서 좀처럼 보기 드문 애정이 있었다. 그리고 3개월 미만이라는 너무 짧은 기간이었지만 우리는 백악관에서 그와의 생활을 좋아했다.

은행원의 아들로 미시시피 주 메리골드 출신인 래리 스피크스는 1961년 학교를 졸업하고 몇몇 작은 신문사에서 편집장을 지냈다. 1968년 영향력 있는 남부의 보수주의자 제임스 O. 이스트랜드 상원 의원의 공보관을 맡았다. 1974년 닉슨의 워터게이트 사건 담당 변호사인 제임스 클레어 변호사의 공보관에 임명되고, 포드 공보실의 부대변인이 되었다. 카터 행정부 시절에는 홍보일을 했고 포드와 레이건의 선거대책 본부 연락책을 맡기도 했다.

스피크스의 정보는 우리에게 많은 도움이 됐다. 그러나 내부 정보의 접근이 차단되어 있는 상황에 처해 있을 때는 그로서도 당혹스럽고 화가 치미는 일이 아닐 수 없었다.

확실한 정보는 어느 공보관에게나 가장 중요한 요건 중 하나이다. 1983년 10월 CBS의 빕 플란트는 스피크스에게 취재 확인을 하러 갔었다. 플란트는 미군이 그레나다 침공을 준비중이라는 정보가 있다고 말했다. 스피크스는 국가 안보위원회 부위원장인 존 포인덱스터 제독에게 달려갔고 그로부터 '상식에 어긋나는 보도'라는 말을 들었으며, 플란트에게 그렇게 전했다. 미군은 얼마 후 그레나다를 침공했으며 때문에 스피크스는 궁지에 몰리고 말았다.

백악관에는 홍보국장 데이비드 절겐이 있었는데 스피크스의 인생을 별로 유쾌하지 못하게 만든 사람이었다. 절겐의 입장에서도 마찬가지였을 것이다. 그는 닉슨의 연설문 작성자였고 포드 행정부의 홍보국장이었으며 노스캐롤라이나 출신으로 예일 대학과 하버드 법대를 졸업한 인물이었다.

레이건의 공보실은 닉슨 시절의 것을 그대로 답습했다. 즉 스피크스는 매일 백악관을 출입하는 기자들을, 그리고 절겐은 언론사 간부들과 워싱턴의 여론 주도층들을 상대했다. 절겐은 자기자신의 권력은 말할 것도 없고 스피크스, 연설문 작성자 그리고 언론 연락반을 모두 휘하에 거느리고 있었다. 경우에 따라서 절겐이 연단에 서기도 했다.

제임스 브래디 이후에는 누가 어느 날 연단에 서든 더 이상 문제시되지 않았다. 브래디의 여유 있는 농담과 비교한다면 전반적으로 도리에 어긋나는 듯 보였지만 말이다.

레이건 시절 백악관은 기자들이 국가가 잘못한 일보다는 잘한 것에만 초점을 맞추길 원했다. 스피크스가 이 문제에 제일 목청을 높인 사람 중 하나이다. 그는 우리에게 경제에 관한 좋은 소식을 부각시키라고 말했다.

공보관들은 기자들이 대통령이 하는 일들에 대해 긍정적인 면으로 평가하길 원한다. 물론 당연한 말이지만 부정적인 측면에 대해선 그냥 못 본듯 지나쳐주길 바란다. 예를 들면 1년 국내총생산GDP이 약간 상승해도 경제고문위원회 의장을 대동한 브리핑을 연다. 실업률이 아주 눈곱만큼만 떨어져도 레이건이 직접 기자실에 나타나서 "미국은 호전되고 있다"고 발표하고 나갔다.

어느 날 오후 브리핑에서 스피크스는 우리 기자들에게 언성을 높이고 있었다.

"여러분! 실업률이 10.8%라는 것은 대단한 뉴스입니다. 89.2%의 미국인이 직업을 가지고 있고, 세계에서 가장 수준 높은 생활을 영위하고 있다는 것 또한 대단한 뉴스입니다. 그런데 어째서 국민들에게 나쁜 쪽으로만 부각시키려고 합니까? 매일 밤 나쁜 소식만 듣게 하기보다는 희망차고 즐거운 소식을 보내는 것이 좋지 않을까요?"

스피크스는 우리가 좋은 뉴스만 쓰기를 기대했을 뿐 아니라 대통령 자신도 스스로 무슨 말을 하는지 모를 정도의 발언을 했을 경우에도 알아서 제대로 추측해 주기를 기대했었다.

이런 예가 있었다. 어느 날 레이건은 자신이 기업의 소득세를 폐지하겠다고 말하곤 자신이 '그만 실수를 했다'는 것을 알았다. 그러나 이미 엎지러진 물! 그 자신도 어쩔 수 없어서 그대로 넘어가 버리고 말았다.

다음 날 스피크스는 기자단이 대통령의 성명을 제대로 이해하지 못했다며 어째서 대통령의 진의를 제대로 파악하지 못했는지 원망까지 했다. 기자단은 대통령의 입에서 나온 말을 그대로 보도한 것뿐인데, 실수는 자기네들이 해놓고 우리 보고 알아서 잘 하라니 어처구니가 없었다.

그후, 스피크스는 니슨처럼 일찌감치 공격과 방어 전략으로 언론을 다뤄야 한다고 결정했다. 물론 레이건이나 그 자신도 잘한 것은 없지만 말이다.

그는 중요한 질문에 대해서는 비아냥거리거나 모욕을 줌으로써 빗나가게 만들어 버렸다. 레이건 대통령이 결장암 진단을 받자 함구령이 떨어졌다. 스피크스는 기자들을 근처에 못 오게 하려고 최선을 다했으나 일과 관련해서는 어쩔 수 없었다.

1985년 레이건은 메릴랜드 주의 베데스다 해군병원에 정기검진을 받으러 입원했다. 의료진이 결장에 있는 조그마한 폴립을 제거하다 악성으로 의심되는 더 큰 폴립을 발견했다.

병원에 대기 중이던 우리에게 담당 의사가 소견을 발표했다.

"대통령은 암에 걸리셨습니다."

우리는 즉각 의료진과의 추가 취재를 위해 스피크스를 찾아 나섰다. 샘 도널슨과 나는 집요하게 스피크스에게 질문했다. 그는 잠시 넋을 잃더니만 동문서답을 했다.

"래리, 자네 매우 피곤한 모양이군."

스피크스에게 이렇게 말하자, 그는 언성을 높였다.

"내가 피곤한 게 아니라 단지 당신 기자들한테 피곤한 거야."

그 말은 순식간에 우리들 사이를 험악하게 만들고 말았다.

급기야 나도 맞받아 버렸다.

"그러면 대타를 내세워야 하지 않습니까?"

전투가 불을 뿜었다. 지금 생각해 보니 스피크스는 재임기간 동안 가능하면 말을 적게 해야 한다는 막중한 중압감에 시달리고 있었다.

스피크스는 1987년 백악관을 떠나 메릴린치 증권회사에 고액의 연봉을 받는 언론담당 부사장으로 자리를 잡았다. 레이건이 두 번째 임기를 시작할 무렵 일종의 폭로성 회고록을 쓰기 전까지 그는 아주 잘 나가는 사람이었다. 그 책에서 스피크스는 자신이 기자들을 속인 적이 있으며 레이건이 하지 않은 말을 했다고 한 적이 있다고 시인했다. 대통령의 생각이나 말 대신에 자신의 생각과 말을 사용하면 대개 공보관은 불행한 결말을 맞이한다.

자신의 책 『거리낌없이 말하다 : 백악관에서의 레이건 대통령 시절Speaking Out : The Reagan Presidency from Inside the White House』에서 스피크스는 레이건과 고르바초프의 정상회담에 관해 적고 있다.

나는 두 정상이 함께 대담을 나누면서 대통령께서 고르바초프에게 한 말을 윤색潤色해서 기자들에게 말해 주었다.

"우리를 갈라놓는 많은 것들이 있지만 우리가 여기서 함께 이야기를 나누고 있기 때문에 세계가 더욱 편안히 숨쉰다고 믿습니다."

CBS 수요일 저녁 뉴스 화면에 내가 먼저 나온 다음 크리스 월레스가 다음과 같이 보도했다.

"회담은 솔직했습니다. 대통령의 명언은 카메라가 비치고 있지 않은 사이에 나왔습니다. 보좌관들에 의하면 대통령은 '세계는 더욱 편안히 숨쉬고 있습니다. 왜냐하면 우리가 함께 이야기하고 있기 때문입니다'라고 말했다고 전합니다."

그의 책상에 놓인 액자에는 다음과 같은 말이 실려 있었다.

'여러분은 기사를 어떻게 다룰지 우리에게 말하지 않는다. 우리도 어떻게 써야 할지 말하지 않겠다.'

백악관 기자단은 특히 브리핑 도중 갑자기 박수를 쳐대는 그런 사람들이 아니다. 객관적으로 생각하여 그럴 만한 가치가 있는 일이라 생각되면 그런 관행은 얼마든지 깨질 수 있다. 1987년 1월 스피크스가 연단에 서서 말린 피츠워터를 자신의 후임자로 발표하던 날, 우리는 예외를 만들었다.

말린 피츠워터는 자신을 켄사스 주 출신의 '꼬마'라고 묘사했으나 20년 넘는 공직생활에 대해 빛나고 존경받는 진정한 전문인이었다. 백악관의 내부 권력에 접근하는 것이 가능했기에 우리들과 매우 솔직하게 일을 해나갔다. 피츠워터는 언론의 필요성을 인식했고 부시 대통령 시절에도 공보관직을 계속했을 때 우리는 그가 믿을 수 있는 사람이라는 것을 알았다.

사람들은 그에게 질문을 퍼부었다.

"왜 부시 대통령은 '참신한 얼굴'을 뽑지 않고 당신을 유임시켰을까요?"

"글쎄, 저도 잘 모르겠는데요. 아마 누군가가 얼굴을 줄 수만 있다면 저도 새 얼굴을 쓰겠어요. 정말이에요. 어때요, 영화배우 톰 셀렉이 좋을 것 같지 않아요?"

물론 우리는 때때로 다투기도 했다. 그 원인은 피츠워터가 브리핑을 싫어했기 때문이다. 그래서 우리는 계속해서 기자단에게 브리핑하는 일, 그게 바로 그의 본분임을 상기시켰다. 그래서 그의 회고록『브리핑 소집!Call the Briefing!』에서도 이렇게 서술하고 있다.

'백악관 기자단이 매일 아침 사자 떼처럼 몰려온다. 그들은 으르렁거리고 화를 내며, 잠을 자기도 하고 알랑거리기도 하다가 가끔 사랑도 한다. 그러나 그들은 항상 굶주려 있다. 비록 가장 점잖은 피조물의 모습이지만 아주 조그마한 자극에도 크게 분노한다.'

그는 6년 간 850회의 브리핑을 해냈다. 그리고 매번 브리핑을 끝낼 때마다 안도의 숨을 쉬는 그의 모습을 옆에서 느낄 수 있었다.

그는 에팔레치아 지역 위원회에서 공직을 시작해 1970년에서 1972년까지 닉슨 행정부의 교통부 장관 존 A. 볼프의 연설문 작성자로 일했다.

볼프는 자신의 연설문에 반드시 애국심, 국가에 대한 자부심, 대통령에 대한 지지, 종교적 신념, 가정의 역할, 직장과 삶에 있어 엄격한 태도의 필요성, 아내와 유머에 대한 애정, 그리고 투철한 직업윤리의 필요성, 이 여덟 가지 주제를 포함시키라고 했다고 한다.

이 여덟 가지 주제를 놓고 피츠워터가 볼프에게 물었다.

"교통문제는 어쩌고요?"

"그것도 넣어야지."

장관은 맞장구를 쳤다.

피츠워터는 1972년 환경보호국으로 자리를 옮겨 1980년까지 언론국장으로 일했다. 그후 도널드 리건 재무장관 휘하를 거쳐 1984년 백악관 부대변인으로 스피크스 밑에서 일했다. 1987년에는 부시 부통령의 대변인으로 일하다가 스피크스가 백악관을 떠나자 그가 스피크스의 자리를 맡게 된 것이었다. 제임스 브래디를 정식 대변인직으로 그대로 놔두게 하고 자신을 '대통령 홍보담당 보좌관'으로 임명토록 한 것은 그가 요구한 것이었다.

1987년 2월 2일, 그의 첫 브리핑이 시작됐다.

"대통령께서는 날씬하고 머리숱이 많은 앵커맨 타입의 대변인을 원하신 게 분명합니다."

공보관직을 시작하자마자 우리들에게 건넨 첫 마디였다.

이렇게 그는 세련된 유머 감각을 지녔을 뿐만 아니라 오랜 공직 생활을 통해 정부 내의 사정에 해박했으며, 대통령이 어떤 때 곤경에 빠지는지 잘 헤아리는, 통찰력을 두루 지닌 세련된 정치 감각의 소유자였다.

"제 입술을 똑똑히 보십시오. 절대로 더 이상 세금은 없습니다."

이 같은 유명한 대사를 부시 대통령이 발표하던 날 그는 내가 여태까지 본 것 중에서 가장 무디고 예리하지 않은 아주 미약한 성명을 발표했다. 기자들은 그 행간의 의미를 알아차리자 '세금 강화'로 재해석하기 시작했다.

때론 그도 실수를 저질렀다. 가장 유명한 실수는 그가 고르바초프를 '구멍가게 카우보이'라고 불렀던 사건이다. 그는 그 사건을 '자신의 일생 일대의 의도적이고 잘못된 최악의 실수였다'고 고백했다.

1989년 제임스 베이커 국무장관은 모스크바에서 소련의 핵무기 감축을 약속받고 귀국했다. 그러나 그 약속을 실행에 옮기는 게 문제였다. 5월 16일의 브리핑에서 ≪나이트 리더≫의 오웬 울만이 다음과 같은 질문을 했고 급기야 이런 일이 벌어지고 말았다.

> 울만: 말린, 고르바초프는 선거 후 뉴욕에서는 비핵무기 감축을,
> 그 다음에 플루토늄 공장 그리고 마지막으로 핵무기 감축을
> 베이커 장관에게 제안했습니다. 그리고 우리 대통령은 말이

아닌 행동을 요구했습니다. 대통령이 말한 '행동'에 반응이 있었습니까?

피츠워터 : 저는 고르바초프가 여기서 PR의 진수를 보이고 있다고 생각합니다. 미국은 소련과의 관계에 대해 매우 주의 깊고 면밀하게 연구해 왔고 대통령께서는 지난 40년 간 미국이 소련을 바라보던 방식을 기꺼이 변화시켜 보겠다고 말씀하셨습니다. 그리고 그렇게 하기 위해서 점진적으로 주도적 역할을 수행할 것입니다. 저희는 그걸 조심스러운 접근 방식이라는 것을 인정하면서 이렇게 비유하고 싶군요. 처음에는 '구멍가게 카우보이' 같은 스타일을 벗어 던지고 그 다음에는 무기 감축안을 제안하고 그 다음에는 또 다른 것을……(하략).

피츠워터는 사무실 안으로 돌아왔다. 그러나 숨을 만한 곳이 없었다. 그리고 그가 나중에 기술했듯 자신이 대통령과 기자들에게 무엇을 말했으며 왜 그랬는지 그리고 자신이 그만 실수를 저질렀다고 대통령께 사실을 보고해야 한다는 것을 알아차렸다. 방문이 열리자 기자들이 악을 쓰기 시작했다.

"어디서 '구멍가게 카우보이'란 말을 주워 들었습니까?"

'구멍가게 카우보이'라고 언급한 것만이 피츠워터가 재임 중에 저지른 실수는 아니었다. 그는 로스 페로를 '위험하고 파괴적인 인물'이라고 했고 엘 고어를 '극단주의적 환경운동가' 심지어 '매국노'라고까지 말해 클린턴 진영을 발끈하게 했다.

제임스 베이커 국무장관이 선거유세의 총책임을 맡을 것이라는 소문이 돌자 공보관 피츠워터는 '아직 결정된 바 없다'며 우리에게 딱 잘라 말했다. 단지 추측일 뿐이라는 것이다.

그 자신도 베이커의 등장을 알고 있었고, 기자들도 모두 알고 있었다. 그러나 그것은 게임의 한 부분이었고 우리 모두 그를 상대로 그 게임에 같이 어울려야 했다.

어느 공보관에게나 가장 큰 시련은 '미국이 군사 개입을 시작했을 때'라는 점을 나는 믿어 의심치 않는다. 피츠워터에게는 걸프전이 가장 큰 시련이었다. 미 공군 폭격기가 이라크를 공습하고 있을 때 우리는 목표물에 초점을 맞췄다. 피츠워터는 자세하고 또 자세하게 성명을 발표하고 또 발표하며 밤낮으로 브리핑을 해대고 있었다. 이 게임은 부시 대통령이 정확히 언제 전쟁을 시작하느냐가 문제였다. 그때 세 가지 설이 나돌았다. 우리가 그의 책상을 에워싸고 어느 설이 맞느냐고 대답을 요구하자 꿈쩍도 않던 말린 피츠워터는 손을 가로저으며 말했다.

"원하는 걸 고르세요, 저도 그걸로 밀어드릴께요."

피츠워터는 결코 안심할 인물은 아니었다. 문제는 우리가 취재 내용이나 정보를 확인하기 위해서 그에게 찾아가면 이미 그는 사라진 상태였다는 점이다.

그는 1990년 어느 인터뷰에서 말했다.

"국민의 알 권리는 헌법에 보장되어 있습니다. 하지만 헌법에 언제 국민들이 알아야 하는지 나와 있지 않습니다."

전쟁을 치르며 그가 나름대로 세운 원칙이었음에 분명하다.

"나를 찾을 수 없을 때는 내가 나타나기를 원하지 않을 때다. 그 무엇보다 침묵이, 내가 가진 유일한 무기였다. 나는 침묵을 매우 신중하게 사용했다."

하지만 그는 또 한 차례 실수를 저질렀다. 그것은 우리 기자들을 향해서이다. 부시 대통령의 오클라호마 유세가 한창일 때 우리는 기사 송고실에서 부시의 연설을 듣고 있었다. 피츠워터는 기자들이 송고실이 아닌 연설 현장에 있어야 한다는 생각이 들어서인지 화를 내기 시작했다.

그는 AP의 리타 비미시와 ABC의 캐서린 데라스키를 보고는 빈정거리는 언사를 퍼붓기 시작했다.

"당신들 같이 게을러터진 작자들은 아주 신물이 나. 빨리 나가서 취재나 하시지 그래."

그들은 곧바로 기자들이 모두 모여 있는 송고실에 와서 말린이 우리더러 '게을러터진 작자들'이라고 매도했다고 일러바쳤다. 물론 그의 기자단 모욕 사건은 선거유세에 대한 소식을 제치고 그 날의 빅 뉴스로 기록되었다. 그가 사과함으로써 사건은 일단락되었으나 그는 자서전에 이렇게 적고 있다.

"오후 6시, 머리를 조아리고 싹싹 빌었다. 대통령을 위해 참았다. 하지만 그런 사실이 나를 더욱 우울하게 만들었다."

내가 피츠워터에 대해 느꼈던 감정은 대부분의 전문가들에게서 풍기는 그것과 다르지 않았다. 그는 솔직하고 침착했으며 아주 진지하게 일을 처리했다. 나는 그가 시거를 물고 있는 모습이라든지 엄청나게 많은 그의 모자들을, 기분 좋은 추억으로 기억할 것이다. 그는 피부암 선고를 받은 후인 1971년부터 모자를 쓰기 시작했고 또한 이때부터 모자를 수집하기 시작했다. 그의 체중과의 전쟁 또한 계속되었다.

다음은 AP 특파원이었던 브리트 흄의 말린 피츠워터에 대한 무용담(?)이다. 이 무용담을 들으면 클린턴 대통령이 인스턴트 음식을 좋아하는 백악관의 첫 번째 단골고객은 아니라는 사실을 알게 될 것이다.

베니스 경제정상회담 때의 일이다. 우리가 근사한 이탈리아 요리를 게걸스럽게 먹고 있을 때 말린 피츠워터는 좀더 간단하고 수수한 음식을 찾아 나섰다. 그는 패스트푸드점 '웬디스'에서 식사를 해결했는데 그 후에도 그는 종종 그 곳을 이용했다. 그는 걸프전 때에도 여전히 수수한 음식들을 찾아다녔는데 후에 '미국은 내 허리 사이즈를 희생시켰다'고 너스레를 떨었다.

말린 피츠워터의 저서 뒷면을 장식한 사진은 한동안 기자실에 걸려 있던 것이다. 그는 나에게 전화를 걸어 그 사진을 사용할 수 있는지 물어왔다. 그로서는 전례에 없던 일이었다. 그리고 나에게도 사진을 복사해서 하나 보내 주기까지 했다.

그것은 창문 밖의 나와 창문 안의 그가 서로 쳐다보는 사진이었다. 보내 준 사진에 그는 다음과 같이 썼다.

'몰래 엿보는 헬렌 토머스 귀하, 아주 멋진 10년이었습니다.'

1998년 6월 나는 뉴햄프셔 주 프랭클린 피어스 대학에 새로이 문을 연 말린 피츠워터 언론센터를 기념하기 위해 초대됐다. 나는 그를 악의 없는 농담으로 들쑤셔댔다. 그는 이야기들을 아무렇지 않은 듯 잘 받아 주었다.

"말린 피츠워터가 학생들에게 언론학을 가르치다니, 설마 농담이겠죠."

다시 말문을 열었다.

"공보관으로서 그는 항상 우리들에게 속삭이듯 말했어요. 나는 그가 자신이 말하는 것을 우리가 못 듣게 하려고 일부러 그런다고 생각했었습니다. 그리고 아주 솔직히 말하자면 그의 말을 믿을 수 없었던 때도 있었습니다. 그러나 그는 결코 한 번도 거짓을 고의적으로 말한 적은 없었다고 확신할 수 있습니다. 저는 말린이 결코 언론을 길들이거나, 조작하고 또한 조정하려 들지 않았다는 것을 말하려고 오늘 이 자리에 섰습니다. 그는 그것을 기피했습니다. 그는 그 어려운 상황하에서도 평정을 유지했습니다. 물론 매일매일이 어려운 상황의 연속이었습니다. 그러나 그의 회고록 『브리핑 소집!』에서 그는 기자들에게 복수를 했답니다."

첫 여성 공보관, 디 디 마이어스

디 디 마이어스가 백악관의 첫 여성 공보관으로서 연단에 서기까지는 결코 쉬운 일이 아니었다. 그녀가 연단에 선다고 해서 백악관이 무너지는 것은 아닌데 말이다.

마이어스는 캘리포니아 발렌시아 출신으로 1983년 산타클라라 대학교를 졸업했다. 캘리포니아에 있는 몇몇 민주당 선거팀 언론담당 보좌관으로 일하다가 1991년 12월 클린턴 선거팀에 합류했다. 그리고 제니퍼 플라워스, 병역 기피 논란, 마약 복용혐의 외에도 후보와 관련된 문제들로 가득 찬 상처뿐인 선거유세가 끝난 후, 그녀는 공보관이라는 직함을 가지고 백악관에 들어왔다.

공보관은 통상적으로 대통령 보좌관 급이다. 그러나 그녀는 부보좌관으로 분류되었다. 그녀의 임금 등급은 자신과 같은 등급의 다른 사람들보다 한 단계 낮았다. 당연히 그녀는 적은 보수를 받았다. 그녀는 통상적으로 공보관에게 주어지는, 벽난로가 있고 한쪽 벽면은 TV들로 가득 찬 사무실을 배정받지 못했다. 그녀는 또한 매일 언론 브리핑을 하거나 공보관과 관련된 일을 해야 할 책임도 없었다. 한 마디로 그녀는 별 볼일 없는 대우를 받았던 것이다.

어떤 일에서 '첫 번째 여성'이 된다는 것은 험난한 일이다. 나는 마이어스가 불필요한 장애 속에서 일했다고 생각한다. 그녀는 권력구조의 한 부분이 될 자격이 있었다. 그러나 그녀 자신이 중심에서 소외되어 있음을 발견했고 중대 실수가 터지기만 하면 그 목표물이 된다는 것을 알게 되었다.

다음 나열한 것은 그녀가 저지른, 그러나 저지를 수밖에 없는 실수들이었다. 이것들은 모두 그녀가 정보로부터 소외된 탓이다.

• 토머스 '마크' 맥러티가 비서실장에서 물러나고 그 자리에 레온 파네타가 들어가기 전 주말 클린턴은 맥러티, 파네타 그리고 엘 고어 부통령을 캠프 데이비드로 불러 인사문제에 대해 논의했다. 그 누구도 클린턴이 캠프 데이비드에서 누구를 만났는지 마이어스에게 말해주지 않았다. 그래서 그녀는 대통령이 그 누구와도 만나지 않았다고 기자들에게 말할 수밖에 없었다.

• 힐러리 클린턴이 노르웨이 동계올림픽에 미국 대표로 참석할 것이라는 발표가 있기 하루 전 마이어스는 그녀의 노르웨이 행을 부인했다.

• 그녀는 부시 대통령에 대한 이라크의 암살 기도 사건에 대해 클린턴이 보고 받지 않았다는 사실을 몰랐다. 그리고 클린턴이 대 이라크 공습을 선언하기 바로 전 주말에 뉴스거리가 없다고 말한 것을 인정해야 했다.

나는 그녀에게 정보를 알고 있게끔 해야 했던 대통령을 비난하고 싶었다. 1993년 5월 3일 《피플》에 실린 마이어스에 관한 기사에서 나는 밝혔다.

"우리는 그녀를 좋아한다. 우리는 그녀가 진정 얼마나 대통령과 가까운지 알 필요가 있다."

그 기사에 대해서 마이어스는 다음과 같이 응수했다.

"내가 왜 그 자리에 끼지 못했는지 물어보는 것은 워싱턴에서만 있을 법한 질문이다. 나의 위치가 어디이든 백악관이라는 조직에서는 문제가 되지 않는다."

1993년 5월 클린턴의 지지율이 36%로 떨어졌다. 이는 같은 기간 어느 역대 대통령보다 낮은 수치였고 국민의 50% 정도가 그의 정책을 반대했다. 클린턴은 수주 동안 정치적 공격을 받은 후 지위 고하를 막론하고 그의 참모들을 재평가하라는 지시를 내렸으며 개편을 단행했다.

위싱턴의 많은 사람들이 이에 놀라고 충격을 받았다. 클린턴은 충직한 공화당원이자 세 번이나 정부에서 일한 경력이 있는 데이비드 절겐을 제일의 유격대원으로 뽑았다. 절겐은 ≪U.S. 뉴스 앤 월드 리포트≫의 편집장으로 일했을 때 클린턴이 좌파로 치우치고 있다고 비난했던 사람이다.

절겐은 대통령 고문이라는 새로운 역할을 맡으면서 언론국의 모든 업무를 인수했다. 그는 말했다.

"클린턴이 초당적이며 공정한 정부를 이끌기를 원한다고 확신하기에 일을 맡았다."

마침내 마이어스는 원래 하기로 했던 일을 시작했다. 그리고 매일 연단에 섰다. 반면에 절겐은 기자단과 벌어진 틈을 회복시키려 했다. 그의 사무실은 원래 구내 이발소가 있었던 지하에 위치해 있었다. 그러나 그의 손길이 닿지 않는 곳이 없었다. 영리한 그는 위싱턴이 어떻게 돌아가는지 제대로 파악함으로써 어느 정도 확신을 주는 인물이었다.

그는 6월 17일 클린턴이 처음으로 주요 방송 시간대에 기자회견을 가질 수 있도록 주선했다. 그는 심지어 대통령이 회견시간에 늦지 않도록 최선의 노력을 다했다.

그는 참모진이 참석하는 모든 회의에 참석했으며 대통령에게 직접 보고를 했다. 그러나 사실상 클린턴은 대통령 자신의 소신을 전하는 데 그의 직함을 도구로 이용하여 이해시키고자 했고, 지지율이 떨어져 흔들리는 행정부를 재정립시키는 데 기여토록 했다. 그 또한 유효 적절하게 클린턴이 정치적으로 올바른 방향으로 가도록 도움을 주었다.

그는 막후에서 중요한 역할을 했다. 민주당 내에는 그의 이런 모습이 얼마나 같지 궁금해하는 이들이 많았으며 그를 신뢰하지 않는 사람들도 많았다. 그리고 그를 궁극적으로 몰아내는 데 성공한 근위대도 있었다.

의사소통이 좀 원활해지긴 했으나 백악관은 여전히 혼란스러웠다. 기강이 해이해졌고 혼란 상태가 계속됐다.

1994년 6월 두 번째 대언론 유격대원으로 전 캘리포니아 출신 하원의원이며 예산 운영국 책임자였던 현 비서실장 레옹 파네타가 들어섰다. 마이어스는 파네타가 자신을 대신할 것이라는 것을 감지하고 클린턴에게 계속 백악관에 머무르고 싶다고 호소했다. 클린턴은 파네타를 제치고 마이어스가 12월까지 계속 일을 할 수 있도록 해주었다.

그러나 클린턴의 내부 집단으로부터 더 많은 정보를 얻으려고 안간힘을 쓰던 그녀는 결국 좌절하고 말았으며 결국 1994년 12월 22일 그녀는 마지막 브리핑을 가졌다.

마이어스는 그 자리에서 자신의 후임자를 위한 충고의 말을 남겼다.

'유머감각을 가질 것, 결코 심각하게 받아들이지 말 것.'

그러고는 빈정거리는 말도 잊지 않았다.

'기자단은 한 마디로 웃기는 사람들이다.'

후에 그녀는 <데이비드 레터맨 쇼>에 출연하여 앞으로 일하면서 전혀 보고 싶지 않은 열 가지를 말했다.

열 번째, 헬렌 토머스(내가 '첫 번째일 줄 알았는데'라고 말하자 그녀는 '잠시 기다리세요'라고 했다).

아홉 번째, 공군 1호기의 음식.

여덟 번째, 24시간 울리는 호출기, 밤 늦은 전화, 그리고 이른 새벽 걸려오는 여자 전화.

일곱 번째, 사라 맥클렌든의 부드럽고 조용하고 사려 깊은 '신문'.

여섯 번째, 내 사적인 바쁜 일들이 공적인 일들을 종종 어렵게 만들었다는 사실. 그리고 여러분 모두에게 바삐 걸려오는 전화.

다섯 번째, 지국장들, 편집국장들, 그리고 특히 1면 머릿기사를 쓰는 기자들.

네 번째, 기자회견 중 질문하면서 낱말 찾기를 동시에 할 수 있는 모 방송사 특파원의 아슬아슬한 집중력(ABC의 브리트 흄). 그는 지금도 계속하고 있다.

세 번째, 브리핑에 늦지 않기 위해 매일 치르는 난리 법석(그녀의 상관처럼 마이어스도 브리핑에 매일 지각했다).

두 번째, "제가 헬렌 토머스를 말했던가요?"

마지막으로, 내가 그리워하지 않을 첫 번째 것은 지금까지 말한 것 전부입니다.

나는 그녀가 공평한 대접을 받았다고 생각하지 않는다. 늙은 남자들의 인맥이 그녀를 소외시켰다는 생각이 들지 않을 수 없었다. 그녀는 자신이 '아직도 남성 중심인 일'을 차지했었고 '많이 나아지긴 했지만 여성이 완전히 평등한 대접을 받기에는 갈 길이 아직 멀다'고 실토했다.

그러나 마이어스가 ≪배너티 페어≫와의 인터뷰에서 우리 기자단을 '짐승들'이라고 부른 것은 이해할 수 없었다. 그녀는 백악관을 떠난 후 곧 바로 ≪배너티 페어≫ 편집장을 맡았다. 그리고 CNBC의 대담프로에 부시의 재선거 부국장이었던 메이 마털린과 공동사회를 보았다.

남캘리포니아 주 찰스톤 출신으로 프리스턴 대학, 조지워싱턴 대학에서 공부한 마크 맥컬리가 마이어스의 뒤를 이었다. 그는 일을 맡기 전 두 가지 조건을 내세웠다. 그것은 바로 대통령을 수시로 만날 수 있어야 한다는 것, 아침 7시 30분에 열리는 참모회의를 포함한 백악관의 모든 회의에 참석할 수 있는 권한을 내세웠다.

클린턴이 대통령에 당선되자 워런 크리스토퍼 국무장관은 그를 대변인에 임명했다. 그는 재임기간 동안 항상 대단한 언변으로 기자들과 맞섰다. 우리는 1995년 1월 클린턴이 그를 대신할 새 공보관을 소개하던 날에도 맥컬리의 재치를 엿볼 수 있었다.

한 기자가 맥컬리와 케리 브라운 의원 간의 친분을 염두에 두고 그에게 물었다.

"갈 자리는 마련했는가?"

"글쎄요, 여기 계신 모든 분들께서도 말씀하셨듯이 저는 제 인생에 있어서 많은 패자들과 일해왔습니다."

그렇게 말하고는 잠시 멈칫하다가 다시 기세를 높였다.

"승자와 일해 보니 역시 좋군요. 그럴 수 있게 저를 키워주셔서 감사합니다."

그는 유연하면서도 명료하고 재치 있게 대답하여 멀리서 듣고 있는 사람들에게까지 깊은 인상을 남겼다.

맥컬리는 처음 백악관 기자실에 새로운 분위기를 가져왔다. 나는 기자실에서 모욕당하는 데 지쳐 있다고 그에게 말한 적이 있다.

"그런 자들은 여기에 더 이상 얼씬거리지 못하게 할 겁니다."

그는 이렇게 말했고 그 약속을 지켰다.

그는 기자들을 '침입자'라고 비방하거나 적대시하지 않는 참모들을 대동했다. 예전에 비하면 그것은 신선한 변화였다.

그러나 다른 역대 공보관들과 마찬가지로 그 역시 기자단과 신경전을 벌였다. 그는 고위 보좌관들이 만들어 놓은 제한된 범위 안에서만 기자들이 일하도록 적응시키려고 애썼다. 그 고위 보좌관들은 대개 '그 날의 뉴스'를 임의로 정해 놓고 정작 우리가 뉴스거리라고 생각되는 것들로부터는 우리와 격리시키려 했다.

그에게 있어 시련은 '모니카 르윈스키 사건'이 터지면서 시작됐다. 맥컬리는 아예 백악관 내부의 정보 집단에서 빠져 나와 아무것도 모르는 상태를 계속 유지함으로써 그 일에 관한 한 철저하게 침묵을 지킬 수 있었다. 그 역시 클린턴이 침묵을 전략으로 내세운 것을 잘 알고 있었던 것이다. 그리고 동시에 대통령의 주장과 생각이 변호사의 손에 달리게 되자 '악을 보지도, 듣지도 말라'는 자기방어적인 입장을 취하게 된 것이다. 르윈스키와 관련된 모든 대화 자체를 기피하던 1998년 1월 30일, 그는 우리에게 말했다.

"저는 그저께 말한 것처럼 어제 보도자료로 답변을 대신하겠습니다."

그래서 그는 당시 백악관 내부에서 일고 있었던 소위 기자들로부터 '소환의 홍수'를 피할 수 있었다.

그는 1998년 7월 23일 자신의 사임을 발표하는 자리에서 그간의 사정에 대해 얘기했다.

"그것은 나 자신을 위해서나 대통령 참모조직, 그리고 클린턴 대통령에게도 좋은 방법이었습니다."

그는 자주 발뺌을 한다고 비난을 받았으나 끔찍한 상황을 자신에게 매우 유리하도록 돌려 놓을 줄 알았다. 스캔들이 터지자 방송국들은 기자실의 오후 브리핑을 내보내기 시작했다. 때로 그는 클린턴의 정책제안을 설명할 많은 관리들을 대동했는데, 특히 학교 개선계획에 대한 어수선한 회견이 끝나자 그는 웃으면서 말했다.

"방송을 끄라고 하세요. 지금 정규방송으로 다시 돌아갑니다."

대통령의 성추문에 대한 많은 주장과 폭로들을 일일이 설명하는

게 불가능할 지경에 이르게 되었다.

맥컬리는 르윈스키 사건에 대한 배심원의 증언이 연일 계속되는 동안 자신의 사임을 결정했다. 클린턴 대통령은 7월 23일 연단에 나와 다음과 같이 발표했다.

"오랫동안 기다려 왔던 반란이 마침내 기자실에서 일어났군요. 제가 인사 문제를 직접 발표하는 것은 드문 일입니다."

클린턴 대통령은 '앞으로 공보관들을 평가하는 잣대가 될 것'이라고 맥컬리를 평했다. 내가 봐도 그렇게 되리라 생각했다. 그러나 맥컬리는 직업 중에서 가장 어려운 자리인 공보관직을 맡을 사람에게 가장 중요한 것이 뭐라고 생각하느냐는 질문에 다음과 같이 응답했다.

"가장 중요시되는 문제를 항상 주시할 것, 공보관의 첫 번째이자 가장 중요한 책무는 '진실'과 '국민'임을 명심할 것, 그리고 국민 모두에게 그 점을 빨리 알게 할 것. 그런 식으로 국민들을 즐겁게 할 수 있다면 그보다 더 좋을 수는 없을 겁니다."

1998년 10월 1일 케네스 스타 특별검사는 클린턴의 탄핵안을 의회에 제출했다. 클린턴이 8월 중 르윈스키와 '부적절한 관계'를 가졌다고 시인한 데에 위증과 은폐의 의혹이 있었기 때문이라는 것이다.

하원 법사위원회는 전면적인 탄핵 심의를 개시할 것인가, 이를 결정하기 위해 여러 가지 증언을 토대로 검토 중이었다. 그리고 539번째의 브리핑 후 마크 맥컬리는 드디어 설전에서 빠져 나오고 있었다.

그는 기자단과의 마지막 회견에서 클린턴이 시인하기 전까지 7개월 동안 성추문 사건에 대한 정보로부터 자기 자신을 멀리한 이유를 밝혔다.

"매일 이 나쁜 머리 속에 들어오는 엄청난 정보 가운데 모니카 르윈스키와 관련되고 대통령의 변호사 고객 특권조항을 위협하는 문제들은 제외시켜 버렸습니다. 대통령이 취할 행동을 직접적으로 알지 못했습니다. 여러분은 저에게 대통령이 취할 행동은 무엇이냐고 물어 보셨습니다. 내가 대통령으로부터 그 대답을 들었다면 그는 사실상 자신의 변호사 고객 특권조항을 박탈당했을 것입니다. 저는 소환을 당하고 대통령은 스타 검사에게 꼼짝 못하는 신세가 되었을 겁니다. 1월에 그 사건이 터지자 제가 결심한 것은 여러분에게 거짓말을 하고 여러분을 오도하던 전임자들의 전철前轍을 밟지 말자는 것이었습니다. 그런 면이 여러분을 어려운 입장에 빠지게 만들었다는 것을 잘 압니다. 그러나 의식적으로 여러분을 오도하는 것보다는 그게 낫습니다. 솔직히 말하자면 대통령은 때론 제게 잘못된 정보를 주었지요, 결과적으로 여러분도 때때로 오도를 당해야 했지요, 그래서 제가 지금 이 자리에 이렇게 섰습니다. 그러나 대통령은 결국 시인을 했습니다. 여러분도 아시다시피 제가 언제 여러분을 틀린 방향으로 몰고 가던가요? 그런 적은 없었습니다. 저는 그 점을 확신합니다."

조 록할트로 넘어가 보자.

39세로 언론인 가정에서 태어난(부모 모두 NBC 뉴스에서 근무했다) 그는 방송기자 출신이다. 1996년 재선 유세 때 공보관을 역임한 부르스 스프링스틴과 마찬가지로 뉴욕 메츠 야구팀의 팬이었다. 그의 전임자들처럼 백악관을 둘러싼 스캔들을 완화시키기 위해 그는 유머에 의존하는 듯 보였고 아직까지는 잘 했다.

1998년 9월에는 모스크바 방문길에 늦잠을 자다 아일랜드의 벨파스트로 향하던 공군 1호기를 놓치고 말았다. 뒤늦게 일행을 쫓아온 그는 8월에 있은 클린턴의 TV 연설을 흉내낸 것에 대해 사과를 했다.

"제 모든 행동에 책임을 지겠습니다. 깊이 반성합니다."

그는 편치 않은 공보관 자리를 이어받았다. 무엇보다도 그는 미묘한 곳인 백악관에서 참신하고 솔직하게 일을 다루는 직설적인 인물이었다. 지금까지도 나는 존슨과 닉슨 행정부를 각각 거치면서 부대변인으로 일했던 내 특별한 친구들인 톰 존슨과 닐 볼을 만나곤 한다.

모든 공보관들은 최악의 상태에서 걸려들기 마련인 덫에 대해서는 잘 알려고 하지 않는다. 단지 최선을 다하겠다는 의도로 자신이 맡은 일을 수행하려고 한다. 고자세의 콧대 높은 대변인일지라도 위험한 짓을 저지르면 불가피한 상황에 처하기 쉽다. 요점은 바로 이것이다. 아무도 대통령 자신보다 대통령을 더 잘 대변하지 못한다.

대통령의 주례회견은 공보관을 포함한 모두에게 이상적인 득得이 될 수 있다. 대통령이 기자들의 질문에 답변하는 기회를 통해 자신의 정책 강령을 설명할 수 있는 기회의 장으로 삼을 수 있다. 몇몇 대통령들은, 언론과 국민이 자신들에게 뭘 요구하는지 알 수 있기에 유익할 것이라는 견해를 밝혔다.

그 동안 나와 대결을 했던 공보관들도 내 의견에 동의할 것이라고 생각한다. 대통령이 기자실 연단 위에서 질문에 대답하고 공보관은 그 옆에 서 있게 될 때, 나는 자주 공보관들의 안도하는 모습을 지켜볼 수 있었기 때문이다. 그들의 얼굴에는 '대통령이 직접 자신을 대변하는데 무슨 말이 더 필요하느냐'는 식의 표정이 담겨 있었다.

말린 피츠워터는 다음과 같이 말했다.

"대통령 대변인은 세상에서 가장 멋진 직책이다. 그리고 대통령이 얼마나 큰 어려움에 처해 있느냐에 상관없이 해볼 만한 일이다. 자, 이제 당신은 일하다 죽을지도 모른다. 혹 그것이 덫이 되어 당신의 인생과 명예를 망쳐놓을지도 모른다. 그러나 진정 당신의 인생에 있어 가장 근사한 경험을 하게 될 것이다."

제 9 장

하늘을 나는 백악관

백악관 집무실 다음으로, 나는 이것(대통령 전용기)이 정
말 미국 권력의 상징물이라고 생각한다.
— 말린 피츠워터

샘SAM에 관한 추억

나는 '샘SAM'을 그리워할 것 같다. 좋을 때건, 나쁠 때건 샘은 늘 나의 일과 함께 했다. 거대하고 위풍당당한, 특히 해질 무렵 지는 해의 마지막 광선이 반사될 때 위엄 있게 서 있던 샘의 모습을 잊지 못한다.

대통령 전용기로 더 알려진 샘Special Air Mission 26000은 케네디 →존슨→닉슨을 태운 보잉 707기이다. 이것은 최초의 대통령 전용 제트기였다. 또 다른 비행기 샘 27000은 포드→카터→레이건이 사용했다. 이 두 비행기 모두 동시에 대체 비행기를 갖추고 있었다.

'샘 26000'은 공군에서 유지비가 많이 든다는 이유로 1998년 은퇴시켰다. 그러나 그 때까지 그 비행기는 다양한 임무를 가지고 있었다. 국무장관 헨리 키신저가 베트남전쟁 때 공산 베트남 각료와 13 번째 마지막 비밀회의를 하러갈 때 사용했으며 또한 이스라엘 수상 골다 메이어의 장례식차 미국 대표단도 수송했다.

1963년 11월 22일 저격당한 케네디 대통령의 시신도 옮겼고 새 대통령의 취임선서 장소로도 사용됐다. '샘 27000'은 닉슨 대통령이 1972년 중국에 갈 때도 그를 태웠고, 닉슨의 불명예스런 퇴임 후 캘리포니아의 집으로 돌아가는 그를 데려다 주었다.

종종 샘 26000을 사용해 온 부통령 엘 고어는 1997년 2백 명의 대표단을 이끌고 58개국을 순방했고, 영국의 조차지租借地였던 홍콩을 중국에 반환하는 행사에 참석하기 위해서 여성 국무장관 매들레인 올브라이트를 태우고 홍콩으로 날아가기도 했다. 그것이 샘 26000의 마지막 운항이었다.

프랭클린 루스벨트 정부 이래, 많은 비행기가 대통령 전용기로 사용됐다. 루스벨트는 일반 비행기로 여행한 최초의 대통령이었다.

그는 영국 수상 윈스턴 처칠을 비롯한 연합국 정상들과 회담하기 위해 마이에미에서 카사블랑카로 여행할 때 PAWA항공사에서 제공한 '하늘을 나는 배'라고 불리는 딕시 클리퍼를 처음 탔다. 첫 여행이었다.

제리 홀스트와 랄프 올베르타지 대령은 그들의 저서 『하늘을 나는 백악관The Flying White House』에서 그 여행이 역사적으로 중요했으며 대통령 직위와 항공의 미래에 중요한 역할을 했다고 적고 있다. 이로써 미합중국의 대통령을 수송하는 특별하고도 중요한 비행기가 적어도 한 대는 있어야 한다는 의견을 형성시켰다.

이후 비행기들이 특수한 임무를 띠고 대통령들을 세계 구석구석으로 실어 날랐다. 특수한 임무를 띤 비행기는 대통령이 보다 손쉽게 그 곳에 이르게 했다.

예를 들어 그 전에는 3번이나 비행기를 갈아타고, 4번이나 적도를 지나 결국 90시간이 걸려야 도착할 수 있었던 워싱턴과 카사블랑카 사이를 불과 7시간 만에 도착할 수 있었던 것이다.

대통령 전용기의 대명사로 알려진 '에어포스 원Air Force One'은 비행기의 이름이 아니라 대통령 수송기의 라디오 콜사인이다. 루스벨트의 공식 비행기가 된 더글러스 DC-4는 '새크리드 카우'라고 불렸고, 대체 비행기는 '게스 웨어 II'로 명명되었다. 그런가 하면 해리 트루먼이 사용한 더글러스 DC-6은 '인디펜던스'라고 불렸다.

존 F. 케네디는 더글러스 DC-6을 사용했는데 그때 보잉 707 — 샘 26000 — 이 대통령 전용기로 사용되었다. 케네디는 비행기만의 독특한 외모가 필요하다고 생각해, 재키의 도움을 받았다.

그녀는 디자이너 레이먼드 로위에게 장식을 의뢰했는데, 그는 전통적인 군용기호를 없애고, 청색과 흰색을 넣어 비행기 동체 양면에 'United States of America'라는 글을 넣었고, 꼬리 부분에 성조기를 그려 넣었다. 비행기 안은 대통령 가족의 안락함을 우선으로 해서 거실, 침실, 욕실, 사무실 그리고 회의실 등을 꾸몄다. 방 하나는 두 가지 용도로 쓸 수 있도록 했는데 의무실로도 사용할 수 있도록 했다.

존슨이 대통령이 됐을 때, 그는 내부장식을 그의 취향대로 바꾸었다. 그 비행기는 40명 정도 수용할 수 있었는데, 그는 12명 정도 더 수용할 수 있는 공간을 원했다. 그는 의자를 거꾸로 놓아 칸막이를 향하게 했다. 벚나무 판막을 뜯어 투명한 플라스틱 칸막이를 설치했다. 비밀경호원들이 '왕좌'라고 부르는 버튼을 누르면 위아래로 오르내리게 할 수 있는 의자를 갖다 놓았으며 전화받침대가 있는 커다란 양과처럼 생긴 책상을 가져다 놓았다.

존슨은 기내에서 거의 대부분 기사화하지 않을 것을 전제로 한 기자회견을 좋아했는데, 그는 여러 번 술을 마시며 다리를 테이블 위에 올려놓고는 공보담당관 조지 리디에게 명령했다.

"녀석들을 데려오라."

그때 우리는 빈정대며 말했다.

"우리들 모두 녀석들만 있는 것은 아니랍니다."

나는 전용기를 타고 존슨의 여행에 두 번을 더 동행한 적이 있다.

한 번은 1968년 재선에 출마하지 않겠다고 발표한 후 시카고로 여행할 때이고, 다른 한 번은 닉슨 취임 후 워싱턴에서 고향 텍사스로 돌아갈 때였다. 그는 여러 번 고향에 대해 말한 적 있다.

"텍사스는 내가 아플 때 알아주는 곳이고 내가 죽으면 돌보아 줄 곳입니다."

첫 번째 여행 때의 일이다. 전날 밤 충격적인 발표를 한 터라 우리는 그가 먼저 자진해서 이야기를 꺼내주기를 바랐다. 우리는 거의 아무 말도 들을 수가 없었다. 교통 혼잡으로 우리가 탄 셔틀버스가 공항에 늦게 도착했기 때문이다. 존슨의 기분이 좋아 보였다. 그는 우리 몇몇을 점심 식사에 초대했다.

식사 후 우리는 그에게 마음이 편안한 지를 물었다.

"네, 그래요. 날 특별하다거나 보도 가치가 있다거나 생각하진 않아요. 특히 중요한 사안에 대해 많은 시청자들에게 이야기할 때면 긴장되지요."

그는 이어서 베트남 사태에 대한 견해도 밝혔는데, 베트남 사태가 국가의 국론을 분열시켰는지, 그 분열에 대해 이해하지 못하겠다는 말도 덧붙였다.

프랭클린 루스벨트와 아이젠하워 대통령에 대한 이야기도 했다.

"그들은 누구보다도 비난을 많이 받았다. 나는 아이젠하워가 너무 평가 절하되었다고 생각한다. 그는 자신이나 당의 관점으로 일을 처리하지 않았다. 나는 학교에서 분별 있는 사람이 되도록 교육을 받았다. 우리들은 우리의 대통령에 대해 공정치 못하다고 생각한다. 트루먼 역시 제대로 인정받지 못했다. 내가 한 일은 트루먼의 아이디어 바구니에서 나온 것이다. 의료 복지가 그 예이다."

그는 자신의 부정적인 이미지와 언론 보도에 대해서도 말을 이었다. 물론 불만스런 말들이다. 마지막으로 앞으로의 그의 인생에 대한 언급도 잊지 않았다.

"나는 충만하고 행복한 삶을 살 것이다. 나라를 위해 국민을 위해, 당신들 모두를 위해, 노력할 것이다."

비행기가 착륙했을 때 나는 존슨에게 그가 전국 방송인협회에서 행한 연설문에 사인을 해달라고 요청했다. 그는 응했고 개인적인 메모까지 덧붙였다. 다른 기자들도 비슷한 문서에 그의 사인을 받으려고 내밀었고, 그는 비행기가 떠나기 전 우리 모두와 악수했다.

시카고에서 워싱턴까지는 비교적 짧은 거리이다. 그러나 그 날,

나는 1백만 마일을 여행한 것보다 더 길게 느껴졌다. 나는 대통령들 혹은 그들의 보좌관으로부터 그러한 솔직함을 기대하지 말 것을 배웠다. 이러한 존슨의 모습을 보는 것은 나에게는 의외의 일이었다.

1969년 1월 취임식 후, 닉슨은 존슨의 가족들이 텍사스로 돌아가는 데 전용기를 이용하도록 조치했다. AP의 소울 펫과 나는 목장에서의 새롭고 조용한 삶에 정착하려는 그들과 함께 며칠을 보내기 위해 따라갔다. 나는 '존슨 집으로 가다'라는 제목의 기사를 썼으며, 후에 UPI에 의해 1969년 선집 중의 하나로 발간되었다.

그것은 '그 해 UPI뉴스와 사진 보도를 돋보이게 하는 선집'이었다. 로저 타타이안이 기사를 썼다.

불과 다섯 시간 전에 대통령직을 리처드 M. 닉슨에게 물려 준 존슨이 워싱턴을 떠나갈 때 메릴랜드의 앤드루 공군기지에는 싸늘한 겨울 오후의 어두운 그림자가 드리워지고 있었다.

존슨은 대통령 선서식을 위해 관례대로 새로운 대통령과 함께 국회의사당으로 차를 타고 갔으며 그 후에는 친구들 및 정치적 동지들과의 감상적인 작별 인사가 있었다. 표면적으로는 밝은 분위기였다. 그러나 그 이면에는 필연적으로 한 시대의 종말을 고하는 엄숙함과 특별한 눈물이 깃들여 있었다.

5년 2개월 동안 세계에서 가장 중요한 직책을 마친 후 장래에 대한 확신 없이, 또한 백악관에서 그의 행적을 역사가 어떻게 평가할 것인지 불분명한 상태에서 존슨은 텍사스 언덕이 보이는 고향으로 가고 있었다.

1963년 11월 22일 케네디가 암살된 이후, 댈러스로부터 그를 여기까지 태워온 같은 공군기를 탈 때만 해도, 미국의 36대 대통령은 대범했으며 아직 원기 왕성하기까지 했다.

그는 낙관과 희망의 절정 속에서도 때로는 소심하기 짝이 없는 비좁은 골짜기를 번갈아 왔다 갔다 할 수밖에 없었다. 그리고 그를 확실하고도 특징적으로 묘사하려 애썼던 기자들을 혼돈스럽게 만들었던 친근한 존슨의 체취는 비행 중에 이는 바람과 함께 높이 날아가고 있었다. 그는 말했다.

"나는 국민들이 좋다."

도착지까지 그리고 텍사스의 스톤월까지 그리고 존슨의 목장까지 비행하는 두 시간 반 동안 그런 분위기는 계속 이어졌다.

존슨은 그를 아직도 '린든'이라고 부르는 목장의 이웃 사람들로부터 굉장한 환영을 받았다. 그러나 한 가지 미묘한 감정의 변화가 있었던 것은 사실인 것 같았다. 비록 그들로부터 환영을 받고는 있었으나, 그는 다소 의기소침해져서 마을사람들에게 말했다. 아주 약간이긴 하나 처절한 어조였다.

"나는 내가 맡은 모든 중책에 걸맞지 않게 너무 소홀하고 미온적으로 대처했습니다. 좀더 열심히 노력했어야 했는데……"

그가 대통령직을 포기한 순간, 존슨 거처의 분위기도 변했다. 바리케이드가 치워졌고 일부 경호원들도 떠나갔다. 존슨이 아직도 전직 대통령으로서 비밀경호를 받고는 있었으나 경호원 수는 최소한으로 줄었다.

기념품 가게는 아직도 존슨 목장에서 나온 돌을 팔고 있었고 도자기는 존슨의 초상화로 장식되었다. 그러나 신축한 존슨시티 모텔에는 '매각 원함'이라는 팻말이 붙었다.

닉슨의 취임식 직후 워싱턴에서 질문을 받은 존슨은 닉슨의 취임식이 시작되는 순간부터 안도감을 느꼈다고 말했다. 목장에서 처음 며칠을 보낸 후, 그는 자신이 얼마나 많은 책임을 후임자에게 남겨놓았는지 진정으로 발견할 수 있었다고 털어놓았다.

그의 곁에는 이제 핵공격 코드가 들어 있는 검은 가방을 갖고 있는 요원이 없었다. 지켜야 할 업무상 혹은 의전상의 데드라인도 없었다. 그가 그토록 오랫동안 씨름해야 했던 전쟁과 평화의 결단도 닉슨에게 넘어갔다.

존슨과 아내 버드 여사는 목장과 인근 강물을 찬란히 비치는 태양빛을 받으면서 저멀리까지 걷거나 수 마일 말을 타고 달리는 것으로 그들의 은퇴생활을 시작했다. 전직 대통령 존슨은 처음 며칠을 지내면서 "마치 휴가를 즐기는 것 같다"고 말했다.

그후 존슨의 활동 본거지는 오스틴으로 옮겨졌다. 그는 그 곳에서 전직 대통령 사무실을 차렸고 그에 걸맞는 업무를 시작했다. 당시 그가 매일 받는 편지는 2,500통 가량이었고 전화는 200통이 넘었다.

그의 재임기간을 돌이켜보면 그가 이룩해 낸 많은 업적들이 있다. 신 민권법, 의료보장, 4세 어린이로부터 74세 어른에 이르기까지 모든 국민에 대한 교육이 포함되었다. 폭넓은 주택법안이 통과됐으며 '주택 개방제'가 입법화됐다.

그러나 그는 세계의 초강대국조차도 평화를 강요할 수 없다는 사실을 절감해야 했다. 베트남은 존슨에게 잊을 수 없는 시련이었다. 그는 전직 대통령 사무실을 찾아온 방문객들에게 이렇게 말하곤 했다.

"그 분쟁과, 그것이 초래한 국론 분열만 아니었다면 아마도 나는 재선에 도전했을 것이다."

은퇴한 존슨은 은둔자였다. 어쩌면 곤혹을 겪었고 좌절을 경험했던 그에게는 당연한 귀결이었다. 그는 인내와 참을성을 갖고 은퇴시절을 보냈다.

그가 텍사스의 집으로 가져온 것 중 하나는, 그가 최소한 부분적으로는 성공했다는 믿음이었다. 존슨은 자신이 너무나도 불신을 받

있기 때문에, 신뢰받기 위해서는 개인적 희생이라는 철저한 행위가 요구된다고 느꼈다.

전직 대통령 존슨은 자신이 국민들로부터 신뢰를 받지 못한 데에 대해서 고통스러워했다. 그러나 그는 그 원인을 자신의 탓으로 돌리기보다는 국민과의 의사 소통에 실패했기 때문이라고 판단했다. 존슨과 그의 추종자들은 그의 비밀에 대한 욕구가 결국 거짓 정보를 생겨나게 했다고 믿었다.

존슨은 개인적으로 '닉슨은 비밀덩어리'라는 인식을 갖고 있었다. 그는 후에 절친한 친구이자 국회의장을 지내기도 했던 샘 레이번에게 다음과 같은 말을 털어 놓았다.

"닉슨이 대통령이 되는 것을 참을 수 없었기 때문에, 1960년 부통령에 출마했다."

나도 그와 비슷한 말을 들었다.

"나는 교황이 되고 싶어하는 것만큼 부통령이 되고 싶었다."

대통령이 바뀌면 비행기 패션도 달라진다

닉슨은 대통령 전용기를 타게 됐을 때, 샘 26000기의 내부를 바꾸기 위해 거의 80만 달러를 들였다. 변화를 위한 평면 배치도의 핵심은 앞쪽 칸에 있는 대통령과 그의 가족을 위한 사적 공간인 방세 개짜리 스위트 룸이었다. 이것은 대통령을 위한 복합 사무실과 휴게실, 퍼스트 레이디를 위한 더 작은 휴게실, 그리고 회의실로 사용할 수 있는 큰 라운지였다. 또 다른 변화는 통행을 할 수는 있었지만 대통령 가족의 프라이버시를 방해하지 않도록 비행기 내부의 왼쪽에 별도의 복도가 나 있었다.

대통령의 스위트 룸 앞에는 비밀정보 요원들이 앉아 있는 구역이 있었고, 뒤쪽에는 비서들을 위한 컴퓨터 작업실이 있는 보좌관 구역이 있었다. 또 그 뒤쪽에는 8석의 손님 구역이 있었고 그 뒤에는 기자용 캐빈, 그리고 전용기의 경비원들을 위한 또 다른 캐빈이 있었다.

배치도의 변경은 있었으나, 팻 닉슨 여사는 버드 존슨 여사가 사용했던 사막 모래색깔을 그대로 유지하도록 결정했다. 요소요소에 녹색, 오렌지색 혹은 노란색으로 악센트를 준 연한 베이지색, 모래색조 그리고 황금색 바탕이 깔려 있었다.

그리고 닉슨 가족은 모든 것을 말끔히 치워 버린 상태에서 새롭게 시작했다. 랄프 올베르타지는 이것을 상세히 설명하고 있다.

"비행기가 텍사스로부터 돌아왔을 때, 나는 비행기 안이 텅 비어 있음을 알게 되었다. 대통령용 도자기, 전용기 은그릇 세트, 칵테일용 냅킨, 수건…… 심지어는 변기의 화장지 같은 일체의 종이제품들도 없어졌다. 이 모든 물건들에는 '존슨'이라고 찍혀 있지 않으나, '에어포스 원'이라고 인쇄되어 있었다. 그 모든 것들이 사라졌다. 심지어는 우리가 '왕좌'라고 부르던 존슨의 전용 의자도 바닥으로부터 떼어져 말끔히 치워졌다. 대통령 전용실 내의 베개, 담요, 대통령의 체취가 있는 모든 것이 없어졌다. 나는 내 눈을 믿을 수가 없었다."

이 모든 물건들은 오스틴에 있는 존슨 도서관에 전시용으로 실려 갔다. 오늘날 그 곳에 가면 이들의 대부분을 볼 수 있다.

우리는 이렇게 비행기 안이 텅 비어 있는 것에 놀라워했지만 아마도 닉슨 가족은 그것을 내다 버리는 수고를 존슨 사람들이 덜어 준 것에 기뻐했을 것이다. 아마 그대로 두었으면 그들은 '왕좌'를 두고두고 비웃었을 것이다.

그러나 존슨만이 대통령 전용기를 깨끗이 비운 것은 아니었다. 1972년에 샘 27000이 도착한 후, 헨리 키신저는 중국, 베트남 그리고 파리에서의 수많은 비밀 회담을 위해 샘 26000을 자주 활용했다. 그리고 존슨과 마찬가지로 그는 그 비행기를 그의 것처럼 생각했다.

전직 백악관 군사문제 담당부서 책임자였던 빌 걸리는 이에 대해 구체적으로 설명했다.

"키신저의 보좌관들은 그가 비행기 안에 설치해 놓은 물건들을 알고 있었으며, 그를 위한 송별파티를 계획하고 있을 때, 그들 중 한 사람이 전화를 걸어서 키신저에게 선물로 줄 기념품이 비행기 안에 있는지를 물었습니다."

그는 다시 말을 이었다.

"나는 그들의 요청으로 대통령 전용기의 사무실에 전화를 걸어 조종사인 레스 대령에게 몇 가지 물건들을 보내 달라고 요청했습니다. 그는 '맙소사 빌, 키신저는 이미 랜딩기어만 빼놓고 모든 것을 가져가 버렸다네. 그 사람이 그것도 갖기를 원하나?'라고 말했습니다."

집으로 돌아간 후에도, 존슨과 버드 여사는 대통령 전용기를 두 번 더 탔다. 미국을 아름답게 꾸미는 데 쏟은 버드 여사의 노력을 기념하기 위한 '존슨 여사 삼나무 봉헌식'에 참석하기 위해 산 클레 먼트에 나타난 존슨 부부의 귀가 길을 위해 닉슨이 대통령 전용기를 제공했던 것이다.

1973년 1월 22일 존슨이 치명적인 심장 발작을 일으킨 며칠 후, 대통령 전용기가 텍사스 목장으로 보내졌고 그의 유해는 워싱턴으로 보내져 국회의사당에 안치되었다.

돌아오는 길에, 누군가가 자기 어깨에 손을 올려놓는 것을 느꼈다고 올베르타지는 말했다.

"반갑습니다, 랄프"

미소를 머금은 버드 여사였다.

"마지막 여행길에 당신이 그를 태우고 비행한다는 것을 존슨이 안다면 기뻐할 거예요."

닉슨은 새로 인도된 샘 27000기를 '76의 영혼(Spirit of '76)이라고 명명했고, 1973년 2월 캘리포니아까지 처녀 비행을 했다. 분명히 그는 그 비행기를 무척 좋아했으나, 그의 가족들은 꼭 그런 것은 아니었다. 비행기의 평면배치도 계획이 짜여지고 있을 때, 팻 닉슨 여사는 도면을 보면서, 이렇게 물었다고 한다.

"딕(리처드 닉슨의 애칭)이 이런 비행기를 원했어요?"

"글쎄요, 대통령이 원하신다고 보좌관 할데만이 말하던데요."

올베르타지가 그녀에게 전했다.

그녀는 덧붙여 말했다.

"딕이 좋아할 것 같지 않군요."

할데만은 영부인의 휴게실보다도 자신이 있을 보좌관실을 대통령 집무실 바로 뒤에 설치하도록 요구했다. 그것은 닉슨 부인, 그녀의 딸들과 사위들이 함께 모이는 장소인 대통령 라운지가 대통령 특별실과 가깝지 않다는 것을 의미했다. 그것은 또한 대통령 가족은 라운지에 드나들 때마다 보좌관실을 통해서 걸어가야 한다는 것을 의미하기도 했다. 작업은 할데만의 계획대로 진행되었다.

그는 보좌관실의 상석에 있는 큰 회전의자에서부터 대통령실의 문까지 쉽게 접근할 수 있었기 때문에 대통령이 누구를 불러들이고 그들이 얼마나 오래 함께 있었는지를 알 수 있었다. 그것 모두가 할데만 전략의 일부였다. 그는 닉슨을 철저히 감시하고자 했다. 할데만의 보좌관인 드와이트 채핀과 래리 힛비는 닉슨이 비행기에서 한 모든 일, 즉 누구와 얘기했고 그들이 얼마나 함께 있었으며 가능하다면 무엇에 대해서 이야기했는지 기록해 둘 것을 명령받았다.

그러나 전용기 개조에 대한 닉슨의 불만이 터지기 시작했고, 몇주일 후 백악관 군사문제 담당부서가 앤드루 공군기지에 메모를 보내어 샘 27000의 운항을 중지시켰다. 닉슨은 샘 26000에서와 똑같은 배치계획을 원했다. 그 작업에 75만 달러가 소요됐다.

개보수 일정이 짜여졌을 때, 닉슨 부인은 색깔 선정을 위해 실내 장식 전문가들을 만났다. 남편의 개인의자와 업무용 책상의 진한 청색부터, 그녀 자신의 휴게실과 대통령 라운지를 위해 선택된 엷은 잿빛 청색의 벨벳 실내 장식물들에 이르기까지, 그녀는 청색 계통의 색조를 골랐다. 보좌관 테이블은 엷은 청색 격자 무늬의 가죽천으로 장식됐고 비밀경호원 칸과 기자들 칸에는 직물이 선택되었다. 전체적으로는 청회색 카펫이 깔렸다.

색깔 배열이야 어떻든지 간에 큰 비행기였다. 물론 대통령을 취재함에 있어서 비행기만이 내가 경험한 교통수단은 아니다. 자동차, 기차, 배, 버스, 헬리콥터, 항공모함 등등 우리는 무엇이든 타고 다녔다.

그러나 그 비행기를 타고 날아간다는 데는 나름대로의 특별한 매력이 있다. 새벽 5시까지 앤드루 공군기지에 모일 때는 비록 그 매력이 반감되기도 하지만 말이다.

우리—대통령의 여행 담당기자, 사진기자, 기술자 기타 다른 보도요원들—는 그 날 새벽 5시까지 앤드루 공군기지로 모이라는 지시를 받았다. 대통령과 함께 하는 해외 여행일 경우 우리는 복잡한 사전 검색을 받는다. 우리의 짐은 일찌감치 제출되어, 보안 검색을 거쳐서 하루 전에 실려진다. 앤드루 공항에 도착한 우리들은 줄서서 체크인을 시작한다. 수송 공무원은 이름을 명단과 대조하고, 비밀경호 요원이 신원 확인 꼬리표 즉 '여행 패스'를 내준다.

이 패스들은 색깔로 구분되는 조그만 꼬리표로부터 가슴에 붙이는 큰 금속 메달까지 종류가 여러 가지이다. 패스에는 신원을 확인하는 사진이 붙어 있는데, 어떤 것은 경찰의 지명 수배 사진처럼 보인다. 우리들의 이름이 확인되면 꼬리표를 목에 걸고 버스를 타고 활주로를 지나 비행기까지 가야 한다.

프랭클린 루스벨트가 여행할 때는 총 수행원의 숫자가 12명이었다. 대통령과 여행하는 것이 허락된 기자단의 멤버는 예나 지금이나 그 수가 비슷하다. 많은 수의 기자단이 대동될 때에는 기자단 전세 비행기에 탄다.

그러나 1998년 클린턴 대통령이 아프리카를 방문할 때는 백악관 대표단의 일행으로 뒤따른 사람들이 무려 68명이나 되었다. 국회에서 16명, 은행장들과 투자회사 대표들, 재단이사들, 민간 지도자 등 24명의 '시민 대표단'이 포함되어 있었다. 물론 기자단 멤버들, 비밀 경호원, 안보 보좌관, 선발대, 비행기 안전 관리팀 그리고 승무원들의 수를 뺀 나머지다. 이쯤 되니 대통령과 여행하는 것이 마치 서커스단과 여행하는 것 같다는 얘기가 나올 만했다.

제2차 세계대전 중에는 대통령의 나들이를 보도하는 것을 금지하는 게 보편적이었다. 대통령의 신변 안전을 위해서였다. 따라서 기자들은 대통령이 도심 밖으로 갈 것이라는 것을 알고는 있어도 보도하지 못했다. 그리고 더 나아가서는 그 여행이 비밀이었기 때문에 그를 수행하는 '공식 기자단'도 없었다.

그러나 어느덧 대통령을 취재할 필요성이 더욱 높아짐에 따라 취재 인원이 보강되었고 결과적으로 보안 조치가 방대해졌다.

먼저 우리는 비자 신청서를 쓰고 호텔에 설치할 전송 시스템과 전화, 개인용 컴퓨터에 이르기까지 백악관 공보실이 요구하는 양식에 맞춘다. 그 여행을 취재할 임무를 부여받은 '근무중인 기자단의 멤버'라는 것을 증명하는 확인서를 쓰고 우리는 가방을 싸서 비밀 경호대에 넘겨 주고 검사하게 한다.

해외가 출장 장소이건 혹은 선거유세를 위한 장소이건 간에 일단 목적지에 가기만 하면 진짜 아드레날린에 푹 젖어 버린다. 낮은 길고 밤은 짧으며 잠은 일정치 않다. 기자들에게 계속적으로 엄습하는 두려움 중의 하나는 늦잠을 자서 다음 행선지로 향할 비행기까지 데려다 줄 버스를 놓친다는 생각이다.

몇 개의 도시를 다니는 장기 여행일 경우에는, 출발을 앞두고 미리 짐들을 호텔 현관에 대기시켜 놓아야 한다. 짐 때문에 차를 놓치는 일을 방지하기 위해서다. 짐들을 너무 일찍 호텔 현관에 대기시켜 놓았다가 낭패를 본 경우도 있다. 정말 웃지 못할 일이다.

어느 선거유세장 취재를 함께 떠났던 나의 UPI 동료인 스티브는 바쁜 하루를 마감하면서 쌓였던 긴장을 풀곤 했다. 그는 몇 시간 긴장을 푼 후 늘 그랬던 것처럼 가방을 챙겨 호텔 문 앞에 두는 것을 잊지 않았다. 두세 시간이 흐른 후, 그는 침대에서 벌떡 일어나더니 모든 옷들을 가방 속에 넣어 버렸다는 사실을 깨달았다. 다행히도 그는 가방을 다시 찾아올 수 있었으나 그렇지 못했다면 잠옷 바람으로 기자단 버스를 탈 뻔했다.

선거유세장을 여행할 때는 똑같은 일정을 반복하며 지낸다. 공항으로 가서 비행기에 탑승하고 다음 목적지에 착륙, 뒷문으로 내린다. 지정된 장소로 가서 대통령이 출입구에서 내려오는 것을 바라보며 기다린다. 이 한 구간의 여행이 끝나고 그날 밤을 보낸 후, 우리는 다음 날 아침 다시 공항으로 가서 비행기에 탑승, 다음 목적지에 착륙하고 이를 계속 반복하기 위해 또 버스에 타는 행동이 되풀이된다.

우리는 대통령이 램프에서 내려와 환영객들과 악수하는 것을 지켜본다. 그런 다음, 기사를 송고하기 위해 기자센터로 가는 버스로 달려가거나 대통령의 카 퍼레이드 버스 중 일부에 얼른 올라탄다.

새내기 시절에 나는 동료들과 휴대용 타자기와 녹음기를 짊어지고 비행기 출구 밖으로 뛰어나오곤 했다. 그 장비들이 지금은 휴대용 전화기와 노트북으로 대체됐지만 여러 해를 지나는 동안 그 장비들이 그렇게 가벼워지고 편리해졌다는 사실을 알아채지 못했다.

어찌됐든 이렇게 반복되는 일을 14일 간의 여행 동안 매일처럼 계속한다는 것은 곧 대통령을 취재한다는 것 자체가 인내력을 시험하는 것과 다를 바 없다는 생각이 들었다. 체력과 민첩성을 요하는 일이라는 점은 두말 할 나위 없다.

역대 대통령 중 '최고의 여행자'를 뽑는다면 당연히 부시 대통령이 선택될 것이다. 부시 대통령은 여행을 즐기는 사람으로 재임기간 중 많은 여행을 했다. 사실 여행에 있어서 대통령과 우리들은 입장이 다르다. 공항 도착 시각도 서로 달랐고, 체크 상황도 다르다. 행사를 마친 후 잠자리에 드는 시각도 너무나 다르다.

1991년 12월 진주만 여행 때의 일이다. 우리는 밤 8시 — 워싱턴 시각으로 새벽 1시—가 넘어서 호놀룰루에 도착했다. 그리고 기자단 대부분은 그 날 아침부터 있었던 일을 정리하면서 이튿날 새벽 4시(워싱턴 시각)까지 깨어 있었다. 그 다음날 오후 1시에 비행기에 탈 때까지 기사를 쓰고 정리하는 데 단지 90분의 시간이 우리에게 주어졌을 뿐이다.

힘들고 인내를 요하는 것이 대통령을 수행하는 일이지만 나는 역시 쫓아다니고, 타고 다니는 일이 내 적성에 맞다는 것을 깨달았다.

그렇다고 해서 타고 다니는 것이 마냥 즐겁지만은 않았다. 캔사스 주의 토페카에서부터 유타 주의 오그덴까지 레이건 대통령과 함께 여행을 하고 있을 때였다. 비행기 뒷좌석에는 에어컨이 가동되지 않아 우리가 앉아 있는 곳의 온도가 섭씨 32도나 되었다. 그런데 앞쪽에 있는 VIP실은 정상이었다. 사실 부담당관 마크 디버는 에어컨 때문인지 오히려 담요 두 개를 덮고 졸고 있었다.

그 비행기가 오그덴 근처에 있는 공군기지에 도착했을 때, 대통령 전용기에 탑승했던 헌병은 보안상의 이유를 들어 결함이 있는 냉각 밸브의 수리를 허락하지 않았다. 때문에 우리는 한증막같은 참기 어려운 찜통의 더위 속에서 허덕여야 했다.

우리는 여행 중이라고 해서 쉬지는 않는다. 하늘 위에서도 일은 멈추지 않고 계속된다. 언제나 많은 일과 부족한 잠, 거대한 모험에 대한 준비를 하고 있는 것이 우리 기자들이다.

그 오래된 비행기 안의 기자실은 뒤쪽의 오른쪽 화장실 근처에 위치해 있다. 정말 화가 치밀어 올랐다. 이 상황에서 일부러 논쟁거리를 찾을 필요는 없었으나, 누군가를 잡고 물고 늘어지고 싶을 정도였다.

특종을 잡으려면 대통령 전용기를 타라

어쩌다 발생한 상황이긴 하지만 대체적으로 대통령 전용기에서의 여행은 안락한 편이다. 가장 좋은 점은 기자단 전세기에 탈 때보다 취재거리를 더 많이 접할 수 있다는 것이다. 1980년 뉴욕에서 있었던 민주당 전국 전당대회에서 돌아오는 길이었다. 지미 카터가 민주당 대통령 후보로 지명됐다. 그것은 매사추세츠 주 상원의원 테드 케네디에게 탈락의 아픔을 안겨준 뒤의 일이었다.

후보 지명 후, 카터가 케네디의 뒤를 따라와 '승리의 단상' 주위에서 모두가 서 있는 가운데 그의 두 손을 들어올리면서 결속을 다지던 장면을 우리는 모두 기억하고 있다.

비행기에서 카터 가족은 지미 카터가 소프트 음료를 원했던 세 살배기 꼬마를 데리고 나올 때까지 가족실에 있었다. 나는 노트북을 들고 그 꼬마에게 몸짓을 하면서 살며시 말했다.

"그래, 나한테 말해 봐, 너의 할아버지가 케네디 상원의원에 대해서 뭐라고 말하셨지?"

어떤 기자들은 '동물원 비행기'로 알려진 기자용 전세기를 타고 싶어한다. 그러나 앞서 설명한 대로 뉴스거리를 원하는 이들에게는 대통령 전용기를 타는 것이 훨씬 낫다. 때때로 대통령 전용기에서 공식 발표를 할 뿐 아니라 앞에서 이야기한 대로 '특별한 손님'을 만날 수도 있기 때문이다. 공식 발표가 있을 때면 전용기에 탄 기자단은 '공동 취재단 형식'으로 기사를 작성해서 본사로 보낸다. 본사의 편집자는 '대통령 전용기에서'라는 데이트 라인을 붙여 기사화한다.

때로 젊은 기자들은 대통령 전용기에 타지 못한다. UPI의 선배 백악관 특파원과 지사장으로서, 나는 특권이 있다. 나는 약간의 훈련을 받은 다른 기자 한 명을 배치할 수도 있다.

켄은 혼자 클린턴 대통령의 캘리포니아 여행을 취재했으며, UPI 통신원으로서 대통령 전용기를 탈 수 있는 특파원으로 임명되었다. 워싱턴으로 돌아오기 전, 그들은 마지막 도착지인 노스캐롤라이나 주의 사롯으로 향했다. 그래서 클린턴 대통령과 함께 NCAA 농구 결승전을 볼 수 있었다.

나는 대통령 전용기를 놓쳤을 때를 대비하여 나만의 연락망을 가졌다. 그러나 처음부터는 아니었다. 백악관 새내기 시절 때, 나는 대통령 비행기를 놓칠 뻔한 일을 경험했다.

케네디 대통령 시절, 우리는 그와 그의 가족이 매사추세츠 하니스 항구에서 지내는 휴가를 면밀히 취재하기로 했다. 우리 공동 취재단은 버스를 타고 로간 공항으로 갔다.

보스턴의 복잡한 교통지옥에 붙잡혀 있던 우리가 공항에 도착했을 때, 대통령의 비행기는 이미 활주로로 움직이고 있었고 이륙 준비를 하고 있었다. 우리는 궁지에 몰린 절망적인 상황에서 두 가지를 고민하고 있었다. 그것은 '어떻게 워싱턴으로 돌아갈 것인가'와 '어떻게 우리 편집자에게 사정을 설명할 것인가'였다.

그때 우리는 비행기가 천천히 돌아서 터미널 쪽으로 오고 있는 것을 보았다. 피에르 샐린저가 케네디에게 백악관 동료기자들이 늦게 도착했다고 말했고, 대통령이 비행기를 돌려 우리를 태우라고 명령해서 이뤄진 것이다. 나는 요즘 그런 일이 벌어지면 어떨까라는 생각을 해본다.

어느 여행에서 케네디 대통령과 같은 비행기로 여행한 적이 있었는데, 그가 기자들과 이야기하려고 기자실 근처를 기웃거렸던 모습이 떠올랐다. 이때 난기류를 만나 비행기가 흔들리고 있는 상태였다. 우리는 그에게 물었다.

"비행기가 떨어지면 어떻게 할 겁니까?"

그는 내가 앉아 있는 곳을 보더니 슬며시 웃으며 말했다.

"난 한 가지는 알죠. 당신의 이름 앞에 고故라는 주석이 붙을 거라는 것을."

덧붙이자면, 기자들의 전용기 탑승은 무료가 아니다. 지국에서는 그들의 기자와 사진기자를 태울 때 상당한 액수를 지불한다. 때로는 퍼스트 클래스보다 비용이 더 든다. 이 비용은 타는 사람의 수에 따라 미리 책정되며 그들이 워싱턴에서 하와이로 갈 것인지, 오스트레일리아인지, 필리핀인지, 태국인지, 그리고 워싱턴으로 돌아오는지를 감안하여 가격이 책정된다.

물론 대통령과 그의 가족, 특별한 손님, 직원과 승무원은 세금으로 비용을 충당한다.

직원들은 제일 앞자리에 앉는데 그들의 의자는 매우 탐나는 것이다. '일반 시민'에게는 대통령 전용기에 타보는 것이 매우 멋진 일로 여겨질 것이다. 큰 선거를 치르는 동안에는 정부에서 몇몇 후보 지명자에게 이러한 특권을 제공하기도 했다.

샘 27000에는 69명의 승객을 위한 방이 있다. 레이건 대통령은 첫 탑승 후 '작지만 충분하다'고 흡족한 표정을 지은 바 있다. 1982년 공군에서 대통령 전용기와 대체 비행기를 보잉 747로 바꾸는 계획을 세웠다. 이 비행기는 1988년 레이건을 위해 백악관 밖의 '이동 집무실'로 준비되었다. 70명의 승객을 태울 수 있는 의자가 있고, 87대의 전화와 16대의 비디오와 11대의 비디오 녹화기가 갖추어져 있다. 이 비행기는 한번 주유로 최대 9,600마일을 날 수 있으며 최대 시속은 701마일이다. 그리고 공중에서 주유받을 수 있으며, 특별한 공격방어 능력도 갖추고 있다.

조지 부시가 《뉴욕 데일리 뉴스》와의 인터뷰에서 "이것은 열 추적 미사일을 피할 수 있을 정도의 장치가 돼 있다"고 밝힌 바 있다.

그러나 그 전에 '비상용 지령기'라고 알려진 747 점보기가 이미 백악관에서 사용될 헬리콥터들과 함께 대통령의 비행 수단으로 사용 중이었다. 그 4대의 비행기 각각에 공식 이름이 붙여져 있고, 그것들은 전시에 대통령의 지휘 본부로 쓸 수 있게 제작되었다. 적어도 하나는 앤드루 공군기지에서 언제나 대기중이다. 풋볼 경기장 3/4정도 크기인 이 비행기는 비상시 작전 수립과 군사행동의 지휘를 위해 6개의 섹션으로 구성되어 있고, 72시간 동안 연료 공급 없이도 버틸 수 있다.

지미 카터 대통령은 1977년 정권을 잡은 뒤, 그의 집이 있는 플레인스로 여행할 때 시범적으로 이 비행기를 사용했다. 그는 그 경험을 아주 소박했다고 말했다.

레이건은 '텍사스에서 이루어진 3일 간의 칠면조 사냥 여행'을 새롭고도 복잡한 모델의 비행기로 시도했는데, 그 비행기의 능력에 대해 "매우 감동받았다"고 말한 바 있다.

조지 부시는 집권하자마자 1억 8천여 달러짜리 새 747점보기를 구입했다. 바버라 부시 여사는 747점보기가 너무 커서 그 안에서 "운동을 해도 되겠다"고 했다. 1990년 9월 10일, 나와 AP의 크리스 코넬, 로이터의 진 기븐스와 가진 인터뷰에서 부시 여사는 낸시 레이건의 뛰어난 인테리어와 색채 감각을 칭찬하면서 "대단히 마음에 든다"고 밝혔다. 그러나 그녀는 벽에 그림이 필요하다고 생각했는지 이렇게 말했다.

"비행기가 너무 크니 큰 그림으로 걸어야 되겠죠?"

기자들 중 한 명이 그녀에게 물었다.

"당신은 이 큰 비행기를 보고 주위 사람들이 '우리는 혹시 대통령이 아닌 왕을 모시고 있는 것이 아닌가' 하고 생각할 거라는 우려를 하진 않으세요?"

그 말에 바버라는 깜짝 놀라면서 대답했다.

"아니오, 나는 그렇게 생각하지 않습니다. 훌륭한 비행기 안에 있는 것은 편안할 뿐 아니라 보다 훌륭한 휴식을 취할 수 있게 해 주죠. 더 나은 대접도 분명하고요. 그것은 우리뿐 아니라, 기자 여러분들에게도 해당됩니다. 여러분도 분명 마음에 드실 겁니다."

우리는 그녀의 말에 부시가 한 말이 떠올랐다.

"비행기를 대라, 여행을 하겠다."

그러자 그녀는 겸연쩍게 미소를 지으며 얼버무리는 것이었다.

"그 사람이 그렇게 말했나요? 맙소사! 하여튼 '요리사를 대라, 초대하겠다'라고 말한 것보다는 낫네요."

여행을 좋아했던 부시에 대한 자료를 보면, 그는 1989년 1월 20

일부터 1991년 8월 1일까지 326,927마일을 여행했다. 그는 45개 주, 126개 도시, 3곳의 국립공원 그리고 32개국의 43곳을 방문했다.

드와이트 아이젠하워 역시 30만 마일 남짓 여행했다. 그러나 이 것은 8년 임기 동안 여행한 거리를 환산한 것이었다.

새 전용기에 탑승해 보니 바버라 부시의 말대로 서비스는 의심할 여지없이 최상이었다. 보잉 747에는 오븐, 브로일러와 마이크로 웨이브 세트가 완벽하게 갖추어진 2곳의 취사실이 있었다. 많은 양의 음식이 필요하긴 했지만 조리시설이 갖춰져 있기 때문에 냉동 음식을 먹을 필요성이 줄었고, 승무원들이 음식을 기내에서 만들 수 있었다. 4만 마일 상공에서의 취사실은 정말 환상적이었다.

비행기 안에서의 대통령 모습은 지극히 인간적

샘 26000가 '퇴역'한다고 발표됐을 때, 나는 하워드 프랭클린 특무상사—그는 대통령 전용기에 탑승할 자격이 있는 모든 사람들에게 '하우이'라고 불렸다—에게 전화를 걸었다. 그는 공군에서 29년 간 복무했는데, 닉슨 행정부에서 시작하여 1994년 전역할 때까지 24년 간을 대통령 전용기의 승무원으로 복무했다. 나는 그에게 비행기 내에서 대량 공급되고 있는 음식에 대한 이야기와 다른 몇 가지 경험들에 대해서 물어 보았다.

하우이의 첫 번째 임무 중 하나는, 베트남을 비밀리에 오가며 평화협상차 끝없이 파리로 날아가는 헨리 키신저를 안전히 모시는 일이었다.

그는, 키신저를 모든 일에 있어서 은밀하게 처리한 사람으로 기억했다. 특히 여행계획은 더더욱 은밀하게 진행되었다고 한다. 그는 언제나 모든 사람들의 눈을 피했다. 특히 국무부 출입기자들에겐 비밀 그 자체였다. 어디로 가는지, 그리고 얼마나 오래 가 있을 것인지 등은 거의 말하지 않았다.

한번은 16일 동안의 여행을 계획했는데, 일정이 늘어나 하루 18시간씩 34일 간의 마라톤 여행으로 변해 승무원, 기자단, 보좌관 그리고 그에게 배정된 비밀 경호원 모두를 지치게 만들었다.

하우이는 그 때를 회상하며 고개를 흔들었다.

"그는 우리를 완전히 미치게 만들었습니다."

모두 긴 여행에 지쳐 힘들어하자 키신저는 냉정하게 한마디했다고 한다.

"만약 이것이 힘들다면 정부에서 일하지 말고 학계에서 일하라."

키신저의 비밀 여행은 다른 여행과는 확실히 달랐다. 모든 음식물이 기내에 실렸으며 외부 접촉으로부터의 보안유지를 위해 그 어느 것도 현지 구입이 허용되지 않았다. 승무원들은 키신저의 여행계획을 짜는 데 익숙해졌다. 그가 10일 동안 여행을 한다고 암시를 주면, 그들은 20일 분을 준비했다. 음식물뿐만 아니라 기타 물품도 마찬가지이다. 그러나 여행이 그보다 더 길어지면, 때로는 최선의 계획도 실패로 돌아갔다.

그러한 마라톤 여행이 종점에 다다르면 보급품이 떨어지게 마련이다. 어느 날, 음식물이 거의 다 떨어져 가는데 키신저가 샐러드를 요구했다고 한다. 재료가 불충분했지만 하우이는 신맛이 나는 크림과 흑설탕을 친 과일 샐러드를 억지로 만들어 내놓았다.

키신저는 볼품 사나운 샐러드를 보고는 그에게 욕을 해댔다는 것이었다.

"도대체 이 똥을 내게 먹으라고 내놓은 건가?"

"잡수세요, 보기에는 그래도 몸에는 좋습니다."

하우이가 소리쳤다. 하는 수 없이 키신저는 샐러드를 먹기 시작했고, 나중엔 정말로 맛있다고 만족해했다고 한다. 하우이는 그러한 여행일수록 유머감각이 더 없이 필요했다고 강조했다.

한번은 키신저가 비밀리에 오가다가 자신이 납치될지도 모른다고 두려움에 떨며 비밀경호원들에게 하소연했다.

"염려 마십시오, 키신저 장관. 우리는 절대로 그들이 당신을 산 채로 잡아가도록 하지는 않을 것입니다."

한 경호원이 빈정대는 투로 말했다.

그 말에 키신저의 눈이 휘둥그레졌다. 그러다 그가 웃기 시작함으로써 긴장된 순간이 풀어졌다. 무사히 여행은 마쳤지만 모르긴 몰라도 무례했던 그 경호원은 그 일로 해고를 당했을 것이다.

실로 부시만이 키신저의 여행 스케줄을 능가했던 대통령이라 할 만큼 그의 여행 스케줄 또한 엄청났다. 그러나 하우이는 그에 관해 이렇게 평했다.

"그는 열심히 일하는 사람이었습니다. 매우 업무적이었고 아주 위대한 사람이죠."

하우이는 대통령 가족마다 비행기 안에서 즐기는 방법이 모두 달랐다고 설명했다.

카터의 어머니 릴리안은 골다 메이어 이스라엘 수상의 장례식에 참석하기 위해 이스라엘로 대표단을 인솔하고 갔을 때, 앞쪽의 국회의원들과 포커게임을 했고, 뒤쪽의 비밀 경호원들과도 함께 게임을 즐겼다고 한다. 하우이는 릴리안에 대해 이렇게 회고했다.

"릴리안은 비행 시간 내내, 두 개의 포커판 사이를 왔다갔다하면서 그들의 돈을 모두 따버렸습니다."

"대통령들을 모신다는 것은 항상 즐거웠다"고 말하는 그는 자신은 물론, 다른 승무원들도 대통령들과 수행원들의 힘든 임무를 이해하려고 각별히 노력을 기울였다면서 말을 이었다.

"레이건은 대통령으로서는 타고 난 사람이었습니다. 그는 항상 품위가 있었고, 그에게는 아무것도 갖다 줄 틈이 없었죠 물 한 컵 조차도 따로 시키지 않았으니까요."

레이건의 경우처럼 대통령 가족들은 대체적으로 먹을 것과 마실 것에 대해서 지나친 요구를 하지 않았다. 알코올이 없는 맥주 '루트 비어'를 특별히 요구한 존슨 대통령을 빼고는 말이다. 언제부터인가 존슨은 루트 비어에 맛을 들여 항상 그것만을 찾았다. 승무원들은 각별히 존슨 대통령만을 위해 루트 비어를 실어야만 했다. 그 이외 에는 아무도 그것을 찾지 않았다고 한다.

그런데 문제는 전용비행기 내에서 존슨의 전속 승무원이었던 조 에이어 상사가 없을 때 일어났다. 존슨은 기내에 있던 6병의 루트 비어를 모두 마셨는데, 불행히도 이 맥주가 다 떨어졌다고 얘기해 줄 사람이 없었다.

더 이상 맥주가 없다는 것을 알게 된 존슨이 버럭 소리를 질렀다.

"이 비행기 안에 항상 루트 비어가 있기를 원한다고 몇 번이나 얘기해야 하나! 이 망할 놈의 맥주는 구하기 어려운 게 아니라구. 어디서든 살 수 있어. 모든 공군기지에 명령을 내리게. 루트 비어를 재어 놓으라고 말이야!"

닉슨과 포드는 농가에서 만든 치즈를 좋아했다. 그러나 먹는 방 법이 각기 달랐다. 닉슨은 거듭 보도된 것처럼 케첩을 발라서 먹지 는 않았고 포드는 치즈에 약간의 A-1 소스 바른 것을 좋아했다.

존슨은 고추를 좋아했고 부시는 아침, 점심, 저녁으로 텍사스 바 비큐를 원했다. 레이건은 식빵 모양의 쇠고기와 마카로니, 그리고 설탕과 계란으로 만들어 레몬을 뿌린 파이를 좋아했다.

하우이의 이 같은 회상에 나는 한마디 했다.

"대통령들과의 여행은 미식 여행이군요."

그때 하우이는 나의 입맛도 기억해 주었다.

"헬렌, 당신이 즐겨 먹던 음식도 잊지 않고 있어요. 항상 볼로냐 샌드위치와 블랙 커피였죠."

글쎄, 클린턴 대통령이 뉴멕시코에서부터 남캘리포니아로 비행하고 있던 1996년 6월 12일에는 차라리 샌드위치와 커피가 나은 메뉴였을 것이다. 내 동료인 폴 배스켄이 그 비행기에 탔었는데, 그가 왜 다음 날 다소 창백하고 신경질적인 얼굴로 출근했는지 그 당시에는 이해 못했다. 그런데, 폴이 보여 준 그 여행에서 취재한 공동취재 보고서를 읽은 후 그 이유를 알 수 있었다.

대통령 전용기에서 무슨 일이 벌어질까
— 뉴멕시코에서 사우스캐롤라이나까지의 공동취재 보고서

약 30분을 날았을 때, 대통령 전용기는 심한 난기류를 만나 수초 동안 무중력 상태에 있었고 탑승객과 음식들이 여기저기로 마구 날아다녔다. 구름이 덮쳐왔을 때, 대통령은 그의 집무실에서 독서를 하며 큰 팔걸이의자에 앉아 있었다. 식사 서비스가 막 시작되었다. 그러나 대통령은 그의 뉴멕시코식 옥수수 전병, 강낭콩, 쌀, 멕시칸 샐러드와 소스를 아직 먹지 못했다. 첫 번째 비행기의 요동이 있은 후, 백악관 공보담당관 마크 맥컬리의 권유로 클린턴은 때마침 좌석벨트를 매었다.

다른 탑승객들은 운이 없었다. 비행기가 큰소리를 내며 급히 한쪽으로 기울 때, 기자들과 비밀경호원들은 2 내지 3미터, 어떤 사람들은 더 멀리 튕겨 나갔다. 멕시코 음식, 접시들, 그리고 깨진 유리들이 복도와 취사장에 온통 흩어졌다(취사실의 파괴된 장면이 유선 전송사진으로 잘 찍혀 있었다). 한 요원은 깨진 그릇에 손을 베이는가 하면, 몇 사람은 혹이 나거나 타박상을 입었는데 다행히 크게 다친 사람은 없었다. 대통령은 조종실로부터 상황보고를 받기 위해 블루스 인제이를 군사문제 보좌관에게 보냈다. 즉시 청소가 시작됐고, 승무원들이 유리 조각과 타말리(멕시코 음식의 일종) 찌꺼기를 줍는 동안, 소스 냄새가 기내에 진동했다.

약 20분 후 클린턴은 청바지에 운동화, 보스턴 마라톤 티셔츠를 입은 채로 돌아와서 모든 사람들이 무사한지, 청소는 잘 됐는지 확인했다.

"만약 좌석에 묶여 있지 않았더라면 어떻게 됐겠습니까?"

이 같은 질문에 클린턴이 대답했다.

"나는 계속 꽉 붙들고 있었지. 정말 극기 훈련 같더군."

대통령은 기자단들이 저녁을 먹지 못한 채 비행하고 있었다는 점을 재미있어하는 것 같았다. 그러나 비행기 뒤쪽에 채 먹지 않은 불고기가 남아 있는 것으로 보아 몇 사람은 식사를 한 것 같았다.

맥컬리는 허공에 뜬 스카치 소다 컵을 곡예를 하듯 붙잡는 묘기를 보여 주었다. 이 장면은 정말 영화 <아폴로 13> 스타일이었다.

나는 마실 것을 놓고 한쪽 편에 앉아 있었는데, 간신히 이를 붙잡아 쏟아지는 실수는 일어나지 않았다. 소스에 흠뻑 젖은 경호원들은 유쾌하지 못한 표정이었다. 화요일 밤에 워싱턴으로 돌아오도록 일정이 짜여 있었기 때문에, 그들 대부분은 갈아입을 옷이 없었다. 그들은 착륙 전 옷에 묻은 음식물을 닦아내고, 권총 케이스로부터 밥알을 떼어 내느라 애쓰고 있었다.

조종사는 원래 항로를 이탈해 남쪽으로 비행하며, 33,000피트에서 37,000피트로 올라가 그 지역의 폭풍을 피하려 했다. 비행기가 몇 초

동안 뚝 떨어져 내리는 것처럼 느껴졌다. 그러나 맥컬리가 전한 바에 따르면 대통령 전용기는 떨어지지 않았다고 조종사가 말했다는 것이다. 단지 돌풍에 의해 흔들렸던 것이라고 했다. 46명의 승객과 26명의 승무원들이 탑승하고 있었는데 몇몇은 그 경험을 33,000피트에서 일어난 지진으로 비유하기도 했다.

— 카렌브레슬로, ≪뉴스위크≫/ 존 하리스, ≪워싱턴 포스트≫

음식은 포기해야 했다. 폴은 비행기 안 여기저기를 구르다가 결국 비행기에서 내릴 수 있게 됐다. 그는 앤드루에 있는 사무실로 들어가 컴퓨터를 연결하고 그 해프닝에 대한 이야기를 썼다.

나의 예전 동료 체릴 알비슨은 내가 대통령 전용기에서 음료수를 주문한 경험을 떠올리게 했다.

우리는 1986년의 경제정상 회담이 끝난 후 레이건 대통령과 함께 도쿄에서 돌아오는 길이었다. 알비슨은 인쇄담당 기자로 지명됐고, AP의 톰 롬은 외신기자 그리고 ABC의 세일라 카스트는 TV 담당 기자였다.

우리는 워싱턴을 떠난 후 제일 먼저 LA에서 멈췄고, 잠시 하와이에서 머문 다음 괌, 발리, 인도네시아 그리고 마지막으로 도쿄에 도착했다.

우리가 하와이에서 막 떠나려고 하는데 체르노빌에서 원자력 발전소 사고가 발생했다는 뉴스가 터졌다. 알비슨이 말했다.

"우리는 말 그대로 사고 난 지역 방향으로 여행을 하고 있는 거야. 당시 그 사고가 얼마나 심각한 것인지, 우리가 갈 지역에 얼마나 많은 방사능이 도사리고 있는지 모르고 말이야."

인도네시아에 도착할 무렵 그 방사능 구름은 더 이상 위험하지 않다고 무시됐지만 사람들은 확신하지 못했다. 특히 매스컴들은 더욱 우리 앞에 놓인 상황에 대해 비관적이었다. 그러나 우리는 그러한 불확실한 구름을 앞에 두고 여행을 계속했다.

도쿄에 도착하자, 일본의 전통적인 환영 행사에 참석하고자 모두 모였다. 이 행사는 왕궁에서 행해졌고, 기자들은 더 높은 자리를 잡기 위해 버스 지붕 위에 올라가기도 했다.

우리는 거기에 서서 멀리서 울리는 폭발 소리 같은 것을 들었다. 그러나 그것이 군인들이 하는 환영 행사쯤으로 생각하고 신경을 쓰지 않았다.

나중에서야 경찰이 도쿄 시내의 아파트에서 폭탄을 궁전에 던진 몇 명의 테러리스트를 체포했다는 사실을 들었다. 그 사건은 그다지 큰 것이 아니었지만, 주위의 상황 탓에 정상회담은 시작하기 전부터 미묘한 분위기에 젖기 시작했다.

그 날 토론에는 정상회담의 시작뿐만 아니라 우리 쪽으로 다가오고 있을 가능성이 있는 방사능 구름과 동경의 폭탄 폭발사건에 대한 것도 담겨 있었다.

알비슨은 당시의 상황을 매우 적절하게 설명했다.

"우리를 힘들게 하는 것은 시간차다. 일본은 워싱턴보다 13시간이나 빠르기 때문에 일본 쪽에서 하루가 끝날 때쯤이면 미국에서는 뉴스 사이클이 막 시작되는 시간이라는 점이다. 그래서 데드라인은 우리가 이 곳에서 자야 할 시간에 닥쳐왔고 우리는 말 그대로 시간을 거슬러서 일하고 있었다. 같은 맥락에서 이쪽에서 큰 뉴스들이 터질 시간에 워싱턴은 자고 있었다. 그래서 대통령 전용기에 탈 때쯤 우리 모두 파김치처럼 피곤에 절어 버리는 것이다."

우리는 힘겹게 비행기를 탔다. 승무원들이 우리에게 다가와 음료수를 권했으나 가벼운 음료로는 피곤을 풀 수 없을 것 같았다. 스튜어드가 내 앞에 왔다.

"헬렌은 뭘 드시겠어요."

"레드 와인 한잔 주세요."

그때 알비슨은 놀란 표정으로 외쳤다.

"미스 토머스?"

그녀의 말로는 내가 대통령 전용기를 타면서 그때 처음으로 와인을 시켰다고 말해 주었다. 그런가! 정말 피곤하긴 했나 보다.

대통령 전용기에서 일어난 역사적인 사건으로 나는 버드 존슨 여사와 슬픔에 젖은 재클린 케네디 사이에서 린든 존슨이 37번째로 대통령 취임서약을 하던 모습을 첫 손가락으로 꼽는다.

존슨의 친구인 지방법원 사라 판사가 서약을 주관했다. 그리고 존슨은 그 단순한 서약을 단지 반복할 뿐이었다.

"나는 미국 대통령직을 성실히 수행할 것임을 맹세한다. 그리고 나는 내 능력이 닿는 대로 미국 헌법을 지키고 보호하며 방어하는 데 최선을 다할 것이다. 하나님 도와주십시오."

그리고 서약을 위해 모두들 성경책을 찾아 다녔다. 승무원 에이어는 케네디가 항상 개인용 성경책을 들고 다녔음을 기억하고 그것을 찾아보았다. 첩보요원 에모리 로버츠에 의하면, 그것은 성경책이 아니라 영어와 라틴어로 된 기도모음집인 가톨릭 미사 전례서였다는 것이다. 이 부분은 『하늘을 나는 백악관The Flying White House』이란 책에 잘 묘사되어 있다.

"아마도 대통령이 댈러스에 도착한 지 얼마 되지 않아 그 책이 대통령에게 전달된 것으로 보인다. 로버츠는 그 책이 행사를 위해 발견됐을 당시 아직 셀로판지에 싼 채 박스 안에 들어 있었고 아무도 열어보지 않았음이 확실하다."

그 서약을 한 다음 불행히도 사라 판사는, 가톨릭 미사 전례서를 '공무원으로 보이는 사람'에게 줬다고 말했고 그것은 그 뒤로 발견되지 않았다.

비행기에 탑승했던 스미티가 '백악관 회고록'에서 상기했듯이 존슨이 서약한 장소는 그 어떠한 방보다도 좁아 보였다고 했다. 나도 당시 그 방안에 있었다.

그 방은 일반적으로 회의실 또는 거실로 사용됐으며 8~10명 정도가 앉을 수 있는 공간이었다. 나는 문을 열고 안으로 들어가서 숫자를 세기 시작했다. 방안에 27명의 사람이 있었다. 존슨은 가운데에 그의 부인 레이디 버드와 함께 서 있었다. 그 방은 점점 비좁고 더워졌는데 존슨은 사람들에게 좀더 앞으로 다가오라고 재촉했다. 구석 의자 위에 서 있던 ≪시그널 캅스≫의 사진기자 세실이 말했다.

"조금 더 앞으로 나오게 되면 역사적인 사진을 찍기가 불가능해질 거야."

잊을 수 없는 중국여행

나는 다시 워싱턴으로 돌아왔다. 내가 기록한 마일리지와 내가 여행하면서 목격한 것을 종합할 때 그 순간이 아마 대통령 비행기 안에서 일어난 사건 중 가장 기억나는 것이었다.

나의 모든 여행 중에서 가장 중요하고, 재미있으며 신기했던 여행은 1972년 중국여행이었다.

닉슨의 강점은 외교였다. 그리고 그는 항상 외국으로 향하는 비행기에 탑승할 때의 모습이 제일 행복해 보였다. 조지 부시가 여행거리상으로 보면 닉슨을 앞질렀을지 모르지만 여행지 개발능력에 있어서는 닉슨 대통령을 따를 자가 없었다.

언론인이나 주지사들이 그의 이러한 면모를 마음에 들어 했다고 말할 수는 없다. 우리는 여러 차례 무더운 열대지방에서 여름을 보내야 했다. 닉슨이 인도를 방문했던 여름, 인디라 간디 수상은 닉슨이 더운 날씨에 대해 언급하자 이렇게 응수했다.

"당신은 계절과 시간을 잘못 고른 것 같군요."

헨리 키신저는 중국과의 외교관계에 있어서 역사적인 역할을 한 것으로 평가받고 있다. 그는 결국 '개방의 길'에 대해 만반의 준비를 갖추었다. 양 국가 모두 일을 순조롭게 진행했으며 외교는 비밀스럽게 추진해야 한다는 동일 개념을 갖고 있는 듯했다.

그러나 어쨌든 이 경우에는 비밀유지가 매우 중요했다. 그리고 그들은 닉슨이, 당시에 '붉은 중국Red China'으로 알려진 중국을 방문한다고 발표하기까지 모든 사전 작업들을 비밀로 했다. 1971년 6월 15일, 그는 베이징을 방문한다고 발표했다.

닉슨과 함께 국내 여행 중일 때였다. 우리는 닉슨과 동행하려고 언론인용 헬리콥터를 탔다. 그리고 대통령과 키신저가 헬리콥터에서 내리는 순간 키신저가 미소를 띠고 있음을 확인했을 때, 나는 미국 국민이 조만간 희소식을 접하게 되리라는 예감을 할 수 있었다. 예컨대 베트남에 관한 평화선언 같은 것 말이다.

그러나 그의 발표는 세계를 온통 뒤흔들어 놓았다. 나는 닉슨이 스튜디오에서 나올 때 상기돼 있었음을 기억했다. 그 여행은 1972년 2월로 계획되어 있었다.

사전 얘기가 오가면서, 중국수상 저우언라이(주은래周恩來)는 대통령과 동행하는 수많은 기자들에 대해 거부감을 표시하며 인원을 10명의 취재기자, 2명 정도의 카메라맨 정도로 제한하면 어떻겠냐고 제안했다. 백악관은 이미 2천 장이 넘는 기자동행을 허락한다는 서류를 기자들로부터 접수받은 터였다.

더 많은 기자, 사진기자, 카메라맨, 기술자들을 여행에 동행시킬 수 있었던 것은 아마 키신저의 협상능력의 덕을 보았을 것이다. 처음에는 그 숫자가 28로 늘어나더니 80, 마지막으로는 87이 됐다. 닉슨은 동행할 기자단을 손수 뽑았으나 동행 기자 중 제한할 수 있는 권리는 중국 쪽에 주어졌다. 선택된 3명의 여기자로는 나와 NBC의 바버라 월터스, 그리고 ≪스토러≫ 방송의 페이 웰스였다.

인원의 많고 적음을 떠나 기술적인 면에서 문제가 산적해 있었다. 당시 중국에는 외부 세계로 연결된 통신이라면 몇 개의 라디오 채널밖에 없었다. 처음 백악관에서는 비행기를 거대한 방송국으로 변신시켜 공항에 TV 신호를 위성으로 송출하는 방법을 제안했다. 그러나 중국은 그것이 그들의 주권을 훼손하는 것이라며 받아들이지 않았다. 결국 백악관에서는 방송시설을 위한 건물 건설계획을 세워 북경에 방송국을 건설하게 되었다.

3개의 방송사에서 12명의 특파원, 25명의 카메라맨과 프로듀서가 동행했다. 그 중 3명은 방송사 부사장으로 밝혀졌다. 공영 방송사에서는 1명의 특파원이 왔고 카메라맨은 없었다. 통신사는 각각 3명의 기자와 2명의 사진기자를 보냈다. 나머지 합동 취재단은 6명의 잡지기자, 4명의 라디오 방송프로듀서, 2명의 잡지 사진기자, 2명의 사진전문가, 21명의 기자, 3명의 연합 칼럼니스트와 ≪미국의 목소리 VOA≫ 특파원으로 구성됐다. 그 당시 중국에 파견되었던 방송사 인원은 미국 매스컴 대표단 중 가장 큰 규모였다.

대통령과 닉슨 부인은 비행기에 탑승할 때 여유 있는 모습을 보였다. 합동 취재단 중 한 명이 닉슨 대통령에게 겉면에 '중앙정보국'이라고 표기되어 있는 중국 지도를 주었다. 닉슨 대통령이 물었다.

"이걸 가지면 입국시킬 거라고 생각하나?"

"이것은 아마 우리가 중국에 대해 얼마나 무지한가를 보여 주는 일례가 될 것입니다."

중국 방문은 우리에게 여러 면에서 충격을 주었다. 비행기는 '하늘을 나는 도서관'으로 바뀌었고 이 여행이 발표되자 대부분의 기자들은 책과 전공 논문, 토의 자료와 기타 자료들에 열중했다. 비행기에 탑승한 후 첫 식사에 젓가락이 나왔고 여성에게 나온 식기에는 빨간 장미가 장식되어 있었다.

여행 경험이 많았던 닉슨 대통령에게 굳이 젓가락 사용법에 대해 가르쳐 줄 필요는 없었다. 그러나 아내에게는 가르쳐 줄 필요가 있다면서 팻 닉슨 여사를 가리키며 농담을 했다. 하지만 그것은 사실이 아니었다. 그녀는 젓가락질에 매우 숙련되어 있었고 젓가락질이 서툰 나는 포크로 식사를 했다.

우리의 첫 번째 도착지는 하와이에 위치한 해병대 비행장이었다. 그 곳에서 닉슨 대통령은 해군장군 소유인 17개의 방이 있는 집에 머물렀는데, 그 곳은 바다와 근처 섬들이 어우러진 전망 좋은 곳이었다.

다음 날 대통령이 떠나는 모습을 지켜보기 위해 백여 명의 사람들이 나와 있었다. 닉슨은 떠나면서 이렇게 말했다.

"내일 나는 중국에 있을 것이다. 이번 여행이 동서양이 만나는 장소인 하와이에서 출발하게 되고 보니 아주 합당하다는 생각이 든다."

여행이 계속됨에 따라 표준 시간대와 국제날짜 변경선을 통과하며 생기는 시차로 인한 피로에 적응할 때가 되었다. 괌에서 1박 후 우리의 여행은 계속 이어졌다.

오전 8시 55분 상하이 레인보우 브리지 공항, 리처드 닉슨은 중국 본토에 발을 딛은 최초의 미국 대통령이 되었다.

나는 마치 달에 착륙하는 것 같은 느낌을 받았다. 저우언라이 수상이 공항에서 닉슨 부부를 맞이했고, 창가에 레이스 커튼이 달린 리무진 승용차에 서둘러 그들을 태웠다. 나는 달리는 차창을 통해서 바깥을 내다보았다. 거리에는 사람들이 많지 않았고, 리무진이 지나갈 때 고개를 돌려보거나 자전거를 세우거나 하는 사람이 없음을 알아챘다.

공항에는 42명의 중국 관리, 중국 군악대, 500명의 군 장병과 닉슨의 도착을 미리 와서 기다린 미국 보도진과 선발대가 참석했다. 외국 외교관들은 나오지 않았다. 기자 버스의 기사와 리무진 운전자인 공항직원을 제외하고 '일반 시민'은 참석하지 않았다.

닉슨은 정부 영빈관에 머물렀다. 대통령이 방문기간 중, '평범한' 중국시민들이 무리를 지어 모여 있는 모습을 본 것은 4일째인 2월 24일 아침, 전날 밤에 내린 눈을 치우기 위해 학생들과 군인들이 이곳에 왔을 때였던 것으로 생각된다. 눈이 다 치워지자 그들도 사라졌다.

물론 대통령과 닉슨 부인이 유적 방문과 공식 축전에 참석했을 때 미리 예정된 군중과 만날 기회는 있었다. 그들은 항상 지나치게 친절했고 친근했다. 그러나 호텔 점원과 통역사, 엘리베이터 기사와 가게 점원의 반응을 살펴보려고 노력하는 것은 쓸데없는 행동이었다. 그 당시 그들의 모습에서 '민의民意'라는 개념을 떠올릴 수 없었다. 사람들은 미리 어떻게 해야 할지 상부에서 명령을 받고 그렇게 행동할 뿐이었다.

그들은 또 침묵을 지켰다. 론 지글러는 우리에게 공식발표가 있을 때까지 중대 뉴스에 대한 정보를 거의 얻지 못할 것이라고 간단히 말해 주었다. 모든 회의는 비밀리에 이루어지고 관리되었다. 우리는 중국과의 정상회담에 참석하기 위해 닉슨과 동행하고자 영빈관 앞에서 기다려야 했다.

우리가 문 앞에서 기다리는 동안 닉슨과 키신저, 저우언라이는 마오쩌둥(모택동毛澤東) 사저私邸에서 사적인 회의를 갖기 위해 뒷문으로 몰래 빠져나갔던 것이다. 나중에 알고 보니 마오쩌둥의 집은 자금성 남서쪽 부근에 있었다. 하지만 지글러는 중국 사람들과의 약속 때문인지 정확한 위치를 알려 주는 것을 거부했다.

어쨌든 닉슨은 중국 지도자와 15시간 동안 공식적인 외교 회담을 가졌다. 우리는 회담 일정표를 받았고, 순간 기자단으로서 우리가 이상한 입장에 처해 있음을 감지했다. 닉슨과 저우언라이가 문을 닫아걸고 회담을 하고 있는 동안, 중국 사람들은 세심한 일정에 따라 일을 진행했다. 우리 가이드와 통역사는 우리가 프로그램의 변경을 요구하면 매우 곤란해했다. 그러나 해야 할 일과 볼거리가 하도 많아 8일 간의 여행 일정으로는 충분치 않았다.

내가 지금까지 경험해보지 못한 소모적이면서도 상큼한 문화적 충격은 호텔에서 시작됐다. 우리 방은 편안했다. 체크인하고 방으로 들어가자 탁자 위에는 중국 우표, 차가 담긴 통, 보온병에 담긴 뜨거운 물, 신선한 과일, 초콜릿과 사탕이 있었다. 사탕은 중국인에게는 대단한 과자로 취급되는 모양이었다. 호텔 화장실은 옻나무에서 추출한 옻으로 변기의 앉는 부분을 손질해놨다. 이로 인해 민감형 체질 23명의 미국인 선발대와 7명의 중국어 통역사들이 결국 옻이 오르는 원인이 됐다. 미국 공중위생부는 이 원인을 규명했고, 주위에는 표어가 붙었다.

'앉을 때 조심하세요.'

사방 어디에도 쓰레기는 없었다. 한 남자기자가 속내의를 호텔 방 휴지통에 계속해서 버렸는데 그것이 매일 깨끗하게 세탁되어 되돌아왔다는 것이다. 똑같은 일이 여기자의 스타킹에서도 일어났다. 나는 결국 귤껍질을 하루 종일 가지고 다녔다. 그것이 어떻게 돌아올지 알고 싶지 않았기 때문에……. 모닝콜 또한 그랬다.

"좋은 아침입니다, 토머스 양. 지금은 오전 5시입니다."

전화를 받아도 끈덕지게 반복됐다.

"일어나세요, 일어나세요."

나에게 있어서 여행 중 가장 인상적이었던 것은 닉슨 부인과 함께 했던 때이다. 그녀의 일정은 평상시처럼 질서정연하게 꼭 짜여 있었으나 열광적이지는 않았다. 팻 여사는 『마오쩌둥 어록』을 읽는 등 여행상 주어진 나름대로의 과제를 다 완수했으므로 그녀의 외교 능력도 남편에 버금갈 정도로 성숙되었을 것이다.

하루는 북경에서 그리 멀지 않은 집단농장을 방문했다. 우리는 걷는 도중 돼지우리를 지나치게 되었는데 그녀가 질문을 던졌다.

"저 돼지는 어떤 종류인가요?"

"남성 우월주의자가 아닐까요?"

내가 이렇게 말하자, 닉슨 부인은 약간 놀란 듯했으나 중국인 안내자를 제외한 모든 사람들이 웃기 시작했다.

팻 닉슨 여사와 우리는 두 명의 소녀들이 침을 놓는 병원을 방문했다. 또 베이징 병원도 방문했다. 그 곳에서 그녀는 의사가 입는 흰 가운을 걸치고 청소년 환자들을 다정스럽게 안아 주었다.

그녀는 베이징 호텔에서 중국요리에 대해서 배웠다. 내 생각에는 이 요리 시간이 그녀를 다소 피곤하게 만들었지 않았나 싶다. 그녀가 조금 정신을 집중하려 하면 그들은 이내 관심을 끌기 위해 금방 다른 것을 보여 주는 바람에 몹시도 피곤했던 모양이다.

모든 여행객과 마찬가지로 그녀 역시 쇼핑하기를 원했다. 그녀는 녹색의 장식 테가 있는 회백색의 실크 잠옷을 남편을 위해 샀고, 청백색의 벼 무늬가 있는 12개의 컵과 받침대, 금색의 실크 직물을 샀다. 그러고는 그녀가 말했다.

"난, 내 딸들의 선물 없이 돌아갈 수 없어요."

팻 닉슨이 지주들에 대한 농부들의 반란을 그렸다는 발레를 관람하러 갔을 때, 마오쩌둥의 부인 장칭을 만났다. 그녀가 저우언라이의 부인을 만난 것은 두 번째이다. 한 번은 베이징에 도착했을 때이고, 다른 한 번은 발레공연에서였다. 팻 여사는 장칭 옆자리보다는 저우언라이 옆자리에 앉았는데 그와 영어로 대화하기를 즐겼다. 팻 닉슨 부인은 저우언라이에게 좋은 감정을 느꼈는지 그를 높게 평했다.

"그는 세상을 아는 사람이다. 그리고 유머감각도 있다."

저우언라이는 닉슨 부부가 항저우를 방문할 때 동행했다.

그 날 이후 매일 저녁, 12코스의 식사에 마오타이주가 곁들여지는 만찬이 이어졌다. 모든 만찬에는 축배가 자주 있었으며, 그럴 경우 모든 사람들이 중국과 미국 사이의 새로운 관계에 대해 말했다.

닉슨이 만리장성을 보러 그의 아내와 합류했을 때, 론 지글러 공보담당관은 약간 어리숙하게 행사를 진행했다. 우리가 닉슨과 행사 주최자들이 쉬고 있는 찻집에서 기다리고 있을 때였다. 지글러가 우리에게 와서 말했다.

"만약 대통령에게 만리장성을 어떻게 생각하느냐고 당신들이 묻는다면, 그는 자신 있게 대답할 준비가 되어 있을 거요."

물론, 우리는 중국 방문 동안 닉슨을 제대로 보지도 못했기 때문에 그 기회를 놓칠 수가 없었다. 닉슨이 나타나자 한 기자가 질문하기 시작했다.

"만리장성을 어떻게 생각하십니까, 대통령 각하?"

"만리장성은 거대한 벽이라고 말을 하겠소."

그 '중요한 뉴스'가 있던 날, 나는 UPI의 비밀 무기인 국무부 출입기자 스튜어트 헨슬리를 알게 됐다. 부모님이 중국에서 선교활동을 한 바 있던 그는 중국 여행중인 나와 기사교류를 하게 됐다. 나는 공식발표문이 있을 때마다 1분에 14달러나 하는 베이징과 워싱턴 간의 국제전화를 했고, 스튜어트는 그 이야기를 받아 적을 수 있었다. 그는 정확하고 완벽하게 해냈다.

그는 공식발표를 받았고, 잠시 동안 읽어보더니 '중국은 하나이며 타이완은 중국의 일부'라는 기사를 구술했다.

　　미국측 발표: 미국은 타이완 해협에 놓여 있는 두 나라 중 중화인민공화국이 유일한 국가이고 타이완은 중국의 일부라는 주장을 인정한다. 미국 정부는 그러한 견해에 이의를 제기하지 않는다. 이것은 중국인 자신들의 힘으로 타이완 문제를 평화롭게 해결할 수 있다는 것을 재확인하는 바이다.

무엇보다도 닉슨의 말에서 나는 그것이 '세계를 바꾼 한 주일'이라는 것을 인정해야 했다. 공식적인 외교관계를 향한 전망은 매우 밝아졌고 1972년을 기점으로 새로운 역사가 세워지게 되었다. 팻은 귀국 길에 다음과 같이 언급했다.

"사람들은 결국 어느 나라 사람들이나 똑같아. 나는 그들이 좋은 사람들이라고 생각돼. 그것은 모두 각국의 지도력에 달려 있는 것이지."

2년 반 후인 1974년 8월 9일에 리처드 닉슨은 이스트 룸에서 갈피를 못 잡고 있는 참모진들에게 감성적인 작별 연설을 했다. 그리고 헬리콥터 '마린 원'이 대기하고 있는 사우스 로운으로 걸어갔다. 그는 계단을 올라갔고 계단 맨 끝에서 돌아보며 팔을 쭉 펴고는 양손으로 승리의, 처칠 스타일의 'V'자를 그렸다.

그는 앤드루 공항에서 대통령 전용기에 탔고, 아침 10시 17분에 대통령으로서의 마지막 여행을 했다.

11시 35분 워싱턴으로 돌아와서, 백악관 직인이 찍힌 편지가 국무부 장관인 헨리 키신저에게로 배달된 것을 확인했다.

장관님께, 나는 이제 미국 대통령으로서의 임기를 끝내고자 합니다.
— 리처드 M 닉슨

키신저가 그 편지를 읽을 즈음 닉슨을 실은 대통령 전용기는 일리노이 주 살렘의 북서쪽 8마일에 있었다.

그 당시로서는 리처드 닉슨이 유일하게 생존해 있는 전前 대통령이 되었고, 제럴드 포드 대통령으로부터 빌려온 비행기에 탄 손님이 되었다. 그 시각에 포드는 대통령 선서를 하고 있었다.

비행기가 캘리포니아로 여행을 계속할 때, 닉슨은 비행기 안을 여기저기 돌아다녔다. 그가 기자들과 첩보요원들이 자리하고 있는 칸에 도착했을 때, 그는 이들에게 말을 건넸다.

"음! 확실히 여기에 있는 것이 더 정보 냄새가 나는 걸!"

닉슨은 케네디나 존슨과 달리, 우리와 여행할 때 우리에게 말을 걸며 많은 시간을 보내지는 않았다. 그러나 그는 더글러스와 스미티를 좋아했다. 워싱턴으로 돌아가는 비행기에서 닉슨은 더글러스 기자의 생일을 축하하기 위해 기자단 객실로 케이크와 샴페인을 가져와 우리를 깜짝 놀라게 했다.

닉슨과는 많은 여행을 했지만, 그 중 가장 잊지 못할 추억은 비행기 안에서 나눈 이야기였다. 그때 우리는 아폴로 2호의 우주 여행사를 만나러 태평양을 날아가고 있을 때였다. 닉슨은 비행기의 뒷좌석 근처를 걸어다녔고, 기자실까지 온 그는 여러 가지 기이한 대화

들이 펼쳐지는 광경을 지켜보고는 놀라움을 금치 못하며 어리둥절
해하기도 했다.

닉슨은 자유분방하게 그 자리에 선 채, 특별하게 어느 한 사람에
게 눈길을 주지 않고 만담을 늘어놓기 시작했다. 이윽고 내가 베트
남에 대한 질문을 던졌을 때, 론 지글러는 신경질적인 모습을 보였
고, 언론을 지독하게 증오한 H. R. 할데만은 나에게 협박하는 눈길
을 보냈다.

대통령은 마치 자신이 그 질문을 곰곰이 생각하는 것처럼 진지한
눈빛을 지었지만 인터뷰는 제대로 이뤄지지 않았다.

영화 <에어포스 원>, 실제와 다르다

대통령 전용기에서는 긴박한 순간과 희한한 순간, 그리고 이상한
순간, 기묘한 순간 등 다양한 분위기가 감돌고 있다. 닉슨 행정부
시절 세 가지의 폭탄소동이 있었다.

첫 번째 사건은 1969년 2월 27일, 우리가 워싱턴으로 돌아오려고
베를린을 떠날 때였다. 전용기는 이륙준비를 완료했다. 관제탑에서
조종사인 랄프 올베르타지 대령에게 떠날 준비를 하라고 사인을 보
냈을 때, 누군가가 베를린 공항에서 비행기를 불태워 버리겠다고 협
박전화를 걸어왔다. 똑같은 협박전화가 유럽으로 가는 도중, 아일랜
드의 더블린에서도 있었다. 이것이 두 번째 사건이다. 두 번 모두
익명의 전화 협박자로, 비행기 내 폭탄이 설치되어 있다는 것이었
다.

경계를 위해서 승무원은 모든 짐을 검사했다. 짐은 비행기 타기
전에 X-선 투시검사를 받았고, 이미 모든 짐은 풀어 헤쳐져 조사를
받은 터였다. 결국 폭발물은 발견되지 않았다.

마지막으로 세 번째 사건은 1971년 4월에 일어났다. 올베르타지가 말했다.

"어떤 사람이 록펠러에 있는 아메리칸 에어라인의 예약부에 익명으로 전화를 걸어 '우리는 대통령 비행기를 폭파시키러 간다'고 말했답니다."

항공사는 즉시 워싱턴에 있는 첩보요원에게 연락을 취했다. 폭탄소동이 있다고 해서 행사가 멈춰지지는 않았다. 철저한 조사 끝에 비행기에 탑승했는데, 폭발물은 발견되지 않았으며 무사히 운항됐다.

그 해 여름, 대통령의 비행기 안에서 벌어지는 사건을 다룬 영화 두 편이 만들어졌다. 하나는 대통령 역할을 맡은 해리슨 포드가 대통령 전용기 안에서 테러리스트들과 싸우는 <에어포스 원>이다. 공화당이 밥 돌 후보를 그들의 대통령 후보로 지명하기에 바쁜 시각, 클린턴 대통령은 해리슨 포드가 사는 와이오밍에서 휴가를 보내고 있었다. 클린턴과 포드는 저녁을 같이 먹었고 대통령은 포드와 영화감독 울프강 피커슨에게 실제 대통령 전용기의 동승을 제안했다.

7월 서부해안 유세에서 워싱턴으로 돌아오는 길에 대통령 전용기에서는 <에어포스 원>이 상영됐다. 내 동료 로리 산토스는 그 영화에 대해서 후에 이렇게 썼다.

'그 영화는 실제 비행기에 탔던 사람들의 입장에서 볼 때 동감할 수 없는 내용이었다.'

대통령 전용기의 직원들 대부분, 백악관 관계자들과 언론은 그 영화가 너무 액션으로 치우친 데 대해 우려했다. 가장 논란이 된 부분은 전용기에 입실하는 데 필요한 신분증에 관한 문제였다. 또한 실제 조종실에서는 영화 <에어포스 원>에서 사용된 그 어떤 말도 사용할 수 없다는 점이다. 출입기자들은 실제의 비행기 안이 영화의 그 곳보다 훨씬 더 좁다고 말했고, 직원들은 영화에서처럼 그들이 비행기의 뒤로 떨어지게 되면 어쩌나 우려하게 됐다. 아무튼 썩 유쾌하게 만들어진 영화는 아니다.

대통령 가족공간, 비밀 정보공간, 언론공간 등등 각 장소에는 TV가 갖추어져 있다. 대통령 전용기의 천장에는 통신관들에 의해 설치된 VCR이 연결되어 있다.

일단 비행기에 오르면 승객은 시청 가능한 영화목록을 받게 되고, 자리 옆에 있는 전화기를 이용해서 승무원에게 선택한 영화를 알려주게 된다. 공간마다 물론 다른 영화를 볼 수 있다. 그러나 같은 공간에 있는 사람은 모두 같은 영화를 봐야 했다. 결국 전화를 먼저 건 사람이 신청한 영화를 봐야 하는 경우가 많다.

나의 경우, 기자실에 나오는 영화는 반드시 내가 좋아하는 종류가 아니기 때문에 담요를 머리 위로 뒤집어쓰곤 했다. 영화는 보통 섹스물이나 폭력물이 많다.

그러나, 유럽으로 갈 때 보여 주었던 <래리 플린트>라는 영화는 흥미로웠다. 언제나처럼 영화는 시작되었고 나는 뻔한 영화일 것으로 지레짐작하고 담요 깊숙이 얼굴을 묻었다. 하지만 잠시 담요 밖으로 시선을 돌려 바라본 영화는 정말 재미있었다. 그 이상한 장면들을 만끽했다고 말할 수는 없지만 법정 장면이 꽤 좋았고 헌법의 보호를 받을 수 있는 권리에 대해 한두 가지 교훈을 얻었다.

다른 영화는 1996년 선거기간 동안 상영됐는데, 그것은 대통령 전용기에서 상영됐던 <에어포스 원>보다 훨씬 반응이 좋았다. 영화 메뉴가 자주 바뀌긴 해도 내가 알기론 영화 <파고>가 기자실에서는 최소한 가장 오래 상영된 필름으로 추정된다.

그 해 8월, 선거 캠페인이 처음 시작되었을 즈음 기자실에서 본 영화가 <파고>였다.

모두 흥미 있게 봤는데, 단지 한 장면에서 서로의 해석이 분분해 몇몇 기자들이 그 진위를 놓고 20달러를 걸고 내기를 했다. 이 때문에 영화를 한 번 더 보기로 했고, 결국 똑같은 영화를 세 번 감상하게 되었다.

그래서 '<파고 컬트> 캠페인'이 대통령 전용기에서 탄생하게 됐다. <파고> 바람은 선거가 끝날 때까지 계속됐다. 우리는 보통 하루에 세 번 정도 영화를 봤다.

선거가 진행되는 동안 기자와 사진사들 사이에서는 누가 먼저 <파고>를 틀어달라고 하는지가 관심의 초점이 되었다. 물론 기자실에는 <파고>의 상영을 막다가 실패한 몇몇 반대자들이 있었다. <파고>는 기자실에서 무려 36번 정도 상영됐다. 얼마나 자주 봤는지 우리들 중 절반 정도는 아마 헤드폰 없이도 이 영화를 줄줄 외면서 볼 정도였다.

대통령 가족은 이런 <파고> 마니아들을 어떻게 생각할까? 클린턴도 그 영화를 좋아했다. 그러나 그것을 계속 보고 있다는 사실에는 '기괴하다'는 반응을 보였다.

대통령 전용기로 여행하는 것은 '공식 인가'의 상징이며, 공식방문과 선거유세에 한한다. 대통령 전용기는 적대자들과 정식으로 만날 수 있는 장소이기도 했다.

1981년 레이건 대통령은 이집트 대통령 안와르 사다트의 장례식에 참석하기 위해 닉슨, 포드, 카터 등의 전직 대통령들을 전용기로 초대했다. 로잘린 카터도 그 여행에 동행했는데, 나중에 내게 말하기를 그들이 비행기에 탔을 때 그들과 포드 사이의 분위기가 긴장되어 있었다고 했다. 그러나 그 긴장은 곧 깨졌고, 그들은 포드를 그보다 더 좋을 순 없다고 생각하게 되었다. 그러나 닉슨의 친근함이 그녀(로잘린 카터)를 더 놀라게 했다고 말했다.

비행기 안이라는 일정한 공간에서 서로 반목反目하는 사람들이 함께 있다면 얼마나 냉랭할까. 그것이 다른 나라의 장례식으로 가는 도중이라면 더욱 분위기는 얼어붙을 것이다.

이스라엘 총리 이차크 라빈이 암살당해 미국 고위층들이 조문을 떠날 때였다. 당시 백악관과 의회는 정부를 문 닫게 할 수도 있는 예산문제의 협상에서 한 치도 서로 물러설 수 없는 상태였다. 켄 바지네트가 "대통령 전용기는 짐을 꾸려 라빈의 장례식으로 가고 있었다"고 묘사할 정도로 분위기가 험악했다. 그 곳에는 백악관 관료들, 비밀정보부 요원들과 비행경비를 맡은 군인들 그리고 몇몇의 국회의원들, 밥 돌 의원과 하원의장인 뉴트 깅리치도 타고 있었다.

깅리치와 돌은 선실 문이 모두 열려 있었기 때문에 UPI로 배정된 자리가 있는 스태프 회의실에 앉았다.

"돌과 깅리치는 기자실과 마주 있었기 때문에 그들의 표현과 몸짓을 쉽게 관찰할 수 있었다. 우리는 그들의 행동을 보기 위해 왼쪽으로 2인치 기울이기만 하면 됐다."

켄은 그렇게 말했다.

그들을 지켜본 켄이 다시 말했다.

"이들은 예산문제를 협의한 듯했다. 그러나 잘 되는 것 같지 않았다. 돌은 왼쪽 팔을 기대고 비참한 눈초리를 하고 있었다. 깅리치는 되풀이해서 말하고 또 말했다. 돌은 대응을 하지 않는 것처럼 보였다."

깅리치는 예산에 대해 클린턴과 이야기할 수도 없었다. 이 때문에 그는 매우 분노했다.

"여기서 우리가 약 35시간 동안 같이 있을 수 있는 기회가 생겼다는 것은 불행이다. 하지만 이것도 조그만 진전이라면 진전이다."

그는 이렇게 기자들에게 불평을 계속 털어놓았다.

계속되는 정부의 휴업과 깅리치의 투정이 뉴스를 연일 뒤덮었고 그 결과로 나온 뉴스 제목 중 돋보인 것은 ≪뉴욕 데일리 뉴스≫의 '우는 아이'였다.

민주당원들은 집회를 가졌는데, 여론조사를 거듭할수록 대통령의 인기도가 오르는 반면 하원의장의 인기는 떨어져 갔다. 정부의 휴업과 계속되는 예산 전쟁이 벌어지는 데는 다른 이유가 있지만 깅리치의 실수는 공화당원들에게 심각한 혼란을 야기시켰다.

1997년 7월 4일~5일. 대통령 전용기 팔마 데 말로카 도착.

대통령 전용기의 비행에는 특별한 것이 없었다. 도착 시각은 말로카 시간으로 오후 2시. 후안 카를로스 왕과 소피아 여왕이 직접 기자들이 있는 곳으로 와서 악수를 청하는 첫 장면이 인상적이었다.

그리고 그들은 긴 환영행렬을 뚫고 맨 앞좌석에 자리잡았다. 짙은 색 양복을 입고 빨간 넥타이를 맨 클린턴과 옅은 녹색의 정장차림인 힐러리 여사가 내렸다. 대통령은 의도적으로 한 손으로는 레일을 잡고 한 손으로는 힐러리 여사의 손을 잡은 채 천천히 내려왔다.

왕과 대통령은 따뜻하게 악수했다. 여왕과 영부인은 악수를 했고 뺨을 비볐다. 클린턴이 환영사를 치른 후, 네 사람은 얼마 동안 환담을 했다. 그리고 모두들 요새와 성을 관광했다.

나는 때때로 질문을 받곤 한다.

"당신은 대통령 전용기를 타 보셨어요?"

"네, 많이요."

나는 분명 많이 타봤다. 다시 한 번 곰곰이 생각해 보면 대통령 전용기를 타는 것은 매우 특별한 일이라는 것을 깨닫게 된다.

제 10 장

더글러스, 내 영원한 우정과 사랑

만약 통신사 기자 경험이 없는 사람이 남편이 됐다면 헬렌처럼 자신의 일을 열정적이고도 전력을 다해 뛰는 여성과의 결혼생활은 지속하기 힘들 것이다. 그러나 나는 아니다. 왜냐하면 나는 헬렌이 훌륭한 기자라고 생각하며 그녀의 성공을 간절히 바라기 때문이다.

　　　— ≪퍼레이드≫ 잡지에서 남편 더글러스가 헬렌과의
결혼생활을 밝히며

최상의 결혼은 천국에서, 언론의 결합은 백악관에서

백악관에는 로즈가든에서 공보비서실로 가는 복도가 있다. 그 벽에는 역대 대통령의 기자회견 사진들이 걸려 있다. 그리고 몇 점의 그림도 붙어 있다. 화가 노만 로크웰이 직접 보고 느낀 것을 그린 것이다. 그 중의 하나는 백악관 기자실에서 마호가니 책상에 걸터앉은 AP 통신의 출입기자 스미티의 모습을 담고 있다. 항상 기사를 위해서라면 육탄전도 마다 않던 그가 그 그림 속에서는 조용하게 허공을 바라보고 있다.

또다른 사진은 무지개차에 탄 루스벨트 대통령이 뭔가 받아 적고 있는 10여 명의 기자들에 둘러싸인 모습이 실려 있다. 차 옆에 바짝 다가서 있는 이는 구겨진 셔츠, 콧수염, 강렬한 시선 등으로 인해 한눈에 들어왔는데 그가 바로 스미티였다. 역시 대통령 곁에 서 있는, 또다른 한 사람은 머리를 단정하게 뒤로 넘기고 줄이 잘 선 바지를 입은 AP 통신의 젊은 미남기자였다. 그가 바로 10년 간은 라이벌로 그리고 11년 간은 남편으로 나와 인생을 함께 했던 더글러스 B. 코넬이다. 애초부터 작정을 하고 사랑에 빠지는 사람은 없다. 내가 처음 백악관에 파견됐을 때 나는 일 외에는 관심이 없었다. 좋아하는 일을 가지면서 누군가의 아내가 된다는 것은 가능한 일처럼 보이지 않았다. 나는 일을 위해 열심히 뛰었다. 더구나 우리 여기자들은 성차별의 장벽을 무너뜨리기 위해 더 열심히 뛸 수밖에 없었다. 그런 상황에서 어느 누가 사랑에 빠질 시간이 있겠는가.

더글러스 코넬은 1906년 미시건 주 세인트루이스에서 태어나 네브라스카 주 폴스시티에서 성장했다. 그의 아버지는 정골整骨요법사로 아들이 그의 뒤를 잇기를 원했다. 그러나 의학 공부는 더글러스의 몫이 아니었다. 그는 어느 선생님이 작가가 될 것을 권한 것이 계기가 돼 고등학생 시절, 《폴스시티 데일리 뉴스》에서 처음 일을 시작했다. 그리고 1928년 미주리 대학에서 저널리즘을 전공했다. 그는 미주리 주의 《모벌리 모니터 인덱스》와 《드모인 레지스터》 그리고 《U.S. 데일리》 등에서 일했다. 그는 워싱턴으로 와서 루스벨트 대통령이 취임한 지 6개월 만인 1933년 AP 통신에서 일하기 시작했다.

1936년부터 1968년까지 맥아더 장군의 해임과 고별인사, 그리고 모든 전국전당대회 등을 취재했다. 그와 스미티는 제2차 세계대전 중 루스벨트 대통령을 동행 취재했다. 루스벨트는 더글러스와 스미티 그리고 《인터내셔널 뉴스 서비스》의 보브 닉슨을 '무덤을 파헤치는 잔인한 자'라고 부르기도 했다. 자신의 일거수 일투족을 놓치지 않고 취재한다는 뜻에서였다.

더글러스는 루스벨트를 매우 존경했다. 그리고 선거 열차가 네브라스카를 지날 때 대통령은 더글러스의 부모를 기차 안으로 초대했던 일을 잊지 못했다. 제2차 세계대전 전에 더글러스는 연두교서의 멋진 연설을 보도하기도 했다. 나는 최근 1940년 10월 20일자 기사를 우연히 보게 됐는데 종이는 누렇게 변색되어 부서질 듯하고 인쇄는 낡아 희미했으나 거기 더글러스가 흘려 쓴 메모는 아직 읽을 만했다.

'루스벨트는 필라델피아에 있고 자신의 세 번째 대통령 출마를 고려하고 있음.'

이 글 주변에 더글러스는 의문부호를 여러 개 달아놓았다.

"오늘 밤, 미국인들의 가슴을 향해 폭력을 휘두른 또 하나의 잘못이 벌어졌다. 그것은 내가 소중하게 간직했던 모든 정치적, 종교적인 신념을 침해하는 죄다. 이는 루스벨트 정부가 미국을 전쟁으로 인도하길 원하는 죄다."

1941년 12월 7일, 일본은 진주만을 공격했고 루스벨트는 전쟁을 선포하기 위해 의회로 향했다. 공동 취재단의 일원이었던 더글러스는 전쟁선포를 어떻게 해야 할지 고심하는 루스벨트의 암담했던 모습을 회고했다.

"국민들에게 뭐라고 말해야 하나?"

루스벨트가 이렇게 묻자 참모 중 한 사람이 일러주었다.

"필라델피아에 절대 계신 적이 없었다고 말하십시오."

더글러스는 백악관 취재와 함께 '실력 있는 이야기꾼'으로 알려졌다. 그는 전세계에서 쏟아져 들어오는 취재 기사들을 재빨리 읽고 선별해 낸 뒤 그 중 어느 것을 기사화할 것인지 결정하는 임무를 맡았다. 그리고 모든 취재 기사들을 정리하여 총괄적인 보도를 위한 멋진 도입부로 시작되는 하나의 기사로 써나갔다. 그는 좀처럼 타자기 앞에 앉는 적이 없었다. 단지 자신의 메모와 배포된 자료를 쭉 훑어보고는 그대로 사무실에 전화를 걸어 기사를 불렀다. 그러나 문장은 마치 미리 써 놓은 기사처럼, 흠이 없는 완벽한 문장이 되었다.

케네디 장례식 때도 그랬다. 타자기 앞에 앉는 대신 바로 전화를 걸고는 기사를 구술하기 시작했다.

'11월 25일, 1963년 워싱턴 발—오늘 존 F. 케네디에게 앨링턴 국립묘지의 영원한 평화가 안겨졌다. 위험한 지구촌에 평화를 지속시키려 했던 그의 염원은 암살자의 총탄에 의해 그만 사라지고 말았다.'

때때로 백악관의 취재 경쟁은 사도 바울의 모험처럼 여겨진다. 어느 날 루스벨트의 공보비서는 기자들이 중요한 것이라 여길 법한 연설 문안을 갖고 있었다. 기자들은 그것을 손에 넣으려고 안달이 난 듯했다. 그의 책상에 앉아서 스티브 얼리는 등사판으로 복사된 것을 한장 한장 기자들에게 넘겨주기 시작했다. 그러나 참을성 없는 기자들은 얼리의 손에 있는 유인물을 향해 달려갔다.

그러고는 책상에 있는 모든 것을 엎고, 얼리를 밀어붙여 그는 결국 의자에 깔린 채 구석에 처박히는 신세가 되고 말았다. 더글러스는 웃으며 말했다.

"얼리는 세상에서 성질이 가장 괴팍한 친구죠. 다른 기자들이 연설문 복사물을 가졌는지 모르지만 난 내 것을 챙겨 튀었지."

'자유분방한 도전자'라 불린 스미티와 더글러스가 루스벨트와 즐겼던 '주고 받는 정情'이 요즘에는 거의 사라졌다 해도 과언이 아니다. 더글러스는 언젠가 대통령에게 물었다.

"각하, 연세가 어떻게 되십니까?"

"달력 나이로는 62세, 하지만 일이 많을 때는 35세가 된다오."

대통령의 답변이었다. 한번은 프레스센터에서 한 기자가 평소 자유스럽게 친필 사인을 하는 대통령을 놀릴 생각으로 자신을 북극의 대사로 발령내는 문서를 만들어 루스벨트에게 넘긴 적이 있다.

"미안합니다. 북극대사 자리는 이미 찼는데요."

대통령은 이렇게 말하며 서명 후 북극 대신 남극을 적어 넣었던 일화도 있다.

내가 더글러스를 처음 만난 것은 스미티와 그가 케네디 대통령 당선자의 공동취재 기자단 일원으로 조지타운 병원에 취재차 오게 됐을 때였다. 당시 케네디 당선자는 아들 존을 출산한 재클린을 보러 이틀에 한 번씩 그 곳에 들렀다.

나는 케네디 취임식 이후 아예 백악관에 상주하다시피 했으므로 거의 매일 더글러스를 볼 수 있었다. 당시 로비에 있던 오래된 백악관 기자실 안은 AP 통신의 책상과 UPI 통신의 책상이 서로 마주보도록 되어 있었다. 우리는 케네디가 표현했듯 '무시무시한 무리'가

되어 백악관의 구석구석을 함께 취재하며 다녔다.

더글러스와 스미티는 백악관 기자단의 음陰과 양陽으로 일컬어졌다. 스미티가 열정적이고 화통한 반면, 더글러스는 차분한 사람이었다. 또 스미티가 성미가 급한 감이 있다면 더글러스는 신중한 편이었다.

나는 더글러스가 이성을 잃는 것을 본 적이 없다. 단 자신의 기자편집에 오류가 범해졌을 때를 빼고는 말이다.

더글러스는 텍사스의 린든 존슨 취재기에 '볼품 없이 쭉 펼쳐져 있는'이라고 존슨의 목장을 표현한 문구가 삽입된 것을 발견했다. 그것을 써넣은 편집장에게 그는 이렇게 따졌다.

"그건 그렇지 않아요. 만약에 그런 상태라면 내가 이미 그렇게 표현했을 거요."

더글러스는 일 때문에 몇주씩 집에 들어가지 못할 때는 아내와 아들인 더글러스 2세에게 죄책감을 느낀다고 토로했다. 그의 아들은 후일 내셔널 파크 서비스의 건축가가 됐다. 1950년 더글러스는 가족과 함께 보다 많은 시간을 보내기 위해 AP 통신을 떠나 ≪유에스 앤드 월드 리포트≫로 자리를 옮겼다. 그러나 거기서는 18개월을 근무했을 뿐이다. 그는 통신사와는 달리 너무 느리게 돌아가는 잡지사의 생리를 못견뎌했다.

몇년 간 암으로 투병했던 그의 아내 제니는 1966년 사망했다.

통신기자들은 직장 성격상 신문, 방송에 앞서 제일 먼저 기사를 터뜨려야 하는 입장이어서 취재 경쟁은 치열했다. 케네디 대통령 부부를 취재하면서, 이리저리 숨어다니며 자유를 즐기려는 재키 때문에 우리 기자들은 곳곳을 함께 여행해야 했다.

기자들은 시간이 날 때도 저녁을 먹을 때도 만약을 대비한 망보기 취재를 할 때도 항상 같이 몰려다녔다. 만약에 누군가 몇분 간

그룹에서 떠나 자리를 비우면 사람들은 어디다 전화를 하는 게 아닌가 걱정하기 시작했다. 그 결과 우리는 언제나 특종을 함께 했다.

당시 나는 백악관 출입기자로서 걸음마 단계였고 더글러스와 스미티는 백악관에서 거물급 기자로 대우받았다. 그러나 우리 모두는 친구였으며 세 번의 대통령을 거치는 동안 많은 여행을 함께 다니고 식사도 같이 했다. 우리는 전국, 전세계 어느 곳이든 동행하는 그런 관계일 수밖에 없었다. 그리고 서로를 깊이 알아갔다.

아내 제니가 죽은 뒤 더글러스와 나는 비로소 서로를 사적인 감정으로 바라보기 시작했다. 그러나 사적인 관계와 함께 경쟁자로서 공적인 입장을 함께 지녀야 했던 우리는 매우 신중하게 행동했다. 내가 한창 때였던 1971년 더글러스는 은퇴했다.

우리는 그가 은퇴한 이후 결혼하기로 마음먹었다. 그러나 쉬쉬하며 진행됐던 우리의 사랑은 점차 알려지기 시작했다. 10월 1일 은퇴를 앞둔 그를 위해 닉슨 대통령은 은퇴파티를 열어주었다.

은퇴파티는 국립 만찬장에서 열렸고 닉슨은 더글러스를 위한 고별사를 준비했다. 나는 예전처럼 뒷자리에 앉아 닉슨의 말을 받아 적고 있었는데 닉슨은 별안간 내게 고별사를 읽어줄 것을 청했다. 연단에 나서서 그것을 대독하는 순간, 또다른 감정이 엄습해 왔다.

"미국의 대통령들이 아주 각별하게 여겼던 백악관 특파원 더글러스 코넬에게, 6명의 미국 대통령을 취재했고 여러 해 우리의 친구였던 당신은 이제 백악관과 언론계를 빛낸 40여 년의 세월을 뒤로 하고 은퇴합니다. 당신은 동료기자들 그리고 당신이 취재해 온 대통령들의 변치 않는 존경과 찬사를 간직하게 될 겁니다. 미국 전역의 AP 통신 독자들, 많은 취재원들, 그리고 언론인들은 기사에 씌어졌던 당신의 이름을 그리워하게 될 겁니다. 우리는 지금 이 시대 최고의 전문가에게 따뜻한 경의를 보냅니다."

나는 거기서 끝나는 줄 알았다. 그러나 닉슨의 아내 팻은 연단으로 올라와 마이크를 잡더니 우리의 약혼 사실을 발표했다.

"이번 세기에 가장 큰 뉴스를 알려드립니다."

박수갈채가 가라앉은 다음 닉슨은 이렇게 말했다.

"최상의 결혼은 천국에서 맺어지지만 언론인 결합은 백악관에서 만들어집니다."

눈물과 웃음이 교차하는 가운데 예비신부인 내게 팻은 얼굴 가득 웃음을 띠면서 말했다.

"드디어 나도 특종했지요? 헬렌 토머스 건을."

헬렌의 능력을 인정해 준 진정한 남편, 더글러스

우리는 1971년 10월 16일, 백악관 건너편 라파예트 공원 옆의 성요한성공회 성당에서 결혼했다. 이 성당은 제임스 매디슨 이후 모든 대통령들이 예배를 보아 온 곳이라서 '대통령들의 교회'로 불리는 곳이다. 자칭 '특종'을 했다고 흥분한 팻 닉슨은 결혼식 후 백악관에서 오찬회도 열어 주었다.

우리는 기자단과 정부로부터 많은 선물을 받았는데, 그 가운데서도 존슨 전 대통령의 부인 버드 여사의 공보비서였던 리즈 카펜터가 전해 준 존슨 부부의 선물이 기억에 남는다. 그것은 은제 컵이었는데, 거기에는 이런 문구가 씌어 있었다.

'헬렌과 더글러스 씨, 영원히 행복하세요. 존슨 부부로부터.'

더글러스와 나는 쇼어햄 호텔 부근의 방 두 개짜리 콘도미니엄으로 보금자리를 옮겼다. 그는 회고록 준비에 들어갔으며 버지니아 주스페리빌 근처 라파녹 카운티에 있는, 아들과 함께 지은 오두막에서 많은 시간을 보낼 작정이었다. 내 생활은 다시 정신없이 돌아가는 백악관의 일상으로 되돌아왔다.

통신기자들은 다른 통신기자들의 생활을 이해할 수 있다고 본다. 그런 이유에서인지 그는 더할 나위 없이 내 생활을 이해했으며 협조적이었다. ≪퍼레이드≫라는 잡지와의 인터뷰에서 더글러스는 우리 부부의 삶을 이렇게 설명했다.

"헬렌과의 삶은 판에 박힌 내 생활을 자유분방하게 변화시켰다. 나는 언제 그녀가 일을 하러 나가는지 어디서 뒤늦게 야간업무를 끝냈는지, 그녀가 집에 저녁을 먹으러 올지, 혹은 오지 않을지 전혀 모른다. 만약 통신사 기자 경험이 없는 사람이 남편이 됐다면 헬렌처럼 자신의 일을 열정적이고도 전력을 다해 뛰는 여성과의 결혼생활은 지속하기 힘들 것이다. 그러나 나는 아니다. 왜냐하면 나는 헬렌이 훌륭한 기자라고 생각하며 그녀의 성공을 간절히 바라기 때문이다."

그러나 쉬는 일에 전혀 익숙하지 않은 나는 그와 함께 있기 위해 시간을 만들었다. 그 오두막은 우리가 일상으로부터 벗어날 수 있는 주말의 천국이었다. 대형 창문 가득 내다보이는 폭포와 그 고장 특유의 돌로 지은 벽난로를 바라보면서 우리는 세월을 잊고 있었다. 모든 편의시설을 갖추고 있는 그 오두막에 원치 않는 그를 설득해 전화까지 놓게 했다. 우리는 워싱턴의 친구들을 초대했다. 메뉴는 바비큐였다.

그 곳은 또 은퇴한 은행가, 외교관, 작가들이 사는 곳이었고 우리 부부는 이웃들을 친구로 만들어 갔다.

'나는 언덕을 바라보며 힘을 얻는다.'

폭포와 언덕이 내다보이는 대형 창문 위에 그는 성경의 한 구절을 써 붙이기도 했다. 그는 또한 여행을 좋아했다. 그런 즐거움을 우리는 텍사스 오스틴에 있는 절친한 친구 볼드윈 부부와 함께 했다. 내가 그들을 처음 만난 것은 존슨과 함께 텍사스를 여행할 때였다.

결혼한 이후 우리는 볼드윈 부부와 자주 여행을 다녔다. 우리가 가장 즐겼던 여행 중의 하나는 1974년 10월 과테말라와 멕시코 여행이었다. 지루했던 워터게이트 사건이 끝나고 닉슨이 사임한 이후 더글러스가 내게 좀 쉬라고 해서 결정한 여행이었다.

우리는 몇주 간 태양을 즐기고 관광을 하면서 편히 쉬었다. 과테말라에서의 어느 날, 레스토랑에서 테킬라 칵테일을 마시고 있을 때 한 여인이 내게 다가와 물었다.

"헬렌 토머스 씨 아니세요?"

그녀는 그렇다는 대답이 떨어지기 무섭게 욕설을 퍼부으며 삿대질을 해댔다.

"당신네 기자들이란……. 가장 위대했던 닉슨 대통령을 파멸로 몰았어."

나는 그녀를 그냥 바라보면서 물었다

"부인, 사건 관련 테이프들을 들어보셨나요?"

이렇게 물었으나 그녀는 막무가내로 점점 더 크게 소리를 질러댔다. 더글러스와 보브 볼드윈이 간신히 그녀를 밖으로 데리고 나가 나를 구제해 주었다.

그는 떠났지만, 사랑은 영원하다

우리의 생활은 행복하고 충만감이 넘쳤다. 나는 직장생활로 바빴으나 더글러스는 내게 휴식을 주는, 마치 항해를 마친 배가 항구에 정박할 수 있게 해 주는 닻과 같은 존재였다. 그의 이해심은 한결같았다. 그는 나의 들쭉날쭉한 출퇴근 시간에 한 번도 화를 낸 적이 없다. 그는 억압 속의 은총을 구현하는 사람 같았다. 취재로 인한 스트레스도 그는 잘 받아주었다.

1974년은 내 기자생활에서 잊지 못할 해이기도 하다. 통신사조합에서 32년 간 회원으로 있었던 나는 여성으로서는 처음으로 새로 만들어진 신설 관리직인 백악관 담당국장으로 승진했다. 1년 후 나는 백악관 특파원협회 회장이 됐다. 그리고 여성으로는 처음이자 유일한 회원 자격으로 그리오디론 클럽에 초청받았다. 그리고 나는 백악관의 하루를 그려낸 『데이트라인 ― 백악관Dateline White House』을 출간했다.

더글러스는 나를 위해 친구들을 초청하는 기념파티를 열어주었다. 그런데 저녁이 거의 지날 무렵 그는 테이블 건너편에 있는 한 친구에게 다가가 말을 건네는 것이었다.

"누구시든가요? 이름을 얘기해 줄 수 있어요?"

이를 지켜본 주위 사람들을 어리둥절해하지 않을 수 없었다. 이때부터 그에게 슬픈 일이 생기기 시작한 것이다.

1976년 간호사였던 이사벨 누이가 우리를 방문했고 더글러스와 함께 병원을 가게 됐다. 의사는 더글러스가 기억력을 잃고 있다고 했다. 이사벨이 자신이 근무했던 병원 의사에게 더글러스의 증세를 설명하자 알츠하이머 병(치매)을 앓고 있는 것 같다고 했다. 나는 이 병에 대해 별다른 지식이 없었다.

천천히, 그리고 마음 아프게도 내 남편의 정신은 나로부터 서서히 빠져나가기 시작했다. 그는 사리 분별이 힘들어졌고 누군가 곁에서 돌보지 않으면 안 될 지경이 됐다.

당시 나를 도와준 두 천사는 이사벨과 일하는 아줌마 윌리 위깅턴이었다. 이사벨은 1977년 은퇴한 이후 나를 돕기 위해 워싱턴으로 왔다. 우리는 더글러스가 좋아했던 곳을 찾아가는 등 그가 기억력을 잃지 않고 건강을 유지할 수 있도록 모든 방법을 동원했다. 그러나 그의 상태는 나날이 나빠졌으며 더욱 세심히 보호하지 않으면 안 됐다. 우리는 가장 어렵고 마음 아픈 결정을 내려야 했다. 더글러스를 누이 이사벨과 함께 디트로이트로 보내는 일이었다. 그 곳은 이사벨과 내 가족들이 그를 위해 모든 정성을 쏟을 수 있는 곳이기에 안심할 수 있었다.

디트로이트에서 여러 달 지낸 후 설상가상으로 더글러스는 폐렴을 앓게 됐다. 그는 산소호흡기에 의지해야 했으며 결국 더 이상 손을 쓸 수 없었다. 1982년 2월 20일, 그가 일흔다섯 살의 나이로 세상을 하직했다. 나는 그의 곁을 지키고 있었다. 그는 내 가슴에 큰 구멍을 남기고 떠났다. 그는 멋진 남편이었으며 현명하고 훌륭한 그리고 위대한 친구였다.

더글러스가 떠났을 때, 레이건 대통령과 낸시가 위로의 꽃다발과 함께 보내준 친절을 나는 잊지 못할 것이다. 나중에 레이건이 대통령직을 떠나고 그 자신이 알츠하이머 병을 앓고 있다고 발표했을 때 내게 낸시의 아픔이 전해져 왔다. 그녀가 앞으로 걸어야 할 힘든 길을 잘 알고 있었기 때문이다.

서둘러 우리는 더글러스의 친구와 동료들이 모인 가운데 며칠 후 워싱턴에서 추모식을 가졌다. 그의 동료 프랭크 코르미어와 마빈 애로 스미스가 추도사를 읽었다. 배경 음악은 평소 더글러스가 좋아했던 〈나의 친구야My Buddy〉, 〈나는 당신을 다시 보게 될 거야I'll See You Again〉, 빅터 허버트의 〈오, 인생의 달콤한 수수께끼Ah, Sweet Mystery of LIfe〉 등이었다.

그에 관한 부음 기사는 AP 통신 해리 로젠탈에 의해 작성됐다. 그것은 평소 더글러스가 작성했던 글의 일부를 재현한 것이었다. AP 통신은 위대한 정치가들이 사망했을 때 항상 더글러스 기자를 파견했다. 사람을 움직이는 감상적인 글이 필요할 때 더글러스 이상의 인물이 없었기 때문이었다. AP 통신이 창립 1백50주년을 기념하는 자리에서 내 경쟁자인 래리 쿤스턴은 더글러스가 썼던 다음과 같은 문구를 기억해 낭송하면서 그를 추모했다.

"1961년 본엄 텍사스로부터—하원의장 샘 레이번, 위대한 지도력을 가진 작은 거인은 그가 사랑했던 텍사스의 한 작은 마을에서 오늘 이 세상을 떠났다."

"뉴욕 하이드 파크에서, 1962년 11월 10일—회색빛의 우울하고 두려운 날, 엘리노어 루스벨트의 장례식 날이다. 이제 가버린 그녀의 쾌활한 영혼과는 어울릴 수 없는 그런 날이 왔다."

"1968년 워싱턴에서,—어스름한 보름달, 순교자적 죽음을 한 존 F. 케네디의 무덤에서 영원히 타오르는 불꽃이 지켜보는 가운데 토요일에, 로버트 케네디는 조용하고 야트막한 언덕에 몸을 뉘었다."

더글러스 글에 대한 찬사 중의 하나는 《로스앤젤레스 타임스》 편집장으로부터의 반응이었다. 그는 이름이 씌어 있지 않았던 어느 아름다운 기사를 누가 썼냐고 물어왔다. 자세한 내용은 기억나지 않지만 그의 동료가 전한 말에 의하면, 그 편집장은 그 글을 쓴 사람이 더글러스라고 말하자 이렇게 말했다.

"오, 더글러스 코넬 그는 늘 그렇게 좋은 글을 쓰는군요."

몇해 전 더글러스와 나는 오두막에 푸른 가문비나무 묘목을 심은 적이 있다. 그건 존슨 대통령 당시 버드 여사가 백악관 기자단에게 준 크리스마스 선물이었다.

나무를 심을 때 나는 존 F. 케네디가 즐겨 하던 말을 떠올렸다. 한 점잖은 신사가 그의 정원사에게 어떤 나무를 심으라고 주문했던 것 같다.

"주인님, 이 나무는 자라는 데 몇백 년이 걸리는 나무인데요."

정원사의 마땅찮은 말에 신사는 대꾸했다.

"그래? 그렇다면 더더욱 오늘 당장 심어야겠네."

장례식 이후 나는 더글러스의 유언에 따라 그를 화장했다. 나는 몇몇 친구와 우리의 오두막으로 갔다. 그리고 그가 남긴 또 하나의 소망을 위해 몇년 전 우리가 심었던 가문비나무의 밑둥에다 그의 재를 뿌렸으며 집 앞으로 흐르는 하젤 강에도 그를 흘려 보냈다.

몇년 후 나는 내 친구 아예사의 레스토랑에 한 친구와 앉아 있었다. 그 친구는 내 반지들을 보고 어디서 얻은 것이냐고 물었다. 나는 얘기했다. 하나는 친구 아예사에게서, 또 하나 역시 나의 절친한 친구로부터, 그리고 또 하나는 더글러스가 그의 어머니로부터 물려받아 내게 준 반지라고……

내 왼쪽 손가락에 갸름한 네모꼴의 보석 반지가 세 개 끼워져 있는데 하나는 결혼 반지, 나머지 두 개는 더글러스가 내게 선물한 것이다.

그녀가 물었다.

"그래도 결혼했던 것이 좋았어?"

"내 인생에서 가장 예기치 않았던, 그리고 가장 멋진 일이었지."

그렇다. 그는 정말 이해심이 넘치는 멋진 사람이었다. 한밤중에 통신사로부터 전화가 걸려와 기사 확인을 위해 다시 백악관으로 달려나갈 때 또는 대통령의 여행을 동행 취재하기 위해 정신없이 바쁘게 문을 나서려 할 때 그는 나를 살며시 쳐다본다. 그리고 그의 아내 '하이퍼 우먼 헬렌'의 모험과 업적을 미소 띤 얼굴로 즐기는 듯했다. 나는 매번 문을 박차고 나가기 전 뒤돌아서서 그에게 말하곤 했다.

"사랑해요, 더글러스"

행운 혹은 비운의 백악관의 안주인들

어느 퍼스트 레이디가 말했다.

"내 옷과 머리 모양에 쏟아지는 모든 말들이 나를 기쁘게 했다."

그러나 그녀는 덧붙였다.

"도대체 내 머리 모양이 대통령인 내 남편의 능력과 무슨 상관이 있는가 당황스러울 때도 있다."

'감옥에서 왕관을 쓴 꼴' 아니면 뭐든 휘두르는 '요술 지팡이'

미국 역사상 백악관의 안주인은 모두 43명뿐이다. 그들의 출신지는 여느 미국인들이 그렇듯이 아주 다양하다. 뉴욕, 텍사스, 일리노이, 미시건, 미주리, 버몬트, 조지아 등……. 그들은 아주 가난했거나 특권을 누렸거나 또는 그 중간쯤 되는 삶을 살아왔던 사람들이다. 딸로서 가족 내의 위치도 다양했다.

20세기 전까지는 기자들이 대통령 부인들의 삶을 별로 조명하지 않아 그들의 생활에 대해서는 별로 알려진 바가 없다. 그들의 명성이나 악명, 혹은 시선을 받은 것은 결혼 이후에 이루어졌다.

그들은 미국 역사에 지워지지 않는 흔적을 남겼다. 그들의 성姓을 부를 필요도 없이 재키나 레이디 버드, 낸시, 힐러리 등의 애칭으로 미국인들에게 널리 알려져 있을 정도로 말이다.

우리의 퍼스트 레이디들은 칭송 또는 존경을 받거나 모방의 대상이 됐고 때로는 욕설도 들어야 했다. 기자들에게 백악관 여주인들은 두 번째로 중요한 기삿거리의 보고寶庫이다. 때로는 남편들을 능가하는 최고의 지위를 선점한 순간들도 있었다.

'퍼스트 레이디'라는 용어 자체가 어떻게 하나의 단어로 우리 곁에 정착하게 됐는가는 별로 확실하지 않다. 어떤 사람들은 루시 헤이스가 처음으로 남편인 러더포드 헤이스의 전국순회여행에 동반했을 때 기자들이 그녀를 '이 땅의 첫 번째 여성'이라고 지칭한 데서 비롯되었다고 했다.

나는 여러 명의 퍼스트 레이디들을 취재하면서 마치 백악관이 그녀들에게 감옥과 같이 느껴질 때가 있을 거라는 것을 깨달았다. 해리 트루만 여사가 그녀의 백악관 생활을 '감옥에서 왕관을 쓴 꼴'로 비유했듯이 말이다.

미국 헌법에는 백악관 여주인들의 의무나 책임 같은 것이 명시되어 있지는 않다. 하지만 퍼스트 레이디 자리를 직업이나 직함, 또는 역할 등 그 어떤 것으로 설명하든 그 자리에는 막강한 힘이 실려 있다. 이 사실은 그 누구도 부인하지 못할 것이다.

실제로 낸시 레이건은 그녀의 소득세 서류양식에 자신의 직업을 '퍼스트 레이디'라고 쓰기도 했다.

그녀들은 남편이 집무를 시작하면서 자동적으로 지위를 부여받게 된다. 장소에 따라 그들은 안주인, 아내, 외교관의 역할을 하게 된다. 그러나 그 일을 어떻게 처리하는가는 전적으로 그녀 자신에게 달려 있다.

20세기 전까지 퍼스트 레이디들이 보이지 않는 미미한 존재였다는 것은 지금으로서는 믿기 어렵다. 에디스 커미트 루스벨트는 말했다.

"여자들의 이름은 일생을 통해 출생과 결혼, 사망 때 단지 세 번 쓰여진다."

사실 이 말보다 더 드러나지 않는 존재였는지도 모른다.

그러나 매스컴의 폭발적 증가와 사회에서 '여성의 지위'에 대한 생각의 변화는 퍼스트 레이디에 대한 대중의 인식을 완전히 바꿔 놓았다.

그들은 이제 아무리 사진 밖으로 숨어 버리려 해도 뉴스의 초점이 될 수밖에 없는 사람들이다. 일부는 그것을 피하기 위해 얼마나 노력했던가?

나는 그 동안 취재했던 모든 퍼스트 레이디들을 칭송해마지 않는다. 재클린 케네디부터 힐러리 클린턴까지 그들의 활약상이나 헌신, 그리고 위기의 순간에 대처하는 담력과 용기에 대해서 찬사를 보낸다. 그들은 자신을 지켜냈다.

역대 퍼스트 레이디 가운데 가장 유명했던 엘리노어 루스벨트의 활약상은 여러 가지 이유에서 백악관 안주인들의 모델이 되고 있다. 내 말을 믿지 못하겠으면 힐러리 클린턴에게 물어봐도 좋을 것이다. 그녀는 루스벨트 여사와 상상 속에서 대화를 나눌 정도로 그녀를 존경하는 것으로 알려져 있으니 말이다.

엘리노어는 대공황 속에서 가난으로 찌든 도시 곳곳과 이민자 수용소, 감옥, 저임금착취 노동현장 등 남편이 갈 수 없었던 곳은 다 찾아다녔다.

어떤 어려움에도 굴하지 않는 그녀의 이야기 가운데 내가 가장 감명을 받은 것은 그녀가 국내 감옥의 열악한 시설을 조사하기 위해 나섰을 때의 이야기이다.

루스벨트 대통령이 참모회의 중 백악관 비서에게 물었다.

"그녀는 어디 갔지?"

비서가 대답했다.

"감옥에 갔습니다."

"나는 조금도 놀라지 않네. 그녀가 이 번에는 무슨 일을 저질렀는지……."

이것이 대통령의 대답이었다.

백악관의 주인들은 기자들을 그들이 막 시작하려는 새 생활의 훼방꾼 정도로 생각하고 있었다. 그들은 모두 자신들의 새로운 생애에 기자들이 실력을 행사한다고 생각하고 있는 듯했다. 그들 중 일부는 이에 적응하려 최선을 다했고 일부는 참으려 했으며, 또는 무시하거나 피하려고 안간힘을 쓰기도 했다.

내가 존슨 대통령 부인인 레이디 버드 여사의 딸, 루시의 약혼에 대해 기사를 쓴 이후 얼마나 그녀로부터 냉대를 받았는지 그때 일을 아직도 잘 기억하고 있다. 그리고 닉슨의 부인인 팻 닉슨은 백악관을 강타한 워터게이트 사건에 대해 질문했을 때 내 눈을 똑바로 노려보며 다음과 같은 말로 일관했다.

"나는 남편을 사랑합니다."

심지어 할머니같이 푸근한 인상의 바버라 부시는 "피로 얼룩진 중국 천안문사건 이후 남편 부시 대통령이 어떻게 밀사들을 파견할 수 있었느냐"라는 질문에 내 머리를 두 번이나 톡톡 쳤다.

그러나 나는 그들의 좋은 업적과 열정, 헌신 역시 기억하고 있다. 퍼스트 레이디가 될 수 없었던 험프리 뮤리얼은 1968년 대통령 선거유세 중 내가 왜 그 힘든 자리의 여주인이 되려 하느냐고 물었을 때 '요술지팡이를 휘두를 수 있기에'라고 답하기도 했다.

대통령 부인이자 어머니, 활동가, 패션의 전령사

어떤 의미에서 뮤리얼의 말이 옳다. 내 생각에 요술지팡이는 그들에게 주어지는 화려한 스포트 라이트와 같은 것이다.

여러 분야에 스포트 라이트가 비추어지는 것을 우리는 보아 왔다. 역사 보존, 미국의 자연보호, 자원봉사, 노인문제, 인권 평등법, 문맹 퇴치, 유방암과 같은 건강복지, 정신병, 장애인과 마약중독자 문제 등 그들의 캠페인성 운동이나 계획 그리고 공적인 활동 외에도 퍼스트 레이디는 누가 뭐래도 한 나라의 제일 가는 안주인이다.

그녀들은 또한 경영자이기도 하다. 남편이 국정에 바쁠 때 그녀는 백악관 운영에 눈코뜰새없다. 이미 몇달 전부터 그녀가 치러야 할 공식 스케줄들이 빡빡하게 잡혀 있다.

국가적인 만찬을 앞두고 메뉴를 정하고 초청자들의 명단을 점검해야 하며 장식용 꽃, 자리 배치, 오락 프로그램, 그리고 수천 가지 사소한 일까지 신경을 써야 한다. 그리고 그녀 자신의 드레스도 골라야 한다.

그들은 활동가요, 아내이며 엄마이다. 심지어는 패션의 전령사 역할도 해야 한다. 싫든 좋든 간에 루스벨트 여사는 자신의 의상에 쏟아지는 곱지 않는 시선에 대해 불만을 토로한 적이 있다.

"나는 마치 내가 온갖 시선 집중을 받는 '워싱턴 기념비'라도 입고 있다는 느낌을 받을 때가 있다."

어느 퍼스트 레이디가 말했다.

"내 옷과 머리 모양에 쏟아지는 모든 말들이 나를 기쁘게 했다."

그러나 그녀는 덧붙였다.

"도대체 내 머리 모양이 대통령인 내 남편의 능력과 무슨 상관이 있는가 당황스러울 때도 있다."

재키 케네디는 1960년 선거 기간 중 헤어스타일을 바꿔야 한다는 편지를 상당수 받기도 했다. 그녀는 자신의 스타일이나 취향이 큰 이슈가 되자 상당히 곤혹스러워하면서 《뉴욕 타임스》 로버슨 기자에게 말했다고 한다.

"내 소비성향에 대한 보도가 사실이라면 나는 아마 검은 담비 팬티를 입고 있을 거요. 이젠 됐습니까?"

어느 백악관 만찬에서 바버라 부시가 입고 있는 아름다운 드레스를 누군가 칭찬하자 그녀는 웃으며 대답했다.

"전에 내가 입었던 오래된 드레스예요."

퍼스트 레이디들은 기자들이 백악관에서 열리는 사교모임에 나타나지 않기를 바란다. 우리는 대통령이나 중요한 초청인사들을 물고 늘어져 결국 그들의 파티를 훼방놓기 때문이다.

그러나 기자들은 이런 모임이 뉴스거리가 된다고 생각한다. 우선 초청된 유명인사들 때문이기도 하지만, 미국인들에게 그들이 낸 세금으로 마련된 이 모임이 얼마나 성대했나를 알려야 할 의무가 있기 때문이다.

이런 장소에 녹음기의 반입은 금지되어 있다. 그러나 물론 이런 금기 사항이 깨지는 경우도 있다. 경천 동지驚天動地할 뉴스가 있는데, 대통령에의 접근이 가능할 때가 그러한 경우에 속한다. 절대로 놓칠 수 없는 순간이기 때문이다. 그 경우 우리는 절대 환영받지 못한다는 것을 알고 있다.

나는 매 정부 때 적어도 한 번 이상 공식만찬에 초대를 받는다. 그리고 다과회나 리셉션, 피크닉, 그리고 기자단을 위한 크리스마스 파티 등 여러 번의 특별한 사교모임에 초대를 받는다. 공식만찬에 가는 것은 내게 대단한 스릴이다. 이는 곧 내가 옷을 차려입어야 하는 자리이자 평소 액세서리처럼 지니고 다니던 노트북이나 기자증 같은 것은 집에 놔두어야 하는 순간이기 때문이다.

결국 내가 손님으로서 점잖게 행동해야 하는 자리인 것이다. 그렇다고 해서 내가 그런 자리에서 아무것도 하지 않는다는 것을 의미하지는 않는다.

나는 무장해제(?)당했지만 여전히 앞날을 위해 작은 얘깃거리 한두 개쯤은 여기저기서 주워 모아야 하기 때문이다.

어느 만찬장에서 나는 레이건 대통령 시절 국무장관이었던 알렉산더 헤이그 옆에 앉게 됐다. 나는 그의 말에서 그의 임기가 얼마 남지 않았다는 것과 레이건 참모들이 그를 희생양으로 만들려고 한다는 것도 눈치챘다.

나는 또 러시아의 보리스 옐친 대통령을 환영하는 공식만찬에서 바버라 부시 여사의 불만족스러운 표정을 보았다. 옐친은 내가 앉은 옆 테이블에 앉았다. 나는 조카녀석들을 생각하면서 또 역사적인 추억거리를 만들기 위해 그에게 내 메뉴에 사인을 해달라고 부탁했다.

내 옆에 앉은 사람은 바로 국회도서관장이며 러시아 전문가인 제임스 빌링턴의 아내였다. 그녀는 내가 하는 행동을 보자 그녀의 남편을 위해 내게 친필을 대신 받아줄 것을 부탁했다. 나는 다시 옐친에게 접근했다. 그는 고맙게도 이에 응했다. 그는 즐거운 시간을 가졌고 또 관심의 초점이 된 것을 즐거워하는 듯했다. 부시의 표정을 보았을 때 나는 좀 거북함을 느꼈다. 하지만 내가 이 나라 최고의 도서관장을 위해 친필사인 하나를 받아준 것에 대한 미안함을 느낄 필요까지는 없었다.

기자들이 이런 행사에 끼어 있을 때 퍼스트 레이디들의 공보비서들과 참모들은 우리의 행동을 제어하라는 임무를 부여받는다. 우리는 저녁식사 후 커피와 코냑을 마시면서 초청인사들과 어울릴 수 있게 허용됐으나 역시 백악관 참모진들의 경계어린 눈초리를 벗어나기는 힘들다.

가끔 기자들은 참모들에게 쪽지를 보내 의사를 전한 후 대통령에게 조심히 다가가 초청 손님인 다른 나라 대통령이나 총리들을 소개받기도 한다.

나는 때로 우리의 이 같은 침입이 그들에게는 잠시 숨을 돌릴 수 있는 안도의 기회가 되었을 거라고 생각한다. 특히 초청손님이 영어를 못할 경우 대통령은 통역을 거쳐 지루하게 이야기를 나누어야 하는데 우리의 침입이 잠시 지루하게 계속되는 그들의 형식적인 대화에 숨통을 터 주기 때문이다.

모든 백악관의 여주인들은 국가적 행사에서 높은 자신의 위치에 걸맞는 행동을 해야 한다는 데 상당한 공포와 불안감을 경험하게 된다.

영부인들은 백악관에서의 생활이 힘든 만큼 이점도 있다고 말한다. 정치인의 아내로서, 유세를 다니는 등 바쁜 일정에 쫓기는 남편들과 자주 떨어져 지내야 하는데 백악관에 들어오면 일단 생활이

안정된다는 것이다. 바버라 부시는 백악관으로 이사한 후 자신의 기쁜 소감을 귀띔해 주기도 했다.

"이제는 남편이 집무실로 향할 때 침대에서 그에게 손을 흔들 수 있게 됐어요."

베티 포드는 말했다.

"나는 이제 제리가 어디 있는지 알게 돼 행복하다."

힐러리는 1995년 한 연설에서 말했다.

"빌은 예전보다 훨씬 가족과 함께 식사하는 경우가 많아졌다. 이 외에도 좋은 일이 많다."

원대한 야심을 지닌 남자들과 결혼한 이 여성들은 나름대로 자신들이 해야 할 알맞은 역할을 찾아내려 애쓴다. 어떤 퍼스트 레이디는 백악관 생활에 대한 애증의 감정을 갖기도 한다.

퍼스트 레이디.

정말 많은 역할과 임무와 책임들을 훌륭히 수행해내야 하는 자리다. 나는 역대 백안관의 안주인들이 이러한 임무를 잘 해왔다고 생각한다.

신비와 매력의 소유자, 재키 케네디

하니스 포트에서 워싱턴으로 돌아왔을 때 재키 케네디는 그녀의 생일에 시아버지가 준 독일산 셰퍼드 강아지를 함께 데려왔다. 워싱턴으로 돌아오는 동안 기자단은 개에게 무엇을 먹일 것이냐는 질문을 담은 조그만 쪽지를 그녀에게 건넸다. 그녀가 보내온 쪽지에는 '기자들'이라고 씌여져 있었다. 이 짧은 일화는 퍼스트 레이디의 취재가 어떠했나를 극명하게 보여 주는 예이다.

재키는 기자들로부터 독립하기 위해 3년 전쟁을 치렀다. 그 때를 돌아보면 나는 우리의 싸움이 무승부였다고 말할 수 있다. 때로는 우리가 이겼고 때로는 그녀가 이겼다.

하지만 그녀는 '군사'에 '비밀첩보원'까지 가세시켰으므로 일종의 불공정 게임이라 할 수 있다. 그러나 백악관 취재 여기자들은 그녀에게 신세를 졌다고 할 수 있다. 왜냐하면 그녀는 자주 우리에게 1면 기사를 쓸 수 있는 자료를 제공해 주었기 때문이다. 그녀로 인해 오늘날까지 퍼스트 레이디들은 기자들의 유익한 취재대상으로 자리 잡게 됐다.

그녀가 31세의 나이로 백악관에 입성했을 때, 세계 무대에서 축복 받는 존재가 되기 위해 의도적으로 노력했다고는 생각하지 않는다. 그러나 그녀의 배경으로 볼 때 이미 잘 준비되어 있었다고 말할 수는 있을 것이다.

초기의 재키는 '미묘한 존재'처럼 보였다. 특히 사립학교 출신에다 여름은 뉴포트에서 보내며, 프랑스어에 능통하고 기자단을 마치 외국 침략자처럼 대하는 '사교계의 혜성'을 취재하기란 결코 쉽지 않았다.

그녀가 기자들을 대하는 방법에 대해 더욱 당혹스러움을 느끼는 것은 그녀 역시 언론계에서 몸담았던 경험이 있다는 데에 그 이유가 있다. 그녀는 1952년 ≪워싱턴 타임스 헤럴드≫의 사진기자로 일했다. 그녀 역시 인터뷰 대상자를 물색하러 다녔고 그들의 사진을 찍었으며 취재원과의 대화를 기사화한 경력이 있었다.

그녀의 첫 인터뷰 대상자는 당시 부통령이었던 리처드 닉슨의 부인 팻 닉슨이었다. 닉슨은 물론 아빠가 집을 오래 비우는 것을 원치 않는다고 말한 어린 트리카 닉슨과도 인터뷰했고 나중에는 매사추세츠 주의 젊은 상원의원 존 F. 케네디, 아이젠하워 전 대통령의 손녀딸도 그녀의 인터뷰 대상자였다.

당시 그녀를 취재했던 어느 기자도 제대로 된 사진을 얻지 못하는 등 만족할 만한 성과를 가졌다고는 볼 수 없다. 이것은 명백하게 그녀가 원하는 방식이었다.

재키와의 때이른 만남은 1960년 11월, 조지타운에 있는 케네디의 집 밖에 서 있을 때였다. 문이 열리고 임신한 재키가 약간 혼란스럽고 불만스러운 표정을 한 채, 선거운동 과정에서 쌓인 피로를 풀기 위해서 플로리다로 떠나는 대통령 당선자 케네디를 배웅하고 있었다.

그녀는 그 이후 바로 아들 존을 낳았고, 케네디는 여행을 중단하고 돌아왔다. 재키는 출산과 퇴원, 그후 일련의 행동을 통해 대통령 임기 동안 우리가 치러야 할 숨바꼭질에 대해 어렴풋한 암시를 던졌다.

그녀는 아기와 함께 병원에서 집으로 돌아올 때는 앞문을 통해 들어갔다. 하지만 마미 아이젠하워를 만나러 갈 때나 새로 백악관에 입성하는 새 퍼스트 레이디를 위한 전통적인 백악관 투어에 참석할 때는 뒷문으로 빠져나가 기자들을 따돌렸다.

재키는 조지타운의 집을 떠나 백악관에 들어오면서 눈물을 흘렸다고 한다. 백악관이 마치 할인점 연말 세일에서 구입했을 법한 조잡한 물건들로 장식된 호텔 같다고 느껴져 한숨이 나왔던 것이다.

그 갑작스런 눈물은 그녀의 업적 가운데 미국 역사에 가장 중요한 기여를 한 촉매제 역할을 했다고 할 수 있다. 그녀는 백악관을 국가의 역사적인 보물로 재단장할 것을 결심했고 그 일을 훌륭하게 끝냈다.

그녀는 백악관을 국가 박물관으로 지정해 줄 것을 의회에 호소했고 이를 도와줄 역사가와 예술전문가, 박물관장 등으로 조직된 위원회를 만들었다. 그러고는 백악관에 역사적이고 예술적인 의미를 부여할 그림과 가구, 조각 및 기타 예술품들과 백악관 보수를 위한 기금을 요청했다.

백악관의 보수가 끝났을 때 그녀는 『백악관으로의 역사적 안내 Historic Guide to the White House』라는 책을 출간하도록 했다. 이 책은 그런 종류로는 최초의 것이었다.

그 결과, 여행객들은 그녀가 예술적 작품으로 꾸며낸 백악관을 보기 위해 몰려들기 시작했다. 그리고 텔레비전 카메라가 이를 비추게 허용했다. 이는 사생활 보호에 집착하는 그녀의 성향에 비추어 볼 때 놀랄 만한 출발이었다.

역사 보존에 대한 그녀의 관심은 백악관이 위치한 펜실베이니아가 1600번지 담 너머로까지 이어졌다. 퍼스트 레이디로서 그녀는 한때 '전쟁, 국가 그리고 해군빌딩'으로 불린 오래된 빌딩의 파괴방지를 돕기도 했다. 그녀는 그 건물이 파리의 우아한 오페라 하우스를 연상시킨다고 말했다. 백악관 옆에 서 있는 그 건물은 현재 '올드 이그제큐티브 빌딩'으로 알려져 있다.

재키는 또 뉴욕의 그랜드 센트럴 역을 살리고 센트럴 파크를 보존하는 데 힘썼다.

그녀는 백악관에서 또다른 목표를 지니고 있었다. 자녀들의 사생활을 보호한다는 것이었다. 담을 따라 키 큰 철쭉 덤불을 심은 것말고도 그녀는 아이들, 캐롤라인과 존을 일반에 노출되지 않도록 하기 위해서 어떤 일도 서슴지 않았다.

그러나 케네디는 자주 이러한 노력이 허사가 되게 했다. 그녀가 백악관을 비우고 다른 도시에 가 있을 때 케네디는 자기를 만나기 위해서 아이들이 백악관 집무실에 와 있는 모습을 사진기자들에게 공개하기도 했다.

세 살배기 캐롤라인은 모처럼 기회를 만난 우리들에게 아주 귀여운 웃음을 지어 보였다.

어느 날 그 아이가 여기저기 돌아다니고 있을 때 누군가 물었다.

"아빠가 어디 계시니?"

"아빠는 양말과 신발을 벗은 채 아무 일도 안 하는데요."

재키는 심지어 우리와 같은 방에 있을 때도 어떻게 하면 기자들을 따돌릴 것인가에 많은 신경을 썼다.

백악관에서의 첫 해, 그녀는 기자들을 위한 오찬을 마련했으면서도 자신을 일상적인 취재거리로 대하지 않는 워싱턴 밖의 여성기자들과 함께 앉았다. 파리의 한 기자단 리셉션에서는 외국기자들의 인터뷰에는 응하면서도 국내 여기자들은 냉대하기도 했다.

자신에게 따라붙는 여기자들을 경호원을 동원해 완력을 써 궁지에 몰아넣기보다 약간의 미소나 손짓, 그리고 몇 마디 말로써 불편한 감정을 훨씬 완화시킬 수도 있다는 것을 그녀는 알았어야 했다.

그녀는 프라이버시 침해에 단호하게 대처했다. 그녀는 사생활로 돌아가고 싶을 때에는 항상 "집안일 때문에……"라고 둘러댔다.

때론 의원 부인들과의 아침과 점심을 겸한 브런치 모임에 예의상 참석해야 하는 데도 거절했다. 나중에 알려진 바로는 '그 어리석은 여자들'을 견뎌낼 수 없었기 때문이었다고 한다. 대신 그녀는 그 시간 뉴욕으로 날아가 로열발레 공연을 즐기기도 했다. 당시 부통령이었던 존슨의 아내 레이디 버드가 자신의 역할을 대신 하도록 남겨둔 채 말이다.

케네디 대통령 역시 취임 직후 있었던 '훌륭한 여성들을 위한 리셉션'에 그녀가 참석하길 거절하자 대타로 나서야 했다. 또 백악관 내 사우스 로운에서 열린 교환학생들을 위한 리셉션에도 모습을 드러내지 않았다. 나중에 알려졌지만 그녀는 이때 가족의 거처에 있으면서 창문 밖으로 벌어지는 광경을 모두 내려다보고 있었다는 것이다.

그러한 그녀도 자신의 이미지를 강화하고 싶을 때에는 기자들을 찾았다. 그러나 이미 마음이 흡족했을 때에는 기자들을 내모는 그녀의 행동을 기자들이 이해하기에는 역부족이었다.

우리는 복수할 여러 방법을 궁리했다.

나는 여기자클럽에서 주최하는 1962년 연례행사에서 그녀를 골려줄 기회를 잡았다. 나는 이 모임에 분홍색 드레스를 입고 재키의 미용사인 진 루이스의 도움으로 불룩한 머리모양을 하고 나섰다. 그리고 동료 여기자 그웬 깁슨이 작사한 노래를 소녀 목소리로 개사改詞하여 불렀다.

"내가 무도회를 열기 원한다면/그건 나와 샤를르 드골을 위한 것이네/나는 내가 바라는 강심장을 가졌다네/나는 바로 재키/내가 수상스키를 좋아한다고/또 내 프라이버시를 존중한다고/비난해야 할까/녀도 아마 마찬가지였을 거야/네가 나라면/나는 바로 재키/내가 만약 케네디 없이 날아가고 싶다면/또는 내가 프랑스 샴페인을 좋아한다면/선거유세하지 않는 편이 좋았겠지/그게 바로 나야 재키"

그 다음 날, 케네디는 백악관 뜰 로즈가든에서 활짝 웃으면서 내게 다가와 말했다.

"나는 당신에 대한 글을 모두 읽고 있어요."

그녀가 1963년 1월 임신했을 때, 우리는 그녀가 온 힘을 다해 사람들의 시선 밖으로 도망치려는 것을 알아챘다. 그해 봄, 의사는 재키에게 세 번째 아이의 건강한 출산을 위해 모든 공적활동을 삼가하라는 충고를 했다.

8월 5일, 피에르 샐린저는 웨스트 로비에 뛰어들어와서 말했다.

"케네디가 5분 내로 하니스 포트로 떠난다."

재키가 제왕절개 수술을 위해 오티스 공군기지에 있는 병원으로 가고 있는 중이기 때문이라는 것이다.

갓 태어난 남자아기 패트릭 케네디는 2킬로그램이 조금 넘는 체중에 폐 질환을 안고 태어났다. 케네디는 아이를 급히 보스턴에 있는 아동병원으로 옮겼다. 나는 케네디가 갓난아기를 돌보기 위해 이틀 동안 병원에서 꼼짝 않고 있을 때 그를 취재했다. 그는 결국 죽어가는 아기를 지켜보아야만 했다.

이런 갑작스런 불행은 예기치 못한 것이었다. 이를 계기로 이들 부부는 서로에게 더욱 다가갔고 공식모임에서도 그런 진한 사랑의 모습이 느껴졌다. 재키의 우울증은 깊어갔고 케네디는 이런 상황을 친구들이나 가족들과 의논했다.

그녀의 언니 리 라즈월은 선박왕이라 불리는 아리스토텔레스 오나시스가 소유한 초호화판 요트를 타고 에게 해를 누비며 시름을 달랠 것을 제안하면서 재키를 그리스로 2주 간 초대했다.

비록 케네디는 그녀의 여행을 독려하긴 했지만 수상스키를 타고 새벽까지 댄스파티를 즐기면서 관광으로 소일하는 그녀의 모습들이 언론을 통해 전해졌을 때, 당시 재선을 준비중이던 그는 퍼스트 레이디의 모습이 그래서는 안 된다고 생각한 모양이다. 그는 급전을 보냈고 죄책감을 느낀 재키는 돌아왔다.

몇주 후 케네디는 대통령 재선 캠페인을 앞두고 텍사스로의 정치적 여행을 준비하고 있었다. 놀랍게도 재키가 동행하겠다고 나서자 케네디는 무척 즐거워했다. 왜냐하면 1960년 이후 재키가 그런 여행에 케네디를 따라나선 것은 처음이었기 때문이다.

11월 22일 오전, 대통령은 아침 일찍 일어났고 재키는 댈러스에서의 카 퍼레이드를 위해 잔뜩 준비하고 있었다. 그녀는 이후 남편이 자신의 옷을 직접 골라 주었다고 회상했다.

바로 그 핑크 샤넬 의상을……

그 여행은 11월 21일, 이미 산 안토니오에서 시작해 포트 워스를 거쳐 댈러스에서 끝나기로 되어 있었다.

이들 부부를 실은 댈러스의 무지개차 행렬.

아내가 바로 옆에서 지켜 보는 가운데 케네디는 총을 맞아 서거했고, 순간 그녀의 세계와 미국은 산산이 부서져 버렸다.

워싱턴으로 돌아 케네디의 시신이 자정을 지나 백악관으로 돌아온다는 정보를 입수했다. 재키는 댈러스에서 돌아오는 비행기에서 내리며 의전수석이 할 일을 묻자 이렇게 지시했다.

"링컨 대통령이 어떻게 묻혔는지 알아보세요."

장례식 당일, 나는 장례식이 치러질 성 마테오성당의 계단에 배치됐다. 그 자리에서 나는 자동차 배터리만큼 무거운, 소위 '휴대폰'을 들고 장례식장에 입장하는 유명인사들의 이름을 편집국에 불러 대야 했다. UPI 통신사의 원고교열 담당자인 보브 앤드루스가 내가 부른 내용을 토대로 가필하여 기사를 재작성했다. 기사 송고를 마친 내 앞에 아들의 손을 잡고 나타난 재키를 발견했다.

그녀는 아들에게 몸을 숙여 가만히 속삭였다. 곧 아들 존은 고사리 같은 손을 들어 아빠를 향해 군대식 거수경례를 올렸다. 그 모습에 나는 솟구치는 눈물을 억누를 수가 없었다.

나는 그녀가 장례식이 치러진 4일 간 보여준 용기와 절제, 그리고 어떻게 그녀가 장례식 전반을 이끌어 나갔는지를 아직도 생생히 기억하고 있다. 그녀는 가족들에게 말했다.

"우리는 이 아픔을 견디고 장례식을 치러내야 해요."

남편의 무덤에 '영원의 불꽃'을 스스로 점화한 앨링턴 국립묘지의 장례식이 끝난 후, 그녀는 장례식 사절로 참석한 수십 명의 외국 국가의수반을 접견했다. 그리고 그들이 떠난 후 마침 세 번째 생일을 맞은 아들 존을 위해 축하파티를 열어 주었다.

백악관에서의 마지막 날, 그녀는 대통령 집무실을 정리하면서 남편의 작은 소지품들을 백악관 직원들에게 기념품으로 나눠주었다. 그리고 함께 떠나야 하는 그들의 짐 꾸리기와 그녀 자신의 이사도 준비했다.

그녀에게는 한 가지 공적인 의무가 남아 있었다. 바로 그녀와 남편이 함께 새로 디자인한 대통령 자유훈장을 군인 등에게 수여하는 이스트 룸 행사를 치르는 일이었다.

그녀는 행사가 끝나기 전에 그 자리를 빠져 나와 백악관을 떠났다. 그러고는 닉슨 대통령 부인인 팻 닉슨이 대통령 부인 초상화 제막식에 그녀를 초청할 때까지 몇년 간 그 곳에 나타나지 않았다.

재키는 번화한 조지타운의 애버럴 해리만 대사 집에서 잠시 기거했다. 그 곳은 얼마 지나지 않아 관광객들의 발길을 끌어들였고 그녀는 이를 피해 뉴욕 5번 가 아파트로 이사했다. 그러고는 '재키 스타일'에 맞게 그 곳을 멋있고 편안하게 꾸몄다. 뉴욕에서 그녀는 끊임없이 쇼핑에 골몰했다. 당시 심야 토크쇼의 사회자들이 즐겨 하던 농담이 '가게가 모두 문을 닫는 시간이면 재키는 어디로 가냐'였을 정도이다.

그녀는 자서전을 쓰라는 주위의 권유를 거절했다. 그러나 얼마 후 《바이킹》과 《더블 데이》라는 잡지의 존경받는 편집장이 되었다.

1968년 그녀는 아리스토텔레스 오나시스와 재혼하게 되었다. 선박왕 오나시스가 그녀에게 퍼부은 보석세례는 한동안 세인들의 입방아에 올랐다. 그러나 그들의 사랑은 오래 가지 못했다. 그녀는 지중해의 아름다운 그리스 섬들이 더 이상 멋과 온화함을 지닌 목가적인 곳이라고 여기지 않았고, '오나시스'에 싫증을 느끼기 시작했다.

뉴욕으로 돌아온 이후 오나시스가 죽을 때까지 그들은 별거생활에 들어갔다.

오나시스의 딸인 크리스티나 오나시스와 한동안 냉전을 치른 후 재키는 오나시스의 유산 일부를 상속받아 그야말로 돈 많은 여인의 대열에 서게 됐다.

15년 동안 재키의 지속적인 동반자는, 국제 보석상으로 그녀의 재산증식과 관리에 도움을 준 모리스 템플스맨이었다. 64세의 나이에 그녀는 악성종양 선고를 받았다. 항상 용감했던 그녀는 죽음을 앞두고 전 남편 케네디 가, 즉 시댁 식구들을 불러 작별을 고했다.

나는 백악관을 떠난 이후 그녀를 단 한 번도 보지 못했다. 그녀는 백악관 생활에 대한 기억의 문을 굳게 닫아 버린 듯했다. 그녀가 워싱턴을 떠난 지 1년쯤 지났을 무렵 나는 그녀에게 인터뷰 요청서를 보냈는데 돌아온 대답은 이랬다.

"나는 아직 상중喪中에 있습니다."

나는 그녀가 세인의 이목을 벗어나 사는 것에 행복을 느꼈으리라 믿는다. 그녀는 여전히 독특하고 신비스러운 존재, 매력이 가득한 존재로 미국인의 가슴 속에 남아 있다.

나는 가끔 그녀를 좀더 잘 알았어야 했던 것 아닌가 생각한다. 하지만 그녀는 자신을 좀처럼 드러내 보이려 하지 않았다. 타인들로 하여금 '그녀는 누구일까' 하는 풀 수 없는 호기심을 갖게 하고 맘대로 추측하고 가정하게 만들었다.

재키는 삶과 죽음을 통해 우리에게 다가왔다. 존슨 대통령의 아내인 레이디 버드 존슨이 기자겸 저술가인 루스 몽고메리에게 이렇게 말한 적이 있다.

"가장 존경받아야 할 인간의 덕목은 용기다. 이는 시련 속의 은총이다."

이는 홀로이기를 좋아했던 재키가 우리에게 보여준 것이기도 하다.

완벽한 정치인의 아내, 레이디 버드 존슨

1970년 8월 28일 캘리포니아 북부의 거대한 삼나무 숲속.

린든 존슨과 그의 아내 레이디 버드 존슨은 닉슨 대통령과 퍼스트 레이디 팻 닉슨과 함께 서 있었다. 이 자리는 자연보존을 위해 끊임없는 노력을 기울여온 레이디 버드의 노고를 기리기 위해 3백 에이커의 땅을 '레이디 버드 존슨의 숲'이라 명명하는 축하식장이었다.

이 자리에서 닉슨은 자신과 존슨의 정치인생에 공통점이 많음을 주목하게 된다. 하원, 상원, 부통령, 대통령 등을 똑같이 겪은 정치 역정에 대해서 말이다.

존슨은 닉슨에게 말했다.

"대통령들이란 외로운 사람들이지요. 항상 안심하고 믿을 수 있는 사람은 아내들뿐이니까요."

닉슨이 응수했다.

"맞아요. 우리 두 사람은 우리보다 나은 사람들과 결혼했다는 것을 행운으로 여겨야지요."

이보다 더 진실을 담은 말은 없다고 생각한다. 존슨과 닉슨의 부인들은 정말 완벽한 정치인의 아내라고 할 수 있기 때문이다. 그녀들은 남편의 정치인생을 위해, 아내로서 때로는 막역한 친구나 동료로서 헌신해 왔다. 존슨 부인은 1912년 텍사스 주 카낙에서 클라우디아 앨터 테일러라는 이름으로 태어났다. 그녀의 별명인 레이디 버드('무당벌레'라는 뜻)는 어렸을 때 집안일을 돕는 사람이 그녀를 무당벌레 같다고 묘사한 데서 비롯되었다.

그녀의 어머니 미니 파틸로 테일러는 그녀가 다섯 살 때 세상을 떠났기 때문에, 그녀는 아버지 토머스 제퍼슨 테일러, 숙모, 그리고 가정부의 손에서 자랐다. 텍사스 대학에서 인문학과 저널리즘을 공부한 이후 1934년, 당시 의원 비서관으로 텍사스 주 오스틴을 방문한 존슨을 만났다. 존슨은 데이트를 청하고 워싱턴으로 돌아간 후에도 편지와 전보, 전화 등 온갖 통신매체를 동원해 구애공세를 퍼부었고, 레이디 버드는 이를 수락했다. 이들은 1934년 11월에 결혼식을 올렸다.

제2차 세계대전 중 남편이 해군에서 복무할 때 그녀는 의원 사무실을 그대로 유지할 수 있도록 도왔다.

1955년 남편이 심한 심부전 증상으로 병상에 있을 때도 그가 다시 상원 다수당 대표자리로 되돌아갈 수 있을 때까지 의원 사무실을 존슨 대신 꾸려나갔다.

여러 번의 유산 끝에 그녀는 1944년에 린다 레이디 버드를, 1947년에는 루시 치 베인스를 낳았다.

나는 존슨이 민주당 지명대회 경쟁자 중 한 사람으로 뛰고 있을 때인 1960년, 로스앤젤레스 호텔에서 그녀를 우연히 맞닥뜨렸던 일을 기억한다. 주변 일이 정신 없이 돌아가자 그녀는 자신의 딸을 극장에 데리고 갔다.

케네디가 지명됐을 때, 러닝 메이트로서 린든을 부통령 후보로 앉히려는 협상이 진행됐다. 중재인 역할을 했던 하원의장 샘 레이번은 존슨이 그 자리를 맡는 것을 반대하다가 포기했다.

정치인들이 긴 밤 동안 그들의 방을 뻔질나게 드나들었을 때 그녀는 남편에게, 2인자의 자리를 수용한다는 것은 곧 텍사스의 지지자들을 실망시키는 일이라며 반복해서 말렸다.

그건 아마도 그들의 기나긴 동반자 관계에서 이견을 일으켰던 아주 드문 사례일 것이다. 린든은 그녀를 손가락으로 쿡 찌르며 말했다.

"당신은 내가 대통령 자리에 아주 가깝게 다가간 사람이라는 걸 알고 있소?"

레이디 버드의 비서실장겸 공보비서인 리즈 카펜터는 자신이 모시는 레이디 버드가 벨벳같이 부드러우면서도 강철 같은 정열을 가진 사람이라고 말했다.

그녀는 백악관으로 입주했을 때 발끝으로 걷고 작은 소리로 속삭이며 말했다고 나중에 기자들에게 이야기했다.

재키는 백악관을 떠나던 날, 작은 꽃다발 속에 넣은 메모를 레이디 버드에게 남겼다.

"행복하게 새 집에 입주하시길 빕니다. 레이디 버드, 기억하세요. 당신은 이 곳에서 행복할 겁니다."

하지만 언론들은 재키가 레이디 버드에게 냉담했음을 시사했다. 그러나 그들은 몇년 간 서로 연락을 하고 지냈다. 레이디 버드는 백악관에 들어 온 이후 조지타운의 해리만 대사 집에 있는 재키를 여러 번 찾아갔다. 그리고 백악관 보수작업에 관한 모임에 재키가 와서 조언해 달라고 설득하였으나 재키는 매번 이를 거절했다.

재키는 존슨 대통령이 그녀를 모든 백악관 공식만찬에 초대했지만 '그러나 그 장소로 다시 돌아가 보는 것이 너무 가슴 아픈 일'이라며 거절했다고 나중에 술회했다고 한다.

레이디 버드는 현대사에서 가장 널리 알려진 재키의 뒤를 이어 명성을 얻어야 하는 어려운 문제에 직면했다. 그녀는 자신이 한 번도 경험하거나 연습해 본 적이 없는 무대 위에 갑자기 앉게 된 것 같은 기분을 느낀다고 말한 적이 있다. 그러나 그녀는 다음과 같은 말을 덧붙였다.

"하지만 린든과 함께 나는 최선을 다할 것입니다. 나는 위안자요, 받침대의 역할을 하고 싶어요. 그리고 때로는 린든의 따끔한 비평자가 될 각오도 되어 있습니다. 나는 말보다는 실천을 우선하는 사람이 될 것입니다."

그녀가 말한 '실천'은 그를 취재해야 하는 여기자들을 항상 바쁘게 만들었다. 그리고 그녀는 신중하고 조심스럽게 자신의 역할을 열심히 해냈다. 그녀의 책상에는 '할 수 있다'는 표어가 붙어 있었다. 그녀는 아마도 백악관의 여주인공 중 가장 많은 일을 한 사람으로 백악관 역사에 기록되어 후세에 전해질 것이다.

레이디 버드를 취재하는 것 역시 우리 기자들을 피곤하게 만드는 구석이 있었다. 재키의 경우 언론을 회피해 우리는 항상 부족한 기사거리와 그녀의 비밀스런 행동을 잡아내느라 지쳐 있었던 반면, 레이디 버드는 행차가 너무 빈번해 오히려 따라다니기가 힘들 정도였다.

그녀는 텍사스 목장에 이르기까지 우리에게 보다 많은 접근을 허용했다. 그녀가 '아름다운 미국건설'이라는 역사적인 프로젝트를 개시했을 때 우리는 모두 말까지 타야 했다. 얼마나 거친 승마 경험이었던지……

나는 레이디 버드 곁에 있을 때보다 더 좋은 건강미를 유지한 적은 없었다고 생각한다. 그녀와 행동을 함께 했던 우리 기자들은 아름다운 미국 만들기를 위해 장거리 여행기록을 세웠다. 우리는 산을 기어올랐고 텍사스의 코만치 족 인디안의 궤적을 따라 터벅터벅 걷기도 했다. 와이오밍 주의 강, 스네이크 강을 따라가는 뗏목여행에서 나는 '마티니'라는 뗏목에 배치됐다.

이 여행에 참가한 기자수행원단의 사진이 ≪스포츠 일러스트레이티드≫에 실렸는데, 나는 그 중 가장 비참한 형상을 하고 있어 누구든 쉽게 나를 찍어낼 수 있었다.

우리는 전국을 대상으로 역사적 의미를 담고 있는 집들도 뒤지고 다녔다. 예를 들어 매사추세츠 주의 존 퀸시 애덤스, 테네시 주의 앤드루 잭슨, 노스캐롤라이나의 토머스 울프, 버몬트의 로버트 프로스트의 생가 등이 포함된다. 나는 여행 중 상당히 피곤했음을 시인하지 않을 수 없다.

하지만 우리 기자들은 그녀의 '아름다운 미국 만들기'를 위한 여행의 대열에 낄 수 있었던 것을 자랑스럽게 생각했다.

우리는 이 나라를 지키고 보호하기 위한 위대한 모험을 하고 있다고 느꼈다. 그녀의 이러한 작업은 결국 법안을 만드는 산파역할을 했다. 그 법안은 깨끗하고 아름다운 자연환경 유지, 광고게시판 제거 등에 중점을 둔 것이었다. 그러나 그에 따른 반발도 만만치 않았다. 몬타나 주로 가는 길에 우리는 '레이디 버드를 탄핵하라'는 광고판을 발견하기도 했다.

'아름다운 미국 만들기' 외에도 우리에게는 또 여행을 해야 하는 일이 생겼다. 그녀의 남편 존슨 대통령이 수행하는 <위대한 사회> 프로그램의 관련 지역들을 그녀가 찾아 나섰기 때문이다.

그녀는 또 저소득층의 취학 전 아동을 위한 프로그램인 '헤드 스타트'의 회장직도 맡았다. 이 프로그램의 발기식을 위해 전국여행을 시도했다. 존슨 대통령의 '가난과의 전쟁' 프로그램을 위해서는 통계 수치에도 잘 잡히지 않는 애팔래치아 산맥의 촌부들, 도시 슬럼가의 빈민까지 만나고 다녔다.

역대 퍼스트 레이디가 벌인 공적활동 중 가장 활발한 것으로 손꼽히는 것은 레이디 버드가 벌인 '휘슬스톱 캠페인'이라 할 수 있다. 일명 '레이디 버드 열차'라고 명명된 기차에 함께 타고 나흘 간 계속된 여행은 버지니아의 알렉산드리아에서 시작하여 노스캐롤라이나, 사우스캐롤라이나를 거쳐 조지아, 플로리다, 알라바마, 미시시피, 그리고 뉴올리언스에서 린든과 합류하는 것으로 끝을 맺었다. 나흘 동안 우리는 1천6백82마일을 여행했고 그 사이 67곳에서 캠페인을 벌였다.

우리는 인권법에 저항하는 남부지역에서 많은 어려움에 부딪칠 것으로 예상했다. 그녀는 첫 연설로 그 도전에 정면으로 대응했다.

"여러분 가운데 많은 사람들이 대통령이 지지하는 인권법에 반대하고 있다는 것을 잘 알고 있습니다. 그러나 나는 그와 함께 남부 사람들이 정직과 용기를 소중히 여긴다는 사실 또한 잘 알고 있습니다. 나는 린든이 그 두 가지를 다 보여 줬다고 생각합니다. 만약 우리나라가 여러 의견으로 갈라진다면 그것은 끝없는 비극이 될 것입니다."

우리가 골드워터 컨트리로 더 깊게 들어갈 때도 그녀는 주저하는 기색 없이 침착함을 잃지 않았다. 리셉션은 우호적으로 진행됐지만 약간의 야유는 있었고 "꺼져라, 블랙 레이디 버드!"라는 구호까지 등장했다. 사우스캐롤라이나에서는 무례함이 도를 넘어섰다.

콜럼버스의 대중집회에서는 한 무리의 관객들이 야유를 퍼부었다. 레이디 버드는 의연하게 손을 들고 조용하지만 단호한 목소리로 말했다.

"이 나라에서는 저마다 다른 견해를 가질 수 있습니다. 여러분은 여러분대로 다른 생각을 가질 권리와 자격이 있습니다. 저 역시 마찬가지고요."

11월 전까지 얼마나 많은 표를 그녀가 몰아 주었는지는 알 수 없지만 그녀가 모든 민주당원들의 칭송을 받은 것에는 의문의 여지가 없다. 남편 린든의 정책을 지지하지 않는 정치인들도 레이디 버드의 존재를 무시할 수는 없었다.

선거 캠페인 일정에서 하원 민주당 지도자인 루이지애나 주의 헤일 보그스는 그의 선거구민들에게 집회에 참석하도록 종용했다. 심지어 알라바마 주의 조지 월레스 주지사도 그녀에게 커다란 장미 꽃다발을 보냈다. 우리가 힘든 여행의 막바지에 도달했을 때 레이디 버드는 기자들의 인내심에 찬사를 보내는 일종의 '졸업 증명서' 같은 것을 보냈다.

이 여행 이후 나는 그녀를 남편과 따로 떼어 놓고 생각하더라도, 그녀가 사회에 기여하는 여성 중의 한 사람이라는 점에 추호의 의심도 갖지 않게 됐다.

그녀는 바깥일로 매우 바빴지만 '대통령의 자녀'로서 불편을 겪고 있던 열아홉 살 린다와 열여섯 살 루시의 엄마 역할을 소홀히 하지 않았다. 나는 솔직하고 의지가 강한 루시와 이야기하는 것을 즐겼다. 루시는 자신이 한번 결정을 내리면 흔들림 없이 그 일을 향해 매진하는 그런 아이였다. 루시는 백악관을 아주 생기 있는 곳으로 바꾸어 놓았다. 루시가 가톨릭으로 개종하고 팻 누전트라는 젊은이와 약혼한 것은 큰 뉴스거리가 되었다.

내가 언제 루시가 세례를 받는지 정확한 날짜를 알게 되었을 때, 가족들은 세례식이 조용하게 치러질 수 있도록 기사화하지 말아 달라고 했으나 내 생각은 달랐다.

루시는 내게만 이렇게 말했다.

"나는 울었어요. 모든 사람이 울길래 나도 울었습니다. 모든 젊은 친구들과 마찬가지로 5년 전, 삶에 대해 의구심을 갖기 시작했고 방황하기 시작했습니다. 나는 교회에서 그 대답을 얻었어요."

나는 이를 독점 기사화했다.

루시가 팻 누전트와 약혼한 사실을 보도하자 내게 투덜댔다.

"그건 우리 아빠에게는 아주 고약한 일이에요. 아빠가 느끼는 부담이 너무 크다고 생각해 우리는 그에 대해서 주말 내내 아무 이야기도 나누지 않았어요."

1966년 8월 6일, 19세의 루시는 '간단한 가족 행사'로 결혼식을 치렀다.

한편 린다는 모든 경우, 특히 그녀의 로맨스에 관해서는 기자들에게 극도로 냉담한 태도를 보였다. 그녀가 백악관 이스트 룸에서 개인적 행사라는 이름 하에 해병대 장교 찰스 로브와 결혼했을 때 그녀에 너무 가깝게 서 있었다는 이유로 기자들을 노려보았다.

그들의 로맨스와 결혼은 베트남전쟁, 인종갈등으로 나라가 혼란에 빠져 있을 때 그나마 존슨 부부에게 행복한 휴식의 기쁨을 안겨 준 사건이었다.

레이디 버드는 존슨 대통령 이상으로 스트레스에 시달려야 했다. 베트남 전을 반대하는 정서가 온 국민 사이에 팽배해 있을 때, 무엇보다 그녀의 심리상태를 극적으로 보여주는 사건이 백악관에서 일어났다.

지역사회에 공헌이 큰 여성들을 위한 오찬을 주최하고 있을 때였다. 그 오찬은 초대 가수 어사 키트가 블루 룸에서 정부를 크게 비판해서 그만 중지되었다.

"당신은 이 나라의 우수한 젊은이들을 전쟁터로 보내 총탄에 쓰러지게 했고 불구가 되게 했다. 그들은 거리로 뛰어나와 항의를 하고 있다. 그들은 절망감으로 인해 술과 마약에 취할 것이다. 그들은 더 이상 학교에 가고 싶어하지 않는다. 어머니들과 강제 이별당한 그들은 결국 베트남에서 총알받이로 버려졌다."

기절초풍할 만한 순간이었다. 나는 레이디 버드가 눈물어린 눈으로 키트를 바라보면서 천천히 일어서는 것을 보았다. 떨리는, 그러나 단호한 목소리였다.

"전쟁이 진행되고 있기 때문이죠. 나는 정의롭고 정직한 평화가 있기를 기도합니다. 하지만 보다 나은 교육과 건강, 거리범죄 예방을 위해 보다 노력해야 하는 상황이라고 생각합니다.”

그녀가 존슨의 유일한 카운슬러라는 데는 의문의 여지가 없다. 재선에 나서지 말라는 아내의 말을 무시할 수 없을 정도였으니 말이다. 존슨은 이미 한 번의 심장마비를 경험했으므로 그녀는 그가 향후 매일 지금과 같은 격무와 스트레스에 시달린다면 절대로 또 다른 4년 간은 생명을 부지할 수 없을 거라고 생각했다.

존슨이 두 번째 임기 도전을 포기한다고 선언했을 때 레이디 버드는 이렇게 말했다.

“나는 몸이 10파운드나 가벼워져 날아갈 것 같았고 10년이나 젊어져 새로운 계획에 가슴이 설레요.”

레이디 버드는 백악관을 명예롭게 했던 가장 뛰어난 여성이었다. 그녀의 성실성과 이해력, 그리고 관용과 열정은 바로 그녀의 생애를 지켜가는 불변의 것이었다. 비록 그녀의 경험은 어쩔 수 없이 남편과 얽혀진 것처럼 보였지만, 그녀는 자신의 길을 가기 위해 열심히 노력했다. 그녀의 자연 가꾸기 노력은 아직도 계속되고 있다.

백악관을 떠난 레이디 버드는 말했다.

“내가 할 수 있을 거라고는 생각조차 하지 못했습니다. 그러나 두려워했던 일들을 열심히 하면서 보다 윤택해지고 충만감이 넘쳤어요. 나는 내가 했던 모든 일이 즐거웠어요. 그러나 미처 하지 못했던 일들이 유감스러울 뿐입니다.”

1998년 어느 봄날, 백악관의 내 자리로 한 통의 전화가 걸려왔다. 느리면서 부드러운 그녀의 말투였다.

“헬렌, 안녕하세요. 나, 레이디 버드인데요. 요즘 거기 어떻게 돌아가요?”

우리는 마치 오래 된 친구처럼 잡담을 나누었다. 그것은 내게 두 가지 기억을 상기시켜 주었다. 하나는 오스틴에 있는 진 볼드윈의 부엌게시판에 걸린 빛 바랜 사진으로, 나와 레이디 버드가 공원 벤치에 한가롭게 앉아 이야기를 즐기고 있는 모습을 담은 것이다. 또 하나의 기억은 존슨 부부의 목장에서 이들 부부가 개최한 피크닉에 참석한 유엔 콩고대표단의 한 젊은 남자가 내게 이렇게 물었었다.

"그녀의 이름이 '레이디'예요?"

그는 그녀의 이름이 이상하다고 여겨, 그녀가 아마 영국 왕실쯤에서 온 사람으로 생각하는 듯했다.

"절대, 아니에요. 그건 단지 애칭에 가까운 별명일 뿐이에요."

"오, 그래요. 아무튼 그녀가 숙녀(레이디)인 것은 사실이잖아요."

그녀의 본명인 클라우디아 앨터 테일러에 대해서는 아무것도 이야기되지 않았다.

용기와 헌신, 믿음으로 위기를 극복한, 팻 닉슨

나는 닉슨 전 대통령이 그의 아내 팻의 장례식에서 걷잡을 수 없이 흐느꼈던 일을 아직 생생하게 기억하고 있다. 팻의 공보비서였던 헬렌 스미스는 닉슨이 그렇게 흐트러진 모습을 보인 적은 일찍이 없었다고 말했다.

팻은 닉슨과 파란만장한 일생을 살면서 많은 일을 견뎌냈다. 그리고 나는 내가 취재한 퍼스트 레이디 가운데 가장 평가 절하된 사람이라고 생각하고 있다. 그녀는 따뜻하고 친절했으며 생동감이 넘쳤다. 나와 AP 기자였던 더글러스가 쉬쉬하며 추진했던 결혼계획을 기자들에게 일러주면서 '나도 헬렌의 얘기를 특종했다'며 즐거워했던 그녀를 늘 기억할 것이다.

그러나 닉슨과 그의 경호원들은 그녀가 얼마나 가치 있는 자산이었는지를 전혀 이해하지 못했다. 우리 기자들은 그녀의 용기와 남편에 대한 헌신, 자신에 대한 믿음을 발견했지만 말이다.

만약 딸이 정치가와 결혼한다면 좋아하겠느냐고, 한 기자가 묻자 그녀는 이렇게 답했다.

"아마 내 딸이 그런다면 대단히 유감스러울 거예요."

"하지만 당신은 정치인과 결혼했잖아요."

다시 되묻자 그녀는 질문을 피해 나갔다.

"맞아요, 하지만 그 정도로 하죠."

셀마 캐서린 리안은 1912년 3월 16일 네바다 주 엘리에서 태어났다. 그녀의 가족은 캘리포니아로 이주해 로스앤젤레스 근교 작은 트럭 농장에 정착했다. 그녀의 어머니 케이트는 1925년, 팻이 열세 살 때 돌아가셨고 어린 팻은 아버지와 두 남동생을 돌보는 가정 일을 떠맡아야 했다.

그녀가 열여덟 살 때 아버지도 돌아가셨다. 공부를 계속해야겠다고 결심한 그녀는 사우스캘리포니아 대학에 다니면서 구내 영업사원, 전화교환원 등으로 일했고 영화에도 가끔 출연했다. 그녀는 우등으로 졸업했고 교사 자격증을 얻었다. 그리고 위티어 고등학교에서 속기와 타이핑을 가르치는 일을 맡았다.

한편 리처드 닉슨은 듀크대 법대에서 공부를 마친 후 위티어에 있는 집으로 돌아와 변호사 사무실을 개업했다. 1938년 팻은 위티어 커뮤니티 프레이어스에 의해 올려진 공연에 참여하기로 결심했다. 알렉산더 월코트와 조지 카프만의 희곡인 『더 다크 타워The Dark Tower』에서 대픈이라는 역할을 맡았다. 거기서 그녀는 또 다른 연기자 중의 한 사람인 리처드 닉슨을 만나게 되었다.

닉슨은 그녀를 보자 첫눈에 반했다. 그러나 그녀는 그다지 탐탁하게 생각지 않았다. 포기를 모르는 닉슨은 2년 반이나 그녀를 쫓아다닌 끝에 1940년 6월 21일 결혼에 성공할 수 있었다.

닉슨은 제2차 세계대전 당시 해군에 입대했고 전쟁이 끝나자 정치에 입문하기로 마음먹었다. 정치에 들어선 지 6년도 안되어 닉슨은 하원에 당선됐다. 그리고 상원의원, 부통령으로 승승가도를 걷는 남편을 지켜보면서 그녀 역시 내조를 위해 길고 고통스런 선거 캠페인에 함께 뛰어들 수밖에 없었다.

남편의 정치 인생에 많은 도움을 준 그녀를 사람들이 인정하고 존경을 보냈다는 것을 나는 알고 있다. 1960년, 공화당 전국대회에서 여성대표단들은 '팻을 퍼스트 레이디로 만들자'는 배지를 달고 그녀를 지지했다. 닉슨이 케네디에게 대통령 선거에서 패한 그 날 저녁, TV 카메라들은 눈물을 쏟는 팻의 애절한 모습을 담았다. 그녀는 패배를 인정할 수 없다며 슬픔에 잠겨 칩거생활에 들어갔다.

그녀는 남편이 1962년 주지사에 도전했을 때 다시 선거 캠페인에 뛰어든 것을 제외하고는 1968년까지 행복한 평범한 삶을 꿈꾸는 가정주부로 지냈다.

1968년이 저물어갈 무렵, 닉슨은 다시 백악관에 도전하기 시작했다. 그녀는 닉슨이 대통령에의 재도전을 절실히 원한다는 것을 알고는 다시 그를 돕기로 마음먹었다. 그녀 자신이 캠페인에 적극 나서지는 않았지만 딸에게 아버지를 돕도록 권했다.

그녀는 정말 퍼스트 레이디 자리를 즐겼다. 백악관 안주인으로서 공식만찬은 물론 모든 모임을 즐겼고, 백악관 공개를 주저하지 않았다. 우리 기자들은 부통령 시절보다 훨씬 더 여유 있고 편안해진 그녀의 모습을 볼 수 있었다.

경호를 위해 붙여진 그녀의 비밀 이름은 '스타 라이트'였다. 나는 별빛이라는 의미를 가진 이 별명이 그녀에게 썩 잘 어울린다고 생각했다.

그녀는 백악관을 보다 친숙한 장소로 바꾸는 데 신경을 썼고 특히 맹인이나 장애인들을 위한 특별관람 기회를 마련했다. 그리고 백악관 외곽정원을 안내하는 책자도 펴내도록 했다. 그리고 맵 룸Map Room을 복원하는가 하면 존슨 대통령이 소등하라고 명령했던 외등을 다시 밝혔고 백악관 대접견실에는 좀더 많은 골동품 가구들이 자리잡게 했다.

남편이 부통령이었을 때 그녀는 부통령 사택에서 거의 지내지 않았다.

백악관에 입성하자마자 그녀는 벽 색깔을 밝은 노란색으로 다시 단장했다. 이는, 재클린이 퍼스트 레이디 시절 가족식당을 위해 선택했던 고풍스런 벽지를 그녀 자신은 그다지 좋아하지 않았음을 의미한다.

재클린이 1971년 2월 백악관에 걸릴 자신의 퍼스트 레이디 공식 초상화를 보러 개인적인 방문을 했을 때 팻에게 이렇게 말했다.

"백악관에 자신의 흔적을 남기는 걸 두려워하지 마세요. 백악관에서 살았던 대통령 가족들은 그 자신들의 이미지가 담긴 흔적을 남길 수 있어야 해요."

그들이 돌아가자 나는 즉시 기사를 전송했다. 아니나 다를까 백악관 전화대에 불이 나기 시작했다. 다음 날 팻이 주최한 리셉션을 취재할 때 팻은 내게 백악관의 기본 원칙을 무시하고 그런 것을 기사화했다며 몹시 불쾌한 표정을 지었다.

나는 그녀에게 말했다.

"뉴스는 항상 당신이 적절하다고 생각되는 시간에 터지는 것이 아니에요."

그녀는 다소 이해하는 듯했다. 팻이 가장 걱정하는 것은 재클린이 백악관에 다녀간 사실을 닉슨 부부가 기자들에게 얘기했다고 재클린이 오해한다는 데에 있었다.

팻은 백악관 안주인으로서의 역할 외에도 닉슨이 부통령 시절에 처음 시도했던 친선여행을 이어 나갔다.

1970년 지진이 페루를 강타했을 때 그녀는 처참하게 황폐해진 나라를 위해 아주 많은 양의 구호물품을 가지고 현지를 향해 날아갔다.

그녀는 또한 노인과 장애인, 가난한 사람들을 위한 전국순회여행에 나서는가 하면 '읽을 권리를 위한 프로그램, 소외된 사람들을 위한 프로그램'들을 옹호하고 도와주었다.

1970년대 초, 우리는 팻 닉슨의 변화를 보게 되었다. 그녀는 점차 자신의 의견을 쉽게 개진하는 듯 보였다. 1972년 그녀는 전혀 예상치 못했던 일을 저질렀다. 그녀 자신이 몇 개의 중서부 및 서부지역의 주를 도는 선거유세에 돌입했던 것이다. 워싱턴으로 돌아온 그녀는 매우 낙관적이었으며 닉슨의 재선을 자신하면서 놀랍게도 기자들에게 대단히 많은 말을 털어 놓았다.

"이렇게 짧은 기간에 우리가 역사의 변화를 경험했다고는 생각하지 않아요. 나는 이렇듯 훌륭한 대통령 앞에 펼쳐진 우리의 미래를 생각한답니다. 나는 닉슨이 우리나라의 미래를 위해 큰 일을 해낼 것이라 생각합니다."

기자 가운데 한 사람이 말했다.

"당신이 남편에 대해 이토록 감동적으로, 웅변적으로 얘기한 것을 이전엔 본 적이 없습니다."

그러자 그녀가 대답했다.

"지난 25년 동안 나는 정말 열심히 내조했지만 전혀 자랑하지 않았어요. 나는 내 가족들을 자랑할 수 없었던 거죠."

그러나 그녀의 딸, 트리샤가 1971년 6월 에드워드 콕스와 결혼할 때 비로소 그녀에게 자랑할 기회가 주어졌다.

신부 어머니로 별로 초조한 내색을 보이지 않았던 그녀는 결혼준비를 위해 바쁜 와중에도 기자들에게 이렇게 말했다.

"누구든 한 달 내에 결혼계획을 세울 수 없다면 유능하다고 할 수 없지요."

트리샤는 백악관의 로즈가든을 식장으로 택했는데 이는 백악관에서 치러진 첫 야외결혼식이었다.

나는 결혼식을 위해 선물을 마련해 주는 웨딩샤워와 백악관 취재 담당 여기자들을 초대하는 데 주도적인 역할을 했다. 우리는 그녀를 위해 장난기 어린 선물을 준비했다.

빨간 가발이라든가, 그녀가 자신을 숨기고 자유로이 드나들 수 있는 아주 큰 선글라스, 그리고 신부에게 필요한 집안 살림들을 선물했다. 나는 결혼식 당일 이 행사를 취재하는 공동 취재단의 한 사람으로 참석했다. 그러나 야외결혼식을 비웃기라도 하듯 비가 내려 결혼식은 몇 시간 후에나 할 수 있었다.

하여간 나는 팻 닉슨이 예전에 이렇게 즐거워하는 것을 본 적이 없다. 이들 부부는 결혼식에서 그들로서는 진귀한 '첫 기록'들을 세웠다. 바로 대중들 앞에서 춤을 추었기 때문이다. 그러나 워터게이트 사건은 그녀가 퍼스트 레이디로서 누렸던 갖가지 즐거움과 기쁨을 모두 파괴해 버렸다. 처음에는 이것이 남편을 음해하려는 민주당의 음모라고 믿는 듯했다.

심지어 하원 법사위원회가 닉슨 탄핵안에 투표했을 때도 그녀의 믿음은 흔들리지 않았다.

내가 질문을 던졌을 때 그녀는 주먹을 불끈 쥐면서 대답했다.

"나는 내 남편을 믿어요. 나는 그를 사랑합니다."

그러나 그녀가 느끼는 긴장과 고통은 매우 컸으리라.

그것을 입증하는 한 예는 이렇다. 그 날은 1974년 발렌타인 데이었다. 누구도 몇주 간 대통령을 볼 수 없었다. 그런데 닉슨 부부가 백악관에서 몇 블록 떨어진 트레이더 빅 식당에 나타났다는 정보를 입수할 수 있었다.

CBS의 레슬리 스탈과 나는 닉슨 부부와 그 친구들이 앉은 테이블에서 근접한 거리에 자리를 얻었다. 우리는 다른 백악관 기자들을 제쳐 놓고 특종을 할 수 있으리라는 기대에 부풀어 있었다. 닉슨이 자리를 뜨려고 하자 우리는 그 앞으로 달려나가 질문공세를 퍼부었다.

그러나 우리의 비밀작전은 새어 나갔고 우리가 밖의 에스컬레이터에 올랐을 때 워싱턴 지역의 TV와 카메라들이 이들 부부를 밖에서 기다리고 있었다.

내가 그녀에게 "안녕하세요"라고 인사를 건네자 낯익은 얼굴을 본 반가움에서인지 그녀의 눈에서 눈물이 솟아오르는 것을 볼 수 있었다.

"헬렌, 내 남편 딕에게 생긴 모든 곤경을 믿을 수 있겠어요? 그리고 그를 짓누르는 고통도."

마지막까지 그녀는 남편 곁에 서서 사임하지 않기를 권유했다. 운명의 그 날, 닉슨 가족은 백악관 직원들에게 하직인사를 하기 위해 2층에 모였다. 그리고 백악관 보좌관 등에게 마지막 인사를 하는 닉슨을 위해 다시 아래층으로 내려왔다. 텔레비전 카메라를 접한 팻은 "오우, 노!"라고 외쳤지만 닉슨은 자신의 고별인사가 전국에 방영되도록 허용했다. 역사상 아주 특이했던 이 상황을 그녀는 참아내야 했다.

닉슨이 1969년 대통령 취임식을 가진 그 날 저녁, 한 기자가 남편이 정치에 입문하도록 독려했었는지를 그녀에게 물었다.

"아니오. 나는 남편이 정치하기를 원하지 않았어요. 그건 대단히 힘든 생활이기 때문에 정치하는 남편을 둔 아내들은 집에서 그들을 자주 보기조차 힘드니까요."

그러나 남편이 자신을 설득했다고 전하면서 말을 덧붙였다.

"그러니 내가 어쩌겠어요. 남편이 원하는 길이고 내가 해야 할 역할이 있었던 거지요. 그래서 나는 열심히 그 역할에 빠져들었고 결국 그 역할을 매우 좋아하게 됐어요."

새로 대통령이 된 제럴드 포드와 그의 아내 베티는 닉슨 부부가 캘리포니아의 집으로 돌아가기 위해 앤드루 공군기지를 향해 헬리콥터에 오를 때 닉슨 부부와 함께 백악관을 걸어나왔다.

팻은 베티를 보며 말했다.

"당신은 여러 가지 일들을 겪게 될 거예요. 당신이 싫어하는 것들도."

오랫동안 고통을 겪어야 했던 팻은 애초부터 자신의 역할을 이해하고 있었던 듯했다. 이전의 백악관 여주인들과는 달리 말이다.

그녀는 자신을 여자로서 이 세상 정상의 자리까지 끌어올려 준, 그러나 온갖 번뇌와 고통을 안겨 준 남자, 그러나 그녀는 자신의 남편에 대해 한 마디도 비난한 적이 없었다. 그런 와중에도 그녀는 자신의 위엄을 잃지 않았고 모든 국민으로부터 칭송을 받았다.

남편에 대한 그녀의 신뢰와 성실함은 의심의 여지가 없었고 더욱이 이기적이지도 않았다.

1976년 7월 팻은 뇌졸중으로 몸의 마비 증세를 일으켰다. 그녀는 가족들과 샌클레멘트에 머물면서 일체의 인터뷰 요청을 거절했다. 1980년 그들은 자식들 곁에 있기 위해 뉴욕으로 옮겼고 다시 1년 만에 뉴저지 새들 리버로 거처를 옮겼다.

그녀는 공식적인 자리에 거의 모습을 보이지 않았다. 1990년 캘리포니아 요바 린다에 문을 연 닉슨 기념도서관 개관식에 오랜만에 모습을 나타냈다. 그리고 2년 후 캘리포니아 시미 밸리에 세워진 레이건 대통령의 도서관 개관식에 다시 모습을 나타냈다.

그녀는 1993년 6월 22일, 폐암으로 사망하여 닉슨 도서관 터에 묻혔으며 캘리포니아 세리토스의 '팻 닉슨 초등학교'에는 조기가 걸렸다.

학생들은 그녀가 1975년 이 학교 개교식 때 기증한 '소망의 연못' 옆에 그녀를 기리는 장미덩굴을 심었다. 나는 그것이 노란 장미이기를 바랐다. 왜냐하면 노란색은 그녀가 좋아하던 색이었기 때문에……

솔직·대담으로 포드보다 인기가 좋았던, 베티 포드

1978년 가을, 나는 메릴랜드 주 트루몬트의 VFW 홀에 가설치된 기자실에 앉아 있었다. 캠프 데이비드에서 카터 대통령과 이집트 안와르 사다트 대통령, 그리고 이스라엘의 메나헴 베긴 수상이 참석한 가운데 열린 중동평화협상 타결을 취재하기 위해서였다.

이때 2년 전 대통령직을 물러난 제럴드 포드 전 대통령의 보좌관인 보브 바레트가 내게 전화를 걸어 포드의 아내 베티 포드가 막 얼굴 수술을 받으려 한다고 전했다.

나는 그것이 미용성형수술이냐고 묻자 그는 잠시 머뭇거리더니 베티를 바꿔 주었다.

"지금 성형수술을 받으시겠다고요?"

"그래요. 멋진 일이죠. 나는 지금 60살이지만 얼굴을 좀 새롭게 하고 싶어요."

베티의 이 대답은 그녀의 솔직 담백하고 거리낌없는 성격을 대변해 주는 말이기도 하다.

베티는 1918년 4월 미시건 주 그랜드 레피즈에서 엘리자베스 앤 블루머라는 이름으로 태어났다. 8세에 댄스를 배웠고, 16세 때부터는 방과 후 모델로 활동하기도 했다. 24세 때 보험회사 영업사원인 윌리엄 워런과 그랜드 레피즈에서 결혼했으나 5년 후 이혼했다.

그해 8월 그녀는 제럴드 포드를 만났는데 제럴드는 좀 독특한 방법으로 그녀에게 청혼을 했다.

"나는 당신과 결혼하고 싶소. 그러나 가을까지는 결혼할 수 없어요."

그는 그때 하원 출마 준비중이었고 그가 선거전에 뛰어든 6월만 해도 입후보가 비밀에 붙여졌었다. 그들은 10월 15일 결혼했다. 그리고 버지니아 주 알렉산드리아 교외에 자리를 잡았다. 그 곳에서 베티는 가계를 꾸려가면서 네 아이를 키워냈다.

1965년 포드가 하원 소수당 지도자가 되면서 집에서 지내는 시간은 점점 줄어들었다.

"의회는 새로운 소수당 당수를 얻었지만 나는 내 남편을 잃었어요. 날이 갈수록 심해져 1년에 무려 2백58일이나 밖에서 지내니까요. 나는 혼자 네 아이를 키울 수밖에 없는 지경이 됐어요."

1970년까지 의원 부인역할에 아이를 혼자 키워내야 하는 압박감으로 기진맥진해 자주 병을 앓게 된 베티는 신경정신과 치료를 받아야 했다.

적절한 치료법을 알게 된 베티는 자신감을 얻었고 자신에 대해 털어놓고 얘기할 수 있게 됐다. 그녀는 남편이 정치에서 은퇴할 시기를 잡았고 그들은 1974년 한번 더 의원 선거를 치른 후 물러날 것에 잠정적으로 동의했다.

그러나 그런 계획은 1973년 애그뉴 부통령이 사임하고 닉슨이 포드를 부통령으로 지명하면서 달라졌다. 베티는 이미 정치가 아내의 생활에 깊이 빠져들었고 그녀 자신도 그것을 즐기는 듯했다. 8개월

후 닉슨이 중도하차하고 1974년 부통령인 남편이 대통령에 오르자 그녀는 일약 퍼스트 레이디가 되었다.

출발부터 그녀는 기자들에게 독특하게 다가왔다. 자신의 이혼, 그리고 정신과 치료를 받았던 사실 등을 숨기지 않았다. 포드가 백악관을 떠났을 때 그녀는 약물남용으로 인한 치료를 받아야 했다. 이는 결국 1982년 '베티 포드 마약 알코올 갱생 센터'가 캘리포니아 란초 미라지에 문을 열게 된 계기가 되었다. 그녀는 센터를 이용하는 사람들을 위해 열심히 일하면서 그들에게 도움과 위안을 전했다.

그녀의 말들은 간혹 도발적이었다. 몰리 세이퍼가 <60분>이라는 프로의 인터뷰에서 그녀에게 물었다.

"만약 당신의 딸이 엄마에게 '성관계를 가졌어요'라고 말한다면 어떻게 하겠습니까?"

"나는 전혀 놀라지 않을 거예요. 나는 내 딸이 다른 소녀들과 마찬가지로 정상적으로 성숙한 인간이 된 것을 알게 되는 거죠. 그 아이가 관계를 계속하겠다면 조언을 해주고 내 아이가 좋아하는 그 남자친구를 정말 알고 싶겠죠."

우리가 이 발언에 대한 포드의 의견을 묻자 그는 '아마 1천만 표는 떨어져 나갔을 것'이라 했으나 이 발언이 기사화되자 2천만 표로 포드의 표가 늘어난 현상을 보였다.

그러나 포드는 그녀를 지원했다. 그녀의 말에 적개심과 분노를 표시하는 편지와 전보들이 전국 각지에서 백악관으로 쏟아져 들어왔다. 하지만 일주일 후부터는 웬일인지 편지 내용이 우호적으로 바뀌어 갔고 그녀에 대한 지지율이 오히려 포드보다 높다는 헤리스 여론조사기관의 조사도 나왔다. 그녀에 대한 지지율은 포드가 그녀를 따라갈 수 없을 정도로 높아져 포드는 '솔직히 베티를 대통령으로 내보내야 한다고 생각했을 정도'였다고 토로했다.

베티는 백악관 여주인들 중 그 어느 누구보다도 확실하게 여권 신장에 신경을 쓴 사람이었다. 그리고 그런 뜻은 여기저기서 명백히 드러났다. 그녀는 여성을 높은 지위에 임명하라고 종용했고 당시 공화당원들에게는 금기였던 남녀평등 헌법수정안을 적극 옹호했다.

베티가 이 법에 대해서 얼마나 지지하고 있었는지는 그녀의 승용차에 단 깃발에 대한 언급에서 잘 드러나 있다.

"나는 좋은 자동차를 갖고 있는데 깃발이 없어요. 대통령은 깃발을 달고 다니는데 어째서 퍼스트 레이디의 차에는 그것이 없지요?"

일주일 후 우리는 그녀가 자신의 차에 깃발을 매단 것을 보게 되었다. 그것은 레이스로 끝마무리가 된 푸른 새틴 바탕에 빨강, 하양, 파랑 별이 새겨진 것이었다.

그녀는 생각나는 대로 이야기하고 공화당의 보수파들을 불안에 떨게 해 여러 번 어려움을 겪었다. 《뉴스위크》는 그녀의 솔직함과 공정함을 대표적인 특성으로 지적하면서 1975년 '올해의 여성'으로 선정했다. 그녀는 말했다.

"나는 질문을 회피하는 것을 좋아하지 않는다. 그리고 질문을 요리조리 재볼 정도로 기민하지도 않다."

그녀는 자신이 하고자 하는 말을 거침없이 내뱉었고 이에 대해 사과하지도 않았는데 그녀에 대한 비판은 별로 효과를 거두지 못했다. 왜냐하면 그녀의 보좌관들을 당혹케 하는 발언이 신문에 대문짝만하게 실린 후 오히려 그녀의 인기는 치솟았기 때문이다.

그녀의 솔직 담백함은 1974년 가을, 유방암 수술을 치르면서 보다 잘 드러났다. 그녀는 베데스다 메디컬센터에서 생체조직검사를 받았는데, 유방암 초기 상태라는 진단이 나왔다. 그녀는 너끈히 오른쪽 가슴을 절단하는 수술을 받았다. 그녀는 이 진행 과정도 기자들에게 솔직히 밝혔지만, 퇴원하고서도 유방암 조기치료를 위한 정기검진의 필요성을 여러 단체와 사람들을 대상으로 솔직하게 이야기하고 다녔다.

오히려 솔직하고 공개적인 개방은 무리한 억측을 방지했고 유방암에 대한 대중의 인식을 재고시켰으며 또 해당 분야의 연구발전이 오늘날의 수준에 이르게 하는 데 큰 공헌을 했다고 본다. 그녀는 수술하기 전날 밤, 자신의 상태가 나쁘지 않음을 알리고 남편과 아이들을 안심시키기 위해 집으로 돌아갈 것을 권했다고 한다.

1975년 7월, 포드가 또 다른 4년을 바라보는 대통령 출마의사를 밝혔을 때, 그녀는 때론 독자적으로 선거유세에 나섰다. 공화당은 그녀의 강력한 인기를 인정했다. 베티와 포드를 위한 선거유세 배지의 슬로건은 다음과 같았다.

"베티를 백악관에 더 머물게 하자."

"베티의 남편을 대통령으로……."

그러나 카터에게 패배한 것은 그녀에게는 큰 충격이었다. 하지만 선거일 저녁 기자실에 들른 그녀는 용기를 잃지 않았다. 선거 막판에 지칠대로 지친 포드는 후두염을 앓고 있었다.

1987년 11월, 그녀는 네 개의 막힌 동맥을 뚫기 위해 6시간에 걸친 심장 절개수술을 받았다. 그러고는 곧 회복세를 보이며 다시 활발함을 되찾았다.

베티는 항상 내 가슴 속에 특별한 사람으로 자리잡을 것이다. 그녀는 내게 늘 친절했다. 백악관을 떠난 후 어느 해인가 뜻밖에도 내게 전화를 걸어 팜스프링에서 열리는 가족 추수감사절 파티에 초대했다.

나는 일 때문에 이 소중한 초대를 거절할 수밖에 없었다. 하지만 그녀의 철두철미함, 그리고 퍼스트 레이디로서 보인 신선한 솔직함은 우리 모두에게 항상 기쁨으로 남아 있을 것이다.

최선을 다한 일에는 뒤돌아보지 않는, 로잘린 카터

퍼스트 레이디로서 각료회의에 참석했던 로잘린은 아마 '강철 같은 목련화'로 사람들에게 기억될 것이다. 그녀의 회의 참석이 일부의 심기를 불편하게도 했지만 그것은 남편인 카터 대통령의 요구였다. 카터 부부는 백악관 운영에 있어 '완전한 파트너십'을 공개적으로 행사한 첫 번째 선례를 세웠다. 로잘린은 각료회의에 참석했을 뿐더러 일주일에 한 번은 부부가 함께 점심을 들면서 정책에 대해 논의했다.

카터는 이란 인질사건에서부터 캠프 데이비드 평화협상에 이르기까지 모든 사건의 발단과 전개과정에 대해 그녀에게 소상히 알렸다.

"남편에 대한 로잘린의 영향력은 막강했다. 이런 영향력은 공개적으로 행해졌고 카터는 이를 인정하는 데 곤혹스러워하지 않았다."

당시 대통령 안보 자문역인 브레진스키는 회상했다.

그건 퍼스트 레이디 역사상 보기 드문 경우이다.

레이디 버드의 비서실장이었던 리즈 카펜터는 ≪워싱턴 포스트≫의 기자 미라 맥퍼슨에게 로잘린을 『바람과 함께 사라지다』의 맬라니의 '매너'와 스칼렛의 '효율성'을 지녔다고 표현한 적이 있다. 나는 그녀가 표현한 효율성 대신 '힘'이라는 단어로 표현하고 싶다.

그녀는 1927년 8월 18일 조지아 주 플레인스 근교 농가의 4남매 중 첫째로 태어났다. 그녀는 13세 때 아버지를 잃었고 생계를 떠맡은 어머니 대신 집안일과 동생 돌보는 일을 도맡아 했다.

그녀는 카터 집안을 우연히 알게 되었고 지미 카터의 누이인 루스와 친하게 지냈다. 지미 카터가 해군사관학교에서 받은 휴가를 집에서 보내고 있을 때인 1945년 6월, 로잘린과 루스, 지미는 함께 산책을 했다. 지미 카터는 그날 저녁, 그녀에게 데이트 신청을 했는데 나중에 로잘린은 카터가 자신의 어머니에게 그날 "로잘린은 바로 내가 결혼하고 싶은 여자예요"라고 말한 것을 들었다고 한다.

1946년 2월, 로잘린은 아나폴리스로 그를 방문했고 그때 청혼을 받았다. 지미는 졸업하자마자 그해 7월 로잘린을 아내로 맞이했는데, 그때 그녀는 겨우 19세였다.

군인들의 아내들이 그러하듯, 그후 7년 간 로잘린은 해군장교의 아내로서 남편과 오랫동안 떨어져 있어야 했으며 집안 일과 자녀 돌보는 일은 온전히 그녀의 몫으로 떨어졌다. 그녀는 자신의 이런 역할과 자신의 재주에 대해 자부심을 느끼고 있었다. 그녀는 그 시절 세 아들인 잭과 제프, 칩을 연이어 낳았다. 이러한 생활을 통해서 그녀는 당차고 야무지며 독립적인 사람으로 변해갔다.

카터는 해군생활을 끝내고 아버지가 돌아가신 플레인스로 돌아와 아버지의 사업을 이어받을 계획을 하고 있었다. 이런 그의 생각에 로잘린은 화를 내며 반대했다.

"나는 돌아가고 싶지 않아요. 나는 혼자 잘해 왔어요. 나는 내 어머니나 시어머니로부터 잘못하고 있다는 이야기를 듣고 싶지 않아요. 나는 여태까지의 방식대로 우리의 생활을 계속하고 싶어요."

"우리는 며칠간 말다툼을 계속했어요. 나는 소리를 질렀죠. 그가 마음을 바꾸도록 온갖 방법을 동원했지만 허사였어요."

그녀는 할 수 없이 일주일에 며칠은 사무실에서 일했고, 몇년 안에 남편이 비즈니스에 대해서 알게 된 만큼 그녀 역시 아는 것이 많아졌다. 결국 그들은 부부로서, 사업 파트너로서도 손색이 없었다.

1962년 카터는 조지아 주 상원에 출마하여 당선됐다. 물론 로잘린은 선거운동에 필요한 모든 일을 거뜬히 해냈다. 하지만 의정활동을 위해 카터가 애틀랜타에 있을 때 그녀는 플레인스에 남아 사업을 돌봐야만 했다. 1967년 그들의 딸 에이미가 태어났다.

지미가 1970년 주지사에 당선됐을 때, 그녀는 조지아 주 퍼스트 레이디로서의 새로운 역할과 도전에 자신을 던졌다. 로잘린은 특히 정신지체아들의 복지에 관심을 쏟았고 그들에 대한 주 정부의 복지정책을 개선하기 위해 일했다. 병원을 방문하기도 하고 장애인 시설의 질을 높이기 위한 방안을 모으기도 했다.

그녀는 1976년 대통령 선거에 중심 역할을 했다. 카터는 당시 전국적으로 지명도가 별로 없는 사람이었다. 그래서 그녀는 남편과는 별도로 30여 개의 예비선거 주들을 돌며 헤아릴 수 없이 많은 인터뷰와 연설을 하며 지지를 호소했다.

카터가 대통령에 취임한 후 로잘린은 퍼스트 레이디로서의 막중한 임무에 뛰어들었다. 그녀가 계획한 첫 번째 사업은 정신지체아를 위한 사업이었다.

그녀는 백악관 출입기자들이 정신지체아에 관한 활동이 기삿거리로 재미없다고 생각하여 잘 다루지 않는다는 불평을 토로하기도 했다. 남편을 설득해 전국정신건강위원회 설립을 주도했고 자신이 명예총재직을 맡기도 했다. 또한 정신지체아들을 위한 지역 및 전국 차원의 구조사업개선을 위한 법률안을 만드는 데도 힘을 보탰으며, 1979년 2월 7일에는 정신건강 프로그램을 위한 연방예산 증액을 위해 상원 소위원회에 모습을 나타내기도 했다.

1980년 하원은 정신건강제도 법률안을 통과시켰으나 그녀의 노력은 결실을 맺지 못했다. 왜냐하면 몇주 안 되어 로널드 레이건이 대통령 선거에 이겼고 결국 그 안이 폐기되고 말았기 때문이다.

로잘린은 그녀의 자서전에서 '이 법안이 새 대통령에 의해 폐기된 것은 쓰라린 상실'이라고 회고했다. 1981년 10월 나와의 인터뷰에서 그녀는 그때의 일을 '믿을 수 없는 비극'이라고 표현했다.

그녀의 열정은 한 가지 일에 그치지 않았다. 그녀는 노인복지에도 신경을 써서 시골지역의 노인건강복지사업 서비스를 개선하기 위해 일했다.

불우한 사람들을 위한 사회복지제도인 '소셜 시큐리티'를 개선하기 위해 법안마련에도 힘을 보탰다.

그리고 남녀평등헌법 수정안을 위한 지지를 모으기 위해 의원들을 만났는데, 워싱턴 스타에 따르면 그녀는 백악관에서의 14개월 동안 18개국을 방문, 27개 도시를 찾았으며 3백여 회의 공적·사적인 모임을 개최했고 15번의 주요 연설을 감행한 것으로 기록되어 있다. 또 22번이나 기자회견을 했으며 32번의 인터뷰, 83회의 공적인 리셉션 개최, 백악관에서 특별 그룹들과의 모임을 25번이나 개최했다.

이런 일도 있었다. 그녀가 세상이 안고 있는 모든 문제에 참견하려 한다고 한 기자가 이야기했을 때 그녀의 공보비서인 메리 호이트는 이렇게 응수했다.

"그래서 그게 뭐가 잘못됐다는 겁니까?"

'사회 복지증진'의 발전을 위해 노력을 쏟으면서도 그녀는 백악관 안주인으로서의 역할도 게을리하지 않았다. 이전의 퍼스트 레이디처럼 활발하게 국가만찬을 주최했고 참석자들을 자신들의 이해에 맞게 끌어들이려 했다. 하지만 그녀는 나중에 이렇게 회고했다.

"일정한 규칙이 아니라 전통적인 남부식 접대방식으로 손님들을 편안하고 따뜻하게 하려고 신경을 썼어요."

그녀는 어린 딸 에이미가 국가 공식만찬에 참석토록 허용했다. 멕시코 대통령 환영만찬에 참석자들을 놀라게 하는 일이 벌어졌다. 고위 관리들이 둘러앉아 있는 테이블에 에이미가 끼어 앉아서 책을 꺼내 읽는 것이었다. 그러나 카터는 백악관을 에이미에게 따뜻한 집으로 만들려고 의도적으로 노력했다.

때때로 에이미와 그 친구들이 백악관 내 이스트 룸에서 롤러 스케이트를 타는 모습도 발견할 수 있었는데, 이를 빗대어 ≪타임≫의 칼럼니스트는 '이제 우리는 백악관에서 학교 수업을 보게 될 것'이라고 말했고, 이 말에 카터가 몹시 불쾌하게 생각했다는 말을 들을 수 있었다.

두 자릿수의 인플레이션과 이란 인질억류 사건은 카터의 대통령 자리를 위협했다. 로잘린은 1980년 선거유세를 이끌어 갔다. 그녀는 전국을 누볐고 여론조사 결과가 별로 희망적이지는 않았지만 마지막까지 희망을 버리지 않았다.

선거 당일 플레인스로 그녀가 돌아왔을 때 남편의 패배는 자명했다. 누군가 카터에게 말했다.

"대통령 각하, 아주 훌륭한 모범을 보이셨습니다. 전혀 기분이 상하신 것 같지 않으시네요."

그때 "아니, 나는 아주 비참해요"라며 로잘린이 불쑥 끼어 들었다.

1980년 11월 로잘린은 백악관을 떠난 이후 자신의 앞날에 대해 이야기하기 위해서 여기자들과 비공식 기자회견을 가졌다.

"나는 선거가 끝난 후 내 방에 가서 울었어요. 그러나 금방 그 기분에서 벗어났답니다. 그렇잖아요? 누구든 자신이 최선을 다해 임하였다면 후회 없는 거잖아요. 또 열심히 한 후의 결과는 우리의 손을 벗어나 있는 거구요. 우리에겐 다만 인생의 한 구비를 지나면 다음 구비가 기다리고 있는 거죠. 나는 새롭게 펼쳐질 인생에 흥분을 느낍니다."

백악관 생활에서 벗어난 로잘린은 실제로 새로운 인생의 흥미로운 구비구비들을 만났다. 애틀랜타에 카터 도서관을 건립하고 자신의 자서전을 썼다. 그리고 저소득층 주택 마련을 위한 비영리단체인 '해비태트 운동'의 기금 마련을 위해서 남편을 도왔다.

1984년 4월 그녀가 자서전 홍보를 위한 여행에 나섰을 때 내가 물었다.

"백악관 생활을 뒤돌아봤을 때 뭔가 다르게 했었으면 좋았을걸 하는 것이 있었나요?"

"잘 모르겠어요. 지미는 내게 최선을 다한 후에는 후회하며 뒤돌아 보지 말라고 했어요. 나는 뒤돌아보지 않습니다."

이것이 그녀의 대답이었다.

쇼핑가를 누비던, 낸시 레이건

1980년 나는 선거유세 비행기에 낸시와 같이 앉아 레이건이 차기 대통령이 될 수 있을까에 대해 이야기를 나눴다. 나는 선거에 이기기 위한 어떤 계획을 갖고 있냐고 낸시에게 물었다.

"나는 그냥 로니를 돌볼 거예요."

그 대답을 듣고 순간 쇼크를 받았다. 나는 '만약 당신 남편이 당선된다면 무언가 연설을 하게 될 것이며 당신이 뭘 할 것인가 생각하지 않으면 안 된다'고 하면서 퍼스트 레이디가 지녀야 할 중책에 대해서도 이야기했다. 그녀는 고개를 끄덕이며 말했다.

"당신 말도 맞아요. 하지만 개인으로서의 나도 있는 거지요."

'낸시'라는 이름은 그녀의 애칭이다. 그녀는 1921년 7월 6일 뉴욕시 앤 프란시스라는 곳에서 태어났다. 아버지 케네스 로빈은 뉴저지 주 자동차 판매상이었으며 어머니 에디스 루케트는 직업배우였다. 그녀가 두 살 때 부모들은 헤어졌고 그녀의 엄마는 그녀에게 여배우의 길을 걷도록 설득하고 어린 그녀를 메릴랜드 주 베데스다에 있는 외삼촌 부부에게 맡겼다.

낸시가 일곱 살 때 어머니는 시카고의 신경외과 의사인 로열 데이비스 박사와 재혼했고 낸시는 레이크 쇼어드라이브에 있는 그들의 아파트에서 함께 지냈다.

낸시는 스미스 칼리지를 졸업한 후, 엄마와 같은 길을 가기로 결심하고 여배우로 첫발을 내디뎠다. 1949년 로널드 레이건과 만나 3년 후인 1952년 2월 그와 약혼했다. 그녀가 여러 번 말했듯이 그녀의 진정한 삶은 로니를 만나면서 시작되었다.

낸시 레이건은 그녀의 화려한 최신 패션과 '단지 아니라고만 말하세요'로 알려진 젊은이를 위한 마약금지운동으로 기억될 것이다. 그러나 그녀는 미국 대통령인 남편이 러시아에 보다 유화적인 노선을 택하고 '악마의 제국'이라 낙인찍은 소련과 평화적 공존을 유지하는 데 많은 영향을 끼침으로써 역사에 특별히 기록될 것이라고 생각한다.

그러한 움직임은 두말 할 나위 없이 두 초강대국의 관계 개선에 큰 전환점을 가져왔다. 그녀의 이러한 설득은 레이건 행정부 내 보수 강경파들의 허를 찔렀고 결국 핵무기 감축을 위해 레이건과 고르바초프가 군축을 위한 정상회담을 갖는 데 결정적인 기여를 했다.

그러나 내가 취재했던 이전의 퍼스트 레이디 중 그녀의 출발은 가장 좋지 않은 편이었다. 그녀는 몸치장밖에 모르는 사람에다 쇼핑을 위해 캘리포니아의 부자 친구들과 쇼핑가를 누비고 다니는 경박한 사람으로 묘사되었기 때문이다.

막대한 예산을 들인 취임식 연회 이후, 그녀가 가진 첫 여기자와의 만남은 별로 상서롭지 않게 출발됐다. 많은 이야기가 그녀의 취임식 의상—빨간 아돌포 드레스, 빌블레스가 만든 검은 정장 드레스, 제임스 갈라노스의 구슬을 단 흰옷, 맥밀란이 만든 밍크 롱코트 등—에 대해 모아졌다.

그녀가 백악관의 가족용 숙소를 재단장하기 위해 부자 친구들의 도움을 받아 80만 달러를 소비했을 때 이미지는 더욱 나빠졌다. 이로 인해 '지원자들이 돈을 주고 영향력을 샀다'는 이야기를 나돌게 했다. 또 20여만 달러를 모금해 금테를 두른 2백22개짜리 식기세트를 샀다는 사실은 언론에 부정적으로 비쳐 크게 기사화됐다.

레이건이 처음 대통령에 당선되고 백악관에 들어오기 직전, AP통신의 모린 산티니와 나는 낸시와 기자회견을 가졌다. 우리는 그 자리에서 총기 관리에 대한 그녀의 의견을 물었는데 그녀는 남편이 자신에게 아주 작은 권총을 선사했다며 자신의 방어를 위해 그 권총을 머리맡 서랍에 두고 있다고 밝혔다.

1981년 3월, 레이건 암살 미수사건이 있었음에도 불구하고 그녀에 대한 비판은 조용해지지 않았다. 그녀는 밤낮을 남편 곁에 머물면서 남편의 회복 상태를 알리기 위해 주기적으로 카메라 앞에 모습을 나타냈다. 몇달이 지난 후 그녀는 단지 그 사건을 '그저 그런 일' 정도로 말했다. 아직도 대중들은 그녀의 성실성에 의문을 가지고 있다.

1981년 12월, 그녀에 대한 나쁜 이미지 문제는 공화당의 전략가들이 책임을 추궁할 지경에 이르렀다. 12월호 ≪뉴스위크≫는 그녀를 패션과 용모에만 사로잡힌 '게으른 부자', '여왕벌 같은 존재' 등으로 묘사했다. 이 잡지의 여론조사는 62%의 미국인이 경기하락에도 불구하고 낸시가 너무 멋내기에만 신경을 쓴다고 지적했다고 밝혔다.

낸시의 탁월한 공보비서인 쉴라 테이트의 조언 덕분에 낸시의 대중이미지는 차차 변화를 일으키기 시작했다. 그녀는 남편이 캘리포니아 주지사 시절, 열정을 쏟았던 <양할아버지> 프로그램에 관심을 쏟기 시작했다. 그리고 젊은층 마약중독의 심각성에 대한 여론을 환기시키고 갱생센터와 약물남용 반대모임 등에도 참석하는가 하면

텔레비전에도 이와 같은 문제를 가지고 출연했다.

그녀는 <화학인간>이라는 PBS 방송의 다큐드라마에 해설을 맡았고 NBC 방송의 시트콤 <서로 다른 발작>에서 마약을 반대하는 메시지를 전달하기도 했다. 회복 현상을 보이고 있는 약물 중독자를 인터뷰하는 <굿모닝 아메리카>에도 모습을 보였다.

1986년 레이건은 그녀의 반 약물 캠페인에 참여했고 마약에서 해방된 미국을 위한 전국 개혁운동을 실시하기 위해 그녀와 함께 모습을 보였다.

그녀는 기자들에게 또 다른 전략을 세웠다. 1982년 3월 1일 나는 그녀의 공보비서인 테이트로부터 전화를 받았다. 이야기를 들어보니, 그녀가 연례 그리오디론 만찬회에 나타나 짧은 공연을 할지도 모른다는 것이었다.

낸시는 만찬 때 남편자리에서 몇 자리 건너편에 앉아 있었다. 그리오디론 회원인 모린 리블은 낸시를 풍자하는 내용을 <새컨 핸드 로즈>라는 멜로디에 얹어 노래로 불렀다. 그 노래 가사는 이렇다.

헌 옷들……/나는 내 헌 옷들을 박물관 콜렉션과 전국 순회쇼무대에 넘겨 주었네/그것을 얻은 그들은 정말 행복해 보였네/자신의 속옷은 누더기라는 것을 잊은 채/낡은 옷……/이 닳아빠진 넝마 같은 옷들아, 안녕/나는 한 번 이상은 같은 드레스를 입지 않네/캘빈 클라인, 아돌포, 랄프 로런, 빌 블래스 등을/로널드 레이건의 마누라는 진짜 최고급으로 돼 가네/나는 유행의 거리, 로데오 드라이브를 그리워 하네/유행에 뒤쳐진 이 워싱턴에서……

이 노래가 끝나자 낸시는 일어나 자리를 빠져 나왔다. 손님들은 그녀가 노래 때문에 감정이 상했다고 수군거렸다. 그러나 낸시는 자신의 노래를 위해 옷을 바꿔입으려고 자리를 피한 것이었다. 커튼이 올려지고 거기 그녀가 나타났다. 빨갛고 노란 꽃무늬가 새겨진 하늘색 면 스커트에 푸른색 물방울 무늬의 블라우스, 짧은 팔의 빨간 스웨터, 파란색 나비가 그려진 흰색바지, 그리고 큰 깃털을 단 모자, 흰 깃털 목도리, 노란색 부츠와 크고 빨간 귀고리를 한 채 모습을 나타낸 것이다.

그러고는 조금 전의 노래와 같은 가락에 가사를 달리한 자신의 노래를 불렀다.

헌 옷들/나는 지금 헌옷을 입고 있네/지난 봄 패션쇼에서 선보여진 의상들이라네/털로 된 칼라를 단 내 트렌치코트 역시 남편 로니가 자선바자회에 기부금을 내기 위해 산 것이네/비록 내가 더 이상 여왕은 아니라고 그들이 말한다 해도/로니는 내게 새 재봉틀을 사줘야만 했을까/헌 옷이여, 헌 옷이여!

레이건 대통령을 포함한 청중들은 그녀의 자탄과 자기비하가 섞인 공연을 보면서 아연실색했다. 그러고는 그녀에게 기립박수를 보내며 앙코르를 청했다. 그녀는 노래를 끝내고는 테이블 위의 접시를 들어 마룻바닥에 내동댕이쳤다. 깨어지는 접시와 함께 그녀의 부정적 이미지도 깨지게 된 것이다.

백악관의 정치고문들은 그리오디론 쇼가 퍼스트 레이디에 대한 일반인의 인식을 바꾸는 데 결정적 역할을 했다고 자주 말하곤 했다. 1985년 그녀의 인기는 상승가도를 달려 심지어 남편의 인기를 능가했다. 남편이 대통령에 재선됐을 때 그녀가 보다 더 왕성한 활동을 하였다는 점은 의심의 여지가 없다.

레이건의 두 번째 임기는 위기의 연속이었다. 레이건은 결장암으로 그해 7월 수술을 받아야했고 1986년 11월에는 이란-콘트라 스캔들로 곤혹을 치렀다. 이어 1987년 1월에는 전립선 수술을 받아야 했다. 그녀 역시 편치 않았다. 그해 10월 유방절제 수술을 받았고 열흘이 지나지 않아 어머니가 돌아가시는 슬픔을 겪었다. 그럼에도 불구하고 그녀는 정말 씩씩했다.

남편 건강에 대한 그녀의 깊은 관심은 백악관 비서실장인 도널드 리건과의 격렬한 마찰을 불러일으켜 한동안 워싱턴 정가를 시끄럽게 했다.

비서실에서 남편의 일정을 빡빡하게 잡아놓으면 불같이 화를 냈다. 물론 이전의 퍼스트 레이디들도 남편의 건강보호를 위해 이 문제에 상당히 신경을 썼기 때문에 백악관 참모들은 이에 맞추느라 정신이 없을 정도였다.

바로 이러한 시점에 리건 비서실장이 제임스 베이커의 뒤를 이어 일을 맡게 되었고 부임 초기부터 마찰이 일어나게 된 것이다. 레이건 대통령이 전립선 수술을 마치고 백악관에 돌아왔을 때 낸시는 대통령이 다시 막중한 업무로 돌아가기보다는 충분한 휴식과 회복 기간을 가져야 한다고 주장했다.

그러나 리건 실장은 대통령이 현재 건강이 아주 좋고 이란-콘트라 스캔들에도 평정을 잃지 않고 있다는 것을 국민들에게 확신시키기 위해서라도 일을 많이 하고 있는 모습을 보여줘야 된다고 거듭 강조했다. 그는 몇 번 낸시에게 당하고 난 후 결국은 파탄을 불러왔다. 낸시는 1986년 말 리건을 축출하라고 남편을 종용했는데, 《워싱턴 포스트》의 보도에 따르면 레이건 대통령은 참다못해 "제발 나를 성가시게 하지 마! 제기랄(갓댐)!"이라고 소리를 버럭 질렀다는 것이다. 그러나 그녀는 그해 12월 17일 나와의 인터뷰에서 이를 부인했다.

"그들은 로니가 생전 쓰지 않는 단어를 기사화했어요. 그가 '댐'이라고 이야기할 수 있을지 몰라도 '갓'과 '댐'을 한데 붙여서 쓰는 적이 없어요. 그렇게 붙여쓰면 그야말로 갓神을 저주한다고 여겨서요. 그래서 남들이 '갓댐' 하면 오히려 '제발, 그렇게 말하지 말아요'라고 제지를 하곤 했습니다."

내가 이란-콘트라 스캔들에 관한 이야기를 꺼내자 그녀는 눈물 어린 눈으로 말을 이었다.

"남편은 올리버 노스 중위와 존 포인덱스타 국가 안전고문에게 비밀작전에 대해 사실을 말하라고 별별 노력을 다 기울였어요. 그러나 그 사실이 전해지지 않자 그는 무척 실망했고 화를 냈어요. 그는 그들에게 정정당당하게 나와 이야기하리라 기대했지요. 그들은 정말 무슨 일이 일어났는지를 잘 아는 유일한 두 사람이기 때문이었죠."

나는 연이어 그녀가 남편에게 행사하는 영향력에 대해 말꼬리를 이어갔다.

"만약 당신이 결혼하였다면, 특히 오랜 결혼생활을 했다면 남편에게 일어나는 일에 대해 신경을 쏟지 않을 수 없을 겁니다."

낸시의 대답은 그랬다.

리건 실장은 나중에 그의 책 『무대 뒤의 이야기들Behind the Scenes』에서 다음과 같이 폭로했다.

"낸시가 남편의 여행 스케줄 및 기타 일에 대해서 샌프란시스코에 있는 점성술사 조안 퀴글리에게 몇년 동안 자문을 구하고 이를 바탕으로 일에 참견했다."

그러나 이란-콘트라 사건이 발발한 후, 그녀를 둘러싼 잡음은 거의 없어진 듯했다. 대통령에 대한 탄핵이 거론되자 그녀의 가장 큰 관심사는 정치적 위험으로부터 남편을 구해내는 일이었다.

레이건 대통령은 그의 정치적 운명이 경각에 달려 있을 때인

1987년에는 거의 외부에 모습을 드러내지 않았다. 낸시는 난국에 처했다. 나는 그녀가 전면에서 물러나 문제를 받아들이는 것을 보고 놀랐다.

그러나 문제가 가라앉았을 때 그녀는 자기비하의 유머전법을 다시 가동시켰다. 1987년 5월 미국 신문발행인협회에서 가진 한 연설에서 그 문제를 공공연하게 이야기할 정도로 자신감을 되찾았던 것이다.

"하마터면 오늘 이 자리에 참석하지 못할 뻔했어요."

그녀는 그렇게 말문을 연 뒤 농담을 던졌다.

"당신들 내가 얼마나 바쁜지 알지요? 백악관 직원인사도 참견해야지요, 또 국제군축회담도 감독해야죠, 그리고 연설문도 써야지요."

뼈가 담긴 그녀의 유머가 먹히는 순간이었다.

그녀는 또한 남편의 내조자이며 보호자로서의 역할을 옹호하는 것도 잊지 않았다.

"비록 내가 정책에 관여하지 않는다 해도 35년 간 살을 맞대고 산 사람에게 내 말을 전혀 듣지도 말라고 한다면 오히려 우스운 일 아닌가요? 나는 남편을 사랑하는 여자이고 내가 사랑하는 사람의 개인적, 정치적 안녕을 위해 개입하였다 한들 그에 대해 사과할 생각은 없습니다. 아무튼 정치건 결혼 그 자체건 간에 배우자가 어떤 일에 의견을 가지고 그것을 표현할 권리를 부정할 수는 없다는 것이 제 의견입니다."

레이건이 청력이 점점 나빠지자 보호자로서의 그녀의 역할은 더욱 명백해졌다. 그가 해야 할 말을 암시해 가르쳐 주기도 하고 대신 대답하기도 했다. 어느 날 산책길에 누군가가 환경문제에 대해 정부가 무엇을 하고 있느냐는 질문을 받았을 때였다.

그녀는 남편에게 귓속말을 했고 레이건은 이를 받아 그대로 말했다.

"우리가 할 수 있는 모든 것을 하고 있다."

그때 방송사의 마이크가 그녀의 속삭임을 잡았고 이것이 TV에 방송되자 그 속삭임은 더욱 크게 들렸다.

우리는 레이건과 고르바초프의 정상회담을 위해 모스크바에 가 있었다. 레이건은 아들인 론의 제안으로 아르바트를 방문하게 되었는데, 그 곳은 시내에 위치한 관계로 행인들이 몰려들었고 그 주변은 여러 블록에 걸친 가게들이 늘어섰고 행상인들이 털모자에서 나무 인형에 이르기까지 모든 것을 가져다 파는 장소였다. 그리고 아르바트는 미국 대사관저인 스파소 하우스에서 불과 두 블록 떨어진 곳에 자리하고 있었다.

비밀경호원들은 레이건이 이렇게 사방이 열려진 장소에 가는 것은 안전에 문제가 있다고 반대했다. 그들의 생각은 확고했다. 그 날은 일요일 오후라 나름대로 여유롭게 즐기며 아르바트 구경도 하고 싶어했다.

일요일 거리를 산책했던 군중들은 레이건이 그 곳에 있는 것을 알아차리고는 환호와 함께 레이건에게 몰려들었다. 레이건은 걸어가면서 그들과 악수를 했다. 사람들이 모여들자 당연히 러시아측의 경호는 과도하게 삼엄해졌다. 군중들이 모여드는 것은 순식간이었다. 비밀경호원들은 대통령과 퍼스트 레이디 쪽으로 움직이기 시작했다. 그러나 군중들도 역시 그들과 함께 움직였다.

상황은 점점 더 혼란스러워졌다. 러시아의 비밀경호원들이 군중들을 밀어 제치고 기자들을 넘어뜨리며 길을 터나가자 기자단들은 대통령의 뒤를 따라 뛰었다. 미 대사관저를 코앞에 두고 두 명의 첩보원들이 나를 잡아채고는 길 위에서 질질 끌었다. 내가 악을 써대자 뒤를 돌아본 낸시는 서너 발 뒤로 내게 다가와서 내 코트자락을 잡고는 소리를 질렀다.

"이 여자는 우리 일행이에요."

그들은 나를 놓아주었고 낸시와 나는 레이건이 서 있는 곳으로 다가가 모두 함께 관저로 향했다.

그녀가 말했다.

"당신 내게 빚졌어요, 헬렌."

모스크바에서의 이런 일이 내게 처음있는 일은 아니었다. 나는 목청껏 소리지르는 것이 위험에서 벗어나는 데 만만치 않은 역할을 한다는 것을 알게 됐다.

예전에 닉슨 대통령과 러시아의 레오니드 브레즈네프 서기장이 길을 걸을 때 나는 그들의 대화를 엿들으려고 애쓰면서 그들을 따라가고 있었다. 그때 여러 명의 소련 비밀첩보원들이 내게 다가왔고 나를 구석으로 내몰았다. 나는 소리를 지르기 시작했고 우리 쪽 비밀경호원들은 내 소리를 알아차리고 도움을 주었던 적도 있다.

레이건과 고르바초프 간의 관계가 발전적으로 지속됨에도 불구하고 거기에는 낸시가 어떻게 할 수 없는 단 한 사람 있었다. 바로 고르바초프의 부인인 라이사 고르바초프였다.

조심스럽게 이야기하건대 그녀와 라이사의 관계는 한마디로 '어려운' 것이었다. 라이사는 항상 낸시의 인기를 가로채려는 것처럼 보였고 낸시는 그녀에게 놀아나는 인상을 주었다. 1987년 고르바초프가 워싱턴을 방문했을 때 라이사가 레이건에게 소련의 정치, 사회 제도에 대해 '강의'를 늘어놓는 것을 본 낸시는 기분이 좋지 않았다.

"도대체 뭐하는 여편네야?"

낸시는 이렇게 불쾌감을 토로했다는 것이다.

1988년 러시아 여행중 낸시는 트레캬코브 미술관에서 러시아 정교회의 상징물인 성화상(聖畵像·이콘)들을 보자고 요청했다. 그래서 두 여인은 함께 움직이게 되었다. 라이사는 장소에 먼저 나타나 이 장면을 취재하러 나온 기자들에게 이렇게 말했다.

"낸시 여사가 좀 늦는 모양인데 내가 갤러리에 대해 소개하겠어요."

라이사는 기자들을 위층으로 안내했고 기자회견을 가졌다.

갤러리에 예정된 스케줄에 따라 제시간에 나타난 낸시는 회견계획이 바뀌었다는 소식을 들었다. 그리고 위층으로 올라갔을 때, 라이사는 낸시를 갤러리 밖으로 안내했다.

레이건의 임기가 끝나갈 때 그들의 관계는 다소 원만해지는 듯했다. 낸시가 백악관을 떠난 1989년 여름, 라이사로부터 한 장의 메모를 받았다.

"나는 우리들의 만남에서 느낀 따뜻함을 아직도 간직하고 있습니다."

그리고 그와 함께 약물남용에 관한 소련 책자가 함께 전달됐다. 그건 참으로 아이러니컬한 것이었다. 왜냐하면 낸시가 백악관에서 여러 나라의 퍼스트 레이디들과 함께 약물남용에 관한 모임을 가졌을 때 라이사는 러시아에는 그런 문제가 전혀 없어 상관없다는 입장을 보였기 때문이었다.

백악관에서 레이건 부부를 취재해 오는 동안 내게 늘 미스터리로 남아 있는 것이 있었다. 많은 사람들이 그들 가족이 화목하지 못하다고 여겼다는 점이다.

그들의 딸인 패티 데이비스는 자기 부모를 빗댄 주인공을 모델로 한, 별로 기분 좋지 않은 실화 소설을 써냈다. 그러나 이들 부부가 대통령직을 떠나 캘리포니아로 돌아갔을 때 패티는 낸시와 좋은 관계를 가지려 노력했다.

아들인 론은 백악관 시절의 낸시와 좋은 관계였으나 자주 모습을 나타내지는 않았다. 하지만 나중에는 레이건 부부와 썩 좋은 관계를 유지하지는 못했다. 퍼스트 레이디로서의 낸시는 레이건이 제인 와이먼과 결혼했을 당시 입양한 아들 마이클과의 불화를 인정했다. 그러나 낸시가 첫 남편과의 사이에 둔 딸 모린은 특히 백악관에 있는 낸시와 가깝게 지냈다.

레이건과 낸시는 1989년 1월 20일, 조지 부시와 바버라 부부에게 백악관을 넘겨주고 떠났다.

레이건이 백악관을 떠나기 전, 나는 백악관 시절 가장 어려웠던 일이 무엇이었는지 낸시에게 물어봤다.

"현미경 아래 있었다는 느낌이요. 누군가 항상 나를 확대경으로 들여다보고 있다는 느낌인데 누군들 편하겠어요. 사회생활을 많이 했든 적게 했든 간에 그런 불편함을 감수하고 어떻게 이 문제에 적응하고 다룰 것인가를 배워야 한다는 것이 힘들었어요."

또 나는 가장 즐거웠던 순간에 대해 물었고, 그녀가 대답했다.

"선거공약을 지키고, 내가 좋아하고 걱정했던 일들을 처리해 나갔을 때 그리고 내가 희망한 일들을 해나갈 때요."

나는 그 이후 낸시와 쭉 연락을 취했는데 레이건이 알츠하이머병에 걸려 투병하고 있다는 편지를 공개했을 때는 정말 온 국민이 그렇듯이 마음이 아팠다. 나는 레이건 대통령 도서관 개관 때 퍼스트 레이디들 앞에서 강연을 해달라는 요청을 받고 그녀를 몇년 만에 보게 됐다. 그 날은 나를 향수에 젖게 한 특별한 날이 되었고, 그 날 낸시는 나와 동행하여 그 모임에 참석했던 친구들에게 점심을 대접했다.

점심 전에 낸시와 나는 옛날을 회상하면서 이런저런 이야기를 나눴다. 그녀는 나를 발코니로 안내하더니, 그 아래로 펼쳐진 황무지 같은 땅을 가리키면서 슬픈 어조로 말했다.

"아마 저기 저 곳에 로니와 내가 묻히게 되겠지요."

벨벳에 싸인 철 주먹, 바버라 부시

1980년 조지 부시가 대통령 출마를 결심했으나 결국 레이건의 러닝메이트로 귀착되었을 때 그녀의 시누이 중 한 명은 가족들이 '바버라를 어떻게 해야 할지'에 대해서 상의했다고 그녀에게 말했다. 그녀는 나중에 그 말을 전해듣고 정말 기분이 상했다면서 자세히 이야기해 주었다.

"그들은 나를 어떻게 하면 멋지게 만들까 상의했지요. 내 머리 색깔, 그리고 내 옷차림, 체중을 좀 빼야 되지 않을까 등에 대해서 말이죠. 나는 물론 이 일이 나를 돕기 위한 것이었지만 혼자서 눈물을 흘리기도 했어요. 조지가 내게 '당신은 지금도 아주 멋있어'라고 얘기할 때까지 말예요."

바버라 부시가 모든 것에 회의적이었다고는 상상하기 힘들다. 부시가 취임했을 때 그녀는 공화당원 부인들 앞에 자신 특유의 감각이 담긴 멋진 의상을 선보였다. 그녀의 모습에 여러 사람들이 찬사를 보내자, 감춘 것은 아무것도 없다는 의미로 이 말을 했다.

"당신이 얻은 것은 보이는 그대로다."

이 말은 퍼스트 레이디로서의 그녀의 생활에 시금석 같은 것이 되었다. 그리고 그녀는 우리가 경험했던 퍼스트 레이디 중 가장 인기 있는 사람이 됐다.

"어느 누구도 내 모습을 잘 모를 거예요."

그녀는 말했지만 나는 그녀가 부통령, 그리고 대통령 부인으로 지낸 12년 동안 우리 모두 잘 알고 있었다고 이야기하고 싶다.

그녀의 '나는 단지 주부일 뿐인데……'라는 식의 언행은 도도하고 야심만만했던 낸시 레이건을 8년 간 겪어온 미국인들에게 큰 호감을 갖게 했다. 바버라는 조용하고 충성스런 아내로서 백악관의 대통령 관저를 이끄는 데 만족했다. 그리고 새벽 5시 잠자리에서 일어나 평소 집안에서의 옷차림으로 애견과 산책하는 '할머니'의 모습으로 국민들에게 다가갔다.

비밀경호원들이 그녀의 암호명을 '평온함'을 의미하는 'tranquility'로 정한 것은 우연한 일이 아닐 것이며 미국인의 마음을 사로잡은 것도 놀라운 일이 아니다.

취임 의상에 세 줄 짜리 싸구려 진주목걸이와 29달러짜리 신발로 멋을 낸 그녀는 정말 쉽게 다가가 친해질 수 있는 사람이었다.

그러나 항상 수동적이고 친절한 것만은 아니었다. 때론 직선적이며 날카로운 재치가 돋보였으며, 때론 공격적이면서 쾌활하고 재미있는 사람으로 나는 그녀를 기억한다. 그러나 그녀의 말과 행동에는 힘의 중심과 나름대로의 목적의식이 담겨 있었다. 내 친구가 그녀를 '벨벳에 싸인 철 주먹'이라고 표현했듯이 말이다.

그녀는 자신이 어떤 사람인가를 꿰뚫어 보고 있었으며 자신과 남편 그리고 가족에게 진실하려고 최선을 다했다.

그녀는 1925년 6월 8일, 뉴욕에서 바버라 피어스라는 이름을 가지고 태어나 뉴욕 주 라이에서 성장했다. 그녀는 4남매 중 세째로 마사, 짐, 스코티가 그녀의 형제들이다. 아버지 마빈은 《레드북》이라는 잡지를 발행하는 매콜 회사의 사장이었고 어머니 폴린은 당시의 전형적인 도시 근교의 부인네 스타일이었다.

그녀는 16살 때 코네티컷 주 그리니치에서 열린 어느 댄스파티에서 조지 부시를 만났다.

조지는 당시 필립스 아카데미 고등학교 졸업반이었는데 그 다음 날 저녁 그녀에게 데이트를 신청했다. 그들은 이후 계속 연락을 취했고 조지는 그 해 봄 졸업반 댄스파티에 그녀를 초대했다. 파티가 끝난 후 바버라를 집까지 데려다 준 조지는 그녀의 볼에 키스했다.

"나는 처음 키스한 남자하고 결혼했어요."

그녀는 웃으며 덧붙였다.

"내가 이 이야기를 아이들에게 했더니 '닭살이 돋는다'면서 정말 역겨워하더라구요."

그들은 조지가 제2차 세계대전 당시 해군조종사로 복무중일 때인 1945년 1월 6일 결혼했다. 군인의 아내로서 그녀는 8개월 동안 전국 여기저기를 돌아다녀야 했다. 군복무 후 코네티컷 주 뉴헤이븐에 정착한 후 조지는 예일대에서 공부를 시작했다. 그가 졸업한 1948년 텍사스로 옮겨 화장대와 조리대 등을 만드는 가구산업에 뛰어들었다. 잠시 캘리포니아로 옮겼다가 이들은 1950년 텍사스로 다시 돌아와 석유회사를 경영했다.

바버라는 결혼생활 동안 모두 28번이나 이사를 다녔다고 이야기한 적이 있다. 그들은 슬하에 여섯 아이를 두었지만 네 살배기 딸 로빈을 1953년에 백혈병으로 잃는 아픔을 겪었다.

그녀는 아이가 병원에 입원해 있는 동안 그 아이와 가족들에게 강인해 보이려고 무진 애를 썼다고 전했다. 그러나 아이가 죽었을 때 그 자신은 '무너져 내리는 기분을 느꼈다'고 당시를 회상했다.

조지는 그녀가 그런 슬픔 속에 빠져 있는 걸 그냥 내버려두지 않았다.

"당신이 예전의 생활로 돌아갔으면 한다고 조지는 간청했지요. 내가 아무 말도 하기 싫어할 때 그는 내가 말하게 만들었고 나와 함께 아픔을 나누려 했어요. 그것이 얼마나 상황을 달라지게 하든지……. 그는 그런 상실과 아픔이 나만이 겪는 것이 아니라는 것을 항상 일깨워 줬어요."

1966년 부시가 하원에 처음으로 당선됐을 때, 정치인 아내로서의 인생은 시작됐다. 유엔 미국대사, 공화당 전국위원회 의장, 북경 연락사무소장, 미 중앙정보국 국장, 부통령, 대통령 등으로 부시가 정치적 성공을 거둬 가면서 아내와 아이들의 생활도 그에 따라 변해 갔다.

부시가 부통령에 출마, 전국 유세를 하면서부터 물고 늘어지기 좋아하는 언론은 바버라에게도 초점을 맞추기 시작했다. 모든 보도의 공통점은 그녀가 '속이 트였고 다정다감하다'는 것이었다.

그녀가 그야말로 '벨벳 안에 철주먹을 가지고 있다'는 것은 1984년 레이건 재선거유세에서 약간 드러났다.

당시 민주당 대통령 후보였던 프릿츠 먼데일은 부시 가족의 과다한 재정 상태에 대해 언급했다. 바버라는 그 소식에 기분이 상했다. 하루는 먼데일의 러닝메이트인 제랄딘 페라로와 그녀의 남편 존 자카로가 적어도 4백만 달러는 가지고 있다는 보도가 나왔다.

선거유세용 비행기 안에서 AP의 테리 헌트와 UPI의 아이라 알렌 등이 함께 탑승했는데, 비보도용 발언임을 전제로 하고 질문에 답했다.

"음, 그 '리치rich'라는 말은 '위치witch'하고 제법 운韻이 맞는데 그 정도면 어느 날이건 조지 부시를 사버릴 수 있겠네."

그녀의 이 말이 언론에 자주 언급되자, 바버라는 페라로에게 전화를 걸어 그녀를 향해 '마녀witch'라고 한 자신의 말에 대해 사과했다.

"나는 그것을 보도한 언론을 비난하지 않는다. 단지 언론의 생리에 대해 몰랐던 것이 죄다."

그녀는 몇년 후 이 사건에 대해 이렇게 썼다.

'그러나 그 이후 내가 언론인들과 편안해질 수 없었다는 것을 그

들은 알아야 할 것이다.'

나는 이 일이 그녀의 백악관 생활 중 대 언론자세에 결정적인 영향을 미쳤다고 본다.

백악관 시절, 많은 사람들은 그녀가 직원들에게 거리감을 두고 대했다고 여겼다. 그리고 기자들이 '제멋대로 구는 부류'라 생각하고 있다는 감을 받았다. 그러나 놀랍게도 우리와 아주 훌륭하고 솔직한 인터뷰를 나누기도 했다. 그녀는 대부분 참을성 있게 언론을 다뤘고 '미국에서 가장 좋은 퍼스트 레이디라는 직업'을 유지해 갔다.

바버라는 조금은 옛날로 후퇴한 듯한 자세로 자신의 역할을 지켜 나갔다. 정책에 대한 논의에 관심을 기울이지 않았고 어떤 권력이나 영향력을 행사하려 들지 않았다. 그냥 대통령의 '배우자'로서 자신에 만족하는 듯했다.

그러나 '나는 단지 배우자'라는 식의 사고방식은 1990년 유명한 여자대학 웰슬리의 졸업식 연설에 초대받은 그녀에게 오히려 역효과로 작용했다. 그때 4학년 학생들은 그녀의 참석에 저항감을 표시하는 연판장을 돌리며 반대했다.

'바버라는 남편이 출세해 결국 그 후광을 즐기는 사람이다. 4년 간 공부하면서 우리는 우리의 노력이 우리에게 언젠가 보상해 줄 것이라 믿고 있다. 남편에 의할 것이라고는 생각하지 않는다.'

그녀는 사태를 바꿔보려고 노력했다. 남성과 여성이 도전에 직면했을 때, 순간적인 선택이 얼마나 중요한가 등의 내용을 담아 연설을 했으나 학생들에게는 별로 감흥을 주지 못하는 듯했다.

그녀가 퍼스트 레이디로서 심혈을 기울인 것은 '문맹퇴치사업'이었다. 이 일은 퍼스트 레이디가 되기 훨씬 전인 1978년부터 시작됐지만 이제는 정강정책으로 알려졌다. 이 일은 그녀가 가족에게 겪었던 경험과 무관하지 않다. 그녀의 아들 나일은 어렸을 때 난독증 증세를 보였고 특별읽기 프로그램에 의한 교육과 그녀의 도움으로 어려움을 이겨낸 바 있다.

1989년 '가족 문맹퇴치를 위한 바버라 부시 재단설립' 이전부터 그녀는 여러 개의 문맹퇴치사업 재단에 관여했다.

바쁘게 돌아가는 퍼스트 레이디의 생활과 문맹퇴치사업, 여러 모임에의 참석, 남편과의 공식적 여행 등으로 그녀는 살이 많이 빠졌고 언론은 이를 그냥 지나치지 않았다. 그녀는 조금 덜 먹고 활동을 많이 하며 틈나는 대로 테니스를 치고 매일 수영을 하기 때문이라고 설명했다.

그러나 그녀는 바제도 병을 앓고 있었다. 그녀의 눈은 부어 올랐고 악화됐다. 시야도 흐려졌다. 과도한 호르몬 분비를 억제하기 위한 방사성 요드를 투여하는 치료를 받아야 했다.

몇 개월 후에는 10일 코스의 방사능 치료도 받아야 했다. 이상하게도 남편인 부시 대통령에게도 나중에 같은 문제가 발생하여 똑같은 치료를 받아야 했다.

치료를 받으면서 그녀는 매년 열리는 그리오디론 만찬에서 기자단에게 만우절 조크를 해야겠다고 결심했다. 그녀는 옷을 잘 차려입었으나 머리에는 붉은 빛이 도는 노란색 가발을 썼다.

"내 머리가 백발이라고 하도 말들이 많았으니까 이렇게만 해도 충분히 재미있지 않겠어요?"

그녀의 이런 조크는 웃음보다는 걱정이 앞서게 했다. 참석자들은 그녀가 병으로 머리가 많이 빠져 가발을 쓰지 않으면 안 되게 되었나, 궁금하게 생각했다.

그녀는 퍼스트 레이디로서의 정치적인 역할을 다하려고 신경쓰면서 자신은 남편의 일에서 떨어져 있다고 거듭 강조했다.

1990년 이라크와의 위기가 고조됐을 때, 나는 그녀에게 물었다.

"한밤중에 전화 벨소리 그리고 집안을 감싸는 불안에 대해 어떻게 대처하지요?"

"업무에 따르는 당연한 것이라 생각해요. 우리는 그것에 대해 불만을 갖지 않습니다."

1991년 전쟁이 발발했을 때 그녀는 남편을 도와 해외에 주둔하는 군인가족들을 방문하기 위해 부대 주둔지역을 찾아나서는 중요한 역할도 했다. 이 전쟁이 남편의 정치적 생명에 중대한 타격을 입힐 것 같지 않느냐는 질문에 '나는 그가 옳은 일을 하고 있다고 생각하기 때문에 별로 걱정하지 않는다'는 대답으로 이를 맞받아쳤다.

선거 전 나와의 마지막 인터뷰에서 그녀가 남편이 차기대권에 또한 번 도전하는 것에 대해 뚜렷한 입장을 갖고 있지 못하다는 것을 알았다.

"우리는 이 자리에 있는 것을 좋아해요. 그 동안의 생활은 아주 만족스러웠어요."

그러나 내가 확실한 대답을 다그쳐 묻자 그녀는 고백했다.

"출마와 불출마 두 가지를 놓고 다 생각하고 있어요."

아주 드물게 그녀는 조지 부시의 대통령 재임기간에 일어났던 뜨거운 이슈들에 대해 자신의 느낌과 의견을 계속 지니고 있었다. 1992년 선거기간 중에도 과거의 퍼스트 레이디들과 마찬가지로 부지런히 선거운동에 나섰다. 남편에 대한 지원에 흔들림이 없었다.

남편이 패배한 이후 한참 동안 언론으로부터 입은 깊은 상처로 그녀가 괴로워했다는 것을 주위사람들은 잘 알지 못했다.

"우리는 왜 선거에서 패했을까요. 조지는 자신이 전임자나 후임자처럼 언론 플레이를 잘 하지 않았기 때문이라고 말합니다. 나는 그것을 믿을 수 없어요. 나는 대부분의 언론들이 빌 클린턴이 승리하기를 바랐다고 믿었지요. 많은 기자들이 선거기사 취재와 보도에 공정하려는 노력을 보였다고 믿고 있으나 결과적으로 언론은 내게 쓸쓸한 맛을 남겨줬습니다. 내가 읽은 기사들은 회의적이었고 그 기사들을 혐오했어요. 나는 여전히 많은 기자들을 존경하고 좋아하고 있지요. 앞으로도 그들이 하는 일에 보다 많은 존경심을 갖게 되기를 바랄 뿐입니다."

나는 그녀가 떠난 뒤에도 항상 '벨벳에 감추어진 그녀의 철주먹'이 조만간 나올 것이라고 여겼었다. 요즘 그녀는 또 한 번의 선거전에 뛰어들 것으로 보인다. 정계에서 이름을 날리고 있는 그녀의 두 아들—특히 한 사람은 대통령 재목감으로 불리는—을 위해서 말이다. 그녀가 어떻게 결정하고 행동하건 간에 나는 그 자신에게 충실할 그녀를 기대한다. 그리고 '숨기는 것이 없다'는 그녀의 목소리를 다시 한 번 듣고 싶다.

위기를 기회로 만들 줄 아는 강한 여성, 힐러리 클린턴

1998년 4월 25일, 백악관 만찬에서 내 생애 두 번째로 퍼스트 레이디가 나에 대해 '특종'한 사건(?)이 발생했다. 첫 번째는 팻 닉슨 부인이 나와 더글러스의 결혼사실을 백악관 모임에서 발표하면서 자신도 "헬렌 건으로 특종했다"고 자랑(?)했을 때고, 두 번째가 여기서 이야기할 힐러리 클린턴의 '비디오 테이프'에서이다.

만찬장에서 식사를 한 후, 나는 훌륭한 기사를 취재한 우수기자들에게 주어지는 백악관 시상식을 보면서 즐거운 시간을 보내고 있었다. 그런데 로이터 통신의 레리 맥퀼란 기자협회장은 상이 또 하나 있다고 말했다. 그러고는 참석자들에게 방 전면에 놓인 대형 TV 모니터 봐줄 것을 주문했다.

조명이 어두워지고 나는 에드 브래들리의 목소리를 들었다.

"그녀는 자신의 기자인생을 시작으로……."

순간 나는 깜짝놀라 테이블 밑으로 기어들려 했다. 참석자들은 에드가 1987년 <60분>이라는 프로에서 나와 인터뷰한 중요 부분을 보게 되었던 것이다.

기자협회는 비밀리에 백악관 취재기자들에게 줄 새로운 '헬렌 토머스의 성공을 기리는 상'을 제정한 것이다. 누가 첫 번째 수상자가 될 것인가. 에드워드와의 인터뷰 방영이 끝나자, 이 번에는 힐러리가 비디오 화면에 나타났다.

"자, 헬렌! 당신의 동료기자들은 당신을 위한 상을 제정하고 이렇게 갑자기 발표해 당신을 즐겁게 하길 바라고 있군요. 그러나 우리 모두는 이 계획을 비밀로 유지한다는 것이 얼마나 어렵다는 것을 알고 있어요. 미국인들은 당신의 신랄하고 정직한 보도에 깊은 감사를 느끼고 있습니다. 우리는 이 귀한 기회를 통해 당신에게 중요한 한마디를 전하려 합니다. 고맙습니다. 당신이 매일 해낸 일들, 그리고 따뜻한 인간애와 확고한 의지 또 우리들에게 모범을 보여준 것에 대해 정말 감사를 드립니다. 축하합니다, 헬렌"

인터뷰를 위해 힐러리 클린턴을 내 앞에 앉히기까지는 꼬박 6년이 걸렸다.

힐러리 클린턴은 누구인가? 그녀는 펜실베이니아 가 1600번지에 위치한 백악관에 입주했던 여느 퍼스트 레이디와는 다른 사람이다. 그녀는 오늘의 그녀가 되기까지 많은 대가를 지불한 사람이다. 나는 그녀가 그녀와 같은 길을 가려고 결심한 많은 여성들에게 좋은 본보기가 됐다고 생각한다. 이 나라가 결국 여성전문직업인, 그리고 일하는 엄마, 여성운동가인 그녀를 인정할 수밖에 없었듯이 이제 우리는 백악관의 안주인이 되려고 노력한 그녀를 결국 선택했다.

대중연설이나 광고 등 항상 다른 방법을 통해 자신들의 일을 알리려 했던 그녀는 언론과의 접촉을 시도하기도 했다. 그러나 그녀의 언론계쪽 점심 파트너는 항상 워싱턴 밖에 있는 여성 칼럼니스트들이 대부분이었다. 나는 인터뷰를 하기 위해 로비를 했는데, 당시의 힐러리 공보비서인 리사 카푸토가 내게 한 이야기가 있다.

"당신이 그녀와 함께 여행할 기회가 있을 때나 가능하다."

나는 매우 화가 났다.

"나는 백악관에 매일 있는데 무엇 때문에 하필이면 여행 중에 인터뷰를 해야 하나?"

대답은 기본방침이 '인터뷰 사절'이라 어쩔 수 없다는 것이었다.

다시 인터뷰를 하기 위해 노력을 기울이고 있을 때 그녀의 측근은 내게 '힐러리는 워싱턴 기자들이 무엇을 물을까 걱정하고 있다'고 전했다.

그녀는 자신은 전통적인 퍼스트 레이디도 또한 현대역사에 비친 대통령 부인 — 엘리노어 루스벨트를 제외하고 — 도 되고 싶지 않다는 것이었다. 그녀는 부정적 질문 공세와 비난, 무조건적인 '힐러리 미워하기'를 나름대로 헤쳐나갔다.

힐러리에 대한 반감은 《뉴욕 타임스》 칼럼니스트이며 닉슨 시절 연설문 작성자였던 윌리엄 사파이어가 1996년 1월 9일자 칼럼에서 '힐러리는 선천적인 거짓말쟁이'라고 지적하면서 절정에 달했다.

백악관 공보비서인 마이크 맥컬리는 '만약 클린턴이 대통령 자리에 있지 않았다면 사파이어란 작자의 콧대를 부셔 버릴 정도로 더 강력한 반응을 했을 것'이라고 말했다.

나중에 클린턴은 이렇게 말했다.

"대통령직에 앉아 있으면 일반인보다 훨씬 많은 제약이 따른다. 내가 만약 평범한 시민이었다면 그 기사에 대해 그에 상응하는 반응을 보였을 것이다. 대통령도 감정을 가지고 있는 인간이라는 것을 알아야 한다."

고통의 시련이 거의 주기적일 정도로 백악관을 강타했을 때, 나는 이에 대처하는 힐러리의 강인함에 놀란 적이 몇 번 있다.

1992년 선거유세 때의 제니퍼 플라워즈 문제, 백악관 여행국의 말썽 문제, 아직도 계속되는 화이트워터 토지조사 사건, 대통령 측근이었던 빈센트 포스터의 자살, 전국을 강타한 힐러리의 건강복지 프로그램, 1994년 공화당의 의회 다수석 지배, 클린턴의 연방 대 배심원 출석과 몇 시간에 걸친 증언, 대통령과 염문을 뿌린 폴라 존스, 모니카 르윈스키의 청문회……

이것들이야말로 언론의 군침을 당기게 하는 상품성 있는 특종감이었다. 그리고 또 작은 이야깃거리로는 웹사이트를 부지런히 장식한 힐러리의 다양한 헤어 스타일 등도 있다.

1998년 백악관 맵 룸Map Room에서 인터뷰를 가졌을 때 우리는 이전의 많은 퍼스트 레이디들이 한 것과 같은 상투적인 말을 들어야 했다.

"백악관에서의 생활을 위해 뭔가를 미리 준비한다는 것은 불가능하다는 걸 경험을 통해 알게 됐어요. 나는 이곳 생활을 이해하기 위해 여기 살았던 대통령이나 그 가족에 대해 쓴 책을 읽고 있습니다. 누구든 자신이 일생을 통해 형성해 온 가치관과 경험을 갖고 이 곳에 들어오지만 이 곳에서 피할 수 없는 갈등과 압박감에 시달리게 되지요. 하지만 들어온 사람은 어차피 자신이 자라오면서 익혔던 기본적인 가치관에 의지할 수밖에 도리가 없답니다."

1947년 10월 26일, 힐러리는 섬유산업에 종사하는 휴와 평범한 가정주부 도로시 로드만의 첫째로서 외동딸로 태어났으며 1965년 명문 웰슬리 여자대학에 입학했다. 캠퍼스의 공화당클럽에 가입한 그녀는 동료 학생들과 공화당 후보들을 위해 일했다. 그러다가 1968

년 생각을 바꿔 유진 매카시의 예비 선거전에 뛰어들었고 그해 여름에는 하원 공화당협의회에서 인턴으로 일하게 되었다.

힐러리가 웰슬리 여자대학을 졸업할 때, 학생들이 루스 아담스 학장에게 졸업생 중 한 사람이 졸업식에서 연설할 기회를 달라고 요청했다. 학장은 처음에 그 의견에 반대했다. 힐러리는 학장을 만나 반대하는 이유를 물었다. 학장의 논리는 선례가 없기 때문이라는 것이었고 힐러리는 이제 그 선례를 남기라면서 학장을 설득했다.

그래서 힐러리는 졸업생 연설을 하게 되었다. 연설은 매사추세츠 주 공화당 상원의원인 에드워드 부룩을 반박하는 것이 주 내용이었다. 1965년 힐러리는 부룩 의원의 선거유세를 위해서 일한 적이 있다.

힐러리는 1969년 예일대 법과 대학원에 진학한 30명의 여학생 가운데 한 사람이다. 1970년에는 워싱턴에서 열린 여성유권자 연맹전국대회에 참여했다. 기조 연설자는 당시 민권변호사로 잘 알려졌으며 불우아동 인권옹호자인 마리안 라이트 에델만이었다.

전국대회가 끝난 지 몇달 후, 에델만이 예일에서 연설을 했을 때 힐러리는 그녀에게 다가가서 그해 여름 그녀를 위해 일하고 싶다고 했다. 에델만이 힐러리가 일하는 것에는 찬성했지만 보수를 줄 수는 없다고 말했다. 그래서 힐러리는 법과 대학생 인권연구위원회에서 지원금을 받아야했다.

힐러리는 마리안과의 만남에 대해 말했다.

"불우아동을 돕는 데 열정을 가지고 있고 가치관이 나와 비슷한 마리안과의 만남은 나의 일생에 전환점을 가져다주었다."

힐러리는, 일거리를 찾아 전국을 이동하는 '철새 노동자'를 연구하는 상원의원 월터 먼데일의 소위원회 활동을 모니터하는 데 많은 시간을 보냈다. 그녀는 아동 특히 가난하고 불우한 아동을 위해 일하겠다는 보다 확고한 신념을 가지고 법과대학으로 돌아왔다.

힐러리가 법과대학 학창시절 이룬 또 한 가지 흥미로운 일은 같은 과 학생인 빌 클린턴과의 만남이다. 그들이 도서관에서 만났다는 것은 이미 널리 알려진 이야기다.

"우리는 25년 전부터 이야기를 나누기 시작했어요. 빌은 내게 자신의 마음속에 있는 말들을 많이 했지요. 우리는 공통된 관심사에 대해 항상 의견을 나눴으니 행운이었다고 봐야지요. 우리가 믿는 것, 그리고 믿지 않는 것에 논쟁이 필요하면 논쟁을 서슴지 않고 즐겼습니다. 이런 습관은 백악관에서도 이어지고 있으며 앞으로 우리 결혼생활이 50년 간 지속된다 해도 즐겨 대화를 나눌 거예요."

1974년 1월, 힐러리는 리처드 닉슨을 조사하기 위한 하원법사위원회에서 뽑은 세 명의 여성 가운데 한 사람이었다. 닉슨이 사임하면서 자연적으로 그녀의 일도 끝났다. 힐러리는 아칸소 법과대학에서 강의할 수 있는 기회를 얻었다. 이 대학에 이미 클린턴은 교수로와 있으면서 아칸소 제3지구의 하원 의원직을 향해 존 폴 해머슈미트에 도전하는 정치적 유세를 시작하고 있었다.

모든 사람들은 힐러리가 뉴욕이나 워싱턴의 법률회사에 높은 자리를 얻던가 또는 강력하면서도 빠른 어떤 길을 향해 달려갈 것이라고 생각했다.

힐러리는 이렇게 당시를 회상했다.

"가르치는 일을 받아들였을 때 사실 우리 가족과 친구들은 저의 결정이 잘못됐다고 생각했어요. 나 자신도 걱정을 안 한 것은 아니지요."

빌 클린턴은 선거에서 48.2%의 지지를 확보했고 힐러리는 집으로 돌아가 장차 어떻게 해야 할 것인가를 놓고 고민을 거듭했다. 그러나 그녀는 화예트빌로 돌아왔다. 그녀를 공항으로 마중 나갔던 빌은 힐러리에게 물었다.

"당신이 언제인가 어느 동네를 지나면서 마음에 든다고 말했던 집을 아직 기억하고 있어?"

그녀가 떠나 있었을 때 빌은 이미 그 집을 사놓았던 것이다. 그들은 1975년 10월 11일, 힐러리의 28번째 생일을 며칠 앞두고 결혼했다.

1977년 초반, 클린턴이 아칸소 법무장관에 임명된 지 한 달도 안 되어 그녀는 로즈 법률회사에서 일하기 시작했다. 그리고 1978년 아칸소 주지사 부인이 된 이후 1년 만에 법률회사의 이익을 함께 나누는 파트너의 자리로 승격했다.

힐러리는 1992년 빌이 대통령선거에 출마하자 전국적인 각광을 받기 시작했다. 그녀는 '만약에 빌이 당선된다면 미국인들은 한 번에 두 사람을 얻는 횡재를 하게 될 것'이라고 장담했다. 이런 무분별한 발언은 그녀를 비난하는 사람들에게 '남편이 대통령이 되면 아마 그녀 자신이 공동으로 대통령 행세를 하려 들 것'이라는 억측을 낳게 했다.

"나는 집에서 과자나 굽는 사람은 되지 않겠다."

그녀의 이러한 발언은 사람들이 바버라 부시에게 한방 먹이는 것과 다름없다는 생각을 하게 했다.

제니퍼 플라워즈가 클린턴 후보와의 개인적 관계를 주장하고 나올 때 이 예비 대통령 부부는 〈60분〉 프로에 출연하게 됐다.

"내가 이 자리에 나온 것은 빌을 사랑하고 존경하기 때문이다. 나는 그가 여태까지 해온 일 그리고 우리 부부가 함께 쌓아온 일을 영예롭게 여기고 있다. 만약 빌이 한 일이 충분하다고 생각하지 않으면 여러분은 그에게 표를 던지지 않아도 좋다."

힐러리의 발언들은 가사일을 선택한 전업주부들을 질타하는 것으로 일부 여성그룹에게 받아들여졌다.

그녀는 나중에 이 발언을 사과하는 것으로 수습했다. 향후 몇년 간 우리가 보듯이 어떤 이유에서이건 힐러리는 '자신의 남자' 곁에 서 있었다.

1992년 유권자들은 빌 클린턴을 선택했다. 백악관에 입주하기 이전 힐러리는 '사생활의 전형적인 옹호자'라고 불리는 재클린 케네디 오나시스를 뉴욕으로 찾아가 만났다. 힐러리의 관심사는 그녀의 딸 첼시아가 대중들의 시선에 쫓기지 않고 어떻게 하면 평범한 청소년기를 지낼 수 있을까에 대한 조언을 구하기 위해서였다.

"세상을 바라보는 재클린의 감각이 나와 비슷하다는 느낌을 받았어요. 그리고 자녀들의 사생활을 보호하는 데 신경을 많이 쓰는 부분도 마찬가지였고요. 그녀는 어떻게 하면 내 딸을 잘 보호할 환경을 만들 수 있는지에 대해 조언해 주었습니다. 물론 이것은 이렇게, 저것은 저렇게와 같이 구체적인 이야기는 하지 않았죠. 다만 대통령 자리에 얼마 동안 있던 간에 '내가 좋아하는 어떤 것, 내가 중요하다고 생각하는 어떤 일, 그리고 내가 관심을 쏟는 어떤 일을 했다'고 하루가 끝난 매일 밤 그렇게 느끼려 노력하라고 말했어요. 어느 누구도 다른 사람을 위해 '이것이 바로 그것'이라고 말해 줄 수는 없을 거예요. 그녀의 일반적인 조언이 내게 도움이 됐다고 생각합니다."

첼시아를 언론의 시아에서 멀리 있게 해달라고 주문한 힐러리의 요청을 언론은 받아 들였다. 그러나 일부 언론은 가끔 이를 받아들이지 않았다.

또 힐러리가 얼마나 자신의 일과 성공에 몰두했는지를 잘 보여주는 예가 있다.

힐러리가 퀘이커 재단이 설립한 시드웰 프랜즈 학교에 참석하고 있을 때였다. 첼시아가 자신의 손목에 문제가 생기자 학교 직원에게 말했다.

"우리 아빠에게 전화 좀 해주세요, 우리 엄마는 너무 바쁘거든요."

때로는 첼시아의 프라이버시 문제가 좀 과도하게 다뤄지는 감이 있다. 1998년 클린턴이 중국을 방문했을 때 나는 퍼스트 레이디 측에 전화를 걸어 별로 문제의 소지가 없을 질문을 했다. 첼시아가 엄마, 아빠와 함께 계속 행동할 것인가 아니면 그 아이를 위한 별도의 스케줄이 마련되어 원하는 몇 곳을 방문하게 할 것인가에 대해서였다.

그러자 힐러리의 측근은 씩씩거리며 신경질적으로 반응했다.

"당신은 내 모가지가 달아나길 바랍니까?"

한 참모는 힐러리가 백악관에 들어온 그 날 이후 비난의 대상이 됐다고 전했다. 그녀가 대통령 집무실 가까이에 사무실을 차렸다는 것부터가 그런 생각을 불러일으켰던 것은 아닐까. 레옹 파네타 전 백악관 비서실장은 시인했다.

"나는 적어도 일주일에 한 번은 힐러리 여사와 일에 대해 상의해야 했다."

나는 힐러리가 재치 있고 매력적이며 가끔은 대단히 재미있는 면모를 보이기도 한다고 믿고 있다. 힐러리는 클린턴 행정부에서 전반적인 보건복지 프로그램 개발업무를 맡음으로써 많은 구설수에 올랐다. 이 프로그램을 위한 조직은 박탈감에 시달리는 어려운 수백만 미국인들에 대한 방대한 양의 정보를 구축해 나갔다. 그녀는 이 프로그램이 완성될 때까지 세부사항을 비밀에 부칠 것을 주장함으로써 또 다시 많은 원성을 샀다.

어느 날 나는 힐러리가 히스패닉계의 보건복지계획에 관해 마련한 한 회의를 취재할 수 있는지 힐러리 측근에게 물었을 때 '기자들을 위한 자리가 없다'는 이유로 거절당한 적이 있다.

하지만 나중에 안 사실이지만, 그 회의는 수백 명을 수용할 수 있는 국가 만찬장에서 열렸고 그 곳에 참석한 사람은 20명 정도였다는 것이다.

힐러리는 후에 가진 인터뷰에서 이렇게 이야기했다.

"만약 내가 모든 일을 다시 시작한다면 사태가 많이 달라질 겁니다. 그리고 언론이 내게 무엇을 원하는지 더 배워야 할 것 같아요. 나는 그것을 정말 이해하지 못했거든요."

그리고 덧붙였다.

"나는 내가 어떻게 인식되고 받아들여지는지 좀더 민감해야 할 필요가 있어요. 나는 내가 원했던 것과 달리 내가 행동할 때 주변 사람들이 어떻게 해석하는가를 생각해 본 적이 없거든요. 그리고 대중의 의견과 언론의 취재에 대해 경험이 부족한데 이제 정말 열심히 배워야 할 것 같습니다. 왜냐하면 내가 좀더 많은 경험을 갖고 있다거나 또는 사람들에게 보다 많은 도움과 조언을 얻는다면 보다 편하게 변화할 수 있을 테니까요."

하지만 당시 그녀는 어떤 종류의 조언도 필요로 하거나 관심을 기울이지 않는다는 인상을 주었다. 그녀의 스태프들이 1천3백여 장에 달하는 보건복지계획의 청사진을 종합하고 정리하느라 바쁠 때 그것을 무용지물로 만들려는 보험회사들의 로비 역시 정신없이 돌아갔기 때문이다.

그 계획은 결국 의회에서 폐기됐다. 그러나 그녀의 노력이 헛된 것만은 아니었다. 그녀는 전국 건강복지 프로그램의 단점을 드러내는 데 중요한 역할을 했다. 보건복지계획에 관련한 힐러리의 주장은

'성난 백인들'이 보인 저항감으로 이어져 그녀의 책임이 거론됐다. 이들 '성난 백인들'은 1994년 선거에서 40년 역사상 처음으로 미 의회 양원에서 공화당이 주도권을 잡게 한 결과를 낳았다. 이때 임기 끝의 권력 누수현상을 보이는 소위 '레임덕 현상'이 클린턴을 괴롭혔다.

그녀는 클린턴 대통령과 마찬가지로 차기 선거를 내다보는 정치적인 부담을 안고 있었다. 특히 퍼스트 레이디로서 그 선거에 좋은 영향을 주기 위해 노력을 쏟아야 한다는 기대감에 부담감을 느꼈다.

힐러리는 해결방법을 궁리하다가 선거 전략가인 딕 모리스를 불렀는데 그는 1983년 주지사 재선거 당시 클린턴의 선거를 도왔던 인물이다.

모리스의 조언은 힐러리의 위상을 낮추라는 것이었다. 그녀를 뒷전으로 물러서게 하고 클린턴을 '결정적인 중심'에 서 있게 하는 일이었다. 그 다음 우리는 뒷전에 서서 보다 부드럽고 조용하게 자신의 의견을 내놓는 힐러리를 보게 되었다.

1995년 힐러리는 연례 그리오디론 만찬에서 자신을 '힐러리 검프'라고 표현한 비디오를 방영함으로써 자신의 이미지를 원하는 대로 포장하려고 시도했다.

힐러리는 영화 <포레스트 검프>에 나온 포근하지만 우둔한 주인공처럼 의상을 입고 나와 정부각료들과 자신의 매력과 항상 바뀌는 헤어 스타일 그리고 정치적 조언을 하는 자신의 습성들에 대해 토의하는 모습을 보여 주었다. 마치 영화의 처음 부분처럼 이 비디오에서도 하나의 깃털이 날아가 땅에 떨어지는 것으로 시작된다. 물론 배경사진으로는 백악관의 모습을 담았다. 그리고 자신의 무릎에 초콜릿 박스를 얹어 놓고 버스를 기다리는 힐러리를 카메라는 파노라마식으로 담았다.

"안녕하세요. 내 이름은 힐러리, 힐러리 검프랍니다. 여러분은 나를 힐러리 로담 검프로 부를 수도 있습니다. 모든 사람이 나를 부르는 이름이랍니다. 저기 있는 것이 내 집입니다. 나의 엄마는 내게 항상 백악관은 겉은 예쁘지만 속에는 많은 땅콩이 들어 있는 초콜릿 상자와 같다고 이야기했어요. 나의 어머니는 내게 항상 조언을 해주셨지요. 그녀는 지역건강보험에 가입하고 그 지불비용을 검토해 보면 가장 이상적인 비용효과에 대해서 알게 될 거라고 했어요. 어머니는 '힐러리, 힐러리 검프야, 인생은 헤어 스타일과 같단다. 잘 됐다고 느낄 때까지 계속 바꿀 수 있는 것이거든'이라고 말씀해 주셨어요."

힐러리 옆에는 스포츠웨어 차림의 클린턴이 앉아 있었고 그녀가 주는 초콜릿을 받으면서 클린턴은 얘기했다.

"혹시 이 초콜릿과 함께 먹을 감자튀김을 갖고 있나요?"

비디오는 초콜릿 상자를 움켜쥐는 모습을 보여 주는 것으로 끝났다.

참석자들은 그 비디오를 좋아했다. 그리고 클린턴은 서운함을 비쳤다.

"힐러리는 오늘밤 여기 참석하길 바랐는데……."

아쉽게도 힐러리는 당시 아시아 순방 중이었다. 항상 클린턴을 비판했던 로버트 노박도 이 비디오에 대해서는 우호적으로 논평했다.

"만약 비디오가 일반에 공개된다면 힐러리가 갖고 있는 문제점이 많이 사라졌을 것이다."

1994년 선거 후, 힐러리는 서서히 자신의 목소리를 되찾아갔다. 1995년 북경의 제4차 세계여성대회에 참석해 신문지면을 크게 장식했다. 당시 양국 관계에 긴장감이 돌던 때라 일부 사람들은 힐러리가 그 대회에 참석하지 말아야 한다고 주장했다.

그 대회에서 그녀는 인권침해에 대해 일침을 가했다.

"이제 우리는 침묵을 깨야 할 때가 왔습니다. 우리가 이곳 북경에서 말하는 것을 세계가 들어야 할 시기가 온 것입니다. 이제 인간의 권리와 구분해 여성의 권리를 따로 논의해야 하는 것 자체가 더 이상 용납되지 않아야 한다고 봅니다."

그녀는 중국을 꼬집어 이야기하지는 않았지만 그 곳과 다른 나라들의 인권침해 사례인 강제낙태와 불임, 참정권과 언론자유의 박탈 등에 대해서 언급했다. 연설을 끝냈을 때 청중들은 의자에서 일어나 20여 분 간 기립박수를 그치지 않았다.

역사적으로 '첫 번째'인 것을 좋아하는 그녀는, 화이트워터 토지 조사 사건에 관계되어 연방 대배심에서 증언하지 않으면 안 되는 첫 번째 퍼스트 레이디가 됐다.

힐러리는 녹초가 될 때까지 장시간 증언했으며 특파원을 위한 백악관 만찬회에서도 기자들에게 또 다른 5시간을 시달려야 했다. 그러나 가끔 그녀는 노련하게 자신의 역할을 소화해 냈다.

클린턴과 관계를 가진 모니카 르윈스키의 이름이 정치권에서 오르내리게 됐을 때, 그녀는 전국 방송에 나가 자신의 남편을 옹호했다. 심지어는 클린턴이 르윈스키와의 관계를 실토하고 전국에 사과 방송을 하지 않으면 안 되는 시점에서도 케네스 스타 특별검사에 절대 물러서면 안 된다고 그를 독려했을 정도였다.

나는 그녀의 튀는 행동이 그들에게 불리하게 작용한다고는 생각하지 않는다. 여성과 아동의 권리문제에 대해 솔직 대담한 그녀가 옳다고 여긴다. 그녀가 워싱턴 정가에 특별한 재능과 재주, 그리고 또 다른 경험을 보여 주었다고 생각한다. 하지만 강한 모습을 보일 때면 여성스러움이 부족하고 배짱이 너무 강해서 눈에 거슬린다는 등의 비난을 받아야 했다.

"우리는 어떤 사람이건 편견의 눈으로 바라봐서는 안 된다고 생각합니다. 대통령의 아내들이라도 자신이 편하게 생각하는 것을 행동할 수 있도록 모든 사람이 받아들일 수 있어야 한다고 봅니다. 만약 다음 대통령의 배우자가 여자든 남자든, '나는 정치와 관계된 것은 아무것도 하지 않을래요' 또는 '그건 내 취향이 아니예요'라고 얘기한다 해도 이상하게 생각해서는 안 됩니다. 왜 우리는 일정한 틀을 고집해야 하는 거죠?"

그녀는 내게 이렇게 토로한 적이 있다.

힐러리에게 정치는 그녀의 사는 방법과 진배없다. 나는 그녀가 과시적으로 정치적인 퍼스트 레이디의 면모를 보인 데 대해 스스로 대가를 지불했다고 생각한다.

"만약 남편이 대통령이 아니었다면 내 자신이 정치에 나섰을 거예요. 후보의 선거 캠페인도 돕고 어떤 이슈들에 대해서는 지원을 했겠지요. 내 남편이 대통령이 되기 전에도 그렇게 했듯이 말이에요. 나는 남편이 대통령직에서 떠나도 그 일을 다시 계속할 겁니다."

그런 그녀에게 단적으로 물었다. 당신은 너무 언론에 적대적인 인상을 보여주고 있어요."

"나는 그 말이 타당하다고 보지 않는데요. 나는 내가 모르던 많은 것을 배웠다고 자신합니다. 나는 워싱턴 정가의 많은 부분, 그리고 사람들이 생각하고 생각하지 않는 것, 말하고 말하지 않는 것들의 의미를 잘 모르고 있었으니까요. 나는 언론에 대해 경의와 존경심을 가지고 있어요. 그러나 때로는 이 나라에서 언론이 너무도 결정적인 영향력을 행사한다고 여길 때는 솔직히 거부감을 갖기도 합니다. 나는 언론의 자유에 대해서도 세계 여러 곳을 다니면서 연설을 했어요."

그녀는 퍼스트 레이디로서 자신이 겪어온 역경과 고통에 대해 낙관적인 것처럼 보였다. '모든 인생엔 도전이 따르기 마련'이라는 것이다.

"나는 항상 인생에 갑자기 나타나는 문제들, 다시 말해서 좌절과 실망을 어떻게 다뤄나가는가에 따라 어떤 사람이 되는가가 결정된다고 봐요. 나는 우리가 특별히 다르게 행동하지 않았다고 생각합니다. 우리의 종교적 믿음은 상당히 중요하고 가족은 우리에게 영원한 것입니다."

엄청나게 바쁜 스케줄에도 불구하고 그녀는 1997년 이후 아시아, 아프리카 등 14번의 독자적인 해외여행을 했다. 또 남편과 함께 해야 하는 국빈방문도 치러내야 했다. 그녀는 지역사회가 아동을 잘 키워내는 데 일익을 담당해야 한다는 이야기를 담은 베스트 셀러 『사회의 참여가 필요한 교육, 아이들이 주는 교훈Takes a Village and Lessons Children Teach Us』을 쓰기도 했다.

그녀는 또한 엘리노어 루스벨트가 그랬던 것처럼 신문의 여러 곳에 칼럼을 게재함으로써 언론활동에도 관심을 보였다. 힐러리는 그들 부부가 많은 우여곡절을 겪었고 서로 격렬하게 다투기도 한다고 시인했다. 하지만 정치를 '보다 나은 세계를 구현하기 위한 방법'이라고 낙관적으로 바라보는 시각에는 항상 의기투합했다고 말했다.

그녀는 자신의 책에서도 썼듯이 '이혼이 아이에게 미치는 악영향을 잘 알고 있는 나는 결혼생활 동안 여러 번 이를 악물고 참아내야 했다. 대신 내가 어떻게 하면 보다 좋은 아내, 보다 훌륭한 어머니가 될 수 있을까를 생각했다'고 밝혔다.

7개월에 걸친 법적공방 후인 1998년 8월 17일, 클린턴은 대 국민

연설에서 자신이 아내와 백악관 직원들 그리고 국민들에게 거짓말을 한 것과 모니카 르윈스키와의 '부절적한 관계'를 시인했다. 그는 결정적인 판단미숙과 개인적인 태만 및 실수로 일어난 이와 같은 일은 전적으로 자신에게 책임이 있다고 사과했다.

그리고 그는 덧붙였다.

"이제 이 일은 나와 내가 가장 사랑하는 두 사람, 아내와 딸과의 관계이며 그리고 신과의 문제다. 이것은 어느 누구의 문제도 아니고 우리 집안의 문제인 것이다. 대통령들도 개인생활이 있는 것이다."

그 다음 날, 이들 대통령 가족들은 마사스 빈야드로 휴가를 떠났다. 힐러리는 그녀의 공보비서인 마사 베리를 통해 성명서를 발표했는데, 내용은 '자신이 결혼생활에 대해 신념에 차 있으며 남편과 딸을 매우 사랑한다는 것'이었다. 대통령으로서의 클린턴을 신뢰하며 남편에 대한 그녀의 사랑은 뜨겁고 확고부동하다는 내용이었다.

많은 사람들은 과연 '힐러리가 언제 남편의 불륜을 알았을까' 하는 짓궂은 질문을 던지곤 한다. 그들은 '그녀가 남들처럼 감쪽같이 속았을 것이다' 또는 '그 시기를 알고 있었을 것이다'라는 말을 해댄다.

그러나 분명한 것은 무엇을 언제 알았던 간에 힐러리는 남편이 전 국민에게 사과연설을 할 때 남편을 도와 이 발언문조차 함께 작성한 사람이다. 클린턴의 측근들이 사과문 낭독에 보다 부드러운 어조를 써야 하는 것 아니냐며 논란을 벌였을 때 힐러리는 남편에게 말했다고 한다.

"무엇보다 당신이 소신껏 말하고 싶은 것을 말하는 것이 중요해요."

아이러니컬한 것은 힐러리의 인기는 그녀가 가장 곤경에 빠졌을 때 치솟았다는 사실이다. 클린턴 행각에 대한 조사결과가 언론과 인터넷 등을 통해 전 국민에게 발표될 때, 그녀가 무엇을 생각하고 느꼈는지는 가늠할 수가 없다. 다만 그 발표와 가슴 아픈 은밀한 이야기들까지 발표됐을 때에도 그녀는 변함없이 공적인 여행과 모임 참석, 그리고 1998년 총선 후보들을 위한 선거유세 등 왕성한 활동을 쉬지 않고 계속했다는 사실이다.

선거운동에 열심히 나선 그녀의 모습은 민주당 후보들에게 큰 도움을 주었다. 동정어린 표몰이와 함께 자신을 배반했던 남편 곁을 지키고 서 있는 그녀에 대해 대단한 찬사가 쏟아져 나왔다.

클린턴을 탄핵 청문회까지 몰고 간 조사결과의 발표, 그와 관련된 발표들이 쏟아져 나온 이후 내가 자주 받은 질문은 이런 것이었다.

"당신은 클린턴의 임기가 끝나면 그들이 계속 부부관계를 유지해 갈 수 있다고 생각하는가?"

나는 힐러리가 결혼에 대해 말한 이야기 중에 그 대답이 있다고 생각한다.

"누군가의 곁을 변치 않고 지킨다는 것은 바람직한 일입니다. 하지만 그것이 항상 가능한 것은 아니지요. 그러나 가끔 당신이 자신에게 정말 솔직하고 서로에게 솔직하다면 그리고 어떤 마음의 상처와 실망도 옆으로 제쳐놓고 자신과 배우자를 정말 이해한다면 그건 당신이 가질 수 있는 가장 훌륭한 경험이 될 거예요."

그러나 누가 알리오.

힐러리 로담 클린턴에 대해서는 아직 많은 이야기들이 씌여지고 있다.

만약에 그녀에 대한 '마지막 이야기'라는 것이 씌여진다면 이런 내용들이 담길 것이라 생각한다.

'그녀는 독립성이 강한 여성들이 하는 일을 하게 될 것이며 전임

퍼스트 레이디들이 했던 훌륭한 일들을 하게 될 것이다. 그리고 조용히 그녀 자신의 이야기를 쓸 것이다.'

힐러리와 클린턴의 어머니 즉, 그녀의 시어머니 버지니아 켈리는 그들이 처음 가정을 이루고 가족이 되었을 때 사고방식이 완전히 다른 사람들임을 알았다. 그러나 그들은 서로를 아끼고 존경하는 사이로 발전했다. 힐러리는 시어머니가 암으로 투병할 때를 회상하면서 말했다.

"어머니는 누구도 자신을 측은하게 여기는 것을 원치 않았어요. 어머님은 어둠이 채 가시기 전 새벽에 일어나 립스틱과 인조눈썹으로 치장하면서 자신의 삶을 찬미하듯 밖으로 나가 심호흡을 하였지요. 어머님는 당신을 알고 사랑하는 사람들에게 대단한 감화를 안겨줬어요. 나는 어머님께서 당신의 램프에 붙여 두었던 문구를 기억합니다. 하나님은 '내가 해결할 수 없는 일은 오늘 일어나지 않는다'라는 말을 기억하게 도와주십니다."

나는 그런 문구가 끔찍스런 위기를 견뎌낸 힐러리에게 많은 도움이 됐으리라 생각한다. 인내심과 관련해 나는 그녀가 1996년 민주당 전국전당대회에서 아칸소 주 대표단에게 한 말을 기억하게 된다.

"내 친구가 '모든 일이 네게 쏟아져 어려움을 겪게 될 거야' 하며 내게 주의하라고 했어요. 그때 나는 이렇게 말했죠. 글쎄, 나는 모든 일이 흘러가길 바라볼 뿐이죠."

제 12 장

대통령, 거짓말 하지 마세요

케네디는 종종 백악관에서는 친구를 새로 사귀지 말라
고 말하곤 했다. 그것은 많은 적을 만드는 것과 같다는
것이다. 그는 또한 만약 공적인 삶을 살기를 원한다면 다
섯 살의 나이에 자신의 미래를 결정하여 그에 따라 살아
야만 한다는 사실을 증명해 주었습니다.

— 헬렌 토머스, 전국 여성언론인협회 연설 중에서

백악관에서 급박하게 돌아가는 역사적 과정을 목격할 수 있다는 점에서 나는 언제나 특권을 가졌다고 생각해 왔다. 나는 지금까지 여덟 명의 대통령과 함께 승리와 실패, 영광과 몰락, 기쁨과 슬픔을 함께 했다. 그들은 역사 속에서 특별한 위치를 차지하기를 희망했다. 그러나 위대함에는 용기가 따라야 한다. 아주 드물기는 하지만, 어떤 대통령은 그 도전을 이루려 했다.

　'찬란한 고난', 이 말은 토머스 제퍼슨이 대통령 직에 대해서 했던 말이다. 그것은 이 나라에서 누구나 성취할 수 있는 최고의 지위지만 세상에서 가장 외로운 자리라는 것을 의미한다.

　나는 아직도 린든 존슨의 연설이 들리는 듯하다.

　"옳은 일을 하기란 쉽습니다. 무엇이 옳은지 알 수만 있다면 말입니다."

　'도덕적으로 옳은 일'은 매우 확실하다. 그러나 '정치적으로 옳은 일'과 '정략적으로 옳은 일', 그리고 그밖의 '옳은 일'의 숫자를 헤아리다 보면 누군가를 잘못된 길로 인도할 수 있고 그러면 그는 종종 후회하게 된다. 나는 훌륭한 결정을 내려야 하는 대통령의 자리에 대해서 말하려는 것이 아니다. 정치적으로는 인기가 없는 일인데도 불구하고 도덕적으로 옳은 일을 결정하려면 많은 용기가 필요하다.

　대통령은 독자적으로 결정을 내려야만 한다. 그는 가능한 한 모든 조언과 찬반 양론을 찾아 수렴할 수 있어야 하고, 또한 존슨이 말했던 것처럼 '착륙뿐만 아니라 이륙'이라는 커다란 결정을 내리기 위해 국민을 설득해야만 한다. 그러나 결국 결정은 혼자 하는 것이다. 해리 트루먼의 책상에는 이런 글이 적혀 있었다.

　'책임이 이 곳에 있다.'

　어떤 대통령은 책임을 전가하려 하고 어떤 대통령은 비난을 무마하려 한다. 그러나 결국 책임은 언제나 대통령이 지는 것이다.

데오도르 루스벨트는 대통령 직을 가리켜 '목적'을 이루기 위한 '난폭한 설교자'라고 말했다. 여기에서 '목적'이란 말 속에는 지지를 얻기 위해 국민을 설득하고 납득시키고 때로는 그들에게 강압을 가하는 일까지 의미가 포함되어 있다. 내가 생각하기에 대통령 직에서 얻을 수 있는 진정한 교훈은, 보통 사람들의 삶과 마찬가지로 자신이 하는 모든 일에 책임을 져야 한다는 것이다. 대통령은 신용 즉, 정직 없이 일개 국가를 통치할 수 없다.

내가 취재한 대통령들을 대략 살펴보면 다음과 같이 말할 수 있다.

존 F. 케네디는 이 나라에 새로운 정신을 불어넣어 주었다. 내가 취재했던 여덟 명의 대통령 중에서 가장 좋아하는 대통령은 누구냐는 질문을 받을 때마다 나는 언제나 '케네디'라고 대답한다. 그의 희망찬 시대로부터 많은 세월이 흘렀고 수없이 많은 역사적인 사건들이 일어났음에도 불구하고 말이다. 그는 과거의 역사를 이해했고 미래에 대해서도 관심을 가졌다. 케네디가 아니었다면 과연 어느 대통령이 10년 뒤에 달을 정복하겠다는 계획을 세울 수 있었겠는가? 그는 정작 인간이 달에 발자국을 남기는 그 모습을 보지 못하고 세상을 떠났지만 우리는 결국 해냈으며 그리고 앞으로도 끊임없이 우주 탐험을 위한 노력은 계속될 것이다.

린든 B. 존슨은 스스로 '위대한 사회'라고 불렸던 국내 통치 계획에 성공한 대통령이다. 케네디 암살 직후 대통령에 즉위한 그는 1964년 시민권 법령과 1965년 선거권 법령을 제정하는 업적을 이루었다.

리처드 닉슨은 소위 '핑퐁외교'라는 히든카드를 사용하여 결국 1972년 미국 대통령으로서는 최초로 중국대륙을 공식 방문함으로써 중국과 미국 간의 20년에 걸친 대립의 역사를 종식시켰다.

제럴드 포드는 워터게이트 사건이 폭로되면서 닉슨의 사임이 불가피해지자 그 뒤를 이은 대통령이 되었다. 그 거센 운명에 맞서서 놀라운 도전 정신을 발휘한 그는 이 같은 도전에 부끄럽지 않은 삶을 살았다.

지미 카터는 미국의 대외 정책의 핵심으로 인권의 중요성을 내세워 캠프 데이비드 협정에서 중동 평화를 위한 구체적인 대안을 제시했다.

로널드 레이건은 이 나라를 '레이건 혁명'이라는 정의로 이끌었고 공산주의 몰락의 초석을 마련했다.

조지 부시는 걸프전에서 사담 후세인의 쿠웨이트 침공을 원점으로 되돌려 놓는 데 대외 정책과 군사력을 활용할 줄 알았던 탁월한 외교 전략가였다.

윌리엄 J. 클린턴은 예산안을 적절히 책정하여 이 나라에 번영을 이루었다. 또한 그는 21세기로 가는 미국을 위해 교육과 훈련을 그의 국정 운영의 최우선 과제로 삼았다.

이것은 각 대통령들이 미국에 남겨 놓은 명백한 업적이다. 그러나 그들에게는 아킬레스 건이 있었다. 그들에게는 각자 베트남, 워터게이트, 주 이란 미국 대사관 인질 사건, 이란-콘트라, 모니카 르윈스키라는 복병을 만나 고전했다. 그러나 그들의 업적을 인정한다는 것과 그들의 실책을 비판하는 것은 별개의 문제이다.

베트남전쟁과 워터게이트 사건 이전의 대통령들은 사생활과 관련해서는 합격점을 받았다. 하지만 이것은 백악관 내부에서 그들끼리 맺어진 신사협정 때문이었다. 그들의 사생활에 얽힌 내용들을 많이 듣고 보았지만 그것을 보도하지는 않았다. 당시 관행은 정치가의 생활방식이 국가 문제에 영향을 끼치지만 않는다면 눈감아주는 시대였다. 그러나 위의 두 가지 사건으로 말미암아 미국 지도부에 대한 각성이 일어났고 대통령 취재관행도 바뀌었으며 특히 대중매체의 발전은 더 이상 그러한 관행을 유지할 수 없도록 매체 그 자체를 변화시켜 나갔다.

"케네디와 그의 여자 친구에 대해서 글을 써보는 게 어때요?"

나는 수년 동안 이런 질문을 받았다. 그러나 예전의 대통령들은 지금보다 더 프라이버시를 지킬 수 있었고, 아무리 은밀한 관계라도 경찰의 사건 기록부에 오르는 것으로 끝을 맺었다. 국민에 대한 배신 행위만 아니라면 언론은 정치인의 성생활에 관여하지 않았다는 것을 밝혀 두고 싶다.

대통령들에 관한 책이 많이 나옴에 따라, 사실 여부와는 관계 없이 그들의 사생활은 점점 많이 폭로되고 있다. 그러나 이로 인해 발생하는 '낙진落塵'을 참아내야 하는 대통령의 가족들과 영부인에 대해서 생각하지 않을 수 없다.

존슨이 사망한 몇년 뒤인 1973년, NBC 방송국의 <투데이 쇼> 인터뷰에서 버드 여사는 남편이 바람둥이며 여자를 좋아하는 남자라는 평판에 대한 자신의 견해를 이렇게 말했다.

"린든은 사람을 좋아하는 성격이었어요. 그러다 보니 세상의 반을 차지하는 여자들도 예외는 아니었지요. 그 여자들이 내가 가지지 못한 좋은 점을 갖추었다면, 내가 분별 있게 처신해야 하겠지요."

뉴 프론티어 정신의 기수, 존 F. 케네디

1963년 11월 11일 재향 군인의 날, 전통적인 기념 행사에 참석하기 위해 케네디 대통령은 앨링턴 국립 묘지로 짧은 나들이에 나섰다. 차에는 그의 아들 존도 함께 타고 있었다. 원형 극장에서 기념식이 시작되기 전까지 케네디는 군 보좌관으로부터 식장에서 화환을 바칠 때를 대비하여 경례하는 방법과 군인처럼 걷는 법을 배웠다. 시간이 한참 지나서야 아들이 아직도 밖에 있다는 것을 깨닫고 케네디는 경호원들에게 지시했다.

"가서 존을 데려오게. 혼자 있으니 외로울 걸세."

2주 후, 케네디는 앨링턴에 묻혔다. 그러나 존 F. 케네디가 대통령직을 맡으면서 불러일으킨 활력(뉴 프론티어 정신)은 국가 전체로 퍼져 나갔다. 나는 언제나 그가 진취적이면 의욕적인 젊은이라는 인상을 받았고, 이미 그의 친형제 두 명이 죽은 이후로, 그의 시대도 짧을 것이라는 예감이 들었다. 형제 중 한 명은 제2차 세계대전 중 PT 보트 충돌사고로, 다른 한 명은 1954년 척추 수술을 받다가 사망했다.

가문의 비극을 너무도 잘 알고 있는 그이기에, 매순간 무슨 일이든 최선을 다하고, 한순간이라도 헛되이 보내지 않으려는 그의 모습에 감동했다. 그는 시간과의 경주를 하고 있었는지도 모른다.

1960년 그가 대통령에 당선되던 날, 나는 옷을 두텁게 껴입고 그의 고향 조지타운의 자택 앞에서 새로운 대통령 당선자와 그의 가족, 선거 보좌관, 정치가, 그리고 친구들이 떠들썩하게 오가는 것을 지켜봤다. 움직이는 것은 그 어느 것도 놓치지 않겠다는 듯 UPI는 길 건너 집 뒷마당에 전화를 설치했다.

케네디는 매우 근소한 차이로 당선됐기 때문에 본인뿐만 아니라 국민 모두가 흥분하지 않을 수 없었다. 그것은 마치 뇌성벽력과도 같았다. 그가 집 앞 계단에 서서 신임 각료 명단을 발표했을 때, 나는 미국이 다시 행진하는 듯한 기분을 느꼈다.

케네디는 당선 후, 취임 전까지 나를 비롯하여 집 앞에 진을 친 기자들을 보는 것에 점차 익숙해져 갔다. 케네디의 아들이 태어난 날은 병원으로 취재를 가기도 했는데, 어느 날 나는 '아기 취재'를 재빨리 마치고 다시 노던스트리트에 있는 집으로 파견됐다. 나의 임무는 퇴임하는 아이젠하워 대통령과 함께 의례적인 파티를 갖기 위해 백악관을 방문하러 집을 나서자마자 본사로 전화를 걸어 기사를 송고하는 것이었다. 아마도 그때 두 사람은 쿠바 문제를 논의했을 것이다.

내가 첫 번째로 대통령의 여행을 따라간 곳은 플로리다 주 팜비치였다. 나는 스미티와 함께 케네디 가족의 성탄절 휴가를 취재하기 위해 그 곳에 간 것이다. 고맙게도 젊은 대통령 부부는 기자단을 위해 크리스마스 파티를 열어 주었다.

눈보라가 치던 1961년의 취임식은 잊혀지지 않는다. 날씨는 참을 수 없도록 추웠지만 케네디의 잊혀지지 않는 연설을 듣기 위해 기록적인 수의 군중들이 모여 들었으며 그 날은 또한 내가 백악관 출입을 시작한 날이기도 했다. 그 믿기 어려울 정도로 희망찬 날, 내 새로운 출발을 위해 이보다 더 좋은 타이밍은 없었다.

나는 백악관 출입기자 중 가장 신참이었다. 그러나 나는 매순간을 사랑했고 스미티와 앨 스파이백으로부터 많은 것을 배울 수 있었다. 그들은 언제나 '친절하고도, 부드럽게' 취재 부스의 신출내기를 이끌어 준 사람들이었다.

나는 UPI 팀의 일원으로서 케네디에게 아주 친숙한 얼굴이 됐다.

새 행정부가 들어설 때에는 모두 한결같이 자신감을 가지고 백악관에 들어오지만 이내 곧 수그러들게 마련이다.

1961년 4월, 케네디는 쿠바의 피그만 공격을 재가했고 피델 카스트로는 이 작전을 분쇄했다. 매우 용맹스러운 기분으로 내린 명령이었지만 케네디는 공격을 중단시켰다. 공군 지원까지 필요하다는 걸 알자 공격을 포기하기로 한 것이었다. 그는 아직 준비가 미흡했던 것이다.

그 짧은 순간에 그는 많은 것을 배웠다. 행정부 초기에 그는 자신의 명령과 결과에 대해서 뼈저린 교훈을 얻었던 것이다. 피그만 공격의 실패로 그의 지지율은 하락했다. 그가 기꺼이 자신에게 책임이 있음을 인정하자, 그를 용서한 미국 국민들은 그에게 한번 더 기회를 주었다. 그의 인기는 이내 회복됐고 행정부는 생기를 되찾았다.

≪마이애미 헤럴드≫와 ≪뉴욕 타임스≫의 기자들은 공격 명령이 곧 떨어질 것이라는 것을 알고 있었다. 케네디는 공격이 시작될 때까지 모든 보도를 보류하라고 편집자들에게 지시했다. 후일 그는, 만약 그 기사들을 보류하지 않고 보도했더라면 그가 쿠바 공격을 허가하기 전에 그것이 어리석은 일이라는 것을 깨달았을지도 모른다고 밝혔다.

피에르 샐린저는 쿠바 사태와 관련해 이런 일도 있었다고 전한다. 어느 날 밤, 케네디는 그를 대통령 집무실에 불러서 말했다.

"자네가 할 일이 있네."

샐린저의 임무는 쿠바 산 최고급 시가인 프티 어프만을 가능한 많이 구해오는 것이었다. 케네디는 다음 날 아침까지 요구했다. 그래서 샐린저와 그의 보좌관팀은 워싱턴 전지역의 담배 가게를 밤늦게까지 샅샅이 뒤져야만 했다.

그 다음 날 아침, 샐린저는 대통령 집무실에 불려갔다.

"얼마나 구했는가?"

케네디가 묻자 샐린저가 대답했다.

"한 천이백 개쯤 됩니다."

이에 만족한 케네디는 책상 서랍 쪽으로 가서 종이 한 장을 꺼내 사인했다. 그것이 바로 대對 쿠바 무역금지 법안이었다.

1962년 10월, 쿠바 미사일 위기가 있었던 때의 케네디는 이전보다 훨씬 더 준비가 잘 된 상태였다. 소련에서 쿠바로 보내는 미사일이 동부 해안의 주요 도시까지 위협할 수 있다는 사실이 밝혀지자, 그는 텔레비전 연설을 통해 그가 내린 쿠바 봉쇄령에 대해 자세히 설명했다.

쿠바 미사일 위기는 다행히도 합리적인 테두리 안에서 매듭지어졌다. 케네디가 계속 '적색 경보' 태세로 나갔음에도 불구하고 말이다. 확실히 이 두 지도자 — 케네디와 흐루시초프 — 는 세계를 날려버리고 싶지는 않았던 것이다.

1964년에 대통령 선거운동기간 동안 린든 존슨을 만났을 때, 존슨은 당시 공포에 싸여 있던 몇 시간에 대해 이렇게 회상했다.

"케네디는 그 방에서 가장 냉철한 사람이었죠. 그는 핵 미사일 발사 버튼에 엄지손가락을 대고 있었으니까요."

케네디와 흐루시초프 사이의 차가운 관계는 1961년 그들이 처음으로 만났을 때로 거슬러 올라간다. 그때 그들은 몇 가지 사안에 대해 충돌이 있었는데, 케네디는 보좌관에게 이렇게 물으며 회견장을 떠났다.

"저 자식은 언제나 저런 식인가?"

그 사건 때문에 많은 사람들은 두 사람의 관계가 오랫동안 살얼음판을 걷게 될 것이라고 추측했었다. 그러나 미사일 위기가 있었을 때, 케네디는 흐루시초프에게 강한 암시를 주었고 그 결과 그는 체면을 잃지 않고 터키에서 미사일을 철수시키겠다는 타협점을 찾았다. 놀라운 사실은 이러한 시기에 워싱턴이 마치 태풍의 눈처럼 고요했으며 사람들이 이 같은 상황에 전혀 동요하지 않았다는 것이다.

내가 취재한 모든 대통령들은 오랫동안 정치판에서 다듬어진 유머감각을 지니고 있었다. 그러나 케네디처럼 투철한 목적을 가지고 기지를 발휘하는 사람은 없었다. 이 점에 관한 한 그는 전문가였다.

그를 피할 수 있는 것은 아무것도 없었다. 한 마디로 말해서 그는 지적이고도 대중적인 정치꾼의 아름다운 결합체라 표현할 수 있을 것이다.

언젠가 그는 나에게도 익살 섞인 조크를 던졌다.

"당신은 수첩과 만년필만 가지고 다니지 않는다면 멋진 여성이 될 거요."

그의 기지는 또 1961년, 여기자들이 로물로 베탄쿠르트 베네수엘라 대통령의 기자클럽 오찬 연설에 취재 목적으로 모였을 때도 발휘됐다.

"저기 저 여성도 혁명분자랍니다. 늘 백악관에서 1인 반란을 일으키고 있거든요."

그가 동생 바비(로버트 케네디)를 법무장관으로 지명했을 때는 족벌주위자라는 비난을 받았다. 거기에 대해서 그는 이렇게 응수했다.

"동생이 법을 집행하러 나가기 전에 약간의 경험을 쌓게 한 것이 뭐가 문제인지 잘 모르겠군요."

1960년 선거운동에서는 그가 가톨릭 신자라는 사실이 논쟁거리가 됐다.

그가 일요일에 미사를 갈 때 종종 동행 취재한 적이 있다. 그는 기자가 성당까지 따라 다니는 것에 적잖이 당황해하는 듯했다. 아마도 그는 자신이 헌금 다발을 갖고 가지 않는다는 사실이 우리에게 발각될까 봐 신경 쓰는 듯했다. 헌금 접시가 건네지면 그는 언제나 경호원으로부터 돈을 빌렸으니까 말이다.

또한 그는 자신이 아일랜드 계라는 점이 보스턴에서는 핸디캡으로 작용한다는 사실을 절대 잊지 않았다. 그는 종종 아일랜드 선조들에 대해서 말했다. 직장을 구하려고 했을 때 '아일랜드 인은 지원할 수 없음'이라는 팻말을 봤던 과거 기억에 대해서도 꼭 언급했다.

아일랜드를 방문해서 어떤 유명한 아일랜드 시인의 작품을 암송하여 청중들이 열광했을 때 그는 자신이 아일랜드 혈통이라는 사실을 무척 자랑스러워하는 것 같았다. 그는 '아일랜드로 돌아오라'는 노래의 한 구절을 시처럼 암송하곤 했다.

그의 행정부는 하루 만에 끝난 사례들을 포함하여 많은 위기를 겪었고 동시에 많은 타개책을 마련하기도 했다. 또한 그는 지니(『아라비안 나이트』의 램프 속 거인)를 원래대로 병 속에 다시 가두듯이 원자폭탄 문제를 처리했다.

1963년 6월 10일, 그의 가장 유명한 연설 중의 하나가 나왔다. 그것은 아메리칸 대학 졸업식 연설이었는데, 여기서 그는 소련에게 제한적 핵실험 금지 조약을 요구하는 근거를 제시했으며 그로부터 4개월이 지나자 이 역사적인 협정의 비준안에 서명했다.

"내가 말하는 평화란 무엇일까요? 그것은 무덤의 평화도, 노예의 평화도 아닙니다. 나는 지금 진정한 평화에 대해서 말하고 있는 겁니다. 그 평화란 이 땅에서 인생을 살 가치가 있도록 만드는 평화, 국민과 국가를 성장하게 하고 우리들의 아이들에게 희망을 갖게 하고 더 나은 삶을 보장해 주는 평화, 미국인뿐만 아니라 전세계 모든 인류를 위한 평화, 우리 시대뿐만 아니라 모든 시대를 위한 평화, 바로 그것이 진정한 평화입니다."

그는 민권에 관해서는 지나치게 신중해 머뭇거린다는 비난을 받았다.

케네디의 아메리칸 대학 연설이 있던 다음 날, 두 명의 흑인 학생이 알라바마 대학에 입학하려고 하였다가 조지 월레스 주지사의 명령으로 제지당한 사건이 발생했다. 그날 밤, 케네디는 텔레비전 연설에서 민권을 가리켜 '성경의 말씀처럼 오래되고 미국 헌법처럼 명백한 도덕적 문제'라고 언급했다.

1963년 8월 28일, 마틴 루터 킹 목사는 워싱턴 전쟁기념비와 링컨 기념관 사이의 가로수 길에서 20만 군중과 함께 인종간 평등을 요구하는 비폭력 행진을 했다. 그 날 킹 목사는 '나에겐 꿈이 있다'는 유명한 연설을 했다.

그날 저녁 킹 목사는 백악관 리셉션에 초대되어 케네디를 만나자, 악수를 청하면서 이렇게 말했다.

"제겐 꿈이 있습니다."

케네디의 위대한 업적 중 하나가 '평화 봉사단'의 창설이다. 평화 봉사단은 세계 각국에서 모인 모든 연령층의 사람들이 공중 보건부터 교각 건설까지 모든 것을 가르치고 나누면서 세계로 퍼져 나갔다.

건강상의 문제를 말하자면 그는 애디슨 병을 가볍게 앓고 있었고 누이와 형이 제2차 세계대전 중에 사망한 사실 때문에 우울하고 불안한 정서를 갖고 있었다. 그러나 나는 이것이 또한 그가 인생을 살아가야 할 이유이기도 했다고 생각한다.

그는 언제나 우리에게 책을 추천했는데, 그가 계속 추천한 것이 바로 존 버캔이 쓴 『순례자의 길』이라는 책으로, 제1차 세계대전에서 죽어가는 젊은이에 관한 책이었다. 그는 아마 '젊음과 죽음'에 대한 신랄한 묘사에 매료되었었나 보다.

1964년 11월 17일에 잡지 ≪룩≫과 가진 인터뷰에서 재키는 남편이 좋아했던 시를 회상했는데, 특히 케네디는 테니슨의 『율리시스』에서 나오는 다음과 같은 구절을 좋아했다고 한다.

'나는 내가 만난 모든 것의 한 부분이다.'

그의 사망 직후, 그의 사생활이나 업적에 대해 헐뜯거나 의문을 제기하는 책이 많이 나왔다. 그러나 나는 그가 위대한 유산을 남겼다고 생각한다. 그 유산이란 바로 미국이 10년 안에 인간을 달에 보낼 것이라는 그의 예언이다. 그는 우리에게 하늘은 무한하다는, 그래서 끝없이 우주를 탐험하는 것이 인류의 운명이라는 확신을 남겼다. 마치 테니슨의 '찾기 위해 분투하고 노력하는 것, 그리고 포기하지 않는 것'이란 시 구절처럼 말이다.

전쟁에서 패배한 고집쟁이, 린든 존슨

대학 졸업 후 나의 첫 직업은 텍사스의 코툴라에 있는 작은 멕시코 계 미국인 학교 교사였습니다. 여하튼 나는 어린아이의 얼굴에 서린 가난과 증오의 상흔을 결코 잊지 못할 것입니다. 1928년의 나는 1965년에 여기 서 있게 될 것이라고는 생각지 못했습니다. 저 학생들의 자손들을 돕고 이 나라 곳곳에서 그들과 같은 사람들을 도울 기회가 올 것이라고는 생각조차 못했습니다. 그러나 지금 나는 그 기회를 가졌고 여러분에게 비밀 하나를 말하겠습니다. 그 기회를 행사하자는 것, 그것이 바로 그 비밀입니다.

― 린든 B. 존슨,
1965년 3월 15일 국회 양원 합동회의 연설 중에서

1963년 11월 22일, 새 대통령 린든 B. 존슨이 대통령 전용기를 타고 댈러스에서 워싱턴으로 갔을 때, 그는 스미티와 ≪뉴스위크≫의 찰스 로버츠에게 다가갔다. 그들은 비행기에서 내린 후 송고해야 할 기사를 정리하고 있던 중이었다.

"신은 나의 마지막 소망이 이렇게 대통령이 되는 것이라는 걸 아십니다."

그는 잠시 쉬었다가 덧붙여 말했다.

"나는 지금 신의 도움으로 대통령이 됐고, 당신들은 내가 이 나라에 존재했던 대통령 중에서 최고의 대통령이라고 할 정도로 오래

살거요."

그가 존경했던 프랭클린 루스벨트와 비교해 보면, 그는 미국인들 삶의 질을 높이려는 결단력을 기초로 국내 정책을 수행한 뛰어난 대통령이었다. 그런 그도 베트남이라는 수렁에서 헤어날 수 없었다.

평화협상에는 개방적이었으면서도, 동시에 그는 더 많은 군대와 군사력을 통해 전쟁에서 이길 것이라고 믿어 왔다. 그러나 그는, 닉슨도 그랬듯이 중요한 전쟁에 패배하는 첫 대통령이 될지도 모른다는 두려움에 사로잡혀 있었다. 그는 대통령으로서 신뢰를 잃으면서 끝이 났다.

"나는 여러분이 선택한 유일한 대통령이다."

우리에게 이 같은 말을 자주 상기시키곤 했지만, 우리가 그의 비전이 무엇인지 물으면 그는 '급진적이지 않은 진보' 혹은 '보수적이지 않은 신중함'이라는 말로 일관했다. 그럴 때마다 나는 이렇게 소리치고 싶었다.

"정신 좀 차리시지요!"

그것은 너무 큰 욕심이었다. 그의 거대한 자만은 그의 거대한 열등의식과 잘 맞아떨어졌다. 존슨은 복잡한 사람이었다. 저속하면서도 고상하고, 잔인하면서도 동정심이 있었다. 그는 큰 야심과 욕망을 가지고 있었다. 그는 정직을 설교할 수도, 기만을 행할 수도 있었다. 한순간은 복수심이 강하다가도 그 다음 순간은 관대한 사람이 될 수도 있었다. 사랑할 수도 미워할 수도 있었다. 그러나 또한 용서할 수도 있었다.

나는 여러분이 린든 존슨에 대해 들었던 모든 이야기가 대부분 사실이라고 자신있게 말할 수 있다. 그러나 모든 자만과 허영심에도 불구하고 그는 대단한 민주주의적 감각을 가지고 있었다. 대통령은 국민의 지지를 받아야만 한다는 것을 그는 잘 알고 있었다. 그가 재선을 생각하지 않는다고 발표한 사실은 이를 뒷받침하는 가장 좋은 증거이다. 국민의 신임을 받아야 재선을 하든지 말든지 할 게 아닌가?

그렇다면 그가 진정으로 원한 것이 무엇이었을까? 1900년대 초 텍사스에서 가장 큰 농장을 소유했던 로라 피델리아 스트리블링 여사의 예를 들면 어떨까? 이 이야기도 린든 존슨이 우리들에게 들려준 것이다.

> 그녀는 농장을 계속 사들였다. 어느 날 그녀의 변호사 가운데 한 사람이 물었다.
> "스트리블링 여사, 얼마나 많은 땅을 원하십니까? 이 나라의 모든 땅을 원하십니까?"
> "아니오, 나는 모든 걸 원하는 건 아니에요. 내가 원하는 것은 단지 내 소유의 땅과 그 땅에 속한 것들 뿐이랍니다."

재임기간 5년 동안 존슨은 '위대한 사회'라는 사회 보장법을 제정, 집행했다. 그 법의 내용은 빈곤퇴치 프로그램, 인권 법안, 의료, 대기오염 및 수질오염 통제, 도시 대중교통 프로그램, 교육 지원, 생태계 보존, 공공 주택, 육아 등의 내용이 담겨 있었다.

그러나 그 이면에는 그를 늘 따라다니는 비밀, 즉 예산 날조, 신뢰감 결여 그리고 무엇보다도 베트남이 있었다.

1964년 그가 대통령에 입후보했을 때 하루에 열네 번의 연설을 했다. 우리 기자들은 끌려다녔고 그는 연설문의 다음 구절을 반복하곤 했다.

"여러분은 누구의 손가락을 핵 미사일 발사 버튼에 올려놓으시겠습니까?"

1964년 남부 흑인이든 아니든, 투표한 사람들은 존슨에게 압도적 승리를 가져다 주었다. 그 때의 선거에서 베리 골드워터 상원의원을 61.1%의 지지율로 눌러 1936년 프랭클린 루스벨트 후보가 세운 60.8%의 기록을 깼다.

그러나 베트남전쟁이 확대됨에 따라 그의 막대한 인기는 점차 사라져 갔다. 1967년까지 50만 명 이상의 미군이 동남아시아에 배치됐고 수십만 명의 항의 군중들은 그 이유를 밝힐 것을 끊임없이 요구했다.

존슨은 아시아 국가의 내전 개입에 대한 아이젠하워의 경고를 잊은 채 전쟁 분담금을 계속 올렸고 전사자의 숫자를 조작했다. 미국인들은 핵폭탄을 투하하는 방법 외에는 전쟁에서 이길 수 없다는 것을 깨닫기 시작했다. 전국적으로 반전주의자들의 목소리가 점점 커졌고 수백 명의 시위자들이 외쳐댔다.

"어이, 존슨, 오늘은 얼마나 많은 애들을 죽였지?"

나는 그때 펜실베이니아 거리에 서서 백악관 안팎을 보도하고 있었다.

되돌아보면, 존슨과 후임 대통령 닉슨이 버몬트 상원의원 조지 에이컨의 '승리를 선언하고 떠나라'는 충고를 받아들였다면 존슨은 영웅이 됐을지도 모른다. 그러나 그는 전쟁에서 패배한 최초의 미국 대통령이 되지 않으려는 고집을 꺾지 않았다. 그는 언제나 통킹 만 결의에 대한 상원의 결정사항 사본을 가지고 다니면서 우리가 베트남에 대해 신랄한 질문을 할 때마다 그것을 꺼내어 상원이 88대 2로, 하원이 460대 0 만장일치로 지지했다는 사실을 상기시키곤 했다.

존슨은 우리에게 대통령 집무실 곳곳을 둘러 보게 했던 대통령이었다. 그가 기자단을 초대하여 대통령 관저에서 점심 식사를 하거나, 우리로 하여금 대통령 리무진에 탄 채 그를 뒤쫓아가게 한 것은 드문 일이 아니었다. 한번은 헬리콥터의 '레이디 버드 좌석'에 나를 앉게 했다. 프로펠러 바람에 흐트러진 머리를 보더니 "헝클어졌군요"라며 빗을 건네준 일도 있었다.

가정적인 그는 대통령 중에서 가장 친근한 인상을 주었다. 우리는 그의 농장을 둘러보았고 텍사스 인공호수에서 보트를 타기도 했다.

내가 쓴, 그의 딸들에 대한 기사를 보고 무척 노여워했지만 그 때만큼 그의 부하들이 불쌍해 보인 적도 없었다. 그 유명한 '존슨의 분노'를 직접 목격했기 때문이다.

그는 백악관 기자들과 가장 극단적인 애증 관계를 갖고 있었다.

"여러분은 모두 수정 헌법 제1조를 가지고 있군."

그는 마치 헌법이 대통령들을 떠나게 했다는 투로 비아냥거리며 불평했다.

그는 취임 당시 회견에서 더글러스 코넬과 나에게 투명하고 개방된 행정을 펴겠다며, 우리가 그의 '책상 위에 놓인 그 어떤 것'이든 볼 수 있게 하겠다고 말했다.

그러나 존슨은 개방적인 듯보이는 반면, 자신의 의중을 누군가가 아는 것을 못견뎌했다. 그가 직접 누군가를 임명한다고 공식적으로 발표하기 전에 그 사실이 기사화되면 곧잘 화를 냈다.

1965년 그는 대법원 판사 아서 골드버그에게 판사직을 그만두고 유엔 주재 대사가 되도록 설득했다. 즉석으로 열린 회의에서 후임자로 누구를 생각하는지, 혹시 그의 오래된 고문인 에이브 포터스가 아닌지 기자들은 물었다. 존슨은 정면으로 기자단을 보며 지명할 사람을 아직 생각하지 않았다고 말했다. 하루가 지났을까, 백악관은 존슨이 포터스를 고등법원 판사로 임명했다고 공식 발표했다.

그는 특히 자신의 정책이 바뀌었다고 기사화되는 것을 참지 못했다. 하긴 어떤 대통령도 정책이나 마음이 바뀌었다는 것을 인정하고 싶어하지는 않았다. 아무리 사실이 명백하다 해도 말이다.

그리고 존슨은 대통령의 건강이 국정에 미치는 충격에 대해 잘 알고 있었다. 담낭 수술을 받은 후 언론담당 비서관인 빌 모이어스가 그에게 한 첫 마디는 이렇다.

"대통령 각하, 증권 시장이 안정적으로 개시됐습니다."

존슨은 베데스다 해군병원에서 기자들에게 상처를 보여준 것때문에 가십거리가 됐다. 그러나 그는 자신이 암에 걸리지 않았다는 사실을 미국인들에게 확신시키기 위해 담낭 수술 결과를 보여준 것뿐이라고 해명했다.

대통령직이 끝나갈 때 그는 화가 피터 허드가 자신의 공식 초상화를 그리는 데 동의했다. 초상화를 다 그린 후 존슨은 한 번 보더니 이렇게 말했다.

"내가 보았던 것 중 가장 못생긴 모습이군."

그는 그 일을 다시 엘리자베스 슈마토프에게 맡겼다. 그녀는 조지아의 웜스프링에서 프랭클린 루스벨트를 그렸던 사람이다.

존슨은 그녀가 그린 그림을 좋아했다. 그는 농부 차림새를 비롯하여 여러 다른 모습으로 초상화를 그려 달라고 부탁했다. 존슨이 그 방을 나왔을 때 지친 슈마토프는 큐레이터 제임스 케첩을 불러 화를 내며 말했다.

"존슨은 내가 복사기라고 생각하나 봐."

그러고 보니 재미있는 추억이 생각난다. 링컨 기념일을 축하하기 위해 많은 학자들과 저명인사들이 초대되어 백악관 오찬을 하고 있었는데 그 중에는 시인 칼 샌드버그도 있었다.

식사 후 버드 여사가 귀빈들에게 링컨의 침실이 보고 싶지 않느냐고 물었다. 몇몇이 기꺼이 응하며 그녀를 따라갔다. 그 방의 벽에는 노예 해방령 사본이 액자에 끼여 있었다. 존슨은 남은 귀빈들을 보며 말했다.

"저의 방을 보고 싶지 않습니까?"

우리는 체면상 일어나서 그를 따라갔다.

훌륭하고 재치 있는 여기자인 워힐로 레헤이는 존슨쪽에 있었다. 자기 침실에 들어왔을 때 존슨은 그녀에게 장난기 있게 말했다.

"당신은 전에 대통령의 침실에 들어와 본 적이 없었겠죠."

"밀러드 필모어 이후로는 처음입니다."

그녀는 이렇게 대답했다.

1968년 3월, 재선에 도전하지 않겠다는 그의 충격적인 발표가 있었지만 나는 그가 대통령 출마에 관심이 없다는 사실을 믿지 않았다.

존슨이 험프리를 좋아하고 존경했다는 것은 분명하지만 실제로 자신을 대신할 후보자로 밀어 줬는지는 회의적이다. 나는 아직도 궁금한 것이 있다. 기침, 감기 때문에 윈스턴 처칠의 장례식에 참석할 수 없게 된 존슨이, 당시 왜 험프리를 대신 보내지 않았는지 그 속셈이 무엇이었는지 여전히 의문점으로 남아 있다.

후일 기자회견에서 왜 험프리를 런던 장례식에 보내지 않았는지 물어보자 존슨은 이렇게 대답했다.

"내가 부통령이었을 때 난 누구의 장례식에도 가지 않았습니다."

험프리는 존슨의 베트남 정책에 너무 근접해 있으면 선거에서 이길 수 없다는 것을 알았기 때문에 선거유세에서 그와의 차별성을 부각시키려고 애썼다. 9월 10일 나는 존슨과 함께 뉴올리언즈에 갔다. 그는 미국 재향군인 집회에서 베트남 정책에 대해 변명하면서 전쟁이 언제 끝날지 예측할 수 없다고 말했다. 그 연설은 험프리에게 '엄청난 타격'을 가져다 주었다.

9월 12일, 험프리는 1969년에는 미군을 철수시켜야 할 것이라고 주장했으나 결국 험프리는 0.01%도 안 되는 근소한 차이로 지고 말았다. 그의 측근은 닉슨의 배반 행위와 존슨의 방조를 폭로하라고 종용했지만 큰 인물인 험프리는 이를 반대했다.

그는 패배를 자신의 주체성과 강인함의 부족 탓이라고 말했다. 나는 존슨이 반대파를 폭로하고 험프리가 필요로 했던 것을 기꺼이 해줬더라면 그가 대통령이 되었을 것이라 확신한다.

닉슨은 대통령이 된 후 2년 동안 존슨의 생일 파티를 열어 주었다. 존슨은 모인 손님들을 기쁘게 했고 닉슨이 생일 파티를 매년 열어주기를 바란다고 말했다. 그 날 그는 짐짓 이렇게 말했다.

"퇴임 후 농사일과 저술을 하며 현 정부에 대한 반대 논평을 일곱 편이나 썼습니다. 비록 발표되지는 않았지만 말입니다."

기자들은 존슨이 퇴임할 때 존슨 농장의 농장장이 정말 불쌍하다고 농담을 자주 했다. 우리는 농장장이 한순간도 평화롭지 못할 것이란 점을 알고 있었기 때문이다. 존슨은 소리를 지르며 명령하거나 조롱했을 것이다.

백악관에서 나와, 존슨은 오스틴에 그의 도서관을 건립했으며 텍사스 대학의 린든 베인즈 공공복리 대학원에서 강의를 하고 회고록을 쓰기도 했다. 그러나 그는 행복한 사람은 아니었다. 편도선염으로 꽤나 고생했으니 말이다.

1973년 1월 22일, 그는 결국 자신의 농장에서 쓰러져 성 안토니오 병원에서 최후를 마쳤다. 1월 23일부터 다음 날 아침까지 그의 시신은 오스틴의 도서관에 안치되었으며 1월 24일과 25일 사이에 국회 의사당으로 옮겨졌다. 한 보좌관이 버드 여사의 말을 전했다.

"린든은 혼자 있는 것을 가장 싫어했죠"

하는 수 없이 그의 친구들은 밤새 관을 지켰다.

존슨의 도서관장인 해리 미들턴에 관한 일화 한 토막을 소개하겠다.

그는 존슨 빈소에 조문객이 몇 명 왔는지 일일이 집계하더란다. 합계는 3만2천 명. 누군가 왜 그런 걸 조사하냐고 미들턴에게 물었더니 이렇게 말하는 것이었다.

"존슨 대통령께서 언젠가 제게 물어 보실 테니까요."

명예와 불명예를 동시에 누린 대통령, 리처드 닉슨

나는 과대 망상증이라고 비난받아 왔고 실제로 편집증으로 고생하고 있다. 학계가 아닌 정부에서 일하는 데 있어 가장 좋은 점은 진정한 적을 가질 수 있다는 사실이다.

— 헨리 키신저, 자신을 극도로 자기 중심적인 사람이라고 비난했던
법무장관 존 미첼에게 보낸 메모에서

닉슨 시절을 되돌아보면 나는 지금도 그런 정신적 충격을 미국 사회에 떠넘긴 사람들과 사건들에 놀라게 된다. 그것은 지옥과 다름없었다.

리처드 닉슨은 종종 자신이 매일매일 다음 날 싸울 힘을 키우는 '경기장의 인간'이라고 말한 데오도르 루스벨트의 말을 인용하곤 했다. 닉슨에게 삶은 전쟁터이고 자신은 정력적이고 빈틈없는 전사였다. 1973년 그는 AP 통신기자 사울 팻에게 말했다.

"나는 선거유세 투쟁이든 공직에서의 투쟁이든, 투쟁을 믿습니다. 그것은 끊임없는 투쟁입니다. 그것은 여러분이 가는 곳마다 있고, 아마 나는 다른 사람들보다 더 많이 투쟁할 것입니다. 왜냐하면 그

것이 나의 길이기 때문입니다."

그러나 문제는 그가 항상 두 개의 투쟁 계획을 가지고 있으면서 그 중 옳지 않은 것을 고르는 나쁜 버릇을 가지고 있었던 것 같다. 왜냐하면 그는 역대 대통령 중 가장 비정상적인 도덕적 한계를 가지고 있었기 때문이다.

인간이란 자신이 누군지 구분하려고 애쓰는 모순의 롤러코스터와 같은데, 그가 관직을 떠난 지 24년이 되는 지금 그를 생각하면 이따금 연민의 아픔이 전해진다.

그는 자신이 대통령으로서 성취한 '첫 번째의 것', 특히 중국 관계에서의 성공을 자찬하곤 했다. 그러나 개인적으로 볼 때 그 '첫 번째'는 불명예스러운 것이었다. 권력 남용과 거짓말 때문에 사임한 첫 번째 대통령이 됐으니까 말이다.

닉슨은 제2차 세계대전 동안 해군으로 복무했다. 그의 정치적 경력은 1946년 캘리포니아의 공화당원들이 엄선한 끝에 그를 의원 선거에 입후보시키면서 시작됐다. 그는 알거 히스 사건을 통해 당시 최고조에 달한 반공산주의 물결에 편승, 초선 의원으로서 일찍이 스포트 라이트를 받았다. 그는 상원까지 올라갔고 1952년 아이젠하워의 러닝메이트로 큰 도약을 하게 됐다. 닉슨 지지자들이 부도덕하게 조성한 자금이 폭로됐을 때 그의 꿈은 거의 좌절되는가 했다. 그는 그의 유명한 '체커' 연설과 아이젠하워 덕분에 다시 고위직으로 복귀할 수 있었다. 아이젠하워는 공천에서 닉슨이 떨어질거라 생각하여 그를 동정하면서 "내가 닉슨을 돌보겠다"고 선언했다.

결국 닉슨은 부통령이 되어 세계를 순방했고 외교정책에 열중함으로써 그것이 그의 궁극적인 목표인 대통령직의 보증서가 됐다.

그는 정치 생활 내내 언론과 언론인은 자유주의자들이며 자신은 보수주의자이기 때문에 자신을 반대한다고 확신했다.

닉슨은 1960년 케네디에게 패배한 후, 1962년 캘리포니아 주지사로 입후보했다. 그러나 선거전에서 현지 거주자인 에드몬드 브라운에게 졌다. 선거 직후 기자회견을 통해 그는 언론에 대한 마지막 공격을 가했다. 그는 이렇게 말했다.

"여러분은 딕 닉슨을 더 이상 괴롭힐 수 없을 것입니다. 이것이 마지막 기자회견입니다."

그러나 그는 상처를 치유하고, 더욱 침착하고 더욱 자신에 찬 이미지를 만든 후에 돌아왔다. 그는 결코 정치를, 그리고 대권을 포기하지 않았다.

1962년과 1968년 사이 마침내 대통령직에 도전하기로 결심하고 그에 대한 바탕을 다져 나갔다. 그는 선거유세를 통해 베트남에서의 '평화 계획안'을 가지고 있다고 말해 왔다. 그 계획은 기자단을 만족시키기는 했지만, 세부사항에 대한 것은 비밀에 붙여 두었다.

실제로 그의 계획은 존슨 정부 시절 제안된 것이었다. 미국이 단계적으로 철수하고 그 동안 남베트남이 월맹과 대치할 준비를 하기로 되어 있었다. 대중은 '침묵하는 다수'에 대한 닉슨의 호소를 들어주었다. 그러나 닉슨이 취임한 후 1년이 채 안 돼 국민은 닉슨이 전쟁을 확대시킨다는 것을 알아챘다. 그는 1968년 유세에서 '구 닉슨'과 '신 닉슨' 사이의 차이점을 부각시켰다. 1969년 그가 대통령이 됐을 때 '신 닉슨'이 한 역할은 약 15분 동안에 불과했다.

나는 50만 명의 반전주의자들이 일립스에서 평화 시위를 벌였던 1969년 가을을 절대 잊을 수 없을 것이다. 합동기자단 중 소수만이 대통령 집무실 안에서 진행되고 있던 회의의 사진 촬영을 허락받았는데 닉슨은 그들에게 말했다.

"나는 오늘 오후에 축구경기를 볼거요."

1970년 캄보디아를 침공하기로 결심했을 때, 그는 그 결정이 결국 미국을 분열시킬 것이라는 사실에 대해 그리 심각하게 생각하지 않는 것 같았다. 반전 운동이 가속화되면서 그는 더욱 고립되는 듯했다. 1972년 크리스마스를 지나고 하노이의 폭격이 감행될 때까지 그는 약 3주 동안 공개 석상에 모습을 나타내지 않았다.

그러나 1972년 말, 그는 중국을 방문함으로써 외교사에 남을 업적을 이루어냈다. 그것은 확실히 그의 탁월한 외교 정책의 성과이다. 헨리 키신저의 비밀외교와 궁합이 잘 맞아 떨어졌으며 그의 중국 방문을 통해서 베트남전쟁을 종결시킬 평화회담이라는 또 다른 문을 열었다.

이미 말했듯이 닉슨 정부에서는 비밀이 만연했다. 캄보디아의 비밀 폭격에서부터 워터게이트 사건에 대한 발뺌, '비밀 정보 누설을 막는 조직'에서부터 '정적 리스트'를 만든 사건, 기자들에게 정보를 흘린다고 의심되는 측근의 목록을 키신저가 FBI에게 넘겨준 것 등 비밀 정치가 횡행했다.

그는 칵테일 만들기를 좋아했는데 마티니는 그의 주특기였으며 영화를 좋아하고 가족과 함께 하는 저녁 외식을 즐겼다. 잡담은 잘하지 않지만 백악관 집무실에서는 위대한 주인이었다. 작은 모임에서는 서툴렀지만 수천 명의 관중 앞에서는 확신에 찬 연설을 할 수 있었다. 데모하는 대학생들을 '건달들'이라고 불렀고 공식 만찬에서 피아노로 펄 베일리를 연주할 수 있었다. 그는 기자들을 싫어하면서도 기자실에 자주 들르는 편이었다. 1973년 4월 30일 H. R. 할데만과 존 엘리치먼이 사임을 발표한 후에도 그는 그렇게 했다. 닉슨은 그들을 '내가 알고 있는 가장 훌륭한 공직자들 중의 두 사람'이라고 말했다.

그날 밤의 일이다. 내가 기자실에 가려고 웨스트 이그제큐티브 거리를 달려가다가 갑자기 멈추어 섰다. 리처드 닉슨이 옆문에서 나와 정부 청사에 있는 그의 사무실로 가고 있는 중이었다. 그의 어깨는 구부러져 있었고 얼굴색은 어두웠다.

"안녕하세요, 대통령 각하?"

그는 반갑게 내 손을 잡고 말했다.

"우린 같은 종교를 갖고 있지 않아요, 하지만 나를 위해 기도해 주겠소?"

"그럼요, 대통령 각하."

나는 그의 비극적인 상황을 이해하므로 그를 위해 기도하겠다고 말했다. 또한 국가를 위해서도 기도하겠다고 했다.

그는 워터게이트 사건이 자세히 묘사된 대통령 집무실 테이프를 숨기기 위해 행정적 특권을 요구한 대통령이자, 이스트 룸에서의 일요 예배를 공개한 대통령이었다.

어느 주말, 캠프 데이비드 출장길에서 더글러스와 나는 전에 여행에서 알게 된 젊은 해군 하사관과 얘길 나누게 됐다. 그는 백악관 예배에 참석하고 싶다고 말했다. 다음 날 더글러스는 백악관 사무실에 전화를 걸어 그 하사관을 참석시킬 수 있는지 물었다. 대답은 'No'였다. 뿐만 아니라 그 젊은 하사관은 전출됐고 캠프 데이비드에서 다시는 그를 볼 수 없었다. 닉슨은 예배 취재를 허락한 대통령이었기 때문에 나는 항상 그것을 취재하곤 했다. 그러나 예배가 끝나기 무섭게 내가 질문을 해대자 닉슨은 일요 예배를 그만두었다.

1974년 8월 8일 그가 대통령직을 사임하기 전날 밤, 가족과 함께 관사 일광욕실에 모여서 팻과 그의 딸들이 여기서 물러서지 말라고 격려하자 그는 한바탕 울음을 터뜨리고 말았다.

닉슨의 사임을 결정하기까지 그의 정신 상태에 관한 이야기들이 많이 전해졌다. 그가 사임하기 10일 전 정서적 불안이 나타나자 국방성에는 대통령의 어떤 명령도 조심스럽게 차단하라는 예방 조치까지 취해졌다고 한다.

'결코 포기하지 말라.'

그의 행동철학에 걸맞게, 닉슨은 얼마 동안 캘리포니아의 세인트 클레멘테에서 요양생활을 마친 후에도 정치를 그만두려 하지 않았다. 몇년이 지나 그는 다시 연설에 나섰는데 뜻밖에 대환영을 받았다. 그는 회고록과 다른 책들도 썼으며 종종 개인적으로 그의 정치적 조언을 구하는 후임자들과 관계를 유지하면서 조용히 살았다.

나는 때때로 부정한 공직자들을 대하는 이 나라 국민들의 동정심이 어느 정도 깊은지 궁금하기도 하고 놀랍기도 하다. 1995년 4월 미국 우편공사는 닉슨의 기념우표를 발행했고 그의 초상화는 다른 대통령과 마찬가지로 백악관에 걸리게 됐다.

1974년 8월 9일 한 시간 동안 나는 불명예스럽게 떠나는 실패한 대통령과 국민의 축복과 기대 속에서 취임 선서를 하는 후임자를 지켜봤다. 그 이후 나는 '왕은 돌아가셨다, 왕이여 영원하라'는 문장을 머리 속에서 지울 수가 없다.

정권 이양은 생각보다 수월했다. 그 날 나는 대통령 집무실 책상에 앉아서 동료에게 "제리 포드가 이 의자에 앉는 걸 상상해 보라"고 했던 닉슨을 생각했다.

30년 동안 의회에서 일하고 하원의장이 되기를 열망했던 제럴드 R. 포드는 대통령 집무실과 자연스럽게 어울렸다. 그는 워터게이트 사건으로 충격을 받은 후 국가를 안정시킬 수 있었던 이 시대의 인물이었다.

대통령이 되기 1년 전 포드는 사임한 애그뉴 부통령의 남은 임기를 채우기 위한 부통령 선거 당시, 민주당원이 지배적인 의회에서 전폭적인 지지를 받으며 선출됐다.

베티 포드가 성경을 들고 있는 가운데, 제럴드 포드는 제38대 대통령으로서 취임 선서를 했다. 그의 측근 보좌관이자 연설 작가였던 로버트 할트만이 새로운 연설법을 제안했지만 포드는 "어느 순간이든지 사람들을 감동시키는 성실함을 보여주는 것이 최고"라면서 다음과 같이 연설했다.

"오랫동안 우리 국민을 괴롭히던 악몽은 끝났습니다. 우리의 헌법은 효력을 발휘할 것입니다. 우리의 위대한 미합중국은 사람이 아닌 법의 정부입니다. 이제는 국민들이 다스립니다."

할트만에 따르면 포드는 처음에는 '기나긴 악몽'이라는 표현을 주저했지만 결국 말하게 됐다고 한다. 그는 자신이 특별한 상황에서 대통령직을 맡게 됐다는 것을 인정했다. 이것은 우리의 정신을 혼란스럽게 하고 마음을 아프게 했던 역사적인 한 시간이었다. 내 생각에 이 연설문은 그가 한 연설 가운데 가장 기억에 남는 것이었다.

"진실만이 국민을 결합시켜 줄 수 있습니다."

이 말을 연설 끝머리에 덧붙인 그는 국민과 '솔직한 대화'를 하겠다고 약속했으며 의회에 대해서는 '화해·양보·협력'을 약속했다.

재정적으로 보수주의자였던 포드 정부에 관한 생각은 '최소의 정부가 최선의 정부'라는 이론에 바탕을 둔 뉴딜 이전 시대의 것이었다. 그는 새로 갖게 된 권력을 거부권을 행사하는 데 종종 사용했다.

그의 어머니는 포드가 어렸을 때부터 차분함을 유지하도록 교육을 시켰고 그 자신도 원수는 없고 반대자만 있다고 종종 자랑했다. 나는 그 말이 사실이었다고 생각한다. 그는 느긋했고 완고하지만 마음씨 좋았던 존경할 만한 사람이었다. 그는 미시건 주 그랜드 래피드에서 자라서 미시건 대학에 다녔으며, 예일에서 법학사 학위를 받고 제2차 세계대전 당시에는 해군에서 복무했다.

나는 정권 초기에 신규 정책 없이 기본적으로 닉슨의 국내외 정책을 따른다고 발표한 그가 치명적인 실수를 했다고 생각한다. 그것은 미국인의 스타일이 아닐 뿐만 아니라, 전진하지 않는 대통령은 뒤처지기 마련이기 때문이다. 의사 결정에 있어서도 포드는 1차원적인 접근방식을 고수했으며 일단 결심을 하면 굽히지 않았다.

포드의 가장 중대한 실수는 닉슨의 사면이었다. 그 당시 미국인의 법정서에 반했던 그의 이러한 행동은 1976년의 대선에서 패배한 요인이라고 생각하는 사람들도 있었을 것이다. 그러나 자신의 경력에 손실이 컸음에도 불구하고, 그는 어두운 과거는 묻어 두어야 한다는 이유로 언제나 사면을 옹호했다.

포드는 취임 선서를 한 지 2주일 후에 첫 대통령 기자회견을 개최했다. 첫 번째 질문으로 나는 그에게 닉슨을 사면할 것인지 아니면 사법처리할 것인지를 물었다. 그의 대답은 애매했다. 이 기간 동안 닉슨의 딸과 사위들은 베티 포드와 백악관 직원들에게 전화를 걸어 고통에 시달리는 닉슨을 사면해 달라고 탄원했다. 그때 나는 그가 더 많은 주의를 기울여야 했다고 생각한다. 대통령이 된 지 열흘이 지나 포드를 따라서 시카고에 갔었는데, 그는 재향 군인들이 모인 자리에서 베트남전쟁 때 징병을 회피한 사람들을 제한적으로 사면한다고 발표했다.

1974년 9월 8일 일요일, AP의 게일러드 쇼와 나는 성 요한 복음 교회 예배에 참석하는 포드를 취재하기 위해서 라파예트 파크를 가로질러서 걸어갔다. 포드가 나타나자 나는 일상적인 질문을 했다.

"오늘 남은 시간에 무엇을 하실 건가요?"

잠깐 멈칫한 포드는 간단하게 대답했다.

"곧 발표가 있을 것입니다."

쇼와 나는 급히 백악관 신문 기자실로 돌아갔으며 시내 곳곳에서 모여든 다른 기자들과 카메라맨들을 발견했다.

발표를 기다리느라 서 있으면서 나는 중얼거렸다.

"세상에, 닉슨을 사면하려는 것이구나."

그러나 언론 보좌관들이 발표문 내용을 나눠주기 시작할 때까지도 나는 포드가 닉슨에게 '완전히 자유로운 사면'을 보장하리라고는 생각지 않았다.

잠시 후 우리는 대통령 집무실로 안내받았고 벨벳 로프 뒤로 서라는 지시를 받았다. 포드는 결연한 표정으로 걸어 들어왔다. 그는 이례적으로 사진 촬영이나 텔레비전 카메라 녹화를 금지했을 뿐만 아니라 질문도 받지 않았다.

그의 의도는 파장을 최대한 억제하기 위해서 일요일 아침에 그러한 성명을 발표함으로써 국민들을 놀라지 않게 하려는 의도가 분명했다.

그러나 얼마 안 있어서 분노한 시민들이 라파예트 파크에 모였으며 백악관을 지나는 운전자들은 시위의 경적을 울려댔다.

발표 직후 포드의 인기는 16%나 하락했다.

"부통령 임기 동안 닉슨이 탄핵받을 만한 행동을 하지 않았다고 주장했으나, 대통령으로서 두 번째 기자회견 시에는 사면을 하겠다고 발표하는 것은 닉슨의 죄를 인정하는 것을 암시하는 것이 아닙니까?"

나의 이 같은 질문에 포드는 대답했다.

"닉슨은 수모와 불명예 속에서 사임했습니다."

나는 그렇게 해석할 수도 있다고 대답했다.

제리 홀스트 공보관 후임자는 론 니슨이었는데, 그는 절대로 우리에게 거짓말을 하지 않겠다고 약속했으나 대통령직에 대한 우리의 기사 특히, 포드의 과오를 지적하는 기사를 일종의 인신 공격이라고 비난했다.

그러나 전반적으로 포드는 언론과 좋은 관계를 유지했고 전통적인 '협조관계 기간'은 더 오래 지속됐다. 의회에서 일하던 시절 그는 백악관에서 만나는 친숙한 인물이었다. 그와 휴 스코트 공화당 당수는 회의가 끝난 후 신문 기자실로 찾아와서 우리의 질문에 대답해 주곤 했다.

정권 초기, 포드는 닉슨 시절 국무위원들을 계속해서 기용했는데, 가장 유명한 인물로는 헨리 키신저 국무장관이 있다(이것은 닉슨의 요청에 따라 이루어진 것이라고 전해진다).

"키신저는 꼭 필요했습니까?"

이 같은 질문에 포드는 대답했다.

"이 나라에 없어서는 안 될 사람이어서 선택했습니다."

그럼에도 불구하고, 키신저가 "자신이 국가 외교정책의 90%를 결정한다"고 얘기했을 때 포드 정부는 그다지 달가워하지 않았다.

워터게이트 사건의 파편 속에서도 살아 남은 닉슨의 참모들은 새로운 공화당 출신 대통령과 함께 그들의 임기도 계속될 것으로 생각했다. 닉슨의 연설 작가 중 한 사람으로, 요즘 귀에 거슬리는 논평을 하는 <맥로린 리포트> 텔레비전 쇼로 유명한 존 맥로린이 있었는데 언젠가 내가 그에게 향후 계획에 대해서 물었을 때, 그는 백악관에서 계속 머무르게 될 것이라고 대답했다. 그리고 나서 글을 적느라 여전히 고개를 숙이고 있던 나에게 그는 말했다.

"당신은 정말로 그렇게 생각하지 않는군요."

"네, 그래요?"

백악관에 강도 높은 대청소가 있을 것이라는 소문을 들었던 나는 조용히 반문조로 대답했던 것이다.

포드는 전 뉴욕 주지사였던 넬슨 록펠러를 부통령으로 선택했다. 몇몇 문제에 대해서 개방적이라 알려진 록펠러는 정치의 편의주의에 대해서 아주 잘 알고 있었기에 1976년 포드가 부통령 후보로 밥 돌을 선택했을 때도 당연한 것으로 생각했다.

아무리 중용의 도를 간다 하여도 극단주의적 감정을 불러일으키는 대통령들이 있다. 포드가 한 번도 아닌 두 번씩이나 저격의 표적이 됐다는 것(두 번 다 1975년 캘리포니아에서 2주 간격으로 여성에 의해서 일어났다)은 나로서는 도저히, 그리고 지금도 여전히 상상도 할 수 없는 일이었다.

1975년 9월 5일 산트래멘토에서 포드는 세너터 호텔을 떠나 주 의회 의사당으로 가기 위해서 공원을 통해 난 지름길을 걷고 있었다. 붉은색 망토를 입고 있던 '날카로운 목소리'의 리넷 프롬이 갑자기 군중 속에서 걸어 나와 45구경 권총을 대통령에게 정면으로 겨누었다. 팔을 뻗어서 닿을 만한 거리에 있었던 재무부 비밀 경찰국 요원 래리 브렌돌프는 총을 빼앗아 집어 넣었다. 총에는 실탄이 장전되어 있었다.

안정을 되찾은 후 그녀는 되풀이 하면서 중얼거렸다.

"발사되지 않다니 도저히 믿을 수가 없어."

연쇄 살인범으로 유죄 판결을 받은 찰스 맨슨의 추종자였던 프롬은 역사상 대통령 암살 시도로 유죄 판결을 받은 첫 번째 여성이었다. 그러나 역사는 여기에서 멈추지 않았다.

17일 후, 나는 샌프란시스코의 성 프란시스 호텔 앞에 있는 기자단을 싣는 밴 승용차 속에 있었는데, 길 건너편에서 총성이 들렸다. 사람들은 놀라서 뒤범벅이 됐고 재무부 비밀 경찰국 요원들은 포드를 무장된 리무진에 밀어 넣은 후 급히 달려갔으며, 자동차 행렬에 있던 다른 차들도 그 뒤를 쫓았다.

그러는 동안 구경꾼들은 사라 제인 무어를 땅에 눕혔다. 다친 사람은 없었지만 두 암살미수 사건 후, 포드는 대중 앞에 설 때마다 공포감을 느끼는 것이 확실했다. 사실 그뿐만 아니라 우리 모두도 그러했다.

1976년 캠페인 행렬 당시, 그가 사람들과 악수하면서 저지선으로 다가가는 순간, 한 카메라맨이 터뜨린 카메라 플래시 세례를 받은 그의 얼굴이 창백해지는 것을 보았다. 그 소리는 마치 총성과도 같았다.

프롬과 무어는 마침내 웨스트 버지니아 주 앨더슨에 있는 여성 감옥에서 무기수로 복역하게 됐다. 무어는 1979년 탈옥했으나 하루 만에 체포됐고 프롬은 1987년에 탈옥했으나 이틀이 지난 뒤, 감옥에서 2마일 정도 떨어진 곳에서 체포되고 말았다.

1981년 로널드 레이건 암살 시도로 유죄 판결을 받아 무기징역으로 복역 중이던 존 W. 힝클리는 성 엘리자베스 병원에서 1일 외박 허가를 받으려고 애쓸 당시, 교도소 공무원들이 그가 프롬에게 쓴 편지를 발견하기도 했다.

그리고 1992년 조지 부시를 저격하려다가 직전에 체포된 데보라 버틀러는 나중에 제인 무어가 자신의 '모델'이었다고 조사 과정에서 밝혔다.

사실 포드의 대통령직에 관해서는 좀처럼 받아들일 수 없는 모순들이 있다. 그 중에서도 그가 재정적 부담이라는 명목을 내세워 교육과 학교급식 계획에 대한 연방 정부의 지원에 반대한 일이 그 중 하나인데, 어떻게 그 마음씨 좋은 사나이가 그런 일에 반대하는지, 그 누구도 예상치 못했던 일이었다.

포드가 디트로이트로 연설하러 갔을 때 그 도시는 높은 살인률 때문에 미국의 '살인 중심지'라는 불명예스러운 꼬리표를 달고 있었다. 연설이 끝난 후 나는 포드에게 디트로이트를 방문한 후 총기 규제를 수정할 수 있지 않겠느냐고 물었는데, 그럴 의사가 없다는 그의 대답에 몹시 실망했었다.

그는 평등권 법안에 대한 지지를 꺼렸지만 실제로는 인종차별을 반대했다. 그것은 몇년 전 <래리 킹 라이브>의 초대 손님으로 아들 스티브와 출연했을 때 드러났다. 스티브는 그 날 미시건 대학 풋볼 선수들이 뽑은 MVP로 선정된 이야기를 했다. 그 팀에는 스티브의 친한 친구로 흑인이었던 윌리스 워드가 있었다.

스티브가 말하기를, 남부에 있는 대학들은 흑인 선수가 있는 팀과 경기하는 것을 무척이나 꺼렸는데, 특히 조지아 공과 대학에서는 워드를 경기에 출전시킨다면 경기를 취소하겠다고 미시건 대학에 통보했다고 한다.

이와 같은 사태 전개에 스티브는 아버지에게 편지를 써서 팀을 그만두어야 할지를 의논했다.

워드는 팀 동료들이 흔들리지 말라고 충고했음에도 코치를 찾아가 탈퇴하겠다고 말해 예정대로 경기가 진행됐다. 미시건 대학은 9대 7로 경기에서 이겼는데 그것이 그 시즌에서 얻은 유일한 승리였다고 한다. 스티브는 자기 아버지인 포드 대통령이 1934년부터 인종차별에 반대하는 입장을 취했다고 <래리 킹 라이브>에서 말했다.

포드는 대통령으로서의 짧은 임기 동안 많은 곳을 여행했는데 뚜렷한 정책 제시보다는 실수로 더욱 유명했다. 일본을 방문할 당시 히로히토 일본황제와의 회담에서 그는 공식 복장인 줄무늬 바지와 모닝 코트를 입었는데 바지의 길이가 발목 근처까지밖에 오지 않았다.

나와 가진 몇 번의 인터뷰에서 그는 언제나 따뜻하고 솔직했다. 한번은 AP의 프랭크 코미어와 캠프 데이비드에 있는 대통령 요양소 내에서 취재를 한 적이 있는데 그 곳은 기자들의 접근이 금지된 구역이었다. 나는 대통령 가족이 콜로라도 주 배일에서 크리스마스 휴가를 보낼 때도 그들과 대화를 나눌 수 있었다. 스키를 신고 산 꼭대기까지 따라갈 생각이 없어 나는 산 기슭에서 기다리고 있다가 그가 내려 오면 몇마디 질문을 건네곤 했다.

정권 초기인 1974년 9월 18일, 포드는 언론인클럽 회장으로 선출된 ≪워싱턴 스타 뉴스≫의 로널드 사로의 취임식에 참석했다. 연설 도중 포드는 나를 놀리듯 말했다.

"공직 생활을 하는 사람들은 신문의 심판이 얼마나 중요한지를 잘 알고 있습니다. 저는 하느님이 현재의 세상을 만드셨다면 하늘과 땅, 그리고 모든 생물을 만드시는 데 엿새가 걸렸을 것이라고 확신합니다. 그렇지만 이레 째 되는 날에도 쉬지 않으셨을 것입니다. 하느님은 헬렌 토머스에게 자신이 한 행동의 정당성을 확인시켜 주어야 했을 테니까요."

우리는 포드를 가리켜 '우연한 대통령'이라고 농담했는데 일주일 정도 지난 어느 날 제리 홀스트로부터 그가 스스로의 힘으로 대통령이 되려는 목표를 가지고 있었다는 말을 듣게 됐다.

선거운동을 하러 다니던 1976년 포드는 캘리포니아 주지사인 로널드 레이건과 그의 확고한 보수파 선거 구민들로부터 예기치 않은 저항을 받게 됐다.

포드가 공화당의 대통령 후보 지명에서 압승한 후 민주당 후보 지미 카터를 상대로 맹렬한 선거운동을 벌였지만 결과는 좋지 않았다.

필라델피아에서 지미 카터와 함께 한 토론에서 ≪뉴욕 타임스≫ 기자였던 맥스 프랭클의 질문에 포드는 엉뚱한 대답을 하고 만다.

"폴란드는 소련의 지배 하에 있지 않다."

포드의 선거운동은 심각한 어려움을 겪게 되었고 플랭클은 연이은 질문으로 그에게 두 번째 기회를 주었지만 포드는 불행하게도 실수를 되풀이했다.

인플레이션은 포드 정권과 그 후에 계속된 선거운동의 발목을 잡고 늘어졌으며, '인플레이션 극복운동'도 실패로 돌아가고 말았다.

그러나 그가 대통령 선거에서 승리를 확신했으며 카터에 대항하여 왕성한 선거운동을 했다는 것은 명백한 사실이다. 포드는 후두염을 앓고 있었기 때문에 남편의 패배 성명을 읽는 것은 베티의 몫으로 돌아갔는데, 내용은 다음과 같다.

친애하는 지미에게

길고 격렬했던 대선 경쟁에서 당신이 이겼다는 것은 명백한 사실입니다. 승리를 축하하는 바입니다. 의회에서 그리고 대통령으로서 이 위대한 미합중국 국민들에게 봉사하는 영광을 가졌던 한 사람으로서 나는 이제 우리가 선거 결과에 대해서 더 이상 생각하지 말아야 한다고 믿습니다.

우리의 목표를 추구하는 데 있어서 최선의 방법에 대한 논쟁이 계속해서 이어지겠지만 나는 올 1월, 당신이 취임선서를 할 때 전적으로 마음에서 우러나는 지지를 보내드린다는 것을 알려 드리고 싶습니다.

또한 나는 당신이 임기를 순조롭고 효율적으로 시작할 수 있도록 정부 구성원 모두와 함께 최선을 다할 것임을 맹세합니다.

새로운 임무를 수행함에 있어서 당신과 당신 가족에게 신의 축복이 있기를 기원합니다.

— 제리 포드

중동 평화의 사도, 제임스 카터

취임식 날, 카터는 미국 역사상 어려운 시기에 포드가 한 노력에 대해서 특별히 언급했다. 연설문에서 그는 포드의 노고에 대한 찬사를 표명했다.

"나 자신과 온 국민을 대신해서 우리나라를 살리기 위해 모든 노력을 한 전임자에게 감사를 드리고 싶습니다."

백악관을 떠난 1980년 1월 20일 이후에도 지미 카터는 활동을 계속해 왔다. 그 이후로 그는 가장 존경받는 전직 대통령이었으나 그 당시에는 사정이 달랐다.

나는 땅콩 농장의 농부이자 전 조지아 주지사의 아들이었던 카터가 평생 동안 자신을 위해 고귀한 임무를 발견했으며 대통령직은 그 과정에 있는 한 수단에 지나지 않았다고 항상 생각했다. 온화한 기질과 외교적으로 충돌 없는 행동에 관한 깊은 신념은 그로 하여금 전세계적으로 중재자 겸 조정자로서의 경력을 쌓을 수 있게 해주었다.

미국 최남부 지방 출신으로는 처음으로 20세기에 이르러서야 대통령으로 당선된 그는 '엘리트 체제에 대항하는 이'라고 이름 붙여진 아웃사이더로서 1976년 워싱턴으로 오게 됐으며 그는 아웃사이더인 채로 떠났다. 그의 인생 여정의 수레바퀴는 영원히 평행선일 수밖에 없었다.

1976년 선거운동 기간 동안 카터를 취재하기 위해서 나는 조지아주 남서쪽에 있는 플레인스의 작은 촌락을 방문했다. 기자들은 베스트웨스턴 호텔에서 묵었는데 그 호텔은 다른 후보자들이 출마했던 도시로 우리가 알고 있던 '1급 호텔'과는 거리가 멀었다. 그럼에도 불구하고 나는 그 분위기가 마음에 들었다. 플레인스 사람들은 친절했고 우리가 만난 모든 사람들은 어렸을 때부터 카터와 그의 가족을 알고 지낸 친구나 친지들이었다. 그 모든 것은 포드 대통령을 물리치고 백악관으로 들어가기를 희망하는 카터라는 남부출신 정치인을 이해하는 데에 도움이 됐다.

우리는 카터의 집이 있는 거리에서 의무적인 잠복 근무를 하게 됐다. 그의 팀과 친숙해지는 것은 아주 쉬웠다. 그를 워싱턴까지 데려간, 소위 '조지아 마피아' 그룹은 선거운동 개최지를 기획하고 전략을 짰으며 카터의 지지자를 결속시키던 집단이었다.

카터는 진지한 이미지를 만들기 위해 분주했다. 그러나 ≪플레이보이≫와의 인터뷰에서 다른 여자를 마음 속으로 갈망한 적이 있다고 밝힘으로써 사람들을 망설이게 했다. 미국 정치에서 그후 발생한 사건을 살펴볼 때, 이 사건은 그의 순진함을 보여주어 흥미를 불러일으켰으며 정치적으로도 그리 치명적이지 않았다.

선거운동기간은 물론, 제39대 대통령으로 뽑힌 후에도 카터는 존슨 이후로 금지된 일종의 근접촬영을 위한 접근을 허가해 주었다. 평상복 차림의 그는 메인 스트리트까지 걸어다녔고, 우리는 사람들과 대화하거나 가게 주인들을 방문하느라 몇 발자국도 못 가서 발걸음을 멈추는 그를 지켜보면서 걸어야 했다.

그와 함께 산책하면서 우리는 그 날의 쟁점에 대해서 질문할 기회도 가질 수 있었으며 종종 신문사에 전화로 알려 줄 주요 뉴스도 건질 수 있었다.

좋은 기삿거리를 찾을 수 있는 또 다른 잠복장소는 백인들만 다니는 플레인스 침례교회였다. 어느 일요일 나는 카터에게 교회에 어째서 흑인들이 한 명도 없느냐고 질문했는데, 그는 짧게 대답했다.

"잘 모르겠다."

대통령 재직중 언제부터인가 그는 다른 교회를 다니기 시작했는데, 그 곳에서는 흑인과 백인이 함께 예배를 드렸다.

유세기간 플레인스와 워싱턴에서 주일학교 교사를 할 때, 카터는 마치 물 만난 고기 같았다. 플레인스에서 나는 남학생 반을 가르치는 그를 지켜보려고 했지만 나가 달라고 거절당했다. 집요한 항의 끝에 나는 그 곳에 남을 수 있었다. 자신이 좋아하는 성경구절에 대해 말하고 있는 그에게 귀를 기울이는 것은 매혹적인 일이었다.

지역의 소문을 취재하기 위해 정기적으로 들렀던 또 다른 장소는 카터의 동생 빌리가 운영하던 주유소였다. 빌리는 내가 제일 좋아하는 사람들 중 한 명이다. 질문을 하면 그는 성실하게 답변해 주곤 했으며, 때로는 형에 대해서 너무나 정직한 답변을 한 적도 있지만 신선한 대답이었다. 한번은 자신의 형이 남부시골 사람의 이미지를 손상시키고 싶지 않아서 백악관 링컨 베드 룸에 있는 21미터 길이의 침대 밑에서 잠을 잤다는 얘기를 들려주기도 했다.

아무튼 그는 편안하고 친절한 사람이었다. 백악관을 방문할 때면 그는 신문기자실에 들러 UPI 부스에 있던 나를 찾아주곤 했으며 우리는 오랫동안 못 만난 친구처럼 서로를 반겼다.

그의 식구 가운데 내가 지금까지도 좋아하는 사람은 68세의 나이에 평화 봉사단에 가입했던 훌륭한 여성인 미즈 릴리안이다. 그녀가 1966년에 방영됐던 <나이는 장벽이 되지 않습니다>라는 텔레비전 광고를 봤을 당시, 그녀의 아들은 조지아 주지사가 되기 위해서 첫 번째 시도를 하던 중이었다. 그녀는 말했다.

"남편은 몇년 전 세상을 떠났고 딸 글로리아와 낚시를 가고 브리지 놀이를 했는데, 이제는 이것도 지겨워 봉사단에 가입하게 됐다."

그녀는 인도에 가기를 자원했고 그 곳에 있는 어느 제조회사의 진료소에서 간호사 경력을 발휘할 수 있었다. 그녀는 또한 나병으로 고생하는 환자들을 돌보는 일도 했다. 1968년 귀국 당시 그녀는 그 곳에서의 시간들이 "전 생애에 있어서 가장 소중했다"라고 말했다.

그녀는 아들이 1976년 민주당 대통령 후보 지명대회에서 승리했을 때 그녀는 이렇게 말했다고 한다.

"거짓말을 하지 않고, 크리스찬으로 지내고 처음 만났을 때보다 더 아내를 사랑하고 기왕이면 부통령 후보를 미남으로 선택하라."

그녀는 나를 백악관 식당에서의 점심식사에 초대한 적도 있는데, 언론관계 인사가 출입금지 구역인 신성한 그 카페테리아 안에 들어갈 수 있었던 것은 그 때가 처음이었다.

1977년의 《타임》 기사에는 미즈 릴리안과 아들 지미의 대화가 소개돼 있어 눈길을 끌었다. 릴리안이 지미에게 물었다.

"주지사를 한 후에는 뭘 할거니?"

지미가 대답했다.

"회장에 출마할 겁니다."

"무슨 회장?"

"어머니, 저는 미국 대통령으로 출마해서 승리할 겁니다."

대통령 선거에서 승리한 후 카터는 새로운 약식 풍조를 퍼뜨렸다. 1977년 1월 20일에 있었던 취임선서에서 그는 예복 대신 신사복을 입었으며 제임스 얼 카터 주니어가 아닌 '지미 카터'라는 애칭으로 선서를 했다. 그와 부인 로잘린은 리무진을 버리고 펜실베이니아 거리를 따라 9세짜리 딸 에이미의 손을 잡고 국회 의사당에서 백악관까지 걸어갔다.

그때 우리는 이 사람이 권력의 허식을 벗고 새로운 방식을 만들어 낼 새로운 대통령이라는 것을 알 수 있었다.

그는 포토맥 강 여행을 위해 대통령 가족이 사용했던 해군 요트인 시쿼이어 호를 매각했다. 해군 군악대가 연주했던 <대통령 만세 Hail to the Chief>라는 곡을 중지시키고 <언제나 당신을 사랑하리 I'll

Be Loving You Always>로 바꾸게 했다. 그는 여행할 때면 직접 가방을 들고 다녔다. 또한 백악관 파티 및 리셉션에서 독한 술을 금지시켰다.

그는 권위적인 대통령직을 원하지 않았으며, 위화감을 주는 부서를 해체시켰다. 그는 세세한 것까지 관리를 했는데, 그 때문에 좀스러운 사람으로 비춰지기도 했다.

카터는 이미지를 중요시하는 사람으로 비춰졌다. 대통령 집무실로 이사한 그는 TV에 출연할 때 프랭클린 루스벨트의 '노변정담爐邊情談'을 흉내냈으며 '책임이 이 곳에 있다'고 씌여진 해리 트루먼의 장식 널빤지를 입수해 책상으로 사용했다.

임기 시작 후 1천 일쯤 됐을 때, 에너지 위기극복 방법을 모색해 오던 카터는 국가적 분위기에 대한 비관적인 평가를 내렸다. 그의 여론 조사원이었던 패트릭 케이들이 '국가적 불안'이라는 표현을 언론 브리핑에서 사용하자 이 문구는 모든 사람들이 애용하는 슬로건이 돼 버렸다.

이 문제를 해결하기 위해 카터는 캠프 데이비드에서 '국내정상회담'을 개최했는데 이 회의는 거의 2주일 동안 계속됐으며 정권 재조직을 돕기 위해서 학자와 외부 전문가들이 소집됐다. 그들은 많은 조언을 했지만 그는 그 모든 조언을 받아들이지 않았으며 조지아출신의 자문단체를 그대로 지속시킴으로써 그는 조언 받은 만큼 기반을 확대하지 않았다. 그러나 그는 주요개각을 단행하기도 했는데, 여기에는 몇명의 내각 구성원을 해고한 것이 포함되며 그들 가운데에는 카터의 자문들이 거만하다고 이야기한 제임스 슐레진저 국무장관이 있었다.

그의 절친한 친구이자 예산장관이었던 버트 랜스는 "카터가 입후보 활동은 진보적으로, 통치는 보수적으로 한다"고 말하곤 했다.

랜스는 과거의 은행거래로 인한 조사를 받게 되자 곤경에 처하게 됐으며, 그 사건을 처리하기 위해 수개월 동안 애쓴 카터는 고통스러운 기자회견에서 랜스의 사임을 발표했다.

카터는 독불장군이었으므로 외로웠는데, 이는 정치가가 갖추어야 할 덕목은 아니었다. 자신이 이끄는 연방관료들과 친숙해지려는 그의 노력은 가끔 이상한 상황에 처하곤 했다. 그는 직원들에게 인사하고 가족의 가치를 장려하기 위해서 여러 내각 부서를 방문하기도 했으며, 정부 공무원들에게 말했다.

"죄를 지으며 살고 있다면 결혼을 하십시오. 그리고 배우자와 헤어졌다면 다시 결합하십시오."

실제로 그는 진정한 설교자였다.

그는 천성적으로는 정이 많았다. 하지만 백악관 서편지역에서 일하던 제복차림의 재무부 비밀요원들에게 '굿 모닝'이라는 아침인사는 하지 않은 때가 많았다. 그의 영웅은 하이만 리커버 해군 제독이었으며 카터는 리커버가 그에게 했던 '최고가 되시오 Why Not the Best'를 그의 책제목으로 정하기도 했다.

카터는 대통령으로서의 목표를 가지고 있었지만 그 목표들은 초반부터 민주당과 마찰을 빚었다. 하원의장이었던 토머스 오닐과 몇몇 상원의원들이 그에게 국회의사당과 친해지는 방법을 조언해 주었지만 그는 자신의 뜻을 고집해 의원들과 관계가 단절되기도 했다.

제럴드 포드가 의회에서 통과된 법안에 거부권을 행사하느라 시간을 보낸 것과는 달리 카터는 자신이 내놓은 법안이 의회에서 거부되는 것을 지켜보느라 많은 시간을 보냈다.

의회와의 관계는 카터가 모든 납세자에게 제안했던 50달러 세금할인을 의회가 돌연 기각하자 더욱 악화됐다. 그 결정은 민주당이 합의할 수 없는 사항이었기 때문이다.

높은 인플레이션과 실업률 그리고 에너지 위기가 그의 정권을 괴롭혔고 또다시 그는 중심을 잃는 것처럼 보였다. 수입원유에 대한 의존률은 총 수요량의 50%를 넘어섰다. 카터는 원유확보와 국내에서의 자원개발을 결합한 에너지계획에 착수했다. 그러나 비밀리에 만들어진 그 계획은 불행히도 극도의 혼돈을 초래했으며 의회에서는 그 사실을 전혀 모르고 있었다.

언론과의 관계에 있어서는 카터와 해밀턴 조던 참모총장, 그리고 워싱턴의 방식을 재빨리 익혀서 기자들과의 밀월관계를 유지한 백악관 소식통인 조디 파웰 공보관 덕분에 그다지 나쁘지는 않았다.

조디 파웰은 똑똑하고 입심이 좋았다. 더구나 기지가 번쩍이는 위트는 무기로 삼을 정도로 대단했다. 언젠가 카터는 "나는 한 번도 조디에게 무슨 말을 해야 하는지 이야기한 적이 없다"고 말한 적이 있다. 그는 파웰의 민첩함을 확신했고 둘 사이의 관계도 아주 가까웠다. 이전의 정권과 카터 정권의 백악관 언론 활동을 비교했던 한 기자는 "글쎄 저 사람들은 거짓말을 하면서도 우리들이 전화하면 대답을 잘해 준단 말이야"라고 말하기도 했다.

남부 분위기가 짙었지만 월터 먼데일은 권력 중추부에 쉽게 적응했다. 카터가 그들의 관계를 다음과 같이 묘사했다.

"나는 그로 인해 위협을 느끼지 않고 그도 나로 인해서 위협을 느끼지 않는다."

카터는 우리에게 "나는 실패할 작정은 아니었다. 나는 실수할 작정은 아니었다"라고 일깨워 주기를 좋아했다. 그런데 늘 그렇듯이 그는 실수를 했지만 또한 성공도 거두었다.

그의 가장 위대한 공헌은 인권을 외교정책의 중심으로 삼았다는 점이다. 라틴 아메리카의 반체제 정치인이 그의 인권정책과 미국의 간섭으로 생명을 구할 수 있었다.

캠프 데이비드 협정은 중동평화의 길을 열었다는 점에서 역사적으로 중요한 협정으로 손꼽힌다. 카터의 참을성과 놀라운 인내 덕분에 이스라엘의 메나헴 베긴 수상과 이집트의 안와르 사다트는 메릴랜드 주 서부에 있는 대통령 요양소에서 열린 협상에 참석하여 큰 성과를 얻고 돌아갈 수 있었다.

카터의 결정으로 파나마운하 조약에 대한 서명이 이루어졌는데, 이것은 의회에서 거센 반대에 부딪혔다. 그는 제2차 전략무기제한협정 SALT II을 체결, 비엔나에서 러시아의 레오니드 브레즈네프 서기장과 공식석상에서 합의안에 서명했다. 그 당시 브레즈네프는 환자였지만 나는 그가 한 말을 똑똑히 기억한다.

"강대국들이 그들의 파괴적인 핵무기를 제한하기 위해 앞장서지 않으면 인류는 우리를 결코 용서하지 않을 것이다."

그러나 그 조약은 인정받지 못했으며 러시아가 아프가니스탄을 침공하자 상원에서 즉시 보류됐다. 그러한 외교 정책상의 우위도 차기 대통령 선거가 있기 1년 전인 1979년 11월 4일, 이란인들이 테헤란에 있는 미국 대사관을 점령하고 53명의 미국인을 인질로 억류함으로써 카터에게는 아무런 도움이 되지 못했다. 444일 동안 신문과 텔레비전에서는 이 위기에 초점을 맞추었고 이 사건은 카터의 대통령직에 어두운 그림자를 드리웠다.

백악관에서는 잠 못 이루는 밤과 긴장된 나날이 계속됐고 카터는 인질 석방을 위해서 계속 협상시도를 했다. 그 동안 카터는 대통령 집무실에 갇힌 수감자 신세가 됐다.

1980년 그는 악몽이 되어 버린 군사 구출작전을 허가했다. 이 작전은 몇 대의 헬리콥터가 고장난 데다가, 설상가상으로 그 중 한 대가 군용 수송기와 충돌해서 여덟 명의 승무원이 사망했기 때문에 취소되어야만 했다. 카터는 모든 책임을 지게 됐다.

그것은 무능력의 문제가 아니었다. 카터는 평화를 존중하는 사람이었으므로 참사를 피하고 인질들을 무사히 돌아오게 할 수 있는 기회가 있다는 것을 알면서도 그들의 생명을 위험에 빠뜨리고 싶지 않았던 것이다. 모든 슬픔의 시간이 지난 뒤 인질들은 로널드 레이건이 제40대 대통령 취임선서를 했을 때와 거의 비슷한 시기에 석방됐다.

1980년 11월, 카터가 몇군데에서 마지막 선거운동을 하고 있을 무렵 나는 그와 함께 있었는데 그가 재선되지 않는다는 것은 확실했다. 대통령 전용기에 탑승한 이후로 그 때가 내가 지켜본 가장 어두웠던 분위기 중 하나였다. 그는 또한 대통령으로서 에드워드 케네디 상원의원을 지지하던 민주당 분파와도 싸워야 했다.

결국 카터가 에드워드를 제치고 뉴욕에서 개최된 민주당 전당대회에서 후보로 지명됐다. 그러나 나는 카터가 악수를 청하러 다가가자 고개를 돌리던 케네디의 모습과 그 우울하고 치욕적인 순간을 결코 잊지 못할 것이다.

백악관에서 몇 명의 기자들과 함께 했던 인터뷰에서 카터가 말했다.

"나는 당신들과 가까이 지내고 싶습니다."

그 말은 마음에 들었지만 실천은 별개의 일이었다. 나는 캠프 데이비드에서 그가 어떻게 우리를 따돌리고 펜실베이니아 주에 있는 그가 좋아하는 낚시터로 향했는지를 기억하고 있다. 게다가 상황이 불리해지자 그는 정기적으로 기자회견을 열겠다는 약속을 지키지 않았다.

나는 카터의 신앙이 그에게 큰 도움이 됐으며, 대통령으로서 어쩔 수 없이 어깨에 짊어져야 하는 위기를 헤쳐나갈 수 있게 해 주었다고 믿는다.

"정치는 카터의 신앙에 영향을 미치지 않았다. 신앙이 그의 정치에 영향을 미쳤다."

어느 기자가 쓴 글이다. 나도 같은 생각이다.

대통령직에서 물러난 뒤 몇달이 지나서 나는 그와 인터뷰를 가졌다. 그는 씁쓸한 흔적도 없이 패배에 대해서 이성적이었으며 그 당시에는 이 건에 대한 감정을 말하지 않았다. 그는 새로운 계획, 새로운 도전, 새로운 위업을 시작할 준비가 돼 있었다. 작가에서 목수, 직위가 없는 외교관까지 전직 대통령으로서 그가 이룩한 업적은 인상적인 것이었다. 그의 사전에 은퇴라는 것은 없는 듯했다.

1990년 2월, 그는 산디니스타 민족해방전선 지도자였던 다니엘 오르테가를 설득해서 자신이 감시한 대통령 선거에서 바이올레타 차모로에게 패배를 인정하게 했다.

1993년에는 핵시설 사찰을 북한이 계속 거부함으로써 미국과 북한이 팽팽한 대립상태에 놓이게 됐다. 카터는 북한을 방문한 후, 김일성 주석과의 만남을 통해서 그로 하여금 핵계획을 수정하게 만들었다.

1994년 12월, 그는 전쟁으로 파괴된 보스니아를 방문해서 세르비아 계와 이슬람 계의 대화를 이끌어내 최초의 휴전을 만들었다.

같은 해 9월 그는 전 합동참모본부 의장이었던 콜린 파웰, 조지아 주 상원의원인 샘 넌과 함께 1991년 민선정부를 전복시킨 라울 세드라스를 만나기 위해 아이티에 도착했다.

그들은 세드라스가 군정을 끝내겠다는 합의문을 작성케 함으로써 이 도시국가에 임박했던 미국의 무력 침공을 가까스로 막을 수 있었다.

애틀랜타에 있는 카터 센터에서는 전세계 분쟁지역에서의 갈등해결 활동을 계속하고 있고, 공중위생 계획을 시작했으며, 전세계 어린이들을 위한 방역활동과 농업교육 프로그램 등을 운영하고 있다. 카터 센터의 업적 가운데에는 제3세계에서 하천에 대한 무지를 일깨우고, 한때 인도와 아프리카에서 수백만 명의 사람들에게 전염됐던 해충에 의한 질병을 거의 없앴다는 것을 꼽을 수 있다.

그와 부인은 가난하거나 살 곳을 빼앗긴 사람들과 자연재해의 희생자들에게 집을 지어주는 자원단체에서 가장 유명한 자원 봉사자였다.

1994년에는 조지아 주 얼배니에 살던 77세의 애니 로더스에게 집을 지어 줬는데, 그녀는 그 지역에 내린 홍수로 집을 잃은 상태였다.

1998년 4월, 미 해군은 카터의 복무를 기념하는 의미로 최신 잠수함에 '미군 지미 카터 호'라는 이름을 붙이기도 했다.

그는 시집 한 권을 포함해서 모두 여덟 권의 책을 집필했는데, 서점마다 재고창고에 가면 항상 찾을 수 있을 것이라며 농담을 했다. 어떤 사람들은 오랫동안 많은 대통령들에게 통례가 됐던 조용한 은퇴생활을 따르지 않았다고 비난하지만, 1995년 ≪로스앤젤레스 타임스≫와 가졌던 기자회견에서 설명했듯이 그는 백악관에서의 삶을 계속하고 있을 뿐이었다.

"평화와 인권, 환경문제에 대해서 말하지 않는 대신 군대를 파견하는 편이 낫다고 생각하는 사람도 있었습니다. 그러나 현재의 내 모습과 내가 했던 일들에 대해서 나는 결코 후회하지 않습니다."

'레이건 혁명'을 탄생시킨 극렬 보수주의자, 로널드 레이건

미국 제40대 대통령이 된 전직 배우는 그의 정권에 있어서 한 가지의 임무를 갖게 됐다. 그것은 나라를 올바르게 만들어야 한다는 것이었다.

실제로 '레이건 혁명'이 있었으며 이것은 그가 대통령직을 떠난 후로 미국 정치에 만연하게 된 보수주의 운동에 영향을 미쳤다.

일리노이 주 시골 출신인 레이건은 대공황 이전 시절에 성장했으며 유레카 대학을 졸업한 뒤 스타가 되기 위해서 아이오와 주 데이븐포트에 있는 라디오 방송국에 들어갔다.

그 때부터 그는 마이크 앞에서, 그 후로는 카메라 앞에서 언제나 항상 편안함을 느꼈다. 그가 '위대한 대화자'가 되는 법을 배운 것은 이 곳에서였다.

할리우드로 향한 그는 영화배우가 됐다. 그 시절 동안 그는 여섯 번이나 영화배우 협회장을 지냈다. 그러한 진보주의적 배경 속에서 그는 조합론자, 노동론자이자 행동주의적인 민주당원이 됐다. 그러나 배우로서의 경력이 쇠퇴해 가고, A급보다는 B급 영화출연 제안을 받음에 따라 그는 텔레비전으로 전향해서 유명한 <제너럴 일렉트릭 시어터>의 사회자가 됐다. 그는 GE 정기모임과 개봉영화 시 사회에서 수차례 연설을 했으며, 그 과정에서 보수주의적인 정치를 받아들이게 됐다.

1950년대에 들어서 그는 정당을 옮겼다. 또한 그는 정부의 규모가 너무 크고 간섭이 심하며 비용을 너무 많이 지출한다는 이념적인 결론에 도달하게 됐는데, 이 철학은 평생 동안 그를 따라 다녔다.

그는 배리 골드워터가 대통령 후보지명을 받았던 1964년 샌프란시스코에서 개최된 공화당 전당대회에서 연설을 함으로써 공화당 막후 인물들로부터 주목을 받게 됐다. 그는 재빨리 정치에 뛰어들어 1966년에는 캘리포니아 주지사 후보로 출마해서 두 번씩이나 당선됐다.

그는 1968년과 1976년, 대통령 선거운동에 나서게 됐다. 나중에 밝혀졌듯이 그 당시 현직 대통령으로 대통령 선거에 출마했던 제럴드 포드는 전당대회 때까지 치러진 예비선거에서 끊임없이 레이건을 경계해야 했다.

1980년, 그는 예비선거에서 밥 돌과 조지 부시를 포함한 모든 경쟁자들을 간단하게 물리치고, 7월에 당원들이 디트로이트에 모이기도 전에 대통령 후보 피지명권을 확보해 놓았다.

지미 카터와의 토론에서 레이건은 편하고 부드러운 태도로, 국가 안보와 증가하고 있는 러시아의 위협에 대한 주장을 펼쳐 점수를 얻었으며 더욱이 그는 카터가 토론에 대비해서 준비한 요약집 사본을 갖고 있었기 때문에 유리한 위치에 있었다.

이 요약집은 카터 진영의, 아직도 밝혀지지 않은 '스파이'가 전달한 것이 분명했다.

그의 선거운동의 방향은 간단했다. 연방관료를 해체 수준까지 줄이고, 필요한 경우엔 규제를 해제하고, '고통을 주는 제국(소련)'을 파괴하는 것이었다.

그가 자주 얘기했던 것처럼, "정부는 문제 덩어리지, 해결책이 아니다"라는 자신의 생각대로 모든 일을 밀고 나갔다. 정부의 간섭에 대한 그의 자세는 단호했기 때문에 그는 소득세에 더하여 정당지원금으로 1달러를 징수하도록 되어 있던 조항을 철폐했다. 그의 보좌관들은 그가 노동조합비 공제징수에 반대한다고 설명하곤 했다. 그러나 그는 대통령 후보로 출마할 때에 연방 정부로부터 선거운동

지원금 2천6백만 달러를 받았다.

후보자로서 그는 1968년에 리처드 닉슨이 그랬던 것처럼 신문으로부터 배척을 당했다.

정권 초기, 그는 자신의 정책에 따르지 않는 관료들을 상대해야 했다. 제임스 와트 내무부 장관은 복지비용 증대론의 옹호자였다. 환경부 장관이었던 앤 볼포드는 콜로라도 주 의회의원이었을 당시 제안된 모든 환경법안에 대해 반대표를 던졌다.

교육부 장관이었던 벨은 대통령의 선거공약 가운데 하나가 교육부를 폐지하는 것이라는 사실을 알고 백악관과 대립하게 됐다. 벨은 닉슨 정권 동안 교육부에서 일했으며, 수많은 연방 지원계획을 시작하는 데 도움을 주기도 했다. 그는 그만두고 싶었지만 레이건은 사직서를 반려했다. 그리고 나서 벨은 교육부에서 미국 교육 쇠퇴현실을 그린 획기적인 연구보고서인 '위기에 처한 국가'를 출간했는데 그 보고서는 대중의 상당한 반응을 불러일으켰으며 부서가 해체되기는커녕, 벨을 다시금 주목받게 만들었다. 그럼에도 불구하고 그는 1985년에 교육부에 대한 대폭적인 예산삭감안이 제출되자 사임하고 말았다.

레이건 정권 내내 주된 관심사이자 지배적인 뉴스는 연방예산의 적자였다. 1980년대에 들어서면서 1980년 국내총생산의 3%였던 적자폭이 1983년 6.3%로 두 배 이상 증가했다. 미국은 이제 해외 채권국이 아닌, 전세계에서 가장 거대한 채무국으로 변해 버렸다. 1981년과 1983년 사이 실업률은 10.8%로 치솟았고 1천1백5십만 명 이상이 일자리를 잃었다. 이처럼 무기력하게 만드는 새로운 상황이 나라를 강타했다.

이때 구제를 위한 모든 방안을 '레이거노믹스'라 불렀는데 이것은 공급측면의 자유시장과 규제철폐 조치를 포함하는 정책이었다. 국민 모두는 1%의 세금을 감면받았고 국방비 지출은 9%로 증가했다.

레이건 대통령의 백악관 취임 첫 해, 향후 5년 간 새로운 무기개발 프로그램을 위해 비밀리에 1조 달러를 투입할 것이라는 사실이 ≪워싱턴 포스트≫의 보도에 의해서 알려지게 됐다. 정부는 정보가 누설된 것에 대해 비밀회의에 참석한 25명의 관리들에게 거짓말 탐지기 테스트를 받을 것을 명령했다. 레이건이 무기 현대화 프로그램을 위해 1조 5천억 달러를 쓴 것으로 5년 뒤에 밝혀졌는데, 그 무기 현대화 계획 가운데 상당 부분은 냉전이 끝난 뒤에도 여전히 개발 단계에 머물러 있었다.

경기침체가 계속됨에 따라 레이건의 인기는 눈에 띄게 떨어져서 최저 수준을 기록한 1983년의 경우 35%에 머물렀다. 그러나 선거전이 한창이었던 1984년에는 고용전망이 밝아졌고, 물가상승률은 크게 낮아졌기 때문에 그의 인기는 다시 상승하여 1984년 대선에서의 압도적인 승리를 가능케 했다.

레이건 정권시절, 기자들은 레이건 참모들이 도입했던 뉴스에 대한 절묘한 통제와 조작에 대해 한편으로는 놀라고 한편으로는 분노했다. 백악관 비서실 부실장으로서 레이건 이미지 창조의 주역이었던 마이클 디버는 '오늘의 뉴스'나 '오늘의 사진'을 스스로 결정해 버려 우리는 그의 손에서 놀아나는 신세가 됐다. 마이클 디버의 옆에서 조언을 하던 두 사람은 제임스 베이커 백악관 비서실장과 대통령 자문으로 일했던 드윈 미즈로 이들은 후에 레이건 진영의 삼인방으로 일컬어지게 됐다. 그들은 대통령의 하루하루 일거수 일투족에 대한 각본을 짰다.

그러나 레이건은 대본도 없이 기자들의 질문을 피해가는 방법을 터득하고 있었다. 그는 헬기를 향해 걸어가면서 우리의 말이 들리지 않는다는 것을 나타내기 위해 자신의 귀에 손을 갖다 대거나 시계를 가리키는 등 그만의 특유한 습관을 생각해냈다. 어떤 경우에는 칼럼니스트 윌리엄 F. 버클리가 그에게 선사한 킹 찰스 스패니얼 종의 백악관 개 렉스가 우리의 관심을 분산시키기 위해 이리저리 뛰어다니며 방해를 하기도 했다.

레이건 참모들의 뻔뻔스러움과 오만함은 볼만한 것이었는데, 그들이 과연 어떻게 레이건과 한마디 상의도 없이 모든 업무를 처리해갈 수 있었는지가 나에게는 미스터리로 남아 있다. 레이건이 캘리포니아에 머물고 있을 때, 미 해군전투기들이 시드라 만에서 리비아 제트기들을 격추시켰던 1981년 8월, 미즈는 호된 비난을 들어야 했다. 그는 대통령을 깨워 그 상황을 보고하지 않았던 것이다.

레이건의 첫 임기 동안 나에게 가장 놀라웠던 일은 베이커 백악관 비서실장과 도널드 리건 재무장관이 서로 자리를 바꾼 것이다. 결정 그 자체가 이상한 일이라기보다는 그렇게 하기로 결정한 뒤에야, 즉 기자실에 그 사실을 알릴 즈음에야 그들이 레이건과 그 문제를 상의했다는 사실에 더욱 놀라웠다. 다른 대통령들이었다면 대통령의 권위를 침해한 주제넘은 행동에 경악했겠지만, 이야기를 들은 레이건은 괜찮은 아이디어라고 대수롭지 않게 받아 들였다고 한다.

베이커는 비서실장 자리에서 벗어날 생각을 하고 있던 차에, 빌 클라크 국가안보자문회의 의장이 대통령에게 사임의사를 밝히자 레이건에게 그 자리에 자신을 앉혀줄 것을 요청했다. 베이커는 자신의 후임으로 마이크 디버를 추천했지만 미즈, 클라크, 윌리엄 케이시 CIA 국장, 케스퍼 와인버거 국방장관 등이 반대하는 바람에 뜻을 이루지 못했다. 레이건은 당시를 다음과 같이 회고했다.

"두 번째 임기가 시작되기 2주 전 리건과 베이커가 제안을 하기 위해 따로따로 백악관 대통령 집무실로 찾아왔다. 그것은 리건의 아이디어였다. 그들은 서로 자리를 바꾸고 싶다고 말했다. 나는 그 문제에 대해 생각해 본 뒤, 두 사람이 새로운 자리에서 새로운 열정으로 일한다는 것은 행정부를 위해 좋은 일이라고 생각해서 그렇게 하도록 승인했다."

그러한 문제점에도 불구하고 레이건의 참모들은 성공적으로 업무를 수행했다. 그런데 문제는 그들이 늘 좋은 팀웍을 유지하는 것은 아니었다는 데에 있었다. 백악관의 보수파 목소리를 대변하는 미즈와, 실용주의적인 공화당원으로서 친구이자 같은 텍사스 출신인 조지 부시 부통령의 정치적 이해관계를 보호해 주던 베이커 사이의 주도권 싸움이 늘 있었다.

국무부와의 관계에서는 알렉산더 헤이그가 늘 백악관팀과 충돌했고 때로는 무시의 대상이 됐다. 물론 그는 1981년 레이건의 암살 미수사건이 있은 뒤, '나는 이 곳을 장악하고 있다'고 발언하는 바람에 큰 타격을 입었다. 그는 임기 내내 좌절감 속에서 보내며 궁정 근위대의 희생양이 되다가 1982년에 사임했다.

그의 후임자인 조지 슐츠는 보다 나은 대접을 받으며 레이건 내각에 남아 있다가 1989년 사임했다. 이란-콘트라 스캔들이 터지기 전까지 많은 사람들은 슐츠가 행정부의 외교정책에 지속적이고 일관성 있는 영향력을 행사하고 있다고 생각했지만 슐츠는 기본적으로 팀 플레이어가 아니었다.

레이건은 모든 사람들에게 '미스터 나이스 가이'로 알려졌고 가능한 한 모든 방법을 동원해 '미국의 아침'이라는 자신의 유세주제를 전국 곳곳에 홍보했다.

그러나 노숙자들이 하수구 위에서 자는 것은 그들이 그것을 '원하기 때문'이라고 말하는 사람, 케첩이 학교급식 프로그램에 포함된 채소라고 주장하는 행정부의 수장, 미국에는 배고픈 어린이들이 없고 사람들은 단지 음식이 무료이기 때문에 급식소에 간다고 말하는 사람을 '미스터 나이스 가이'라고 생각하기란 정말 어려운 일이었다.

그럼에도 불구하고 그는 상당히 매력적이고 호감을 주는 대통령이었다. 그의 옷 입는 방식은 비록 40년대 식이긴 했지만 흠 잡을 데 없었다. 그가 외양으로 보여주는 모든 것은 대부분의 미국인들이 대통령에게서 바라던 것들이었다. 백악관 집무실과 그는 정말 잘 어울렸다.

그의 통치 스타일은 전적으로 이사회의 의장 스타일로 자신의 저서 『어떤 미국식 인생An American Life』에서 그것에 대해 설명하고 있다.

"나는 최고 지도자가 조직의 모든 자세한 사항까지 감독해야 한다고 생각하지 않는다. 최고 지도자는 넓은 범위의 틀과 일반적인 원칙만을 정해주고 사람들에게 자신이 원하는 것이 무엇인지를 알려준 뒤 그것을 하도록 놔두면 된다. 사람들이 언제라도 면담할 수 있도록 하여 문제가 있을 경우 사람들이 그에게 상의할 수 있도록 해야 한다. 그러나, 최고지도자가 늘 프로젝트를 맡고 있는 사람들의 어깨 너머로 엿보며 순간마다 어떻게 할 것인지를 지시할 필요는 없다고 생각한다."

레이건은 강한 신념과 확신을 가지고 있었으며 그의 견해는 확고한 것으로 보였지만, 필요한 경우에는 타협도 할 수 있었다. 그의 책상 위에 놓인 장식판에는 '누구에게 공이 돌아가느냐에 연연하지 않는다면 사람이 갈 수 있는 범위나 할 수 있는 가능성에는 제한이 없다'고 씌여져 있었다.

그는 어떤 때에는 단순하게 보였지만 그가 사람들에게 이야기를 해야 할 순간이 되면 어느 누구도 그의 상대가 될 수 없었다.

그의 연설문 원고는 연설문 작성팀이 작성하지만 레이건은 자신의 방식으로 그것을 전달했다. 그는 연설문을 모든 미국인들과 어떤 식으로든 관련이 있도록 다시 고쳐 쓰곤 했으며 완벽한 자신의 타이밍으로 연설을 할 수 있을 때까지 중간에 멈춰야 할 곳이나 운율을 하나도 빠뜨리지 않고 연습했다.

1981년 8월에 백악관 집무실에서 사진기자들을 위해 포즈를 취하는 도중, 내가 그에게 공항관제사들의 파업에 대해 질문을 했을 때 레이건의 완벽한 타이밍은 잘 드러났다. 내가 그러한 질문을 감히 했다는 사실에 그의 참모들은 경악했지만 15분 뒤에 레이건이 백악관 로즈가든으로 나와 1만3천 명의 파업관제사들을 해고하는 대통령 명령에 서명했다고 발표했다. 그러한 행동은 조직화된 노조의 움직임에 더 이상 양보하지 않겠다는 신호로 기업가들은 해석했다.

1988년 공화당이 지배하는 의회가 워싱턴 국립공항을 '로널드 레이건 워싱턴 국립공항'으로 명명했을 때 많은 사람들은 아이러니를 느끼지 않을 수 없었다.

같은 해에 또 다른 기이한 영예가 그에게 주어졌다. 레이건이 비대한 정부와 연방정부의 대규모 지출에 대해 오랫동안 앞장서서 반대해온 것은 잘 알려진 일인데도, 8억 1천6백만 달러짜리인 93만 평방미터의 빌딩이 '로널드 레이건 국제무역 센터'로 명명됐던 것이며 규모면에서 그 빌딩은 펜타곤에 이어 두 번째로 큰 건물이다. 그리고 그 건물의 입주기관 가운데는 레이건이 그토록 축소하려 했던 환경부가 들어 있다.

레이건은 자신이 대통령으로서 최초로 가진 주요 시간대 기자회견을 1981년 1월 이스트 룸에서 했다. 그는 이 자리에서 소련에 대한 자신의 비우호적인 감정을 감추지 않았다. ABC 방송의 샘 도널슨의 질문에 답변하면서 그는 '소련은 범죄를 저지르거나 거짓말을 하거나 속이거나 할 모든 권리를 스스로에게 부여했다'고 했다.

1983년 러시아 인들은 항로를 이탈하여 러시아 영공으로 잘못 들어온 민간항공기를 격추시켜 탑승한 269명의 인명을 살상했다. 화가 난 레이건은 강렬한 어조로 '우리를 스스로 바보로 만드는 짓을 그만둘 수 있다'고 말하면서 러시아를 맹렬히 규탄했다. 두 초강대국 간의 관계는 레이건과 유리 안드로포프 소련 공산당 서기장 간의 분노에 찬 연설과 발표문 교환으로 악화일로를 걷고 있었다. 그 사건은 적대적 관계에 불을 붙였고 러시아는 그 사건의 처리과정에서 타격을 입은 반면, 레이건 행정부는 이성의 목소리를 대표하는 듯했다.

늘 그랬듯이 나는 기자회견장에서 첫 번째 아니면 두 번째로 질문을 했다. 레이건은 늘 나에게 눈짓과 함께 "헬렌……." 하면서 약간 주저하는 듯 말하곤 했다. 나는 내가 던질 수 있는 최선의 질문을 던졌지만 그는 대부분의 질문에 대해 본질을 피해가곤 했다. 그래도 언젠가 한번은 적당한 답변을 못 찾아 당황하게 만든 적도 있었다.

1982년 의회의 회기가 끝나감에 따라 MX 미사일계획이 소멸되려던 때였다. 레이건은 타협의 여지가 있는지를 알아보기 위해 양당의 지도자들을 백악관 집무실로 불러들였다. 그 모임이 끝난 뒤 그는 기자실로 와서 다소 의기양양하게 미사일계획에 대한 예산을 계속 지원하기로 타협이 이루어졌다고 발표했다. 레이건은 먼저 양당 지도자들의 애국심과 합의를 이끌어낸 것에 대해 찬사를 보내는 것으로 시작했다. 그는 말을 계속해 나갔고 나는 그에게 물었다.

"대통령 각하, 타협의 내용은 무엇입니까?"

그는 갑자기 싸늘한 표정으로 말을 멈추더니 존 타워 텍사스 주 상원의원에게 타협의 자세한 사항에 대해 설명해 줄 수 있는지를 물었다. 타워는 단상으로 올라왔고 레이건은 사라져 버렸다. 앞에서도 말했듯이 그는 자신이 구체적인 상황을 설명하는 것을 언제나 싫어했다. 그러나 언제나 정중했으며 그러한 상황에 처하게 되더라도 화를 내는 일은 없었다.

1981년 3월 30일 존 힝클리 2세가 워싱턴 힐튼 호텔 앞에서 레이건을 저격했을 때, 나는 UPI 통신사 모임에서 연설하기 위해 로드 아일랜드로 가던 중이었다. 비행기가 프로빈스에 착륙하자마자 통신사에서 나를 호출하는 소리가 들렸고 전화통화를 한 뒤 나는 워싱턴으로 돌아가는 비행기에 탔다.

총알 한 발이 레이건의 가슴에 박혔다. 대통령은 외과전담팀이 이미 비상대기하고 있던 조지 워싱턴 병원으로 급히 옮겨져 즉시 총탄 제거수술을 받았다.

백악관 공보팀 역시 비상대기 상태로 신속하게 대처해 보도통제를 했기 때문에 미국인들은 레이건이 얼마나 심각한 부상을 입었는지를 몇달 뒤에야 알 수 있었다. 레이건이 회복단계에 있는 동안 백악관 주치의인 다니엘 루지 박사와 인터뷰를 했다. 그는 레이건이 신속하게 병원으로 옮겨지지 않았거나 외과전담팀이 비상대기하지 않았다면 목숨을 잃을 수도 있었다고 말했다.

오랫동안 레이건의 정치전략가로 일해 온 공보관 출신의 린 노프지서가 조지 워싱턴 병원에서의 브리핑을 담당하게 됐다. 디버는 모든 것이 잘 되어가고 있다는 것을 보여주기 위해서 브리핑을 보다 밝은 분위기로 연출했다. 기자들은 대통령이 회복되어 가고 있다고 썼다.

당시 AP 통신기자로 있었던 짐 게르스텐강과 나는 레이건이 백악관으로 돌아온 뒤 첫 인터뷰를 허락받았다. 레이건은 저격 당한 뒤, 리무진으로 급히 옮겨진 뒤 자신을 태운 승용차 행렬이 병원을 향해 달리기 시작했을 때 그의 비밀경호팀장인 제리 파가 그의 몸

위로 쓰러지면서 자신이 느꼈던 격심한 통증에 대해 우리들에게 설명해 주었다. 그는 또한 자신의 어깨에 '신의 손'을 느낄 수 있었고 인생에서 아직도 이뤄야 할 일이 남아 있다는 것을 느꼈다고도 말했다.

나는 레이건에게 암살기도를 당한 사람으로서 총기규제에 찬성하느냐고 물었던 것으로 기억한다. 그는 그러한 법안에는 찬성할 수 없지만 총을 범죄에 사용하는 사람에 대한 형량을 강화하는 데에는 동의했다. 10년 뒤 그는 권총 구입시 5일 간의 대기 기간을 규정하고 있는 브래디 총기 규제법안에 대한 자신의 지지를 표명했다.

1985년 7월 레이건은 대장암 수술을 받았다. 언론에 말할 수 있는 것과 없는 것에 대해 일일이 지시를 받았던 래리 스피크스는 수술 뒤 가능한 한 오랫동안 자세한 설명을 하지 않았다. 그는 또한 레이건이 마취상태에 있는 동안 부통령에게 대통령 권한을 이양한다는 내용의 서한을 레이건이 부시에게 보낼 때 카메라 앞에서 낭독하는 것도 거부했다.

레이건이 베데스다 해군 병원에 입원해 있는 동안 머피의 법칙이 전반적으로 적용되는 듯했다. 레이건 담당 외과팀이 대통령의 수술에 대해서 얘기하기 위해 언론 브리핑 실로 들어오자 낸시는 화를 냈다. 그들이 말하는 의학전문 용어는 우리를 난처하게 만들었다. 우리가 설명을 요구하자 스테판 로젠버그 미국암 연구소 소장은 앞으로 '나와 대통령은 암에 걸렸다'고 한마디로 설명했다.

그 말은 폭탄선언과 같아서 그 여파는 상당했다. 백악관측이 늘 하던대로 이리저리 돌리지 않고 사실을 그대로 말해 줬더라면 훨씬 더 쉽게 넘어갈 수 있었을 것이다. 사실 얼마 뒤에 AP 백악관 출입 기자가 레이건과 인터뷰했을 때 레이건은 간단히 '나는 암에 걸렸었다'고 말하고 자신은 암을 극복할 수 있다는 자신감을 가지고 있었다고 했다.

결국에는 백악관 공보팀도 그러한 방법으로 선회했고 레이건은 자신의 농장에서 승마를 하고 싶어할 정도로 빠른 회복을 보였다. 기자들은 대통령의 기분이 상당히 좋으며 국정에 복귀하기를 원한다는 이야기를 들었다.

우리 모두는 토요일 아침 대통령의 라디오 연설을 듣는 것에 익숙해 있지만 그것을 정례화시킨 것은 레이건 대통령이라는 사실을 기억하는 사람은 그리 많지 않을 것이다. 그는 라디오 연설에 관해서는 프로이며 한 번의 경우를 제외하면 언제나 그 매체를 훌륭하게 다뤘다.

한번은 아침에 연설연습을 하던 중 마이크가 이미 켜진 상태인 줄을 모르고 있던 레이건이 이렇게 말하는 것이 아닌가?

"미 국민 여러분, 러시아를 영원히 불법국가화하는 법안에 방금 서명했음을 기쁜 마음으로 알려드립니다. 공습은 5분 내에 시작될 것입니다."

그가 그레나다 침공을 명령했을 때, 그는 기자실에 도미니카 공화국 유진 찰스 총리와 함께 나타나 기자들에게 미군이 그 섬나라에 상륙을 완료했다고 알려 주었다. 그때 나는 질문했다.

"다른 나라를 침략할 어떤 권리가 미국에 있습니까?"

그는 잠시 그 질문에 당황한 듯 침묵했고, 이때 찰스 총리가 나서서 그것은 침략이 아니라고 선언했다. 그것은 그 섬나라에 거주하는 미국인들을 보호하기 위한 조치일 뿐이라는 것이었다.

미군이 평화유지를 위해 베이루트에 파견됐을 때 군 출신인 ≪워싱턴 타임스≫의 제리 올리리 기자는 기자회견에서 미군들이 고지대에 주둔하지 않는 이유는 무엇이냐고 물었다. 레이건은 공항이 평지에 있기 때문이라고 대답했다. 1983년 10월 미군 주둔 막사 인근에 세워 둔 트럭에 장치된 폭탄이 폭발, 24명의 해병대원들이 목숨을 빼앗긴 비극이 발생했다. 이때 레이건은 백악관 사우스 론에 나와 짤막한 연설을 한 뒤 대기하던 헬기에 올라 여행을 떠났다.

"모든 책임은 전적으로 나에게 있다."

그의 이 짤막한 말은 그가 그 비극적인 사건에 대해 내놓은 유일한 공식 성명이었다.

1984년 베이루트 주둔 미군이 위험에 처한 상황이 분명해지자 레이건은 신속하게 미군철수를 결정했다. 캘리포니아 산타유네즈 산 인근 자신의 농장에서 며칠을 보낼 예정이었던 그는 레바논 주둔 미군들이 재배치될 것을 발표하는 짤막한 성명서를 기자들에게 나눠주게 했다. 백악관 기자단 대부분은 당시 뉴멕시코 앨버커키에서 취재를 하고 있었고 토요일 발간되는 신문이 거의 없기 때문에 늦게 발표를 하면 별 문제가 없을 것이라는 것을 백악관측은 잘 알고 있었던 것이다.

외교정책의 핵심은 그의 다른 모든 정책들과 마찬가지로 단순했는데 이는 레이건 대통령이 수년 간에 걸쳐 쌓아온 반감의 산물이기도 했다. 서구 공산주의의 배후를 무너뜨리는 것이 바로 외교정책의 핵심이었다.

'별들의 전쟁' 즉, 전략방위구상SDI은 그러한 견해에서 시작된 것이다. 물론 그 계획이 성공적으로 이루어진다면 러시아에 대한 확실한 우위를 미국에게 가져다 줄 것은 확실했다. 유일한 문제는 SDI가 정말로 성공할지, 혹은 그러한 기술이 실제로 존재할 수 있는지에 대해 어느 누구도 알고 있지 않았다는데 있었다. 그러나 그 계획에 대한 레이건의 집착은 러시아에게는 우려할 만한 일이었다. 정말 그것이 실현가능한 일인지 아니면 무기협상에서 레이건에게 힘을 실어 주는 역할을 하는 것뿐인지는 상관이 없었다. 러시아 지도자

미하일 고르바초프는 그 문제를 레이건과의 논의에서 핵심사안으로 삼았다. 그는 미국으로부터 개발을 포기하겠다는 보장을 받아내기 위해서 레이건이 선제공격 기술을 개발하고 있다고 비난했다.

그러나 낸시 여사의 충고도 있었고 크레믈린의 창문을 좀더 열어 젖힌 고르바초프로부터의 화해신호도 있었기 때문에, 레이건은 자신의 입장을 어느 정도 완화하고 핵무기 감축에 대해 심각하게 논의하기 시작했다. 소련이 아프가니스탄을 침공함으로써 보류됐던 '전략무기제한협정'은 전략무기감축협정START이라는 미국정부의 새로운 제안으로 바뀌어 1982년 조인됐다.

이어서 레이건과 고르바초프는 1985년 제네바에서 다시 만났고 고르바초프는 1986년 미국을 방문해달라는 레이건의 국빈방문 초청을 수락했다. 그 해 초 러시아는 미소 양국이 향후 몇년 간에 걸쳐 유럽에 배치된 중거리 핵미사일을 철거하는 — 제로-제로 옵션으로 알려진 — 제안을 했다. 1986년 10월 아이슬랜드 레이캬비크에서 열린 정상회담에서 레이건은 제로-제로 옵션을 재확인하고 단거리 미사일의 철거를 추가했으나 고르바초프는 그 협상의 체결과 미국이 SDI를 추진하지 않겠다는 레이건의 보장을 끈질기게 연계시키려 했다. 이에 대해서 레이건은 고집스럽게 SDI의 개발을 주장하면서도 일딘 SDI가 실용화되면 소련과 그 기술을 공유하겠다고 말함으로써 기존의 입장을 완화했다. 고르바초프는 그 부분에 대해서 레이건이 SDI에서 후퇴하면 전략 무기를 50% 감축하겠다고 제의했지만, 레이건은 계속 거부했던 것이다.

매서운 추위 속에서 나는 다른 기자들과 함께 회담이 열리는 건물로부터 얼마 떨어져 있지 않은 곳에서 몇 시간 동안 말뚝처럼 서서 기다렸다. 우리는 말 그대로 꽁꽁 얼어 있었는데, 레이건의 보좌관 몇 명이 따뜻한 집안에서 찻잔을 손에 든 채 창문을 통해 우리를 내다보는 것은 그다지 기분 좋은 일은 아니었다. 레이건과 고르바초프가 서로에게 작별인사를 하고 각자의 리무진에 올라탔을 때, 우리는 아이슬랜드 정상회담이 실패로 끝났다는 것을 직감했다. 두 정상의 그 행동이 모든 이야기를 말해 주는 것이었다. 그들은 실패했고 헤어질 때 몇마디의 정중한 이야기를 나누었을 뿐이었다.

그 해 4월 고르바초프가 유럽에 배치된 단거리 미사일의 전면 폐기를 제의하기까지 몇달 동안 무기통제 문제는 교착상태를 벗어나지 못했다. 1987년 협상단은 마침내 2천5백 기의 미소 양국의 미사일을 유럽에서 철거하는 협정을 마무리 지었고, 12월 두 정상은 양국 상호사찰을 규정한 혹은 레이건의 말을 빌어 표현하면 '신뢰하지만 검증한다'는 내용의 중거리핵무기협정에 서명했다.

1987년 6월 베네치아 경제정상 회담이 끝난 뒤 레이건은 서베를린을 방문하여 브란덴부르크 정문 앞에서 열린 옥외집회에서 연설을 했다. 그는 '다른 두 정치 체제의 대조적인 모습이 어떠한 것인지를 적나라하게 보여주는 상징'인 베를린 장벽 앞에서 역사에 길이 남을 멋진 말을 남겼다.

"고르바초프 서기장, 평화를 추구한다면 그리고 러시아와 동유럽의 번영을 추구한다면 또 자유화를 추구한다면 이 정문으로 오십시오! 고르바초프 서기장 그리고 이 문을 여십시오, 이 벽을 허무십시오."

그 벽은 레이건이 백악관을 떠난 뒤인 1989년에 마침내 붕괴됐다. 많은 이들은 장벽의 제거를 불러온 주역으로, 미소 관계의 변화에 중요한 역할을 담당한 연락관으로 그를 기억한다. 6천 파운드에 이르는 무너진 베를린 장벽의 벽돌들이 레이건 대통령 박물관에 전시되기 위해 보내졌다.

1988년 전몰장병 기념일 날, 레이건은 모스크바에서 고르바초프와 네 번째이자 마지막 정상회담을 가졌다. 그에게 악의 제국은 더이상 존재하지 않았고 모스크바는 그를 따뜻하게 환영해 주었다. 우리가 워싱턴으로 돌아왔을 때 나는 물었다.

"대통령 각하, 만약 10년 전 혹은 20년 전에 모스크바를 방문했었다면 러시아인들이 웃기도 하고, 울기도 하는 인간들이라는 것을 느낄 수 있었겠습니까?"

"아니오. 그들은 변화했습니다."

내가 느끼기에는 러시아뿐 아니라 그도 그랬다. '냉혹한 매'는 한바퀴를 돌아본 뒤 미국이 러시아와 상대할 수 있다고 결정을 내린 것이다. 그는 두 번의 임기 동안 군사력 증강에 집착했지만 그의 대성공 가운데 하나는 무기감축협상이고 그로 인해 전세계 사람들은 안도의 숨을 내쉴 수 있게 된 것이다.

두 번째 임기중 레이건의 대외 정책상의 최대위기는 탄핵요구까지 불러일으킬 정도로 파문이 확산되었던 '이란-콘트라 스캔들'이었다. 그와 조지 슐츠 국무장관은 몇달 동안이나 반복해서 탁상을 내리치면서 이란과는 절대로 거래를 하지 않는다고 선언했다. 그러나 레이건은 베이루트에 있는 미국인 인질들에 대한 연민에서 그리고 그 미국인 인질들을 석방하도록 헤즈볼라측에 영향력을 행사할 수 있다는 이란측의 다짐 때문에 거래를 했던 것이다.

그 결과 로버트 맥팔런 국가안보자문, 존 포인덱스터 부자문 그리고 올리버 노스 중령 등 세 사람이 비밀리에 인질들을 구출하기 위해 이스라엘을 거쳐 이란에 무기를 실어 보내기로 한 것이다.

'알 쉬라'라는 레바논의 한 신문이 그 비밀작전을 폭로한 이후, 처음으로 그에 대한 질문을 받았을 때 레이건은 '중동의 3류 신문에 의한 보도'로 일축해 버렸다. 그러나 폭로는 이어졌고 스캔들은 눈덩이처럼 커졌으며 레이건은 숨어 버렸다. 난감해진 낸시 여사는 조언을 구하기 위해 로버트 스트라우스 등 워싱턴 정가의 소식통들을 불러들이기 시작했다.

에드윈 미즈 국무장관이 처음으로 무기를 이란으로 판매한 뒤 무기 판매 대금을 스위스 은행 계좌에 예치했다가 니카라구아 산디니스타 정부 정복을 위해 싸우는 콘트라 반군에게 자금을 지원한다는 세부 사항을 밝혔다. 이는 모두 볼랜드 수정안을 정면으로 위반한 것이다.

하원은 1983년 처음으로 볼랜드 수정안을 통과시켰다. 매사추세츠 주 출신 민주당 의원인 에드워드 볼랜드 하원, 정보특별위원회 위원장은 그 안을 지지했다. 그 수정안은 산디니스타 정부를 전복시키기 위한 미국의 어떠한 비밀스런 움직임을 금지하고 있으며, CIA의 콘트라 반군에 대한 재정적인 지원도 산디니스타 정부 전복에 사용되어서는 안 된다는 조건과 함께 2천4백만 달러로 제한했다. 1984년 말 두 번째 볼랜드 수정안이 통과됐는데, 이 수정안은 콘트라 반군에 대한 모든 재정지원을 중단시켰으며 특히 CIA를 포함한 모든 미국 정부기관에 의한 콘트라 반군에 대한 어떠한 형태의 지원도 금지시켰다.

레이건 자신이 위법행위에 직접 관여했다는 어떠한 증거도 없지만 레이건의 참모들 가운데 많은 사람들이 관련됐다는 증거는 있었다. 그가 그 작전이 불법이라는 것을 알았는지 또 그 작전을 허락했는지 여부에 대해서는 엇갈리는 증언들이 이어졌다. 관련문건은 문서 파쇄기로 조각났고 백악관 직원들이 의회 조사위원회에서 거짓으로 증언한 상황에서 진실의 전모가 밝혀질 가능성은 희박했다.

11월 13일 레이건은 무기와 인질을 교환하는 그 거래가 리처드 닉슨이 중국의 문을 열었던 방식과 유사한 방식으로 이란 온건파와의 관계를 재개하기 위한 노력이었음을 부각시키려고 노력했으며, 그는 스캔들 보도와 관련해 언론을 '물 속의 상어'라고 비난했다.

1987년 여름, 의회는 그 사건을 조사하기 위한 특별위원회를 구성했다. 비밀거래와, 은폐, 비정상적인 경로를 통한 절묘한 뒷거래 등이 전국의 방송과 신문을 메웠다. 분명 레이건에게는 가장 암울한 순간이었을 것이다. 상하 양원합동위원회는 백악관 보좌관들이 알면서도 속였으며 법을 위반했다는 결론을 내렸다. 로렌스 월시 특별검사는 1994년 보고서에서 레이건 자신이 그렇게 했다는 '신뢰할 만한 증거'는 없지만, 그가 의회의 볼랜드 수정안 통과 뒤 콘트라에 대한 계속적인 지원을 조장함으로써 불법 행동의 '단초'를 제공했다고 기술했다.

워터게이트에서와 마찬가지로 반복적으로 제기된 질문은 "대통령은 어떠한 사실들을 알고 있었으며 언제 그것을 알게 됐느냐?"는 것이었다. 그는 사건을 파악하기 위해 노력하고 있다는 말을 되풀이했으며, 나는 래리 스피크스와 다른 백악관 보좌관들에게 질문을 반복했다.

"대통령이 포인 덱스터 부 자문과 노스 중령에게 그런한 일을 요구하지 않았느냐?"

1987년 8월 12일, 기자회견과 TV 연설에서 레이건은 이 사건에 대해서 처음으로 어느 정도 개인적 책임이 있었음을 시인하는 듯한 모습을 보였다.

"인질들에 대한 지나친 관심 때문에 해서는 안 될 일에 개입하게 됐습니다. 나는 줄곧 내가 하려고 했던 것이 무엇인지에 대해 여러분들께 어떻게 설명해야 할 지에 대해 생각해 왔지만 여러분을 너무 존경하기 때문에 어떠한 변명도 할 수가 없습니다. 다만 말씀드리고 싶은 사실은 내가 어떠한 말을 해도 그 사건을 바로 잡을 수 없다는 것입니다. 나는 이제 빗나가 버린 정책을 고집스럽게 추진했습니다."

그 스캔들은 레이건 행정부에 큰 타격을 가했다. 미 국민들의 레이건에 대한 신뢰는 추락했고 레이건은 사태를 수습하기 위해 테네시 주 출신 하워드 베이커 전 상원의원을 비서실장으로 불러들임으로써 그는 다시 인기를 회복할 수 있었고 현대 미 대통령들 가운데 가장 인기가 높았던 대통령의 한 사람으로서 임기를 마칠 수 있었다. 은밀한 작전을 위해 백악관 지하실에 제2의 정부를 두도록 한 대통령에게는 과분한 일이었다.

레이건 대통령의 8년에 걸친 재임기간에 내가 그에게 던진 그 모든 날카로운 질문에도 불구하고 그는 한 번도 개인적으로 화를 낸 적이 없었고 나뿐만 아니라 모든 기자들에 대한 그의 태도는 정말 늘 차분했다고 생각한다. 그는 내가 1984년 언론인클럽이 주는 언론상을 수상했을 때에는 다음과 같은 편지를 보낼 정도였다.

헬렌에게

당신의 동료와 많은 친구들과 더불어 당신이 언론인클럽에서 수여하는 언론상을 수상하게 된 것을 축하하며, 이를 기쁘게 생각합니다. 이 상은 기자로서 당신의 모범적인 직업정신에 대한 당연한 찬사입니다. 언제나 최초이고 언제나 정확하며 언제나 공정한 당신의 보도로 당신은 전세계적으로 최고의 기자라는 명성을 얻었습니다. 수백만 국민들은 당신의 보도 덕분에 많은 사실을 알게 됐고 기자가 되기를 원하는 사람들은 당신을 보며 큰 힘을 얻습니다. 내가 직원들에게 '오늘 헬렌이 무엇을 쓸 것인가'라고 묻지 않고 지나가는 날은 거의 없었습니다. 당신의 경험과 지혜는 그 날의 가장 중요한 문제가 무엇인지를 알려주는 척도였기 때문입니다.

당신은 훌륭하고 존경받는 기자일 뿐만 아니라 미국 대통령 역사에 중요한 일부이기도 합니다. 오늘 밤 당신에게 축하를 보내게 된 것을 자랑스럽게 생각합니다.

— 로널드 레이건

그는 물론 취임 후 8달 동안에 세 번의 기자회견을 했을 뿐이고 질문에 대답하기보다는 발표하기를 더 좋아했다. 행정부가 아무리 스캔들로 들썩이고 있어도 민주당 여성의원인 팻 쉬로더가 그를 가리켜 한 말—테플론(열에 강한 수지) 대통령—대로 레이건은 휩쓸리지 않았다. 언론이 그를 어떻게 다루든 간에 그의 인기는 여전했다.

임기를 얼마 남겨 놓지 않았음에도 불구하고 여전히 원기 왕성했던 레이건은 다른 전임 대통령들과는 달리 자신이 선택한 후임자인 조지 부시 부통령의 선거전에도 열성적이었다. 그는 전국을 누비며 적어도 일주일에 두 번씩 선거유세장에 모습을 드러내 '우리는 변화의 세력'이라고 당당하게 선언했다. 그는 불경스러운 표현까지 사용해 민주당을 비꼬고, 민주당 대통령 후보인 마이클 듀카키스를 비난했다.

그는 항상 선거유세 마지막에 '기퍼를 위해'라고 외쳐 청중들의 관심을 끌었는데 '기퍼를 위해'는 그가 가장 좋아하는 영화 가운데 하나로, 자신이 축구스타 기퍼로 출연하기도 했던 영화 <가장 미국적인 조지 기퍼>에서 따왔다.

부시 취임식 날인 1989년 1월 20일, 대통령 전용헬기는 레이건을 위해 백악관 상공을 한 번 선회한 뒤 앤드루 공군기지로 날아갔고 그는 캘리포니아로 떠났다.

레이건 부부는 벨 에어에 위치한 우아한 새 집으로 이사했고 대부분의 전임 대통령들처럼 도서관 건립과 회고록 저술에 몰두했다. 1989년 일본을 잠시 방문한 그들은 20명의 수행원, 10명의 비밀 경호요원, 그리고 229명의 일본 주둔 미군가족들과 함께 특별히 마련된 보잉 747을 타고 일본으로 날아갔다. 레이건은 일본 TV들과 인터뷰를 했고 두 번의 연설을 한 뒤에 2백만 달러의 수입을 올리고 귀국했다. 일본 방문은 그를 좋아하는 미국인들의 지지를 얻지 못한 방문 가운데 하나였고 그의 인기는 한동안 떨어졌었다.

레이건이 미국인들에게 분노와 실망을 안겨 준 또 다른 사건이 있었는데, 그것은 1985년의 비트부르크 묘지 방문이었다. 헬무트 콜 서독총리는 본 경제 정상회담이 끝난 뒤 레이건이 서독을 국빈방문 하도록 초청했다. 콜은 레이건과의 합의 하에 그의 방문을 제2차 세계대전 종전 40주년을 기념방문으로 하기로 하고, 레이건을 비트부르크 군인묘지를 방문하도록 초청했다. 그 곳에는 히틀러의 나치독일군 장병들과 유태인 대학살에 직접적인 책임이 있는 48명의 SS 친위대원들이 묻혀 있었다.

여론조사에서 대부분의 미국인들은 레이건이 그 묘지를 방문한 것에 대해 반대했고, 심지어 낸시 여사도 그 곳을 방문하는 것을 말렸다. 그러나 레이건은 콜을 곤란한 입장에 빠뜨리지 않을 작정이었고, 콜 총리는 레이건을 다차우에 있는 유태인 강제수용소도 방문하도록 초청, 레이건의 방문에 대한 부담감을 덜어 주려고 애썼다. 레이건은 비트부르크와 베르겐 벨젠에 위치한 강제수용소를 모두 방문했다. 강제수용소 방문에서는 유태인 학살 희생자들을 추모하는 연설을 했다. 도널드 리건 비서실장은 후에 비트부르크 방문은 '생각할 수도 없는 대실수'였다고 썼다.

1994년 2월 레이건은 83세 생일을 맞아 워싱턴에서 2천5백 명의 사람들에게 연설을 했다. 만찬에 참석하기 전 그는 마거릿 대처 등 여러 사람들과 환담을 나눴는데, 그는 다른 사람들을 얼른 알아보지 못하는 것처럼 보였다. 1994년 9월 몇몇 상하원에 입후보한 공화당 후보들을 위해 지지연설을 녹음할 때, 연설문을 잘 읽어내리지 못했으며 녹음이 끝난 뒤에 "아시다시피 나는 기억력이 좋지 않습니다"라고 말했다.

1994년 11월 5일 그는 자신이 알츠하이머 병(치매)에 걸렸다는 진단을 받았다는 것을 알리는 친필서신을 공개했다.

'나는 지금 새로운 여행을 시작했다. 그 여행은 나를 인생의 황혼으로 인도할 것이다. 나는 미국에게는 늘 밝은 새벽만이 기다리고 있다는 것을 안다.'

'겁쟁이' 별명 오욕 씻지 못한 온건주의자, 조지 부시

1991년 7월 11일 케네벙크포트에서 나는 조지 부시 대통령에게 이렇게 질문했다.

"총리께서는 수표를 가져오셨습니까? 쌀 문제는 해결 하셨습니까? 미국에 반일 감정이 높아지고 있다고 생각하십니까?"

부시의 대답은 다음과 같았다.

"이 질문은 내가 처리할 수 있습니다. 답변하기 전에 누가 첫 번째 질문을 할 것이고 그 질문이 무엇에 관한 것인지 1백% 맞췄다는 것을 먼저 말해도 될까요?"

조지 부시의 정치적 경력은 직업 정치가에 그 뿌리를 두고 있으며 대통령에 취임한 뒤에도 그 모습은 여전히 남아 있었다. 대단한 용기와 인간성을 갖춘 최고 지도자였지만 그의 지도력에 대한 국민들의 인식은 언제나 그와 어긋나 있는 듯했다.

그는 특별한 가문출신의 귀한 아들로 돼지고기 껍질, 컨트리 음악, 그리고 모터 보트의 스피드를 즐기는 인물이었다. 그에게는 귀족적인 분위기가 배어 나왔지만, 그 자신은 의무와 국민에 대한 봉사를 진지하게 받아들였다. 그는 자제력을 갖춘 인물로 비춰지기 위해 애썼지만, 내가 만난 사람들 가운데 포커페이스를 가장 못하는 부류에 속한다. 국제문제나 국제지도자들 문제에 대해서는 정확하고 예리한 판단을 내릴 수 있지만 '비전을 제시하는 일'에는 문제가 있어 보였다.

그가 취임했을 때 백악관에는 부시 (지위가 높은 사람이 지녀야 할 의무와 품위)행정부가 '노블리스 오블리제'의 원칙에 의해 지배될 것이라는 이야기가 나돌았지만 크리스마스 아침을 맞은 아이처럼 그는 대통령이 된 것을 유난히 기뻐했다. 그러나 미합중국의 최고 지위에 오른 자신에 대한 특별한 자부심을 끝내 극복하지 못했다.

텍사스 주 출신 상원의원 시절 부시를 취재했던 사라 맥클렌든은 CIA 시절 그의 별명이 '차가운 막대'였다고 말했다. 대통령 선거 직전에는 '겁쟁이'라는 달갑지 않은 별명이 붙어서 그는 4년 내내 그것에서 벗어나려고 애를 썼다.

그는 미국의 대 이라크 공중전과 지상전을 이끌었고, 부패한 파나마 지도자 마누엘 노리에가를 축출시켰으나 천안문 광장 사건이 일어난 뒤 중국에 대해 미흡하게 대응했다는 비난에 시달려야 했다. 그는 미하일 고르바초프, 보리스 옐친과 함께 대소관계 개선을 위해 노력했으며 공산주의의 붕괴를 지켜보았다. 베를린 장벽이 붕괴되던 날 가라앉은 모습으로 부시는 백악관 집무실에서 우리들에게 "매우 기쁘다"고 말했지만 '기뻐서 어쩔 줄 모르는 모습'을 보여 주지는 않았다. 그의 자제력은 우리를 놀라게 했다. 후에 그는 고르바초프에게는 패배일 수도 있는 일에 흡족해할 수는 없었다고 말했다.

프레스코트 부시 코네티컷 주 상원의원의 아들로서 부시는 텍사스 주 하원의원으로 정치적인 경력을 쌓기 시작했다. 닉슨 행정부 시절 유엔대사와 공화당 전국위원회의장으로 일했다. 포드 대통령은 그를 1974년 베이징 주재 미 대표부 대표로 보냈으며 1976년에는 CIA 국장으로 임명했다.

전국적인 정치 무대에 처음 들어선 것은 1980년 대통령 선거에 출마하면서인데 그는 로널드 레이건의 재정 정책을 '부두교(미 남부 흑인들의 원시적인 종교) 경제학'이라고 비난함으로써 언론에 특필됐다. 레이건이 디트로이트 전당대회에서 1994표 가운데 1939표를 얻어 공화당 대통령 지명권을 따냈을 때 누가 그의 러닝메이트가 될 것이냐는 쉽게 추측이 되지 않았다. 제럴드 포드와 그 문제에 대해 논의했지만 진전이 없었다. 레이건은 후에 부시를 만나 이렇게 말했다.

"나와 경선에서 가장 근접한 경쟁을 벌였던, 그리고 두 번째로 많은 표를 얻은 인물이 부통령이 되는 것이 합리적인 결정이 아닐까 생각한다. 이 제의를 수락하겠는가?"

부통령으로서 부시는 신중함의 화신이었고 모범적인 팀플레이어였다. 레이건의 핵심그룹 어느 누구의 감정도 건드리지 않으려고 조심했으며 그들로부터 자신이 독자적인 생각을 하고 있다는 오해를 사지 않기 위해 노력했는데, 제임스 베이커 비서실장의 말을 빌리면, 그는 8년 간 '모범적인 부통령'이었다고 한다.

1987년 10월 13일 그는 휴스턴에서 '일관성 있는 경험을 갖춘 지도자'임을 내세우며 공화당 대선 지명전에 나섰지만 초반부터 이란-콘트라 스캔들로 상처를 입었다. 아이오와 주 코커스에서 그는 밥 돌, 팻 로버트슨에 이어 3위에 그쳤다. 그는 뉴햄프셔에서 재도약해 밥 돌보다 9표를 앞섰으며 그 다음에 열린 '슈퍼 화요일'에서 그는 총 투표의 57%를 얻었다. 펜실베이니아에서 대 승리를 거둠으로써 대의원 1,399명의 표를 얻어 정상을 지켰다.

공화당 전당대회 후보지명 수락연설에서 그는 '국민들은 가만히 앉아서 워싱턴이 모든 결정을 내리도록 해서는 안 된다'고 경고하면서 국민들의 자발적 참여를 통해 '보다 친절하고 신사적인 국가'를 만들어 나가자고 촉구했다.

그가 '보다 친절하고 신사적인' 선거유세를 벌이고 있을 때 리 앳
워터와 로저 아일리스가 이끄는 그의 선거유세팀은 민주당 후보인
마이클 듀카키스 매사추세츠 주지사를 겨냥하여 악명 높은 공격으
로 알려진 선거광고를 만들고 있었다. 그것은 윌리 홀튼을 등장시킨
것으로 이 광고보다 더 끔찍한 것은 이전에도 이후에도 없었다.

'홀튼은 사우스캐롤라이나에서 살해위협 죄명으로 3년형을 살았고,
매사추세츠 주에서는 주유소 직원을 살해해 유죄 판결을 받고 복역하
던 중 다른 3명의 복역수와 함께 듀카키스 주지사로부터 일주일 간의
특별 휴가를 받았다. 그는 메릴랜드 주 옥슨힐로 가서 28세의 남자를
인질로 잡은 뒤 그를 구타하고는 칼로 찔렀으며 인질의 약혼자가 집
으로 돌아오자 그녀에게 폭언을 한 뒤 성추행을 했다.'

부시 선거팀은 듀카키스의 전력에 대한 조사를 벌였으며 앳워터
는 듀카키스가 '윌리 홀튼을 러닝메이트로 삼을 것'이라고 비아냥거
리기도 했다. 마침내는 <회전문>이라는 제목의 선거홍보 영화까지
제작했는데 이 홍보 영화는 죄수복을 걸친 한 무리의 남자들이 조
용히 감옥 문을 빠져나와 사회로 들어가는 장면을 보여주고 있으며,
나레이터는 사형제도에 거부권을 행사하고 폭력적인 범죄자들에게
휴가를 허가한 듀카키스의 전력을 조목조목 나열했다.

전국순회연설에서 부시는 레이건이 자신의 경쟁자들을 헐뜯었던
것과 마찬가지 방식으로 듀카키스를 비난했으며 '미시민 자유연합
ACLU의 정식 당원'이라고 자신의 경쟁자를 공격했다.

댄 퀘일 인디애나 주 상원의원을 자신의 러닝메이트로 선택한 것
은 비록 앳워터와 아일리스의 지지를 얻긴 했지만 정계나 보수주의
자들에게는 전혀 예상치 못했던 결정이었다. 거론되던 명단에는 밥
돌, 잭 켐프, 애런 심슨 등의 이름도 올라 있었다. 퀘일은 <데이비
드 브링클리와 함께>라는 프로에 밥 돌과 잭 켐프와 함께 출연하여

'선거에서의 주제, 핵심 쟁점들 그리고 표현방식은 전적으로 조지 부시 스타일이 될 것'이라고 공언했다.

우리가 전혀 기대하지 않았던 선택이었기 때문에 놀란 기자들은 '퀘일'이라는 인물에 대한 정보를 얻기 위해 동분서주해야 했다. 퀘일 자신도 언론의 갑작스런 관심과 '베트남에 참전하는 대신 인디애나 주방위군에 들어간 이유는 무엇이냐'는 식의 부정적인 질문에 대한 준비가 되어 있지 않았다.

1980년 한 플로리다의 휴양지에서 열린 파티에 그가 몇몇의 로비스트들과 함께 참석했는데 그 일행 가운데에는 ≪플레이 보이≫에서 누드 모델로 일한 적이 있는 젊은여성이 끼어 있었다는 충격적인 이야기도 나왔다.

부시는 자신이 선택한 러닝메이트를 확신하며 계속 지지할 것을 밝힘으로써 그의 편이 되어 주었다.

대중적인 지도자로서의 깊은 인상을 심어 주지 못했던 부시였지만 취임 첫날 백악관의 문을 개방, 밤새 기다리던 4천5백 명의 시민들에게 '국민들의 집'을 둘러볼 수 있게 해 주었다. 그는 취임식 날, 선거를 통해서 부통령에서 대통령에 오른 가장 최근의 미국 부통령인 마틴 반 부렌을 추모하는 작은 행사를 가졌다.

백악관 집무실에서 취임 첫날, 부시는 레이건의 메모가 씌여진 대통령 전용 서신용지를 발견했다.

'조지에게, '우리가 함께 했던 시간들을 소중하게 여기며 자네에게 최고의 행운이 있기를 기원하네. 나는 자네를 위해 기도할 걸세. 자네와 바버라에게 신의 가호가 있기를……. 나는 우리의 목요일 오찬을 그리워 할거요. 론으로부터'

그가 대통령이 된 뒤에도 그를 끝까지 쫓아다닌 그의 대선 공약 가운데 하나는 세금을 올리지 않겠다는 것이었다.

"의회는 나에게 세금을 올리라고 할 것입니다. 나는 단호히 거부할 것입니다. 그러면 그들은 나에게 또 다시 요구할 것입니다. 그러면 나는 또 거부할 것입니다."

1990년에는 그 약속을 지킬 수 있었다. 그는 연두교서에서 3%에 이르는 실질 경제성장, 2백만의 신규 고용창출, 그리고 10년 만에 처음으로 개정된 대기정화법을 발표했다. 또한 '장애인과 함께' 법에 서명했는데 이 법은 그가 대통령이 되기 이전부터 지지해 오던 것으로 그가 추진하는 '보다 친절하고 신사적인 사회'를 건설하는 운동의 핵심이었다.

그러나 그해 6월, 예산안 통과를 둘러싸고 의회와 알력을 빚었는데, 그램 러드맨 홀링스 재정적자 축소법에 의거하여 정부의 재정지출을 무조건 감축시켜야 했으며, 신용대출 은행들의 파산을 막기 위해 구제 금융을 지원해야 하는 문제도 있었기 때문에, 연방준비은행은 금리인하에 부정적인 입장을 보였다.

백악관 대변인이 단 한 단락의 짧막한 부시 대통령의 성명을 발표했을 때, 나는 백악관 기자실에 있었다.

"현 재정적자 규모와 정부지원 계획안을 고려할 때 다음과 같은 조치들이 필요하다. 정부 권한사업 및 정부가 반드시 추진해야 할 프로그램에 대한 개혁, 세수 증대, 경제성장을 위한 인센티브 제공, 재정지출 감축에 재량권 부여, 국방예산에 대한 체계적인 삭감, 그리고 양당 간의 합의가 효율적으로 이뤄지고 재정 적자 문제가 책임 있게 조정될 수 있도록 예산심의 절차를 개정하는 것이다. 본인과 양당 지도부는 이상의 사항에 합의했다."

우리 모두 이 발표문의 행간을 읽을 때까지는 얼마간 시간이 걸렸다. '수입'과 '세금'이라는 단어가 한 번도 언급되지 않았지만 우리 모두는 곧 상황을 이해할 수 있었다. 그의 핵심 선거공약이 깨졌던 것이다. 이 문제는 1992년 재선 운동기간 내내 그를 괴롭혔다.

만약 대통령이 재임기간 가진 기자회견 횟수가 행정부의 개방성을 나타내주는 지표가 된다면, 부시 행정부는 단연코 현대에 들어 가장 개방적인 정부로 간주될 것이다. 그의 전임자가 8년에 걸쳐 44번의 기자회견을 한 것에 비해 그는 4년에 거의 200번에 육박하는 기자회견을 가졌던 것이다.

그러나 그는 백악관에 입성했을 때 내세운 원칙을 고수했다. 즉 대통령 집무실 내에서는 특히 외국 국가원수가 방문했을 때에는 어떤 질문도 받지 않으며 단지 사진촬영에만 기자들의 입회를 허용한다는 것이었다. 물론 나는 이러한 지침을 따르지 않았다.

그의 재임기간 중 가장 결정적인 순간은 43일 간 지속된 이라크와의 전쟁이었다. 사담 후세인의 군대가 '알라가 내리신 석유자원의 공유'를 종교적 이데올로기로 내세우면서 쿠웨이트 국경을 넘었을 때, 그는 미군이 사우디아라비아에서 방어적인 태세를 취한 '사막의 방패 작전'을 명령했다.

1990년 8월 8일 미군을 사우디아라비아에 파병하였을 때, 나는 그에게 질문을 던졌다.

"대통령 가하, 우리는 전쟁 중입니까?"

"우리는 전쟁 중이 아닙니다. 우리는 사우디아라비아를 방어하기 위해 파병했습니다. 다른 나라들도 파병할 것입니다. 사우디아라비아와 함께 싸울 다른 파병국에 대해서 곧 발표할 것입니다. 마거릿 대처 총리도 사우디 왕과 협의한 뒤 파병을 발표했습니다. 다른 나라들도 뒤따를 것으로 생각합니다. 그러나 이 문제는 사우디아라비아측에 맡겨 두는 것이 낫다고 생각합니다. 어쨌든 그 나라 문제이니까요."

한편, 미국은 유엔 안전보장이사회에서 이라크 응징과 경제제재를 위한 몇몇 지지표를 확보했다. 부시 대통령은 지지표 확보에 착수하여 러시아를 포함, 28개국의 지지를 성공적으로 이끌어 냈으며, 러시아는 수차례에 걸쳐 이라크에 특사를 파견해 철수를 권고하기도 했다.

1990년 8월 14일, 나는 부시 대통령에게 질문했다.

"이라크의 침입에 대한 국제적인 반대 움직임을 유엔을 통해 성공적으로 이끌어 냈음에도, 무력을 앞세워 일방적인 봉쇄를 명령함으로써 다른 나라들을 당혹스럽게 한 이유는 무엇입니까? 그리고 중동에서 공격으로 획득한 영토의 합병에 반대하는 미국의 정책은 미국의 일반적인 정책입니까?"

그는 미국의 행동이 다른 나라들을 당혹스럽게 하지 않았으며 미국은 합법적인 권한 내에서 행동했다고 답변했다.

1990년 추수감사절에 나는 부시 대통령 부부와 함께 공군 1호기를 타고 사우디에 주둔해 있는 미군을 방문했다. 사막의 폭풍부대를 지휘하고 있던 노먼 H. 슈워츠코프 장군은 먼저 공군 1호기로 올라와 우리에게 방독면 착용법을 가르쳐 주었다. 그는 매우 기분이 좋아 보였고 미군의 전투준비 태세에 대해 자신감을 보였으며 확신이 넘쳤다. 사우디 사막에서 만난 미군들도 군인정신으로 무장돼 있었고 사기도 충천해 있었다.

이라크와의 전쟁이 현실로 다가오자 부시 대통령은 평소대로 백악관에서의 업무를 수행하기 위해서 최선을 다했다.

그러나 이라크에 대한 미사일 공격명령을 내리기 전날 밤, 그는 유명한 빌리 그레이엄 목사를 백악관으로 불러 밤을 백악관에서 함께 보냈다. 존슨 대통령도 '잘생긴 목사님의 기도를 듣고 싶어서' 그레이엄 목사를 부르곤 했다.

1991년 1월 16일, 의회는 걸프전에 미군을 파병하는 부시의 정책을 지지하는 결의안을 98대 0으로 통과시켰다. 상원 공화당 원내총무인 캔사스 주의 밥 돌 상원의원은 성명을 내놓았다.

"전시에는 다른 모든 문제들은 더 이상 존재하지 않는다. 우리는 대통령을 중심으로 공화당원이나 민주당원으로서가 아니라 미국인으로서 단결해야 한다."

지금 생각하면 웃음이 날 만한 일이지만 미국의 군사개입에 관한 기자회견 때마다 나는 매번 부시에게 우리가 전쟁을 시작하는 것이냐고 물었다. 한번은 국가안보위원회 회의가 시작되기 직전 나는 부시에게 선택 가능한 군사적 행동에는 어떠한 것들이 있는지 질문했는데, 그가 이렇게 대답했다.

"나는 그런 행동에 대해 생각하고 있지 않습니다. 그리고 만일 내가 생각하고 있다 해도 그 점에 대해 당신과 논의하지는 않을 것입니다."

드디어 1월 17일 '전쟁'에 대해서 이전에 던졌던 나의 모든 질문에 대한 답변이 나왔다. 바그다드에 대한 공습이 시작됐던 것이다.

이라크 침공이 시작됐지만 평상시와 다름이 없다는 것을 보이기 위해 부시 대통령은 그 해에도 다른 때와 마찬가지로 케네벙크포트로 휴가를 떠났다. 그 곳에서 국가 안보담당 보좌관인 브렌트 스코크로프트와 긴급회의를 했으며, 때로는 자신의 배인 피델리티 호 선상에서도 회의를 가졌다. 이는 대통령이 어디에 머물든 대통령이 있는 곳이 백악관이 된다는 것을 잘 보여주는 일이었다.

'사막의 폭풍 작전'은 단지 4일의 지상전을 포함해 42일 만에 끝났다. 미국은 137명의 희생자를 냈고 이라크쪽에는 수천 명의 사망자가 발생했다. 힘이 많이 약화됐으나 기세가 누그러진 것 같지 않은 사담 후세인은 여전히 권좌에 남아 쿠르드족을 박해하고 두 명사위들을 요르단에서 신변안전을 보장한 뒤 귀국시켜 처형하는 등 정적들을 처단하고 있었다(후세인 정권은 걸프전 이후 거의 손을 대지 못했던 북부의 쿠르드족 지역을 힘들이지 않고 손에 넣고 말았는데, 미국은 종전 직후 이라크 북부와 남부에서 쿠르드족과 이슬람 시아파가 일으킨 봉기를 강 건너 불구경 하듯 수수방관할 수밖에 없었다. 만약에 쿠르드족을 지원한다면 우방관계에 있는 터키와 사이가 나빠질 것이고, 이슬람 시아파가 봉기에 성공하면 적대적 관계에 있는 이란의 영향력이 확대될 것이 뻔하기 때문이었다. 후세인은 이러한 상황을 교묘히 이용하여 살아 남았던 것이다).

닉슨에 이어 제2의 탄핵 위기에 놓였던 대통령, 빌 클린턴

1998년 10월 8일, 클린턴 대통령은 하원에서 탄핵 조사를 시작한 지 2시간 뒤에 이렇게 말했다.

"이 일은 내 손안에 있지 않습니다. 이것은 하원과 이 나라 국민의 손에, 궁극적으로는 하나님의 손안에 있습니다. 나는 괜찮습니다. 이 일에 대해서 마음을 비웠습니다."

내가 이 책에 대한 집필을 시작할 때 나는 《워싱턴 포스트》의 기자로부터 전화를 받았다. 그녀는 내가 책을 쓰고 있다는 것을 들었다면서 무엇을 다루는지 물어봤다. 나는 그 기자에게 말했다.

"글쎄, 누가 그걸 사서볼까 하는 생각이 들어요. 그 속에 섹스는 없거든요."

지금 보니 너무나 많다.

조사단이 7개월에 걸쳐 검토한 18개의 서류상자를 하원에 넘겨주며 모니카 르윈스키 사건에서 나오는 탄핵 가능한 11가지 죄목을 나열할 때, 빌 클린턴은 몇마디 변명을 했다.

그는 대답한 것보다 대답하지 않은 질문이 더 많았다. 특히 내가 늘 물어보는 '왜'와 '어떻게'에는 입을 다물었다.

그가 어떻게 이 지경까지 왔을까? 어떻게 신문 헤드라인과 국민들의 분노를 견딜 수 있었을까? 그리고 그는 과연 거기서 잘 빠져나갈 수 있으리라고 생각했을까? 어떻게 그는 백악관 인턴 사원과 그런 관계를 맺었을까? 그는 폴라 존스와의 성추문 사건에 관한 소송을 당하고 있을 1995년 당시에 어떻게 새로운 위험을 시작했을까?

1998년 1월 26일 나는 루스벨트 룸에서 기자단 속에 섞여 클린턴을 바라보고 있었는데 그의 옆에는 힐러리와 하원의원 참관단이 있었다. 우리들의 질문에 그는 손가락을 흔들며 주장했다.

"나는 미국 사람들에게 한 가지 말할 것이 있습니다. 나는 당신들이 내 말을 주의깊게 듣기를 바랍니다. 나는 다시 말합니다. 나는 르윈스키 양과 절대로 성관계를 가진 적이 없습니다."

그러나 8월 17일에는 그것을 번복했다.

"나는 르윈스키 양과 부적절한 관계를 가졌습니다. 그것은 잘못입니다."

요란한 추문과는 달리 그의 업적은 대단하다. 그는 60년 만에 재선된 민주당의 첫 번째 대통령이고 17년 만에 처음으로 의회에 균형예산을 제출한 대통령이다. 1960년도 이후 그의 임기 중에 미국은 가장 낮은 인플레를 기록했고, 1998년에는 30년 만에 처음으로 국가재정이 흑자로 돌아섰다. 또한 실업률도 현저히 떨어졌다.

그러나 그는 르윈스키에게 그의 인생이 공허하다고 말했다. 아마도 재선 후를 생각하면 그의 말에도 일리는 있다. 초정치적 동물인 사람에게 더 이상 선거운동도, 중앙무대도, 대통령직도 없다는 것은 큰 공허감으로 작용했을 것이다. 기억하기로 리처드 닉슨은 그가 재선에 승리하고 나서 오히려 공허감을 경험했다고 한다. 그것은 벼랑 끝에 서 있는 것을 즐기는 노련한 정치가들의 표현력에서 나오는 오만함의 표출일지도 모른다.

1998년 9월 27일, 나는 그 때까지 클린턴과 인터뷰를 시도하지 않았다. 하원에서 민주당의 승리가 확실한 중간선거가 있기 며칠 전이며 학자들이 탄핵안을 다시 만들 때이기도 했다. 나는 그와 인터뷰를 가졌다.

"대통령직을 어떻게 보느냐?"

그는 '가장 간단한 질문이 항상 가장 어렵다'고 말문을 열었다. 그는 최근까지 자신을 구렁텅이로 몰아넣는 사건이 홍수같이 터졌는데도 '대통령이 된다는 것은 믿을 수 없으리 만큼 명예스런 일'이라고 대답했다. 그리고 덧붙여 말했다.

"일생에 있어서 중요한 일을 한다는 것, 사람들의 삶을 더 낫게 변화시키고 나라를 부강하게 하는 것은 행복하고도 귀중한 기회입니다. 그것을 수행하기 위해서는 가끔은 고통스러운 날도 있지만 나는 그 모든 날을 사랑합니다.

우리가 개정법 22조를 가지고 있어 다행입니다. 아니면 나는 또 출마할 것입니다."

그가 대통령직을 사랑했음은 의심할 나위가 없다. 첫 번째 임기 때는 대통령직이 그를 사랑하지 않았을 수도 있었다. 그러나 그처럼 대통령이 된다는 생각 자체에 일편단심으로 초점을 맞추는 사람은 본 적이 없다.

그의 두 번째 임기 시작부터 대통령직의 고단함에 대한 평가에도 불구하고, 막 일어나는 경제, 국제무대의 지도자로서 그의 성장과 국내문제에서도 중요한 진전들이 나타나는 것을 볼 때 그의 유산은 이미 보장된 것 같았다. 선거유세 정책가였던 딕 모리스는 다음과 같이 말했다.

"나는 그가 좌측으로도 우측으로도 갈 수 있을 것이라고 생각한다. 그러나 그가 자러 갈 것이라고 생각하지는 않는다."

오직 한 가지, 자기 통제의 시험에서 그는 실패했다. 그는 국가가 나아가야 할 선명한 비전을 가졌고 또 가장 열심히 일하는 대통령 중의 하나이기 때문에 나는 그가 미국의 가장 위대한 대통령 중의 하나가 될 잠재력이 있다고 믿는다. 그러나 공적, 사적 추문들은 대통령직과 그가 남기기를 원했던 유산에 중대한 손상을 입혔다.

그의 재선거유세가 끝나 갈 무렵 ≪뉴욕 타임스≫의 논설위원이 그의 지도력이 성장하는 것에 찬사를 보냈다.

"그가 꿈꾸었던 대통령직은 그가 다음 4년 동안 필요한 만큼의 완벽함을 그가 이룰 수 있다면 가능하다. 비전에 자기 절제력만 갖춘다면 그는 그가 이미 성취한 업적 위에 설 수 있고 워싱턴에서 20세기의 가장 주목할 만한 대통령으로 남을 수 있을 것이다."

내가 생각하기에 그는 결코 대통령직이 무엇인지 제대로 이해를 못한 것 같다. 대통령은 불필요한 모험은 하지 않는다. 하지 않으려고 해도 '위험'은 항상 도사리고 있기 때문이다. 그러나 그는 내가 취재했던 어떤 대통령들보다 위험을 겪었다. 그가 백악관에 들어온 날부터 꼬리를 물고 이어졌다. 화이트워터 토지조사 사건, 백악관 여행사직원 파면, 폴라 존스 성추문 소송, 모니카 르윈스키 사건……. 꼬리를 무는 이 같은 일로 그는 친구들을 황당케 했고 그의 열성적인 참모들과 지지자들을 오도했다. 기자의 입장에서 본다면 나는 그가 일생을 통해 얻을 회한, 회개, 후회들을 이런 일들을 겪으면서 모두 경험한 것 같다.

그는 첫 번째 임기 때도 언론과의 관계가 좋지 못했다. 부분적으로는 백악관 보좌진들의 태도 때문이었고, 부분적으로는 화이트워터 토지조사가 시작된 일련의 사건들 때문이기도 했다. 백악관 부고문이었던 빈센트 포스터가 자살한 사건도 대통령직을 비극적으로 만든 요인 중 하나였는데, 그는 아칸소 주의 로즈 법률사무소에서 힐러리 클린턴과 함께 일했던 사람이었다.

1963년 전미 학생대표의 일원으로 백악관을 방문하여 케네디 대통령과 악수를 하던 소년의 이미지와는 극명한 대조를 이루는 혼란스런 사건의 시작이었다. 재미난 일은 나도 그 날 로즈가든에 있었고 그 날의 사진도 가지고 있다는 것이다. 사진을 보면 클린턴이 케네디와 악수를 하고 있을 때 그 옆에 내가 있었다.

나는 그때 케네디 앞에 있는 순진한 아이들 가운데 장래의 대통령이 있다고는 생각하지 못했다. 케네디는 그들 모두에게 장래를 공직으로 택할 것을 진지하게 권했다. 인터뷰에서 클린턴은 그가 16세 때까지는 대통령이 되고 싶어했는지 몰랐다고 한다. 다만 공직에 나가고 싶었고 선출직 관리가 되고 싶다고만 의식적으로 결정했었다고 털어놓았다.

그는 아칸소 주의 희망마을에서 태어났다. 그 마을의 이름이 그의 일생 동안 공명했다. 그는 아버지가 누구인지 모른다. 아버지는 자동차 사고로 그가 태어나기 전에 죽었으나 그는 쾌활하고 남을 잘 보살피는 어머니 버지니아 켈리와 밀접한 모자관계를 유지했다. 그녀는 3번 결혼했는데 2번은 같은 사람과 했다. 그녀의 마지막 남편은 딕 켈리였는데, 1994년 1월 그녀가 죽고 난 후에도 클린턴과 친밀한 관계를 유지했다.

클린턴은 1996년 어머니날을 기리며 어느 주간신문에 어머니에 대한 글을 기고한 바 있다. 제목은 <나는 매일 어머니를 그리워 합니다>였다.

글에는 어린시절의 이야기가 담겨 있었다. 그가 아주 어렸을 적에 간호 공부를 하러 떠나는 어머니를 철도 플랫폼에서 사라질 때까지 지켜보던 일을 기억했다. 어린 빌은 아칸소 주에서 할머니와 함께 지냈다.

'그때 어머니는 흐느끼면서 나와 할머니에게 손을 흔들었다. 기차가 떠날 때까지 어머니는 무릎에 머리를 묻고 있었다.'

그는 또 이런 말도 썼다.

'어머니는 나에게 가족의 의미를, 열심히 일하는 것이 무엇인지를, 희생과 아이들을 늘 먼저 생각하고 어떠한 역경 속에서도 늘 긍정적으로 사는 법을 가르쳐 주셨다.'

그는 알려졌다시피 조지타운 대학에서 공부했고 장학금을 타서 옥스퍼드 대학으로 유학을 갔다. 후에 예일 법대를 다녔는데 그 곳에서 힐러리를 만났다.

대통령 선거에 출마한 클린턴에게는 많은 결점이 있었다. 예를 들면 월남전을 기피한 것, 부인했지만 마리화나를 피웠던 것, 그와 12년 동안 관계를 가져왔다고 주장하는 제니퍼 플라워스의 등장이 그것이다. 그럼에도 불구하고 그가 선거에서 홈런을 날리게 된 것은 미국경제 때문이다. 불황의 미국경제가 상대를 무너뜨렸고 클린턴은 폭풍우 가운데도 살아 남게 됐다.

첫 번째 유세기간 중 나는 부시와 클린턴, 그리고 텍사스의 거부 로스 페로가 격돌하는 세 번째이면서 마지막 토론에서 패널리스트를 맡았다. 내 차례가 왔을 때 나는 물었다.

"클린턴 주지사님, 당신이 월남전 당시 징집을 기피한 것에 대해 말을 자꾸 바꾸니 당신에 대한 신뢰도가 문제시되고 있습니다. 만약 그것을 다시 해야 할 상황이 오면 군복을 입겠습니까? 그리고 당선이 된다면 양심적으로 다른 사람들을 전쟁터로 보내실 수 있겠습니까?"

클린턴이 다음과 같이 대답했다.

"나는 오랫동안 공직에 있었고 아무도 나의 역할에 대해 의문을 품은 적이 없습니다. 나는 내가 그 당시 잘 했다고 생각하지 않습니다. 23세 때로 돌아간다 해도 나는 모르겠습니다.

헬렌, 그때 나는 전쟁을 반대했습니다. 그래서 참을 수가 없었습니다. 나는 반전의식을 아주 강하게 느꼈고 그래서 가지 않았던 것입니다. 링컨 대통령도 전쟁을 반대했습니다. 그래서 그가 대통령이 되서는 안 된다고 하는 사람들이 있었습니다. 그러나 그는 전시에 아주 훌륭하게 대통령직을 수행했습니다. 우리에겐 군복을 입어 보지 않았던 많은 다른 대통령들이 있습니다.

그러나 윌슨 대통령과 루스벨트 대통령을 포함한 그들은 어린 군인들을 전쟁터로 보냈습니다. 그러니까 대답은 할 수 있다는 것입니다. 물론 나는 그것을 즐기면서 하지는 않을 것입니다. 그러나 결코 움츠러들지는 않겠습니다. 대통령은 그 나라의 중요한 국익이 위협을 받을 때 나라의 힘을 쓸 수 있는 준비가 되어 있어야 한다고 생각합니다.

그래서 저는 할 수 있습니다."

클린턴은 기자회견 때마다 늦었다. 10분이 지나고 20분이 지나고 30분이 지나도록 나타나지 않는다. 로즈가든에서든 사우스 로운에서든 그랬다. 데이비드 절겐이 공보관으로 일할 때 그는 우리 중 아무도 가능하다고 생각하지 않는 일을 이뤄냈다. 그는 그의 상관 클린턴을 제 시간에 나타나게 한 것이다. 그랬더니 대통령 보좌관 한 사람이 말했다.

"이것이 데이비드 절겐이 백악관에서 할 수 있는 일의 전부라 하더라도 그는 진정 필요한 사람입니다."

대통령 부부는 40명의 기자단과 하원의원들을 가족관으로 초대했다. 나도 초대됐고 내 동료 톰과 함께 갔다. 톰이 나중에 평하기를 클린턴은 마치 자기의 새 집을 보여주는 사람 같다고 했다. 그는 특별히 링컨 베드 룸에 매료됐는지 열정적으로 안내했다.

기자들이 가족관를 볼 수 있는 것은 흔치 않는 기회다. 나도 톰처럼 그 곳을 보여준 데 감동을 받았다. 대통령 부부는 새 집인 백악관을 바로 국가라고 생각하고 있는 듯했다.

클린턴에 대한 나의 불만 가운데 하나는 그가 새벽에 일어나 조깅을 하는 것이다. 우리는 자동차 행렬로 그를 따라가야 한다. 주로 포토맥 강을 따라 뛰고 질문을 던지고 그리고 다시 행렬로 돌아온다.

어쨌든 그의 처음 2년의 백악관 생활은 아마추어 시절이라고 할 만큼 순조롭지 못했다. 그의 참모들뿐만 아니라 클린턴 자신도 그 많은 국제문제를 어떻게 다루어야 할지 알지 못하는 것 같았다. 그는 공약대로 구색을 갖춘 짜임새 있는 내각을 구성하려고 노력했다. 그래서 재닛 리노 법무장관, 도나 살라라 보건복지부장관 그리고 유엔대사를 하다가 재선 후 국무장관으로 임명된 매들린 올브라이트 등 많은 여성들을 고위직에 임명했다. 그러나 그에게는 큰 문제들이 몰고 온 나쁜 날들이 많았다.

취임 초 인터뷰에서 그는 "나쁜 날들도 좋을 것이다"라고 말했지만 진짜 그럴지 의문이다. 그에게 다가왔던 나쁜 날들은 다음과 같다.

그가 취임한 지 이틀 뒤, 조 베이어드 법무장관은 그녀가 불법으로 외국인을 고용한 것이 밝혀져 그녀의 이름을 철회했다. 그의 두 번째 지명자인 킴바 우드도 인사하고 들어와서는 인사하고 나갔다. 4월에 라니 기니엘을 인권차관보로 지명했는데, 클린턴의 여성 할당량에 의한 억지임명이라는 뉴스보도가 거세지자 6월 3일 원점으로 돌렸다.

집무한 지 9일 만에 그는 국무부가 군인들을 뽑을 때 동성연애자에게 가해진 금지지침을 철폐하라고 지시했다. 그것은 오늘날까지 논란거리로 남아 있다. 두 달 뒤에 86명의 군인들이 텍사스의 와코에서 51일의 고립훈련을 연방요원들과 받은 뒤에 죽었다.

5월에 백악관 여행담당 보좌관이 해고당했다. 6월에는 빈센트 포스터가 자살했다. 10월에 그는 18명의 미군이 살해당한 후 더 많은 지상군을 소말리아에 파견하라고 지시했다. 12월에 그는 바비 인먼을, 레스 애스핀을 대신해 국방장관에 임명했다. 그 일을 원치 않았던 인먼은 기자회견을 산만하고 지리멸렬하게 이끌어 사람의 고개를 설레설레 흔들게 만들었다. 클린턴이 혼란기에 만든 걸작품들이었다. 이제 클린턴도 알게 되었다.

12월 19일, 아칸소 주의 두 기마 경찰이 클린턴의 주지사 시절 그의 혼외 정사를 도와줬다는 이야기가 등장했다. 4일 뒤에 클린턴은 화이트워터 토지조사 사건을 법무부로 이첩하라고 명령했다.

클린턴의 첫 번째 임기 전반부는 거의 초점을 국내문제에 맞췄다. 그는 세계의 여러 곳에서 분쟁이 있음에도 불구하고 국무장관 워런 크리스토퍼를 일주일에 겨우 한 번 만나주었다. 하지만 클린턴은 숨가쁘게 돌아가는 국제정세에서 결코 자유로울 수 없게되자 불가피하게 그는 보스니아, 소말리아, 르완다, 아이티, 이라크, 아일랜드 문제들, 그리고 이스라엘-팔레스티나 문제에 끌려 들어가게 됐다.

그는 조지 부시 대통령 재임기간 때부터 예정된 쿠웨이트 방문 당시 그를 암살하려는 음모가 진행 중이라는 놀랄만한 정보를 입수하고 1993년 6월 바그다드의 이라크정보국 건물을 공격할 것을 명령했다. 클린턴의 지도로 미국은 아이티의 독재정권을 몰아냈고, 4년 간이나 끌던 동족상잔의 유고슬라비아 내전을 종식시켰다.

어떤 대통령도 북아일랜드 분쟁을 클린턴처럼 열심히 해결하지는 못했다. 그의 집요한 노력을 기울여 마침내 올리버 크롬웰 이후 수 세기 동안 반목했던 그 두 세력이 협상을 벌이게 됐다.

클린턴의 외교성과 중 가장 흥분된 순간 가운데 하나가 1993년 9월 13일 백악관 정원에서 일어났다. 그 자리에서 우리는 이스라엘-팔레스티나 평화협정이 조인되는 것을 목격했다. 그 곳에는 중동지역의 평화를 위해 애썼던 지미 카터와 조지 부시도 참석했다. 그 날은 아름다운 가을날이었다. 중동지역에 화해의 새로운 시대가 오기를 기다리는 모든 사람들의 희망과 함께 그 자리에는 기쁨이 감돌았다. 나는 이스라엘 수상 이츠하크 라빈과 팔레스티나 해방기구 지도자 야사르 아라파트의 잊을 수 없는 악수를 기억하고 있다.

1994년 새해는 또 다른 비극으로 시작됐다. 클린턴의 어머니 버지니아 켈리가 1월 6일 사망했던 것이다. 그로부터 6일 후에는 화이트워터 토지조사 사건때문에 특별위원회가 구성된 것에 동의했다.

그해 가을 11월 선거에서 공화당이 크게 승리했다. 40년 이후 처음으로 공화주의자들이 상하 양의회를 쓸어버린 것이다. 다시 말해서 공화당의 승리는 클린턴 행정부의 활동제약을 의미했다.

1994년의 선거패배는 클린턴의 입지를 더욱 좁게 만들었다. 재선 출마를 결심한 이후 그는 전문가와 학자들을 캠프 데이비드에서 만나 무엇이 잘못됐는지 분석하기 위해서 많은 논의를 했다. 그의 친구들과 전기 저술가들은 패배한 상황을 1980년 아칸소 주지사 재선에서 실패했을 때와 비교했다.

그는 1994년 12월 세계 AIDS의 날을 기념하는 유엔행사에서 성에 관한 몇 가지 도발적인 발언을 한 주치의 조이셀린 엘더스를 해임했다.

클린턴은 1995년 연두교서에서 '큰 정부의 시대는 끝났다'고 선언하고 공화당원들이 수년 동안 발의했던 장기의제 가운데서 몇 개—균형예산, 개별조항 거부권, 통합된 세계경제—를 포함하여 심도 있는 검토를 시작했다.

바로 그해, 그는(공화당이 제출한) 10년 내 균형예산 달성안을 지지한다고 공표했다. 이 때문에 많은 민주당원들은 클린턴을 못마땅하게 생각하기도 했다.

그해 11월 민주당과 공화당은 예산안을 둘러싸고 공방전을 시작했는데, 공화당 지도부는 균형예산을 고집하면서 노인의료보험제도와 기타 사회보장 관련 지출의 대폭 삭감을 요구했다. 이에 클린턴은 예산안 거부로 맞섰고 사태는 결국 부분적인 정부 기능마비로 이어지게 됐다.

1965년 노인의료보험과 국민의료보장제도가 출범하던 당시, 관련 법안에 서명하기 위해 존슨이 썼던 것과 같은 펜을 사용하면서 그는 이렇게 말했다.

"오늘 저는 노인의료보험 및 국민의료보장제도에 대한 역사상 대규모의 예산삭감, 교육관련 예산의 대폭 삭감, 환경보호 정책의 후퇴, 근로가구에 대한 세금인상이 명시된 예산안에 거부권을 행사하는 바입니다."

예산전쟁이 뜨거웠을 때 행정부 기능이 다시 한 번 마비되다시피 한 적이 있었다. 그러나 진퇴양난 속에서 대부분의 국민들은 공화당을 비난했고 그에 비례하여 클린턴의 인기는 올라만 갔다.

거의 동시에 클린턴은 육군참모총장의 생일파티에 참석하기 위해서 그의 사무실을 방문하게 되었는데, 그 곳에는 모니카 르윈스키도 와 있었다. 그는 그녀를 자신의 개인서재로 초대했다. 대부분의 미국인이 백악관을 성지로 여긴다면 대통령의 집무실은 늘 존경받는 중심점이다.

1995년은 행정부에 있어서 여러 면에서 전환기를 맞이한 해라고 말할 수 있다. 그러나 정치적인 추진력은 1996년 힐러리 클린턴이 딕 모리스를 불러 선거유세의 도움을 요청했을 때부터 시작됐다. 그는 일찍이 클린턴이 아칸소 주의 주지사 자리를 재탈환하는 것을 도와주었던 인물이다.

클린턴의 선거운동은 모리스가 책임지게 됐다. 그가 제안한 첫 번째 변화 중의 하나가 더 친절하고 더 양순한 힐러리의 대중 이미지였으며 대규모의 돈이 드는 유세를 밀어붙였다. 모리스는 클린턴에게 다른 민주당의 경쟁자들을 앞서기 위해서는 많은 돈이 필요하다고 했다. 텔레비전의 비싼 광고를 위해서 큰돈을 모아야 한다고 했다.

지금 생각해 보면 클린턴과 그의 러닝 메이트였던 엘 고어는 기금을 모으기 위해 비싼 대가를 치렀다. 고어는 그의 사무실 전화로 기부 가능자들에게 전화를 걸어 선거법위반으로 고소를 당했다. 나는 그러한 일련의 행동들이 상원과 하원의원들을 크게 놀라게 했다고 확신한다. 그러나 결국에는 이를 두고 법무장관이 특별검사를 임명할 근거가 없다고 결론지었다.

클린턴 자신은 기금조성 문제의 부도덕성에 감각이 없는 것 같았다. 그는 민주당 기부자로부터 분담금을 걷기 위해 모든 아이디어를 동원했다. 심지어는 링컨 침실을 하룻밤에 25만 달러에 내어주는 일까지도 했는데, 나는 링컨 침실이 선거기금 조성용으로 쓰이는 것을 보고 무엇보다 실망을 금할 수가 없었다.

하긴 조지 부시와 로널드 레이건도 대부호 기부자들을 초대하기도 했지만 1996년에는 그것 모두를 감안한다 해도 너무했다는 생각을 지울 수 없다. 더욱이 미국 시민이 아닌 사람들에게도 기부금을 받았다는 설도 있고 심지어는 중국 군부로부터도 받았다는 소문도 있었다.

그해 4월 5일 모니카 르윈스키는 백악관에서 국방성으로 자리를 옮겼다. 그러나 대통령은 승리했고 역사 안에서 그가 바라던 자리를 차지했다. 그러나 1997년 5월 27일 대법원은 폴라 존스 건이 민사소송사건에서 대통령 면책 사유에 해당한다는 클린턴의 주장을 기각했다.

그해 8월 나는 생일 파티를 했다. 그해에도 이전처럼 클린턴이 축하를 해줬다. 당시 나는 다른 기자들과 각료실에 있었는데, 클린턴이 경영자들과의 회의를 중단하고 내 생일을 축하해 주기 위해서 나타났다. 나는 대통령에게 같이 케이크의 촛불을 끄자고 했다.

나는 클린턴이 미국을 위해 무엇이 최선인지에 대해 늘 바르게 생각하고 있다는 것을, 내가 취재한 모든 대통령 중에서 인종문제에 관한 한, 그의 사상이 평등주의에 입각해 있다는 것 정도는 알 수 있다. 왜냐하면 미국의 장래에 있어서 가장 걸림돌이 되는 것은 인종문제이기 때문이며 이것을 해결하지 않고서는 미국의 미래를 내다볼 수 없기 때문이다.

그가 연설을 잘하는 재능은 흑인교회를 방문했을 때 가장 잘 나타났다. 많은 흑인교회들이 파괴됐을 때 그는 관계당국들을 불러 빠른 조치를 취했다.

그는 오클라호마 시에서 연방건물이 폭파돼 168명이 사망했을 때도 테러리즘에 대한 지속적인 경고를 보냈다.

1998년 3월 그리오디론 만찬에서 클린턴은 르윈스키 사건에 대해 지금까지 보도된 모든 것에 대해 평을 해달라고 하는 고통스런 요청을 특유의 유머로 잘 받아넘겼다.

"제발 모든 농담이 끝날 때까지 소환장을 보류해 두세요, 나는 소송절차 정지통고와 함께 이 말을 여러분께 드리겠습니다. 법률가들이 그것들을 파악하기 전이 훨씬 재미있어요."

4월에 미국판사 수잔 웨버 라이트는 폴라 존스 건을 기각했다. 아직도 대배심원은 증언을 청취하고 있고 스타 검사는 소환장을 발부하고 있다. 그런데 경제는 저인플레와 저실업으로 잘 나가고 있었다. 예산은 흑자와 함께 균형이 맞춰졌다. 대통령은 아프리카와 중국으로 보람 있는 여행도 했다.

7월 17일 클린턴은 대배심원 앞에서 그의 부적절한 관계를 시인했다. 그러나 폴라 존슨 건은 그가 내놓은 조서가 법적으로 정확하다고 주장했다. 그날 밤 텔레비전에서 클린턴은 국민 앞에 자신과 르윈스키와의 관계는 심각한 타락으로 개인적인 실패라고 규정했다. 그러나 이제는 개인파멸과 개인적 삶의 문제를 캐는 것을 끝내고 국가적 일을 해야 할 때라고 했다.

"우리나라는 이 문제로 너무 오랫동안 흐트러졌습니다. 나는 이 문제에 대해 책임을 통감합니다. 이제 지난 일이니 앞으로 나아갑시다."

1998년 9월 9일 스타 검사는 의회에 그의 보고서를 제출하면서 그것은 탄핵의 사유가 충분하다고 주장했다. 의회 법사위원회가 스타 보고서를 인터넷에 올렸다.

9월 11일 클린턴은 연례 백악관 조찬기도모임에서 모든 사람이 듣기를 원했던 사죄를 했다. 눈물을 글썽이며 참회하는 모습으로 말했다.

"내가 죄를 지었다고 고백할 만한 다른 환상적인 길이 있다고 생각지는 않습니다. 만약 내 회개가 진실하고 지속성이 있다면, 그리고 강한 신념과 마음을 유지할 수 있다면 우리나라뿐 아니라 우리 가족과 나 자신에게도 유익할 것입니다. 우리나라의 어린이들은 온전함이 중요하고 이기적인 것은 나쁜 것이라는 것을 깊이 배우게 될 것입니다. 그러나 하나님은 우리를 변화시킬 수 있고 이 부서진 자리에서도 우리를 강하게 하실 수 있습니다."

그의 인기는 조금 떨어졌다. 그러나 평균적으로 미국인들은 그가 대통령직의 수행은 잘하고 있다고 생각한다. 클린턴은 큰 위기를 잘 견뎌낸다. 그러나 나는 그가 입술을 물어뜯는 대신 고통을 참고 진실을 더 일찍 말했어야 했다고 생각한다. 그것은 진정한 용기에서 나오는 어떤 고상함을 필요로 한다.

결국 그는 대통령직과 그의 업적에 상처를 입혔다. 제일 나쁜 것은 그를 진실로 믿었던 미 국민들을 실망시켰던 것이다. 그러나 그들은 그를 용서할 용의가 있고 또 잊어버릴 것이다.

그의 모든 비밀이 밝혀지자 그 자신은 무거웠던 짐에서 진정으로 해방될 수 있었다. 오히려 회개의 고백은 그에게 너무나도 큰 안도감을 주었으며 그는 마치 어깨에서 짐이 내려간 것 같다고 했다.

나는 클린턴에게 그의 후임자를 향해 어떤 조언을 해줄 수 있는지 물었다. 그는 밝은 표정으로 다음과 같이 대답했다.

"무슨 일이 생기든 내가 후임자에게 말할 수 있는 것은 대통령직이 명예라는 사실입니다. 그리고 이것이 기회라는 것도 잊어서는 안 됩니다. 가장 나쁜 날에도 당신은 미국을 좀더 나은 곳으로 만들 수 있는 일을 할 수 있습니다. 그리고 만약 당신이 매우 어려운 상황 속에 있다 해도 그것을 염려하는 것으로 시간을 낭비하지는 말아야 합니다. 내가 바라건대 당신이 하고 싶은 일을, 국가를 위해 필요한 일이라고 확신하는 그 일을 결정하고 그 일을 하십시오. 미국을 위해서 할 수 있는 일은 미친 듯이 일하십시오. 그리고 그것을 즐기십시오."

그는 백악관을 떠나서도 21세기의 중요한 일들을 계속하고 싶다고 했다.

"저는 계속 유익한 사람이 되고 싶습니다. 당신도 알겠지만 카터 전 대통령이 그러합니다. 그는 우리가 아는 전직 대통령 중 가장 성공적인 분일 것입니다. 그래서 저도 계속 건강하게 남아 좋은 일을 하고 싶습니다."

나는 클린턴이 백악관에 도착하던 해를 떠올렸다. 그 때는 내가 그리오디론 클럽의 회장을 하고 있을 때였다. 연례만찬에서 나는 그에게 "당신은 내가 취재하는 8번째 대통령입니다. 그래서 나는 당신이 주제 넘는다고 생각하시지 않는다면 당신에게 우정 어린 충고를 드리고 싶습니다"라고 말했다.

이 충고는 역대 대통령들의 실수에서 나온 것이다.

당신이 국가를 위해 할 수 있는 것을 묻지 말고 국가가 당신을 위해 해줄 수 있는 것을 물으십시오.

'모든 책임은 내가 진다'는 것을 잊어버리십시오. 도대체 부통령은 뭘하겠습니까?

조깅을 하면서 껌을 씹지 마십시오.

백악관에 있으면 외롭습니다. 그렇다고 초상화들과 얘기하지는 마십시오.

테이프는 반드시 태워 버리십시오.

아무것이나 녹음하지 마십시오.

제발 헨리 키신저와 기도해서는 안 됩니다.

젊은 조정사가 당신에게 "각하! 헬리콥터가 대기하고 있습니다"라고 하면 "여보게, 그 모든 것이 나의 것이라네"라고 하면 됩니다.

실수를 하면 '나는 모른다'고 하십시오.

교황과 만날 때 졸지 마십시오.

당신의 상처를 보이지 마십시오, 그것이 아무리 재미있을지라도.

백악관 고양이의 귀를 잡지 마십시오.

당신의 장래를 걱정하지 마십시오. 당신은 1백만 달러를 받고 일본에서 강연할 수 있으니까요.

우리 모두는 가벼운 마음으로 말했고 장난기가 있었다. 그도 청중들과 함께 웃었다. 후에 나는 어떤 대통령도 명심해야 할 말 중에, "거짓말은 결코 하지 말라"라는 말을 했더라면 좋았을 것이라고 생각했다.

1998년 12월 19일 법사위원회 위원장인 일리노이 주의 헨리 하이드 하원의원의 지도로 하원 법사위원회는 클린턴을 위증과 사법방해죄로 탄핵을 발효했다. 공화당은 미국 역사상 대통령으로는 두 번째로 클린턴을 탄핵하려고 표를 던졌다.

3주 후에 상원은 1백 명의 상원의원을 공정한 배심원으로 조용히 착석시켜 일을 진행시켰다. 그들은 침묵을 지켰지만 끝이 나자 카메라와 마이크가 미친 듯이 몰려들었다.

검사들은 탄핵투표의 정당성을 입증하려 했지만 클린턴을 대통령직에서 내몰기에 필요한 67석의 상원표를 모으는 데 실패했다.

그 시련기 동안 클린턴은 그의 보좌관들에 의하면 초연하게 자기 일에만 몰두했다. 그는 스타 검사의 보고서도 보지 않고 상원에서 방영된 르윈스키 비디오 테이프도 보지 않았다고 한다.

그는 부은 눈을 빼고는 생의 위기에서 서 있는 사람 같지 않은 의연한 모습을 보여줬다. 그는 77분의 대통령 연두교서를 잘 해냈고 또 다른 곳에서도 모습을 나타냈다. 그에게는 자기에게 일어난 일을 마치 다른 사람에게 일어난 일이라도 되는 듯이 행동하는 현실에서 초연할 수 있는 능력을 가지고 있었다.

그 어려운 시기에 그에게 인간적인 도움을 준 사람은 고향사람인 전 상원의원 대일 범퍼스였다. 그는 클린턴을 변호하는 재미있는 연설을 했던 사람이다. 클린턴의 시련이 거짓말 때문이라고 이야기하는 사람들 앞에서 섹스 때문이라고 확신시켰다.

성추문이 매일매일 시련을 향해 달려가고 있을 때 대통령은 성에 탐닉하는 치한으로 사람들의 눈에 비추어졌다. 24시간 계속되는 케이블 TV에는 그를 조롱하고 비웃는 뉴스와 쇼들로 가득했다.

그러나 그를 험담하는 사람들에게는 당황스럽겠지만, 그럼에도 불구하고 그의 인기는 여전히 높다. 클린턴 대통령은 급한 불은 껐지만 그렇다고 해서 안심할 만큼 완전진화가 된 것은 아니다. 여전히 불씨는 미약하지만 남아 있다는 것을 알아야 하며 매사에 심사숙고하며 근신하는 자세를 가져야 한다. 이것은 분명 의기소침과는 다르다. 그는 분명 대통령직을 불명예스럽게 했으며, 윤리적인 분위기를 흐트러뜨렸고 그의 업적에 흠집을 남겼다. 그의 비행이 그의 가족과 그를 변호하기 위해 애쓴 사람들에게도 깊은 상처를 주었다.

클린턴 대통령은 그의 남은 일생 동안 어떻게 조지 워싱턴 이래의 미국 역사와 그 명예로운 자리를 어떻게 그렇게 위태롭게 할 수 있었는지 깊이 반성해야할 것이라고 생각한다.

제 13 장

긴 안목을 가져라

그녀는 타협하지 않습니다. 백악관에 있는 우리 모두에
게 그녀는 대들보입니다. 그녀는 두려움 없는 온전함으로
일관성 있게 정부를 견제하고 있습니다.

—1998년 4월 25일
클린턴 대통령이 백악관 출입기자 클럽만찬에서

나는 1997년 버지니아의 알렉산드리아에서 신문박물관이 개관될 때 '오늘의 기자상'의 첫 번째 수상자가 되는 영예를 안았다. 그 곳은 대단한 장소였다. ≪가네트≫에 의해 운영되는 곳으로 방마다 언론의 역사를 보여 주기도 하고 사진과 서류, 비디오를 통해 혹은 다른 매체를 통해 자유언론의 중요성을 증언해 온 곳이다.

벽에 붙은 내 사진을 보고 감격하자 친구들은 내 사진이 대통령들의 고문관이라는 작은 설명과 함께 타소드 납인형관에 있게 될 거라고 했다.

나도 그들이 그렇게 느꼈으리라 확신한다. 그러나 나는 기자 일에 사랑을 받으려고 뛰어들지는 않았으나 다행히 공평하다는 평은 받았다.

나는 정부에서 쳐놓은 너무나 많은 비밀의 벽을 깨기를 원했다. 그 벽을 쌓은 사람들은 의심할 여지없이 비밀을 유지하고 지키려고 했던 대통령들이다.

정부에 있는 그들은 너무나 자주 기자들에게 거짓말을 했다. 케네디 시절, 전직 기자이던 국방부 공보관 아더 실베스터는 "정부는 핵위험 앞에서 국민에게 거짓말을 할 권리가 있다"고 말한 바 있다. 같은 논거가 그의 후임자들에 의해서도 주장됐다. 우리는 베트남전쟁 때, 그레나다 침공 때, 걸프전쟁 때 그것을 목격했다. 나는 그러한 거짓말이 전쟁터에서 싸우는 사람들의 명예를 손상시킨다고 믿는다. 아마도 모든 것이 말해질 수 없는 때도 있을 것이다. 그러면 차라리 침묵하는 것이 교묘한 거짓말을 하는 것보다는 나을 것이다.

나는 수년 전 단 2분 동안 대통령을 취재하기 위해 12시간쯤 기다리며 극도로 긴 하루를 보낸 적이 있다. 그것은 다름아닌 켈빈 클라인과 시고니 위버가 출연한 영화 <데이브>에 잠시 모습을 드러내기 위해서였다. 등장 신은 대통령으로 출연하는 켈빈 클라인이 미국을 위한 위대한 계획을 발표하는 장면이었다. 물론 나 외에도 많은 백악관 출입기자들의 모습이 비춰졌고 나는 그 중 한 명일뿐이었다.

그 영화를 본 UPI 편집장인 스티브 제이만은 화면 안에서 내가 눈동자를 굴리는 것을 지적하고는 물었다.

"누가 당신보고 눈동자를 굴리라고 했어요?"

우스운 말이지만 나도 그런 모습을 처음 보았다.

"아니오, 그건 아주 자연스런 반응이었어요"

잠깐 출연한 영화 한 편으로 나는 유명인사가 돼 버렸다. 수년 동안 내 이름의 기사에 나간 것보다 영화 한 편에 나간 것으로 더 유명해지다니 약간 씁쓸했다.

실제로 초년의 기자들은 비교적 대중에게 잘 알려지지 않았다. 그러나 텔레비전의 등장으로 우리들의 얼굴도 영화배우처럼 세상 사람들에게 익숙해졌다. 그러나 이것은 어쩌면 사람들에게 익명을 잃게 하는 요인이 되기도 한다. 때문에 우리 기자들은 교만하고 독단적이라고 공격받고 또 엘리트 그룹의 일부로 알려져 미움을 받기도 한다. 그래서 가장 큰 손실은 우리의 가장 중요한 가치인 객관성을 잃어버리는 것이다.

미국 국영 라디오의 다니엘 쇼가 1978년에 한 연설은 오늘날에도 그 의미를 되씹어 볼 필요가 있다고 생각한다.

"한때는 기자들이 쉬지 않고 일하며 돈은 없지만 진실만을 추구하는 사람으로 인식되었다. 그러나 오늘날의 기자는 거대 오락사업의 유복하고도 오만한 산물로 여겨진다. 우리는 언론 자유를 위한 투사였던 선배기자들을 결코 잊어서는 안 된다."

그는 덧붙이며 개탄하기도 했다.

"언론은 한때 기성 권력조직의 반대편에 서 있다고 인식되었으나 지금은 거대 권력조직이 되어 버렸다."

지금 신문이 거대 재벌들에 의해 소유되고 있고 주요 텔레비전 방송국들도 큰 사업체나 거대 연예오락회사에 소속되어 있다. 과거에 24시간 뉴스는 통신 서비스에서 유일한 존재였다. 그러나 지금은 케이블 뉴스채널들이 폭발적으로 생겼고, 인터넷이나 통신매체의 비약적인 발달로 지금은 24시간 뉴스가 표준 방식화돼버렸다.

주요 언론과 타블로이드 판에 대한 구분이 예전에는 명확했으나 지금은 희미해졌다. 타블로이드 판에서 제니퍼 플라워스 이야기가 터져 나왔고 모니카 르윈스키 사건의 첫 뉴스는 인터넷에서 떴다. 이제 이들을 더 이상 분리해 구분할 수 없으며 뉴스의 집합이라고 밖에 말할 수 없다.

이전 신문과 텔레비전의 선구자들은 저스타이스 윌리엄 더글러스가 말했듯이 '대중의 알 권리를 충족시키기 위해' 자유롭고 속박 없이 뉴스를 모으는 것에 헌신했었다.

물론 이 목표는 변하지 않았다. 기자들은 진실을 추구하고 찾아서 그것을 보도하는, 끝나지 않는 목표를 가지고 있다. 그것은 우리가 원하는 이상적 목표다. 스페인 내란부터 베트남전쟁까지 취재한 유명한 마사 겔혼은 1998년 2월 18일에 가진 인터뷰에서 다음과 같이 말했다.

"우리 직업은 여전히 그 윤리적인 기준을 유지하려한다. 그러나 나는 그 일이 매스 커뮤니케이션의 변화를 볼 때 점점 더 힘들어지는 것을 느낄 수 있다. 높은 시청률, 거대한 이익, 건전한 부수물을 챙기는 것에 대해 잘못된 것이 있다고 생각하지는 않는다. 그러나 경제적인 성과와 신문의 온전함은 별개의 것이다. 어떤 면에서 우리는 히포크라테스 선서를 유념해야 한다.

우선 아무에게도 해를 끼쳐서는 안 된다. 왜냐하면 우리의 손에는 사람들의 명예와 생명을 해칠 수 있는 힘이 있기 때문이다. 그래서 나는 그 책임을 가벼이 여길 수 없다.

나는 모든 답을 가지고 있지는 않다. 그러나 나는 우리의 기사가 매일같이 첫면에 있든 뉴스보도에 있든 인터넷에 있든 유용하다는 것을 안다. 대통령이 신임을 한 번 잃어버리면 아무것도 할 수 없듯이 우리 역시 그렇다."

UPI는 길고 다채로운 역사를 가지고 있다. UPI에서 일했던 유명한 기자들을 보면서 그들이 우리나라 통신사에 이바지한 공헌에 대해 정말 자랑스럽게 느낀다.

우리는 위대한 선배들을 만날 때마다 그들이 이뤄낸 취재 이야기들을 그리고 때로는 불가능한 일을 극복해낸 위대한 취재담들을 기억한다.

물론 훌륭한 기자가 UPI에만 있었던 것은 아니다. ABC의 샘 도널슨은 내가 만나본 훌륭한 기자 중 한 명이다. 그는 실로 기자실을 빛나게 했던 사람이다. 1990년 그가 떠나자 모두들 그를 그리워했다. 그래서 1998년 그가 돌아왔을 때, 나는 두 팔 벌려 그를 환영했다. 뉴스를 만드는 사람들 특히 대통령을 취재하는 데 있어 그들에게 열정적으로 접근하는 그는 그런 면에서 나를 신뢰했다. 그의 책 『대통령 각하 잠깐만 Hold on, Mr. President』이 나왔을 때 내게 증정하는 책에다 다음과 같이 썼다.

'헬렌 토머스에게, 내가 대통령을 취재하는 모든 나쁜 버릇은 당신한테 배웠습니다. 그리고 감사해요.'

그는 마음이 넓고 동정심이 많은 사람이다.

사라 매클렌든, 그녀의 질문은 대통령들을 당황하게 만들었다. 아마도 그들의 피를 끓게 만들었을 것이다. 그러나 그들은 언제나 그녀의 질문에 대답해 주었다. 더 나아가 그녀는 그들을 부끄럽게 만들었고 또 행동하게 만들었다.

1973년 그녀는 GI 법안에 의해 학교를 다니는 퇴역군인들이 학자금, 책값과 생활비를 지급 받지 못하고 있다는 사실을 발견하고는 백악관에서 따져 물었다. 기자회견에서 그녀는 닉슨 대통령과 맞섰다. 닉슨은 VA 책임자 도널드 존슨이 그 돈을 조금 늦게 주는 것은 별 문제가 아니라고 자기에게 말했다고 답변했다. 그녀는 도널드 존슨이 대통령에게 정확한 정보를 보고하지 않고 있으며 며칠 전에도 그 자리에 서서 기자들에게 틀린 정보를 주었다고 반박했다. 닉슨은 그 문제를 당장 해결했고 VA에서 많은 개혁을 단행하면서 책임자도 바꿔 버렸다.

이외에도 많은 사람들이 있는데, 백악관에서 함께 일했던 재능 있는 여기자들을 꼽고 싶다. 주디 우드러프, 안드레아 미첼, 앤 캠프텐, 레슬리 스탈, 리타 브레이버…….

유능한 사진기자들도 많다. 이들이야말로 워싱턴에서 가장 뛰어난 기자들이라고 할 수 있다. 우리들이 그대로의 사실을 보게 하는 데 도움을 준 사람들이다. 모리스 존슨, 스탄 스턴스, 데이비드 흄 코널리, 리카르도 왓슨…….

나는 시간이 지나면서 사진기자들은 백악관, 특히 집무실에서 늘 환영받는 사람들이고 취재기자들은 거의 그렇지 않다는 것을 알게 됐다. 왜냐하면 사진기자들은 질문을 안하고 또 그들이 찍은 사진에는 분명한 메시지가 있기 때문이다.

많은 사진기자들이 제2차 세계대전, 한국전쟁과 베트남전쟁에서 죽었다. 그들은 위험을 무릅썼다. 그들의 용맹은 가히 신화적이라고까지 할 수 있다. 그들은 불가능한 조건 속에서 일한다. 사진기자들은 많은 장비를 들고 다닌다. 카메라, 사다리, 사진 찍은 후 그것을 몇분 안에 전송하기 위해 필요한 랩탑까지…….

누가 ≪뉴욕 타임스≫의 조지 테임스 기자가 찍은 백악관 집무실 창가에 서서 밖을 내다보는 케네디의 사진을 잊을 수 있겠는가? 또 존슨이 쓸개수술 후 자기 상처를 보여주는 사진도 백악관 사진앨범의 고전이 됐다.

많은 경우에 사진기자들은 우리가 흔히 놓치는 작은 것들을 포착해 우리를 일깨워준다. ABC의 올몬드는 카터 대통령 손님의 세 살배기 아들이 백악관 집무실 책상 밑에서 놀다가 모스크바와 직통으로 연결이 되는 빨간 전화기를 집어들자 카터가 웃으면서 아이에게 "브레즈네프에게 아프가니스탄에서 나가라고 말 좀 하렴"이라고 말하는 장면을 카메라로 잡았다. 한 장의 사진이 많은 것을 시사한다.

나는 기자석의 첫 번째 줄에 앉아서 지난 40년 동안 일어난 역사적인 사건들을 볼 수 있었다는 데 감사했다. 대통령의 암살, 인간이 달 위를 걸은 것, 동남아시아의 작은 나라에서 일어난 잘못된 전쟁으로 미국이 갈기갈기 찢어지고 10년이 지나서야 겨우 끝낼 수 있었던 전쟁, 민권운동, 여성운동, 중국으로의 여행, 대통령의 사임, 캠프 데이비드 협정, 이란에서의 미국인 인질들이 1년 이상 억류돼 있던 사건, 이런 인질극을 놓고 무기협상을 한 것으로 대통령을 고발한 것, 3명의 대통령이 4번의 암살 위험을 당한 것, 미국 독립 200주년기념, 공산주의 붕괴, 베를린 장벽붕괴, 파나마 침공, 걸프전쟁, 오클라호마 시 폭발사건, 대통령이 대배심원 앞에서 증언한 일, 대통령이 국민 앞에서 인턴과의 부적절한 관계를 시인한 것…….

내 장래에 관해 얘기하자면 나는 보도를 계속할 것이다. 새벽에 백악관에 도착해서 신문과 통신문을 읽고 아침 브리핑을 기다리겠다. 그 날 쓸 기사를 준비하며 어떤 날카로운 질문을 던질까 생각하며 앉아 있겠다.

때가 되면 백악관에 새 대통령이 들어오고 또 새 레이디 퍼스트, 새 정부가 들어올 것이다. 확신하건대 나는 누가 대통령이 되든 간에 이 집무실에서 많은 이야기를 나누고 앞날을 전망하며 또한 전율을 느낄 것이다. 나는 다음과 같은 전임자의 이야기를 새 대통령들에게 남기고 싶다.

　1980년, 내가 조지아 주로 여행을 가서 지미 카터를 인터뷰했을 때의 이야기다. 그는 자서전을 쓰는 일을 포함해서 새로운 계획으로 이미 바쁜 나날을 보내고 있었다. 그는 나에게 새 컴퓨터와 그 성능을 자랑했다. 그는 앉아서 내 이름을 치며 나를 보며 웃었다.

　"이것 보세요, 나는 당신을 지울 수도 있어요."

　그가 Delete 키를 하나하나 누르자 '헬렌 토머스'라는 글자가 사라졌다.

정리감수

신동식
한국여성언론인연합 대표
전 서울신문 논설위원
현 성공회대학 신문방송학과 겸임교수

신효섭
한국여성언론인연합 사무총장
전 문화일보 편집위원
시인

김성묘
한국여성언론인연합 이사
전 경향신문 레이디경향 편집장

헬렌 토머스 번역팀

고혜련
이화여대 국문학과
미국 뉴저지 주립대Rutgers 국제 정치학 석사
미국 동아일보 LA 지사 기자
미국 중앙일보 NY 지사 기자
중앙일보 문화국제부 거쳐 생활부 차장
단국대 대학원 출강
한국외국어대(신문학) 출강

김용란
이화여대 신문방송학과
코리아 헤럴드 DB 부장

김현숙
연세대 영문학과
시사저널 문화부장
TV저널 편집장

이선영
연세대 불문학과
외대 동시통역 대학원
코리아 헤럴드 해외부 차장
프랑스 릴르 고등 저널리즘스쿨 수료
파리 2대학 언론학박사

백악관의 맨 앞줄에서

지은이 / 헬렌 토머스 (Helen Thomas)
펴낸이 / 庚 張少任
펴낸곳 / **답게** (나답게·우리답게·책답게)
편집부장 / 이경숙
편 집 부 / 김용례·이정옥
영업부장 / 성재승
영 업 부 / 안준섭·사금자
초판인쇄일 / 2000년 5월 15일
초판발행일 / 2000년 5월 20일
주 소 / 137-064 서울시 서초구 방배4동 829-22호 원빌딩 201호
등 록 / 1990년 2월 28일, 제21-140호
전 화 / 편집부 591-8267, 532-4867, 영업부 596-0464, 537-0464
FAX / 594-0464
e-mail/ dapgae@thrunet.com

ISBN 89-7574-127-3 03840
ⓒ 2000. 헬렌 토머스
이 책은 언론인고용지원센터의 일부 지원을 받았습니다.